A LUZ
NA
ESCURIDÃO

SHARON CAMERON
A LUZ NA ESCURIDÃO

Tradução
Isadora Sinay

Copyright © 2020 by Sharon Cameron
Copyright da tradução © 2022 by Editora Globo S.A.

Publicado mediante acordo com Scholastic Inc., 557 Broadway, New York, NY 10012, USA.

Os direitos foram negociados por meio da Ute Körner Literary Agent SLU – www.uklitag.com

Copyright de capa original © 2021 by Larry Rostant,
com suporte de imagem © Shutterstock.com
Design de capa por Elizabeth B. Parisi

Todos os direitos reservados. Nenhuma parte desta edição pode ser utilizada
ou reproduzida — em qualquer meio ou forma, seja mecânico ou eletrônico,
fotocópia, gravação etc. — nem apropriada ou estocada em sistema de banco
de dados sem a expressa autorização da editora.

Título original: *The Light in Hidden Places*

Editora responsável **Paula Drummond**
Assistente editorial **Agatha Machado**
Diagramação **Abreu's System**
Projeto gráfico original **Laboratório Secreto**
Preparação de texto **Fernanda Marão**
Revisão **Monise Martinez e Isabel Rodrigues**
Adaptação de capa **Julia Ungerer**

**Texto fixado conforme as regras do Acordo Ortográfico
da Língua Portuguesa (Decreto Legislativo nº 54, de 1995)**

CIP-BRASIL. CATALOGAÇÃO NA PUBLICAÇÃO
SINDICATO NACIONAL DOS EDITORES DE LIVROS, RJ

C189L

    Cameron, Sharon, 1970-
       A luz na escuridão / Sharon Cameron; tradução Isadora Sinay. –
    1. ed. – Rio de Janeiro: Globo Alt, 2022.

       Tradução de : The light in hidden places
       ISBN 978-65-88131-47-3

       1. Ficção americana. I. Sinay, Isadora. II. Título.

21-74807
       CDD: 813
       CDU: 82-3(73)

Camila Donis Hartmann – Bibliotecária – CRB-7/6472

1ª edição, 2022

Direitos de edição em língua portuguesa para o Brasil
adquiridos por Editora Globo S.A.
R. Marquês de Pombal, 25
20.230-240 – Rio de Janeiro – RJ – Brasil
www.globolivros.com.br

Para Helena, Malgosia, Ed, Lori e Mia

EM MEMÓRIA DE
Izaac, Lea, Chaim e Ernestyna Diamant
e de todos os judeus e poloneses de Przemyśl
que perderam a vida para o ódio

BASEADO NA HISTÓRIA VERDADEIRA
DE STEFANIA PODGÓRSKA

1.

**Przemyśl, Polônia
Novembro, 1942**

Tem alguém lá fora. No escuro.

Eu abro os olhos.

E a escuridão é a mesma de sempre. Uma página em branco. Sinto o cheiro do repolho que Emilika cozinhou dois andares abaixo de nós. Sinto um suspiro ao meu lado, a respiração adormecida da minha irmã. Mas a escuridão também mudou. Há um eco dentro dela. Um som que meus ouvidos não tinham notado.

Tem alguém aqui.

Agora estou desperta.

Dobro o cobertor, em silêncio, escutando, esticando minhas pernas na direção do chão. Uma mola do colchão estala como um tiro. Minha irmã suspira, mas não se mexe.

Se tem alguém aqui, não é neste quarto.

Descalça, na ponta dos pés, vou passando por cima das tábuas e, com um dedo, afasto a borda do tapete que eu pendurei para cobrir a janela. As luzes da rua brilham fortemente e os flocos duros de neve reluzem como pó quando caem em frente a elas. Mas a calçada do meu prédio está deserta e as janelas do outro lado da rua são fileiras de olhos mortos, escurecidas com cortinas, vestidos e tapetes. Como as minhas.

Em Przemyśl, as luzes são como anúncios de guloseimas. E não seria inteligente sinalizar onde os doces estão.

Solto a ponta do tapete para que volte ao lugar e vou até a porta, pressionando meu ouvido contra a madeira antes de girar o trinco. O corredor vazio do lado de fora do nosso quarto se alonga até os outros quartos vazios do apartamento vazio. Como deveria estar. Tudo está como deveria.

Então ouço um barulho em meio ao silêncio. Mais alto que uma arma. Uma granada de medo está dentro do meu peito. E sei qual é o som que eu não havia notado.

Alguém está batendo na porta da frente.

Eles sabem. Eles sabem. Eles sabem.

As palavras ressoam na minha pulsação.

Outra mola do colchão estala e sinto Helena se aproximando de mim. Ela não fala nada. Tem seis anos de idade e não precisa que eu diga que essa não é a hora para perguntas.

A batida soa de novo, mais alta, desta vez acompanhada de um sussurro que passa pelas rachaduras.

— Stefania?

É uma armadilha. A Gestapo quer que eu abra a porta sem alarde, para que não seja preciso arrombá-la. Assim eles podem dar um apartamento agradável e sem defeitos para um bom oficial alemão e sua esposa obediente com cabelo limpo e meias remendadas.

Talvez isso signifique que eles vão atirar em nós na rua, como aconteceu com o sr. Schwarzer.

O sussurro surge de novo:

— Abra a porta! Fusia!

A Gestapo não me chamaria assim.

Corro para a porta com as mãos estendidas, os dedos procurando o trinco recém-consertado. Sei que não é ele. Não pode ser ele. Mas, mesmo assim, eu me atrapalho ao girar o trinco e abro a porta com tudo. Helena arqueja. Ou talvez as arfadas tenham vindo de mim, porque a lâmpada pendurada no corredor me mostrou que não é ele. Realmente não é quem eu pensei que seria.

— Max! — sussurro.

2.

1936

Minha vida antes de Przemyśl era cheia de galinhas. E cavalos. Ar fresco, árvores e campos vastos e pardos que se curvavam com as colinas como retalhos de um cobertor amassado. Eu corria pelas estradas sinuosas para ir à escola na primavera e no outono e comia sopa de cevada com pão em nossa cozinha aquecida quando a neve ficava alta demais. Todo domingo, com ou sem neve, eu ia à missa na vila de Bircza, enfiada na traseira de uma carroça de feno com meus irmãos e irmãs, que chegaram a ser um total de oito. Foi uma infância perfeita.

E eu a detestava. O chiqueiro fedia, assim como a latrina, a composteira e os trabalhadores que aravam sob o sol. Eu odiava as pilhas de esterco deliberadamente escondidas na grama para estragar os meus sapatos. O vermelho nas mãos da minha mãe depois de esfregar a roupa suja ou ajudar no parto do bebê de outra mulher. E eu odiava o *có, có, có* irritante e incessante das nossas galinhas. Elas nunca paravam. Eu tinha certeza de que elas nunca dormiam. Exceto pelo galo, que era doido e cantava sem parar para a lua nascente em vez de para o sol.

Eu não me importava de depenar galinhas.

Fiz uma primeira tentativa de fuga aos onze anos. *Mama* tinha me levado no carro do correio para visitar duas das minhas irmãs adultas que haviam conseguido empregos na cidade. Um agrado, ela tinha dito, pelo meu aniversário, que era na Semana Santa da Páscoa. Todos nós fazíamos aniversário na Páscoa, todos os nove, ou pelo menos era quando os comemorávamos. *Mama* não tinha tempo de lembrar dos nossos verdadeiros aniversários. Ou dos nossos verdadeiros nomes. Eu nunca era chamada de Stefania. Eu era Stefi. Ou Stefusia. Ou Stefushka. Mas, no geral, eu era só Fusia.

Se eu tivesse nove filhos, também não me lembraria do nome deles.

Mama pagou o condutor do carro do correio e agarrou minha mão. A pele dela era áspera e incômoda. *Mama* cuidava bem de mim, no geral, assim como o meu *tata* cuidou, quando estava vivo. Eles cuidavam bem de todos nós, mas eu não queria segurar a mão dela.

Agora, às vezes, sinto falta de sua mão.

Eu me contorci por todo o resto do caminho até Przemyśl e me esqueci completamente da vergonha de estar de mãos dadas. Carroças pulando pelos paralelepípedos, buzinas de automóveis balindo como ovelhas. Um trem gritando vapor para o céu. E o clamor das mulheres de fazendeiros que berravam os preços de seus produtos na praça era muito melhor que as galinhas. Era música. Uma banda de metais. Uma sinfonia.

Nós fizemos compras em barracas a céu aberto e lojas com vitrines de vidro. Um vestido para *mama*, sapatos para mim e um gorro para a bebê Helena. Eu toquei as fitas de seda vermelha e a embalagem prateada e brilhante de uma barra de chocolate. Minhas irmãs nos serviram um almoço requintado

— o que significava que a carne havia saído de uma lata e não do abatedouro — em uma toalha de mesa limpa no apartamento que elas compartilhavam três andares acima da rua. *Mama* ficou ofegante antes mesmo de chegarmos lá, mas eu queria descer correndo só para poder subir tudo de novo.

Mama e minhas irmãs tomaram chá enquanto eu pressionava meu nariz contra o vidro da janela, sorvendo as idas e vindas da rua. Quando chegou a hora de ir embora, eu chorei. Implorei. Bati o pé. Ameacei e supliquei para ficar. Eu dormiria no chão. Eu dormiria embaixo das escadas. Minhas irmãs não se importariam. Eu não daria trabalho. Mas tudo que eu estava fazendo era dar trabalho. Fui arrastada até o carro do correio pelas mãos ásperas de *mama*.

Isso foi dezoito meses antes de ela me deixar voltar. E, daquela vez, quando cheguei no burburinho de Przemyśl, eu tinha quase treze anos. Estava mais velha. Mais sábia. O busto do meu vestido tinha ficado apertado. E eu sabia jogar o jogo de *mama*. Conversei com minhas irmãs aos sussurros, o terreno preparado pela carta que eu tinha enviado um mês antes. Limpei os cantos da boca depois do almoço, cruzei as pernas, bebi o chá e escutei enquanto *mama* falava. E, quando já era quase hora de pegar o carro e voltar para casa, eu disse a ela que não iria.

Mama implorou. Suplicou. Até chorou um pouco. Mas não bateu o pé. Eu disse a ela que Marysia tinha arranjado um trabalho para mim.

— É verdade, *mama* — Marysia reforçou. —A sra. Diamant está procurando uma garota. É só a alguns quarteirões daqui.

Eu disse que Angia tinha arrumado uma cama de armar atrás do sofá.

— Dois cobertores, *mama*. E missa toda semana — Angia disse.

Eu expliquei que daria parte do meu salário para as minhas irmãs, para que elas pudessem me alimentar. Que mandaria ainda mais para a fazenda, para que *mama* pudesse pagar outro ajudante. Ou comprar mais galinhas.

— Essa não seria uma boa ajuda, *mama*? — Marysia sorriu.

— Mas, Fusia, e sua educação? — minha mãe argumentou.

Eu alisei o meu vestido.

— Przemyśl vai ser minha educação, *mama*.

Ela pegou o carro do correio sem mim.

Fui saltitando para o meu primeiro dia de trabalho na loja dos Diamant, assustando os pombos, espiando vielas que se apertavam por entre os prédios, encarando a vitrine do estúdio de fotografia e brincando com um gato pelo caminho. Os sinos da catedral ressoavam no céu de um azul profundo e perfeito.

Quando abri a porta da loja, um sino muito menor tocou e uma mulher acomodada atrás de um balcão ergueu os olhos. O ambiente cheirava a pão fresco, maçãs, papel pardo e barbante, e vi fileiras e mais fileiras de chocolates embrulhados atrás dos vidros. A mulher me olhou de cima a baixo enquanto eu me balançava. Seu traseiro escapava pelos dois lados da cadeira.

— Então — ela disse. — Olhe o que o dia me trouxe. Você é a menina dos Podgórska. Qual seu nome, minha *ketzele*?

— Stefania. — O som do meu próprio nome me fez vibrar de empolgação.

— E eu sou a sra. Diamant. Você sabe ler, Stefania?

— Sim, sra. Diamant.

— Sabe escrever?

Assenti. A fazenda não ficava tão longe do resto do mundo.

— Bom. Muito bom. Então, por favor, conte os itens nas prateleiras.

Guardei meu casaco e o pão com queijo que levei para o almoço em um canto atrás do balcão. A sra. Diamant me deu uma prancheta com papel e um pequeno toco de lápis amarrado em um dos lados. Meus sapatos fizeram um *toc, toc* agudo no chão que rangia, o que soou importante e me fez sorrir. Anotei o inventário em letras grandes e nítidas. A sra. Diamant trabalhava em fileiras de números em seu livro, me observando. Quando afastei uma garrafa de água com gás, encontrei dois olhos castanhos me encarando do outro lado das prateleiras.

— Você sempre canta quando conta? — uma voz perguntou. Uma voz de menino. Uma voz grave.

Agarrei a prancheta contra o peito e corei. Eu estava cantando. Para mim mesma. Como uma garotinha.

Eu era uma garotinha. Só não sabia ainda.

Os olhos se estreitaram em meio às garrafas de água e sumiram. E então ressurgiram acima das prateleiras, espiando de cima. Um menino alto, ainda magro por conta do estirão de crescimento, com sobrancelhas escuras que se erguiam na direção de uma massa de cabelo preto e cacheado. Ele sorriu.

— Não pare — ele disse. — Você é meu entretenimento da manhã. Qual o seu nome?

— Stefania.

Ele inclinou a cabeça para o lado.

— Ninguém te chama assim, chama?

Não chamavam.

— Então, do que te chamam? Stefi?

— Stefushka.

Ele esperou.

— E Stefusia — acrescentei. — E Fusia. Mas eu prefiro ser chamada de...

— Stefi, Stefushka, Stefusia, Fusia — o menino sacudiu a cabeça. — Tarde demais. É Fusia. Cante outra canção para mim, Fusia. Talvez *mame* comece a vender ingressos...

— Izio! — a sra. Diamant gritou da sua cadeira. — Deixe a criança em paz, *bubbala.** É o primeiro dia dela. *Nemen deyn tukis tsu shule.***

— *Mame...*

— Vá para a escola!

O garoto deu de ombros e saiu correndo, se juntando a mais dois meninos que esperavam por ele na porta da loja. Um deles era mais alto e o outro, mais baixo, mas eles tinham o mesmo cabelo escuro. E todos os três eram mais velhos que eu.

Irmãos, pensei. Eu sei lidar com irmãos. Com irmãos era melhor sempre responder à altura.

Voltei para o meu trabalho, assinalei mais uma vez na prancheta e, em voz alta, comecei a cantar um tango que fazia minha mãe desligar o rádio toda vez que começava a tocar. O que, é claro, significava que eu escutava sempre que podia.

Suas palavras são nuvens de tempestade
Sua risada é um feitiço frio e molhado...

Eu senti a sala tensa de ansiedade.

Eu não quero suas palavras de vento,
Não quero sua risada de mel
Eu só quero que você vá para...

---

*   "Boneco" em ídiche. (N. T.)
** "Arraste essa bunda para a escola" em ídiche. (N. T.)

A LUZ NA ESCURIDÃO   **17**

Mas não pronunciei o restante da canção. Usei a palavra "escola" no lugar. Uma risada explodiu atrás de mim e eu mantive meu sorriso enquanto braços se enroscavam e pés corriam porta afora, fazendo o sininho da loja tocar. Quando eu espiei a sra. Diamant, ela estava sacudindo a cabeça, mas seus olhos estavam franzidos, como os do seu filho.

E esse se tornou nosso ritual. Toda manhã, Izydor Diamant, mais conhecido como Izio, enfiava a cabeça para dentro da loja e pedia:

— Cante para mim, Fusia! — E eu inventava uma canção mal-educada que o mandava ir embora. Em uma semana, todo mundo na rua Mickiewicza me chamava de Fusia.

Eu descobri o nome dos outros irmãos. Henek, o mais novo, não tinha tempo para mim, e Max, mais velho que Izio, já tinha começado a trabalhar como aprendiz e sorria mais do que falava. Havia outro irmão, Chaim, estudante de Medicina em uma cidade na Itália da qual eu nunca ouvira falar; uma irmã que não estava muito longe, em Lviv; e o sr. Diamant, que ficava em casa, se recuperando de algo que tinha a ver com seu sangue. Também descobri que não trabalharia aos sábados, porque os Diamant eram judeus, e que a sra. Diamant fazia uma excelente *babka*.

Eu varria o chão, embrulhava compras e tirava o pó das estantes. A sra. Diamant disse que eu aprendia rápido. Logo ela estava me mandando resolver coisas na praça do mercado, onde os verdadeiros negócios eram feitos, e foi ali que vi minha primeira briga. Dois meninos se atracavam na poeira de fim de verão da sarjeta.

Aquilo não era como o temperamento explosivo dos meus irmãos, ou dos meninos na escola que eu frequentava em Bircza. Aquilo era algo bem feio.

Um policial apagou seu cigarro na calçada, observando, e então um homem com calças sujas e uma mancha de gordura no rosto abriu caminho pela roda de observadores e separou os dois garotos, puxando-os pela gola da camisa, ambos ainda rosnando e cuspindo como gatos. Ele sacudiu o da direita até eu achar que tinha ouvido dentes batendo.

— Qual o seu problema, Oskar? — o homem perguntou.

— Por que você está brigando na rua como um bandido?

— Ele me bateu! — Oskar conseguiu dizer.

—Ah, ele te bateu, foi? Ele te bateu por nada? — O homem olhou para o outro menino, assim como a multidão.

O menino pegou seu chapéu e limpou o sangue do nariz.

— Ele me chamou de judeu sujo.

O homem balançou a cabeça e, então, sacudiu Oskar de novo.

— Qual o seu problema? Olhe para esse menino… — Se Oskar pudesse olhar, seria com seus olhos vesgos. — Ele tem braços, pernas e sangue nas veias. O que importa se a família dele é seguidora de Moisés? Aperte a mão desse menino. Agora! Antes que eu conte para sua mãe.

Os meninos apertaram as mãos, embora não parecesse que eles quisessem isso, e, quando eles se afastaram e a multidão começou a se dissolver, ouvi uma mulher atrás de mim resmungar:

— Judeu sujo.

Eu consegui fazer um bom negócio com as ameixas para a sra. Diamant. E, depois que voltei correndo para a loja, me esgueirei pela porta do banheiro e fiquei ali, me olhando no espelho. Toquei meu rosto, a pele do braço e meu cabelo castanho. As pessoas odiavam aquele garoto porque ele era judeu. Será que os Diamant me odiavam por eu ser católica?

A LUZ NA ESCURIDÃO   **19**

Naquela tarde, convenci a sra. Diamant a sair de sua cadeira e fazer os exercícios que eu via os estudantes fazendo do lado de fora do ginásio. Alguns dos chocolates em embrulhos bonitos caíram da prateleira e a sra. Diamant riu sem parar, esfregando os dedos entre as dobras do seu pescoço.

— Às vezes, minha *ketzele* — eu tinha descoberto que *ketzele* queria dizer "gatinha" —, o sol que você traz é quente!

— Então ela me deu um chocolate, seu rosto suave exibindo covinhas enquanto ela desembrulhava um para si mesma.

E então entendi que a sra. Diamant era solitária antes de eu chegar na loja e que agora ela não era mais. Que eu era solitária na fazenda, cercada pelos meus irmãos e irmãs com suas próprias vidas, uma mãe com preocupações demais e um galpão cheio de galinhas. E que eu também não estava mais solitária.

Naquele domingo, na missa com Angia, eu agradeci a Deus pelos Diamant. Afinal, Moisés também estava na minha Bíblia e eu tinha certeza de que Deus gostava dele.

Minha educação havia começado.

Izio me ensinou canções vulgares em ídiche e eu decidi não levar sanduíches de presunto enlatado para a loja, embora a sra. Diamant tenha afirmado não se importar. Quando o vento começou a soprar e as noites começaram a chegar mais cedo, eu passei a jantar no apartamento dos Diamant, que ficava logo virando a esquina, cheio de garotos crescidos falando de medicina e o sr. Diamant fazendo perguntas como:

— O que é melhor? Uma boa guerra ou uma paz ruim?

— E nós escutávamos as discussões deles enquanto o sr. Diamant se recostava na cadeira e fumava um cigarro atrás do outro. Izio me levava para casa nessas noites, através da neve alta e fria iluminada de dourado pelos postes da rua.

A sra. Diamant fazia seus exercícios comigo toda manhã. Ela precisou apertar seu vestido, eu tive que alargar o meu. Aprendi a sorrir para os garotos de forma a fazê-los comprar dois chocolates em vez de um e a dar um sorriso ainda mais bonito quando eles colocavam o segundo chocolate na minha mão. Então, assim que a sineta da loja tocava, eu devolvia o chocolate para a vitrine e colocava as moedas no caixa. Isso fazia a sra. Diamant sorrir. Eu fiz cachos no meu cabelo e peguei emprestado o batom da minha irmã, cantarolando enquanto o rádio gritava as notícias de que a Alemanha havia invadido a Tchecoslováquia.

E quando Angia foi para Cracóvia e Marysia quis alugar um apartamento do outro lado da cidade, a sra. Diamant só estalou a língua, apertou os olhos e disse:

— Então você vai morar conosco, minha *ketzele.*

Os Diamant não tinham um quarto extra no apartamento. Então, fizeram um para mim, no fim de um corredor, com uma cama de armar, uma mesa com abajur, um espelho pendurado acima dela e uma cortina vinho que ia de parede a parede para me dar privacidade. Eu pendurei minha imagem do Cristo com a Virgem em uma parede e coloquei meu rosário na cabeceira da cama, sob a qual a sra. Diamant mantinha um estoque secreto de *blintzes* porque o sr. Diamant não comia durante o Yom Kippur. Era uma toca suave e vermelha sob a luz do abajur.

Mas não havia janelas na minha toca. Então, quando as noites eram quentes, eu me arrastava para a sala, cujas janelas ficavam abertas para deixar sair o cheiro de cigarro. Eu me sentava no parapeito com as luzes apagadas, meus pés descalços contra o batente da janela, e ficava escutando os trens indo e vindo da estação — de um lado, um apartamento adormecido, do outro, uma cidade mergulhada em um longo escuro.

Eu não sabia, naquela época, que o medo vem com o escuro.

Izio vinha me encontrar e se jogava em uma poltrona ou se deitava no tapete com as mãos atrás da cabeça. Ele sussurrava sobre suas aulas na universidade e conversávamos sobre as partes do mundo que ele mais queria conhecer (a Palestina e a Turquia) e as partes do mundo que eu mais queria conhecer (os Estados Unidos). Ele queria saber a minha opinião sobre as coisas, se eu achava que Hitler invadiria a Polônia, por exemplo. Mas guerras não eram a primeira, nem a segunda, nem sequer a terceira coisa na minha cabeça naquelas noites. Izio tinha completado dezoito anos. Tinha encorpado. Crescido. E seus cílios se curvavam como cinzas espalhadas sobre as pálpebras.

Às vezes Max também vinha ficar na janela, naquele último verão. Ele era menor e mais quieto que o irmão, mas, quando falava, ele nos fazia refletir longa e seriamente a respeito da vida. Ou contava piadas tão terríveis que nossas costelas chegavam a doer. Izio passava os braços pela cintura, tentando segurar a risada, para não acordar a mãe.

Eu amava quando Max fazia Izio rir.

Mas, depois de um tempo, Max não veio mais à janela. Era só Izio e eu enquanto o resto do mundo dormia.

Acho que Max soube antes de mim.

O verão esfriou trazendo o outono, e, quando as folhas sopraram amarelas pela janela e o ar passou a ter cheiro de fumaça de carvão, Izio pegou minha mão no escuro. Nós prometemos não contar a ninguém. Duas semanas depois, as primeiras bombas alemãs caíram em Przemyśl.

3.

Setembro, 1939

De início, eu achei que os aviões eram russos, voando tão baixo que faziam as louças de Marysia sacudirem. Era o primeiro dia de aula, e as calçadas estavam cheias de crianças com livros e bolsas voltando para casa depois do período da manhã. Eu me inclinei para fora da janela do apartamento novo da minha irmã, do outro lado do rio San, esperando que ela chegasse para almoçar comigo. Protegi meus olhos do sol. Os aviões estavam deixando rastros longos e escuros no céu. E então o hotel da esquina explodiu em uma nuvem de destroços e fogo.

Eu gritei. Todo mundo gritou. As crianças na rua correram e o prédio tremeu. Fechei a janela para amenizar o barulho, mas ouvi mais explosões ao longe, e uma coluna de fumaça se ergueu acima da cidade. Algo apitou, explodiu e fez tremer o prédio, e eu caí ajoelhada. A imagem da Virgem de Marysia caiu da parede. Eu me arrastei pelo chão do apartamento e abri a porta da frente com força, mas a fumaça era tão densa que precisei fechá-la de novo.

As escadas estavam pegando fogo. Eu estava no terceiro andar.

Pela primeira vez em alguns anos, eu quis a minha mãe. Então pensei na casa da fazenda e no longo corrimão de um lado das escadas. Em Olga e Angia dando gritinhos enquanto escorregavam por ele, vendo, com o relógio de *tata*, quem fazia o melhor tempo. Peguei um cobertor de lã da cama de Marysia e o enrolei no corpo de forma que ele fizesse uma camada dupla na minha frente. Então respirei fundo e corri direto para o calor das escadas em chamas.

Deslizei pelo corrimão incendiado segurando firme com meus cotovelos e pernas cobertos, a lã presa entre os meus dentes. Do terceiro andar para o segundo, do segundo andar para o primeiro, o calor fazendo meus olhos e minha garganta arderem, e então do primeiro andar para o frescor úmido do porão, onde tossi, me engasguei e bati as pontas do cobertor que estavam em chamas.

Um grupo de pessoas estava encolhido num canto escuro. Todos pareceram surpresos de me ver. Eu os espiei com olhos lacrimejando.

— Vocês sabem que o prédio está pegando fogo? — gritei.

Nós nos espalhamos como ratos pela rua cheia de destroços, e eu mal consegui reconhecer onde estava. O ar pesava com poeira, fumaça e pânico. As pessoas gritavam. Por ajuda. De dor. Não só uma, mas dezenas de pessoas vindas de todas as direções. O prédio em frente ao de Marysia ficou partido ao meio, como se fosse um bolo cortado; uma cama estava suspensa em uma das camadas, perfeitamente equilibrada, e bem no alto havia um homem pendurado em uma viga, com as pernas chutando para os lados. Um avião passou por ele, zumbindo no alto, e explosões e sirenes de ambulância soavam ao longe.

Então algo se moveu de dentro dos detritos e tocou os meus pés.

Eu desenterrei o homem, um fantasma cinza e sangrento preso embaixo dos tijolos caídos. Antes que eu pudesse perguntar seu nome, ele foi embora cambaleando, murmurando algo sobre sua mulher e os alemães. Eu corri para casa. Não para a fazenda, mas para a melhor opção depois disso, passando pela ponte que cruzava o rio, pensando, no meio do caminho, em como uma ponte era um bom alvo para uma bomba. Eu me lancei em um beco coberto entre as construções da Mickiewicza 7 e, assim que meus pés cruzaram a porta do prédio dos Diamant, Izio estava lá, um pouco me puxando, um pouco me carregando, para o porão.

Max já estava lá embaixo. O sr. e a sra. Diamant, Henek e Chaim, que tinha voltado da Itália fazia apenas um mês, estavam sentados ao lado dele na sujeira junto a todos os vizinhos que eu já tinha conhecido. A sra. Diamant abriu os braços e eu corri até ela, Izio se acomodando do meu outro lado.

— Você se queimou — ele disse, apontando para o meu pulso. Eu não tinha notado. Ele pegou minha mão cheia de bolhas no escuro, de forma que sua mãe não pudesse ver.

Tanques fizeram tremer as ruas acima de nós, mas eu me sentia mais segura mesmo assim.

Alguém trouxe um rádio de pilha e nós escutamos o presidente Mościcki dizer aos jovens da Polônia para se reunirem em Lviv. Para nunca se tornarem soldados alemães. Para irem para a Rússia se precisassem. Os homens da família tiveram uma conversa aos sussurros. Talvez fosse uma conversa que eles já tivessem tido antes. Em quinze minutos, os quatro garotos haviam beijado a mãe e estavam a caminho de Lviv com a roupa do corpo e um pouco de pão no bolso. Na minha mão queimada eu ainda sentia o calor de Izio. A sra. Diamant colocou a cabeça nas mãos e chorou, eu a abracei e acariciei seu cabelo. Ela era minha agora. Minha velha. Minha *babcia*.

O sr. Diamant sacudiu a cabeça.

— *Di velt iz sheyn nor di mentshn makhn zi mies* — ele disse. O mundo é belo, mas as pessoas o tornam feio.

Eu levei muito tempo para entender que os irmãos Diamant não tinham fugido porque o presidente Mościcki dissera a eles para fugir. Eles tinham fugido porque eram judeus.

Nós passamos uma semana no porão, escutando os russos chegarem, os bebês chorarem e os tiros que iam dos telhados para as ruas. Uma vez por dia alguém arriscava a vida nos andares superiores para buscar comida, água e querosene para a lamparina. E quando as armas ficaram em silêncio, os tanques emudeceram e nós ousamos nos arrastar para fora do nosso buraco, Przemyśl era uma cidade dividida. O lado do San em que minha irmã morava era alemão. O nosso lado era russo.

A guerra de Hitler tinha rastejado até as nossas margens.

E parado.

Então nós enterramos os mortos, limpamos os destroços, recolocamos os vidros e varremos a poeira da loja. As ruas agora estavam esburacadas, os lugares onde antes havia prédios estavam vazios como dentes arrancados. Os soldados russos patrulhavam as estradas principais e a estação de trem, e os judeus da Przemyśl ocidental, ocupada pela Alemanha, foram expulsos para o outro lado do rio. A ponte tinha de fato sido bombardeada, então nós os observamos chegar em fileiras pela ponte ferroviária, a fumaça escura da sinagoga incendiada ainda se erguendo atrás deles.

Os bairros judeus ficaram lotados, e o quarto que antes era de Chaim e Max foi dado pelo departamento de habitação para Regina e Rosa, duas mulheres judias e alemãs que já haviam fugido de Hitler uma vez, mas não tinham ficado mais gentis depois dessa segunda experiência. Elas olharam para seu novo quarto — um pequeno apartamento independente, com uma pia e um fogão —, fecharam a porta e não falaram conosco. E, como nossa parte de Przemyśl ficava praticamente na Rússia, de qualquer forma, os irmãos Diamant voltaram de Lviv.

— Você viu sua irmã? — a sra. Diamant perguntou. — Como está minha Ernestyna?

— Ninguém a viu, *mame* — Chaim disse. — Não depois do bombardeio.

Eu observei com cuidado o rosto redondo da minha *babcia,* mas ele só se contraiu por um momento.

— Então ela foi para algum lugar seguro — a sra. Diamant concluiu. — Para os meus primos, ou a irmã do seu *tate* em Viena. Nós vamos receber uma carta quando o correio voltar a funcionar. — E ela voltou a mexer a sopa em uma grande panela. Max encontrou meu olhar e movimentou a cabeça, negando. A irmã deles não poderia estar em Viena.

Eu ouvi rumores nas ruas. Histórias de que, durante o tempo em que estávamos escondidos no porão, cem judeus, homens velhos e meninos pequenos, tinham sido obrigados a correr por toda Przemyśl, até a rua Mickiewicza, enquanto soldados alemães os espancavam se caíssem. E quando eles não conseguiram mais correr, foram levados até o cemitério, onde foram fuzilados.

A LUZ NA ESCURIDÃO   27

Mas eu não dava ouvido aos rumores. Não acreditava neles. Ninguém faria algo desse tipo. E as bombas tinham criado muitas sepulturas no cemitério.

Eu não queria acreditar, e isso tornava a mentira mais fácil.

Eu trabalhava com a sra. Diamant na loja. A saúde do sr. Diamant tinha melhorado, e ele assava pães duas vezes por semana em um café. Chaim arranjou um emprego no hospital municipal e, durante a semana, Max viajava quatro quilômetros para o sul para trabalhar como assistente de dentista na vila de Nizankowice. Henek e Izio voltaram para as aulas.

Izio aparentava ser o mesmo de sempre. Só que também estava diferente. Ele passava na loja de manhã. Eu cantava músicas de gosto duvidoso para ele. Para além do ídiche, ele me ensinou insultos em alemão, para o caso de os exércitos de Hitler cruzarem o rio, e à noite nós dançávamos em frente à janela aberta, ao som da orquestra que tocava no restaurante do outro lado da rua. Izio me contava quase tudo. Mas não tudo. Ele começou a fumar. Uma vez perguntei a Max o que eles tinham visto na estrada para Lviv e ele só respondeu:

— Sangue.

Não perguntei mais nada depois disso.

Recebi uma carta da minha mãe quando o correio voltou a funcionar. Ela estava em segurança na fazenda, com meu irmão e irmã mais novos, enquanto meus irmãos mais velhos estavam espalhados pela Polônia. A sra. Diamant não recebeu uma carta, embora ela checasse todo os dias. Comprei um par de sapatos de salto, fui ao cinema e me sentei com Izio à noite, respirando a fumaça dele enquanto as luzes alemãs cintilavam do outro lado do rio.

Na primavera em que fiz dezesseis anos, a sra. Diamant começou a me mandar à reunião mensal dos comerciantes. A caminhada até o outro lado da cidade era cansativa para ela, as exigências russas eram tolas e eu só precisava me sentar no fundo e responder "aqui" quando o nome Leah Diamant fosse chamado e, depois, relatar qualquer coisa que eu tivesse ouvido que pudesse ser importante. Na terceira vez que fui à reunião, cheguei atrasada. É possível que eu tenha me demorado no mercado comprando um pacote barato de meias. Eu estava tentando evitar que a porta batesse atrás de mim quando ouvi o homem no palco dizer:

— Leah Diamant?

—Aqui! — gritei, e um auditório cheio de homens de meia-idade e uma ou duas mulheres se viraram de seus assentos para me olhar. Um pequeno burburinho começou. *Que menina nova para gerenciar uma loja. Tão ambiciosa! Essa srta. Diamant é exatamente do que nossa cidade precisa.* Alguém bateu palmas, outros se juntaram, e toda a sala ecoou. Eu me sentei no primeiro lugar vazio que encontrei, vermelha, determinada a olhar apenas para o homem no palco, ouvir o que ele tinha a dizer e correr de volta para minha toquinha atrás da cortina.

— Bom para você! — uma voz sussurrou no meu ouvido.

Olhei de canto de olho. Ao meu lado estava um homem jovem com marcas no queixo que deviam tornar difícil barbear em volta.

— Você cuida da loja faz tempo?

— Não — resmunguei.

O hálito dele soprou quente na minha bochecha.

— Você a herdou dos seus pais?

Eu não respondi. Encarei o homem no palco como se ele fosse a única coisa interessante no mundo.

— Meus pais têm um açougue — o garoto cochichou. — Mas ele é meu agora. Só para gerenciar, claro. Eu emprego os açougueiros. Três deles. Nada de mãos sujas aqui, meu anjo. Qual seu endereço?

Eu virei a cabeça.

— Sua boca fica sempre aberta ou você consegue fechá-la?

Ele não conseguia. E também não precisou de muito tempo para encontrar meu endereço, porque no dia seguinte ele apareceu na loja, assim como muitas pessoas da reunião, que foram ver a jovem empresária. Vendemos metade do nosso estoque em uma tarde. A sra. Diamant assentiu e sorriu quando perguntaram se eu era filha dela, me cutucou para que eu fizesse o mesmo e sussurrou que ela queria que eu pudesse ir a uma reunião de comerciantes duas vezes na semana. O jovem mal-barbeado comprou meio quilo de maçãs e água com gás, disse que seu nome era Zbyszek Kurowski e me convidou para comer com ele em um restaurante.

Eu recusei. Ele voltou no dia seguinte e me convidou mais uma vez. Eu lhe dei mais do mesmo, com acidez extra. Ele disse que tinha uma fila de garotas esperando por ele, que tudo que precisava fazer era estalar os dedos. Eu disse a ele que isso era ótimo, que fosse estalá-los logo. Ele saiu com uma expressão tempestuosa e eu fiquei feliz por me livrar do sujeito.

Nos três dias seguintes, quando a loja estava tão cheia que Izio precisou ir ajudar depois da aula, eu o vi sorrindo para mim, seus olhos apertados, apontando por cima da cabeça de um soldado russo na direção da porta. E lá estava Zbyszek, dessa vez com um homem mais velho e uma senhora. A senhora usava luvas e uma gola de pelo laranja er-

30 SHARON CAMERON

guida em volta de suas orelhas. Eu terminei de amarrar um embrulho, ela se aproximou do balcão, apresentou-se como a sra. Kurowski e pediu uma dúzia de doces de creme. Eu os peguei e ela pediu uma barra de chocolates com amêndoas e dois quilos de maçãs. Enquanto eu pesava as maçãs e embrulhava suas compras, ela me fez perguntas. Quantas horas eu trabalhava por dia? Com que frequência eu ficava doente? Eu tinha uma conta bancária? Onde eu comprava minhas roupas?

Zbyszek estava ao lado do pai, as mãos nas costas, estudando o teto, e eu consegui ver que tanto a sra. Diamant quanto Izio tinham se aproximado, escutando, mas fingindo não escutar. Eu entreguei os pacotes para a mulher e senti meu rosto ficando quente.

— Srta. Podgórska — a sra. Kurowski pronunciou. — Você parece ser trabalhadora eficiente e ágil, e é muito agradável de se conversar. Eu acho que você será um bom acréscimo ao nosso lar.

Por dois segundos, achei que a mulher estivesse tentando me contratar como criada. Mas um olhar para os homens Kurowski corrigiu meus pensamentos. A maior parte da loja estava escutando, e Izio mordia o lábio, tentando esconder seu sorriso.

— Obrigada — respondi, rígida —, mas não acho que eu...

— E de uma família tão boa — ela continuou, erguendo a voz. — Fazendeiros católicos. De Bircza. Não muito alto, não muito baixo. — Ela se inclinou para a frente. — Que médico você visitava lá, srta. Podgórska?

— Magda — o sr. Kurowski disse, puxando a roupa de sua mulher. Ela o dispensou com um gesto.

— Vá ficar quieto em algum lugar, Gustov. Isso é conversa de mulher. Você...

— Com licença — eu interrompi. — Mas como você sabe da minha família? Eu nunca falei com seu filho sobre...

— Ah! — A sra. Kurowski olhou em volta, satisfeita com seu público. — Assim que meu Zbyszek me disse que tinha conhecido uma garota de que havia gostado, eu contratei um detetive. Você deveria fazer o mesmo, srta. Podgórska. É melhor ter tudo às claras, não acha? Mas posso te adiantar que meu filho é um bom garoto. Ele não fuma. Não bebe. Ele tem boas perspectivas e nenhuma doença. Tudo que é bom para um casamento. E você deveria se casar logo, srta. Podgórska, antes que alguém indigno apareça e a corrompa.

Eu realmente não sabia o que dizer.

— Mas nós podemos conversar todo o resto no jantar.

Sacudi a cabeça.

— Não.

A sra. Kurowski pareceu confusa.

— Eu não estou interessada em casamento e, especialmente, não estou interessada em um casamento com o seu filho! Adeus... obrigada por ter vindo.

A mulher deu um passo para trás com seus pacotes, uma das mãos tocando sua gola de pelo, e Zbyszek tomou o lugar dela no balcão. Ele deu uma piscadela.

— Não precisa ser mal-educada — disse. — É uma boa oferta. Tudo que minha mãe disse é verdade. Meus pais só queriam dar uma olhada em você, sabe, caso você...

— Eu não sou um pedaço de tecido para ser examinada antes de ser comprada! — estourei.

A essa altura, todos os clientes da loja tinham parado para assistir. Até o soldado russo, e ele não falava polonês.

— Vocês. — Meu olhar examinou os três Kurowski. — Vocês todos podem... *geyn in drerd!*

Metade da loja prendeu a respiração. Eu tinha acabado de mandar os Kurowski para o inferno. Em ídiche. Uma habilidade que era cem por cento culpa de Izio.

A sra. Kurowski se virou e abriu a porta, seu marido logo atrás dela, mas Zbyszek só sorriu.

— Você é tão arrogante — disse. — Eu gosto disso. Te vejo em breve, meu anjo. — E me jogou um beijo antes que a porta se fechasse atrás dele.

A loja ficou quieta de um jeito que eu nunca tinha ouvido. Então minha *babcia* gargalhou tanto que quase caiu da cadeira. Toda a loja riu e, depois de alguns minutos, eu estava rindo com eles. Izio riu também, mas ele estava pensativo.

Naquela noite, na janela, ele seguia pensativo, sua cabeça em uma almofada, pés para cima no sofá da mãe, fumando no escuro. Nós estávamos conversando sobre meu desgosto por galinhas que não estivessem num prato, a diferença entre o *nichnut* alemão e o *nudnik* ídiche[*] (não existia nenhuma) e se algum dia os russos iriam erguer aquela estátua na praça ou só deixariam as crianças escalando a cabeça de Lenin. Mas já era tarde, e Izio tinha ficado quieto. Pensando. Ele era assim às vezes. Eu estava pensando que o brilho do seu cigarro o fazia parecer misterioso.

Então ele disse:

— Fusia, eu ainda tenho três anos na faculdade de Medicina. E, quando acabar, Chaim acha que pode me conseguir um emprego no hospital. A menos que...

---

[*] Ambos os termos significam pessoa chata, entediante. (N. T.)

Ele queria dizer *a menos que os alemães viessem*. Mas os alemães não estavam vindo. Hitler tinha um acordo com Stalin. "Os alemães perderam uma guerra", o sr. Diamant gostava de dizer. "E a Rússia é um país grande…"

— Mas se os alemães vierem — Izio disse, exalando fumaça —, Chaim, Max, Henek e eu teremos que fugir de novo.

— Mas por quê? — Fugir não tinha funcionado da última vez.

Izio se endireitou.

— Você não tem escutado? Ou tapou os seus ouvidos? Você sabe o que os nazistas estão fazendo com os judeus.

— Mas são apenas histórias…

— São histórias verdadeiras, Stefania.

Franzi a testa e olhei pela janela, magoada por ele ter usado meu nome inteiro. Um estalo agudo de botas russas passou e sumiu pela calçada.

Izio prosseguiu.

— Então pode levar muito tempo até eu conseguir meu diploma e um emprego bom o suficiente para sustentar uma esposa. Três ou quatro anos. Talvez cinco. Mas tenho me perguntado, Fusia, se você vai esperar por isso.

Apertei os olhos para observar a sala escura, mas Izio tinha apagado seu cigarro e eu não conseguia ver seu rosto.

— Você quer que eu espere pela sua esposa?

— Não, sua *dummkopf*.* — Ele suspirou. — Eu estou te pedindo para casar comigo.

Passei meus pés do parapeito para as franjas do tapete.

— Você não vai me mandar para o inferno, vai? — ele perguntou. — Ou cantar um tango?

---

* "Cabeça-dura" em ídiche. (N. T.)

Eu nem conseguia lembrar como era o som de um tango.

— Você não vai pular da janela?

Na verdade, eu corria o risco de cair da janela. Então fiquei ali, surpresa ao notar que meus joelhos estavam trêmulos, e Izio se levantou do chão. Ele pegou as minhas mãos.

— Três anos — disse. — Provavelmente mais. Você esperaria por mim?

— Mas o que seus pais vão dizer? — Eu estava pensando na sinagoga aos sábados e a catedral aos domingos. O que os *meus* pais iriam dizer?

— Você já é parte da família. Sabe disso. Mas talvez esse possa ser nosso segredo. Por enquanto.

Como sempre tinha sido. Ele tocou meu cabelo.

— Stefania, Stefi, Stefushka, Stefusia, Fusia Podgórska — ele sussurrou. — Você esperaria por mim?

E então eu beijei Izydor Diamant. Eu o beijei por um longo tempo. E, um mês depois, bombas alemãs voltaram a cair em Przemyśl.

4.

Junho, 1941

Desta vez as explosões aconteceram durante o sono profundo, antes do amanhecer. Mas eu sabia exatamente o que aquilo significava. Saí de trás da minha cortina e Max pegou minha mão e a da mãe, nos puxando para uma confusão de pessoas com roupas de dormir abrindo caminho até o porão do prédio. Chaim e Henek estavam logo atrás de nós e Izio carregava o pai doente como um saco de batatas.

Nós tremíamos em nossas roupas finas, e, então, o porão lotado ficou quente. Abafado. Cheio de crianças chorando e poeira caindo por causa das bombas que explodiam acima de nós. Henek reclamou que eu estava perto demais, reclamou mais uma vez, e eu lhe dei um chute na canela. Izio passou um braço em volta de mim. A sra. Diamant viu e sacudiu a cabeça, resmungando.

Quando o sol estava na metade do céu, as bombas e as granadas da artilharia silenciaram. Eu ouvi o som das metralhadoras chegando, a princípio ao longe, depois mais próximas, e jipes passando velozes pelo nosso prédio. Izio olhou para mim, eu olhei para ele, e então nós dois olhamos para Max. Se os alemães chegassem, eles teriam que fugir. Mas achei que o sr. Diamant podia estar certo. A Rússia podia ganhar.

O conflito chegou bem perto de nós, tiros e vidros quebrados, e, quando os sons finalmente desaceleraram e pararam, Henek se arrastou para a rua. Ele disse que viu soldados alemães mortos, apoiados nas vitrines da loja como manequins. Algumas pessoas no porão comemoraram. Até que os tiros começaram de novo. Apertei minhas mãos contra os ouvidos e tentei não ouvir os homens feridos. Quando finalmente o som parou e Henek subiu as escadas mais uma vez, ele disse que não havia ninguém na rua. Nenhum ferido, nenhum veículo. E os soldados mortos nas vitrines da loja agora eram russos, os corpos apoiados em cabos de vassoura, seus rostos pintados com suásticas.

— Os alemães estão vindo, *mame* — Chaim disse.

A sra. Diamant se mexeu, como se acordada do sono.

— Para cima — ela disse. — Rápido! Todos vocês!

Nós fizemos o que ela mandou, passando por cima da multidão desolada e subindo as escadas.

— Fusia — a sra. Diamant disse, ofegante, enquanto subia. — Pegue a caixa de dinheiro embaixo da cama. Conte o dinheiro e divida em cinco, sim? Meninos, vistam suas botas e duas camadas de roupas para abrirem espaço nas mochilas para comida. E, no caminho, passem na loja e peguem todo o pão que puderem carregar...

Quando terminei de contar o dinheiro, os meninos já estavam vestidos e a sra. Diamant estava enfiando garrafas vazias em mochilas, porque não estava saindo água das torneiras. Chaim me fez um aceno de cabeça, Henek desviou os olhos, Max deu um único sorriso e Izio beijou minha testa.

— Espere por mim — sussurrou.

— Cuide dos nossos pais — Max pediu. — Por favor.

E, antes que eu pudesse responder, eles desapareceram.

Não achei que isso fosse acontecer.

O sr. Diamant desabou em sua poltrona, chocado demais para fumar, e eu tinha uma enorme ferida sangrando em algum lugar no fundo do meu peito. A sra. Diamant podia vê-la. Assim como ela viu o braço de Izio em volta de mim e aquele beijo na testa. Ela tirou os óculos e os limpou com o casaco que estava usando por cima da camisola. Seu rosto estava sujo, formando um anel claro em volta de cada olho, e havia uma emoção ali que eu nunca tinha visto sendo dirigida a mim. Raiva.

Isso me acertou como um soco no estômago.

Fui até a pia lavar a louça que tínhamos deixado dois dias atrás, mas, quando liguei a torneira, nada aconteceu. Tinha esquecido que não havia água. Apenas a que escorria pelo meu rosto. Então a sra. Diamant suspirou, me puxou para os seus braços, me chamou de sua *ketzele* e choramos juntas pelos filhos dela enquanto as ambulâncias passavam.

Nós deveríamos ter economizado lágrimas para mais tarde.

O exército alemão marchou pela rua Mickiewicza, fileiras e fileiras com botas que podiam ser ouvidas mesmo com as janelas fechadas. Rosa e Regina saíram do porão, sacudiram suas roupas empoeiradas em nosso corredor até espirrarmos e bateram a porta. Pensei em como elas tinham fugido da Alemanha. Em Izio e todas as histórias que eu tinha ouvido, mas me recusado a acreditar. As histórias nas quais ele havia acreditado. Olhei para o sr. Diamant, magro e frágil, para a minha *babcia,* mole como manteiga derretida, o rosto marcado de lágrimas. Virei de costas para o exército marchando do outro lado da janela e disse:

— Acho que deveríamos fugir.

Foi preciso argumentar um pouco, mas, sem os filhos, a sra. Diamant não foi tão difícil de persuadir quanto eu pensei que seria. Poderíamos ir para o leste, sugeri. Para Nizankowice. Talvez os alemães não se importassem tanto com judeus em uma vila. Não do mesmo jeito que na cidade. Eles teriam que ir muito longe para nos encontrar.

A sra. Diamant costurou suas joias em sua cinta e nosso dinheiro em seu sutiã enquanto eu procurava água, limpava a cozinha, empacotava comida e escondia os castiçais. Eu não confiava que Regina e Rosa não iriam saquear nosso apartamento enquanto estivéssemos fora. Nós nem as avisamos que estávamos indo embora.

Não havia trens, então atravessamos lentamente a cidade, nos mantendo fora das vias principais o quanto podíamos, até finalmente nos juntarmos a um grupo de pessoas como nós, tentando escapar dos alemães em Przemyśl. O sr. e a sra. Diamant precisavam parar e descansar a cada 45 minutos, mais ou menos, embora fosse eu quem estivesse carregando todos os suprimentos na bolsa. Eu precisava morder a língua e forçar meus pés a diminuírem o passo. Então encarava o céu, esperando que eles me alcançassem. O que eu estava fazendo? Como podia cuidar de duas pessoas com idade suficiente para serem meus avós? Outra pessoa devia estar fazendo esse trabalho. Tomando essas decisões.

Mas não havia mais ninguém. Só havia eu.

A segunda parte da minha educação havia começado.

Era fim de tarde e nós só estávamos na metade do caminho para Nizarkowice, viajando com um grupo de outras pessoas mais velhas, algumas ainda mais velhas que o sr. Diamant, mulheres com crianças e carroças com os doentes. Os lentos. Vimos armas espalhadas pela estrada, largadas pelos russos que fugiram, disponíveis para quem quisesse pegar. Ouvimos tiros isolados, saraivadas de metralhadoras nos bosques, os gemidos de meninos logo depois. Passamos por três pessoas cuidando de seus próprios ferimentos de bala na beira da estrada. Eu queria parar, fazer algo, mas eu tinha meus dois velhos e nenhuma maneira de ajudá-los.

O sol ainda estava quente, o sr. e a sra. Diamant estavam exaustos e já estávamos sem água havia um bom tempo. Então guiei nosso grupo por uma estradinha, torcendo para encontrar uma fazenda com um poço.

E foi exatamente isso que encontramos. Uma casa com um telhado vermelho inclinado, um celeiro onde vacas mugiam e um poço coberto bem em frente. Eu me ajoelhei, grata, e, enquanto os outros suspiravam de alívio, puxei a corrente com um balde cheio na ponta e tentei encher uma garrafa com boca muito estreita. O sr. e a sra. Diamant ajudaram um ao outro a sentar no chão, seus peitos arfando.

— O que você acha que está fazendo?

Ergui os olhos e vi uma mulher com um lenço em volta da cabeça. E o cano de um rifle russo.

— Desculpa — eu disse. — Eu devia ter batido. — Dei meu melhor sorriso "me compre um chocolate", mas não funcionou. Não dessa vez. — Meus... meus amigos estão cansados, e nós viajamos um longo...

— Eu sei quem vocês são — a mulher disse, apontando o rifle para meu grupo esfarrapado, aglomerado em seu quintal. — Porcos judeus. Agora saiam!

Olhei para o grupo. Eles eram judeus? Eu não sabia. Mas...

— Saiam daqui antes que eu atire! — ela gritou.

Algumas pessoas não gostavam de judeus. É claro que eu sabia disso. Mas negar água para crianças e alguns velhos esfarrapados era algo que eu não podia conceber. Ajudei o sr. Diamant a se levantar e o observei saindo lentamente na direção da estrada, as costas curvadas. Ajustei a mochila pesada e olhei de volta para a mulher com o rifle e o poço cheio de água. E, de repente, fiquei com tanta raiva que minha visão embaçou.

— Espero que um dia você esteja morrendo de sede — eu disse a ela —, para que nesse dia alguém lhe negue água como você fez com eles!

— Vamos, *ketzele* — a sra. Diamant sussurrou.

Virei as costas e dei um salto quando um tiro ressoou. Algo zumbiu do lado da minha cabeça e sangue surgiu no braço de um homem à minha frente, um homem que eu sequer conhecia. Ele gritou, mas não parou de seguir pelo caminho. Nenhum de nós parou. Não até estarmos novamente na estrada. A sra. Diamant usou seu lenço para atar a ferida do homem; eu queria passar mal, mas não passei.

Se eu ia cuidar deles, se eles eram minha responsabilidade, se qualquer um de nós fosse sobreviver, então eu precisava aprender a controlar meu temperamento. Não importava a injustiça. Não importava quanta raiva eu sentisse.

Eu não tinha certeza de que conseguiria.

A LUZ NA ESCURIDÃO

Nós entramos cambaleando na vila de Nizankowice, perto da meia-noite, e eu bati na porta da sra. Nowak, a católica que hospedava Max durante a semana enquanto ele trabalhava com o dr. Schillinger. Ela ficou surpresa em nos ver, mas não pareceu lamentar. Ela nos instalou no quarto de Max, e acho que o sr. e a sra. Diamant adormeceram antes mesmo que suas cabeças encostassem no travesseiro.

Examinei o quarto de Max. Parecia pertencer a um homem jovem. Havia sapatos sujos num canto, livros de medicina ao lado da cama, fotos na escrivaninha. Uma de seus irmãos e irmã. Uma foto dele com chapéu e casaco em frente à loja. Uma de uma garota que eu não conhecia. E uma de mim com a mãe dele, pegas de surpresa, sorrindo atrás da vitrine de chocolates. Encontrei um cobertor extra e dormi no chão.

Eu sentiria falta da loja.

Na tarde seguinte, enquanto os Diamant descansavam, eu me esgueirei da casa para a praça da vila. Nós precisávamos de comida, um lugar mais permanente para ficar e um emprego. Pensei que talvez alguma loja precisasse de uma ajuda. Uma casa precisasse ser limpa. O que eu encontrei foram três corpos jogados na terra — mortos ou inconscientes, não tive certeza — e uma vila perto da completa desordem. Dois homens se revezavam em cima de um caixote, gritando por cima do barulho de uma multidão inquieta. Eles estavam com a barba por fazer, usando botas e macacões como trabalhadores de fábrica. Mas seus cabelos estavam cortados curtos. Arrumados de forma suspeita. Eu me encolhi atrás de um caminhão de entregas estacionado.

— Quem começou essa guerra foram os judeus! — o homem sobre o caixote gritava. Ele estava apontando para as pessoas, seu rosto vermelho e suando. — Eles levaram nosso país à falência, mataram nossas crianças de fome. Suas famílias não estarão a salvo, essa guerra nunca vai terminar, até que... cada... judeu... seja morto!

Um rugido saiu da multidão, alguns contra, outros a favor do discurso, e enquanto as pessoas estavam ocupadas discutindo, o homem com macacão sujo e seu companheiro trotaram para fora da praça em direção ao bosque. Observei três homens segui-los e imediatamente ouvi tiros. A multidão se espalhou, alguns indo para o bosque munidos de paus e pedras. Ainda havia três corpos largados na praça. Corri de volta para a pensão e tranquei a porta. Estava suando.

— Encontrou algo bom? — a sra. Diamant perguntou.

Ela estava lendo uma revista, seus pés inchados erguidos sobre uma almofada. Coloquei um sorriso no rosto.

— Hoje não — disse, e me fechei no banheiro. Eu ainda podia ouvir aquela bala zumbindo pelo meu ouvido, o grito do velho quando ela passou por seu braço. Os judeus não fizeram aquilo. Eles não soltaram bombas na minha cidade. O que tinha dado em todo mundo? Joguei água fria no rosto.

A sra. Nowak bateu na porta e a abriu um pouco. Eu me endireitei em frente à pia. Ela sentia muito, mas depois dessa noite nós precisaríamos encontrar outro lugar para ficar. Outra pessoa tinha reservado o quarto. O quarto de Max. Com as fotos dele ali. A boca da sra. Nowak estava contraída.

— Alguém sabe que você tem judeus aqui? — perguntei.

Ela pareceu ter sido pega no flagra. E culpada.

— Eu... eu só não quero problemas, só isso.

Sequei meu rosto, tentei pensar. Eu queria chorar.

— Devemos ir para o leste? — sussurrei.

A LUZ NA ESCURIDÃO **43**

A sra. Nowak sacudiu a cabeça.

— Não acho que vão deixá-los entrar na Rússia — ela disse.

Nós não esperamos amanhecer. Acordei o sr. e a sra. Diamant às três e meia da manhã, antes que a casa estivesse despertando. A sra. Diamant deixou um bilhete agradecendo a sra. Nowak por sua hospitalidade; fechei a porta sem fazer barulho e os apressei pela estrada escura. Eu queria estar longe de Nizankowice antes que o sol nascesse.

Nós fizemos uma viagem mais rápida. Bem melhor do que a primeira. A sra. Diamant manteve um bom passo, e o sr. Diamant não estava tendo tantos problemas com a sua diabetes. Ou talvez dessa vez eles estivessem mais com medo do que tristes. Não que eu tivesse contado a eles o que havia acontecido na cidade. Mas a forma obediente como me seguiram dizia que talvez tivessem entendido sozinhos.

O bosque estava silencioso, nada de tiros, o ar da manhã era fresco, as colinas se erguiam enevoadas e as únicas pessoas que vimos foram alguns outros refugiados indo para o caminho oposto ao nosso. Chegamos em Przemyśl às duas da tarde com nada além de pés doloridos.

Grande coisa estar no comando, pensei. Pelo menos na nossa cidade os vizinhos não atirariam na gente.

A sra. Diamant quis passar na loja antes de irmos para o apartamento, para levarmos parte do estoque para casa. Estávamos famintos e cansados, e o mercado ainda não tinha reaberto. Uma rachadura longa e irregular descia pela vitrine da frente da loja, e uma Estrela de David amarela, com tinta escorrendo, estava pintada no vidro, junto da palavra *Judeu*. As prateleiras estavam vazias. Não havia sequer uma maçã ou chocolate.

Eu deixei os Diamant na calçada e atravessei a rua até o banco. O gerente, um homem que o sr. Diamant conhecia desde que usava fraldas, disse que os Diamant não tinham mais uma conta ali. Que nenhum judeu tinha uma conta ali. Então eu esvaziei a minha conta. A sra. Diamant não disse nada. Ela só pegou o braço do marido e nós voltamos lentamente para o apartamento.

Pelo menos ele estava igual, embora parecesse que alguém tinha revirado os armários e a escrivaninha. E alguém tinha batido seus tapetes sujos bem no corredor, porque a cortina vermelha do meu quarto agora estava cinza de poeira. Eu vi a suspeita de ambos os crimes, Rosa, espiando da sua porta, embora ela a tivesse batido de volta quando me pegou olhando. Acho que ela torceu para que não voltássemos.

A sra. Diamant foi comigo ao mercado na manhã seguinte para usarmos meu dinheiro guardado e comprar algo que pudesse ser vendido com lucro na loja. E então descobrimos que judeus não podiam mais entrar no mercado entre oito da manhã e seis da tarde. O que era, claro, quando tinha alguma comida lá. Eu a mandei para casa, fiz as compras do dia e todas as outras depois disso, embora houvesse muito pouco dinheiro para fazê-las.

Também atravessei a ponte que os nazistas tinham colocado para substituir a que eles haviam bombardeado. Mas minha irmã não estava mais do outro lado de Przemyśl, e não havia ninguém que soubesse para onde ela poderia ter ido. Escrevi uma carta para minha mãe e entreguei ao carteiro no primeiro dia que o correio voltou. Ele me contou, aos sussurros, que tinha sido bom voltarmos de Nizankowice quando o fizemos, pois a estrada não era mais segura. Outros que estavam tentando voltar para a cidade tinham sido espancados, roubados ou assassinados no caminho. Mas onde estávamos também não era seguro. A sra. Diamant foi buscar os novos documentos alemães e as faixas brancas estampadas com a estrela judaica para serem usadas no braço. Ela teve que fazer isso caminhando pela sarjeta, porque os judeus não podiam mais usar as calçadas. Nós víamos meninos de quipá limpando as ruas sob a vigilância de metralhadores alemães. Eu não recebi uma resposta da minha mãe.

De alguma forma, o ar ganhou a sensação de inverno muito antes que o frio chegasse. Opressivo. Escuro.

Solitário.

E isso me deixou com raiva.

Fui para casa sob uma chuva fria, com a pouca comida que podíamos pagar, e, quando entrei e tirei minhas botas, meus pés deixaram rastros pelo corredor. Minha cortina, minha cama e até mesmo a porta para a cozinha estavam mais uma vez cobertas de pó. Fui até a porta de Rosa e Regina e bati. Como elas não responderam, eu esmurrei. Um olho — o de Rosa, acho — apareceu pela fresta.

— Sua mãe não te ensinou a bater o tapete do lado de fora da casa? Você está cobrindo tudo de poeira!

O olho na fresta se apertou.

— E você a está levando de volta para o seu quarto toda vez que você vai e... — Mas a porta tinha batido. Fui procurar a pá de lixo.

Na manhã seguinte, meu casaco, que eu havia deixado secando no corredor, tinha sido cortado em tiras.

— Não ligue — a sra. Diamant disse, passando as mãos pelos farrapos. — A tristeza pode se tornar crueldade. Lembre-se disso, *ketzele*. Nós não sabemos o que aconteceu com elas na Alemanha. Deveríamos ter pena dessas mulheres.

Eu não tinha certeza de que conseguiria. Mas talvez eu não tivesse tanta coisa para perdoar se conseguisse controlar meu próprio temperamento.

Dois dias depois, Regina e Rosa chamaram a nova polícia alemã, a Gestapo, para o apartamento. Da primeira vez que encontramos oficiais da Gestapo, eles tinham ficado à vontade para pegar a maior parte dos livros, uma pintura, a menorá de prata e toda a porcelana da avó Adler. Agora eles estavam lá porque a sra. Pohler tinha se recusado a dar a Regina a chave do sótão — onde nos revezávamos para pendurar os lençóis molhados — até que seus próprios lençóis estivessem secos. Os dois oficiais da SS, com caveiras em seus quepes, bateram na porta da sra. Pohler, chamaram-na de judia fedida, deram-lhe um tapa no rosto e tiraram a chave de suas mãos trêmulas. Deram a chave a Regina, a quem eles também chamaram de judia fedida, e Regina e Rosa desapareceram no sótão, imagino que para rasgarem toda a roupa limpa da sra. Pohler.

Dessa vez a sra. Diamant não falou de pena.

— Eu vou cuidar disso — murmurou. Ela colocou seu casaco, amarrou o lenço em volta da cabeça e correu porta afora.

Eu fiz um caldo para o sr. Diamant, que estava doente e de cama, e depois me sentei em frente à janela, bastante preocupada. A sra. Diamant não podia ter ido ao mercado. Era fim de tarde. O toque de recolher era só às nove, mas até mesmo a polícia polonesa, que fazia o que a SS mandava, encontraria motivos para parar uma judia. A chuva caía forte, deixando marcas no vidro da janela. Quando a sra. Diamant enfim voltou para o apartamento, corri para encontrá-la.

— Onde você…

Ela me calou com um gesto e trancou a porta atrás de si. O lenço que usava na cabeça e a faixa branca no braço do seu casaco estavam encharcados, e ela estava descalça: os dedos redondos e enlameados saíam para fora das meias de seda rasgadas e imundas. Mudei a pergunta.

— Onde estão suas botas?

— Hitler ficou com elas — ela respondeu. — A Gestapo disse que o *Führer* precisa mais delas do que uma velha andando pela sarjeta na chuva.

Eu me lembrei do rosto marcado da sra. Pohler e cruzei os braços.

— E o que você disse?

— Que o *Führer* deles devia procurar um trabalho melhor, para que ele possa comprar as próprias botas!

Dei uma olhada nela, mas não vi nenhum sangue. Ela sacudiu a cabeça.

— Eles só me empurraram, *ketzele*, e meu traseiro é macio demais para que doesse muito.

Não acreditei nela, uma vez que tinha certeza de que as joias da sua mãe ainda estavam costuradas em sua cinta.

E então ouvi uma batida na porta.

A sra. Diamant congelou, se virou e olhou para mim. Seu sorriso tinha sumido.

— Eles te seguiram até aqui? — sussurrei. Ela sacudiu a cabeça e deu de ombros ao mesmo tempo, o lenço bem amassado na sua mão. A batida soou outra vez.

— O que quer que eles tenham vindo fazer, a porta não vai impedi-los, minha *ziskeit** — o sr. Diamant disse. Ele estava apoiado contra a porta da sala. Parecia ter cem anos de idade.

---

* "Doçura" em ídiche. (N. T.)

A sra. Diamant foi lentamente até a porta. A fechadura fez um clique. As dobradiças rangeram. Eu esperei ouvir algo em alemão. Em vez disso, ouvi Max dizer:

— Você esperava que não fôssemos voltar, *mame?*

— Ah! — ela exclamou. — Ah, ah! — E o puxou para dentro. Então Chaim passou pela porta, Henek e também Izio. Eles estavam sujos e molhados, as mangas rasgadas, e a mãe deles deu dois beijos em cada um de seus rostos mal-barbeados. Eu dei um beijo em cada um deles, o que fez Henek me afastar e Max corar, e as duas coisas me fizeram rir.

Izio me abraçou, não por muito tempo, mas o suficiente para me dizer que tinha sentido saudade. Ele tinha emagrecido. Estava com olhos mais maduros. Eu queria contar a ele tudo que estava acontecendo. Mas também não queria contar a ele o que estava acontecendo. Fui fazer chá enquanto a sra. Diamant sorria sem parar, apertando as mãos dos filhos.

Foi muita conversa de uma vez só, a respeito do hospital militar russo onde todos eles tinham encontrado trabalho, esperando serem evacuados com o exército. Mas a ordem de evacuação nunca veio.

— A fronteira está fechada — Chaim disse. — Não podemos sair.

Nenhum de nós podia.

Fizemos um pequeno banquete com sopa e *kasha,* que tinha mais sustância que sabor, o resto do pão, um pote de geleia que a sra. Diamant estava guardando e um saco de maçãs. E embora as histórias que Chaim contasse fossem terríveis — a respeito de aviões alemães atirando em refugiados na estrada e a execução de homens inocentes — houve mais risadas que lágrimas. Nós rimos dos pratos feios de segunda mão que eu tinha comprado para substituir a porcelana.

Gargalhamos quando Henek quis saber por que os alemães não tinham levado as joias e sua mãe respondeu. E a imitação que Max fez de Hitler lendo a cópia do sr. Diamant de *Comentários do Talmude* enquanto calçava botas de mulher me fez rir até doer. Izio segurava minha mão com força por baixo da mesa.

Na ocasião nós não sabíamos, estávamos tão felizes por estarmos juntos, mas aquela era a hora em que os homens deveriam estar se dirigindo a Deus com as mãos sob um manto de oração. Era a hora em que eu deveria estar de joelhos, chamando pela Virgem e pelo Cristo.

Se nós soubéssemos, aquela teria sido a hora em que deveríamos ter chorado.

5.

Abril, 1942

Alguns dias depois, duas cartas do comitê de habitação estavam sobre a mesa da cozinha. A sra. Diamant deslizou uma faca pela extremidade do primeiro envelope. O que quer que dissesse dentro, uma expressão macabra de satisfação tomou conta do seu rosto. Ela saiu rapidamente com a carta nas mãos e eu ouvi uma discussão no corredor. Bebi meu chá me perguntando o que Regina e Rosa tinham feito dessa vez, e abri o segundo envelope.

Eu li a carta. Duas vezes. E então a sra. Diamant voltou para a mesa e atirou nela a carta, triunfante. Regina e Rosa estavam se mudando porque o quarto da frente tinha sido redesignado. Para mim. Agora eu tinha meu próprio quarto.

Eu saboreei a notícia por cerca de trinta segundos antes de entregar a ela a segunda carta. Essa dizia que todos os judeus estavam sendo transferidos para casas em um gueto. O novo apartamento dos Diamant ficaria a apenas algumas quadras dali, dentro de uma área designada, atrás da estação de trem.

Eu teria meu próprio quarto. Mas estaria sozinha.

A sra. Diamant fez uma expressão como se estivesse calculando algo.

— Nós não vamos até sermos obrigados — ela disse.

Dois dias depois, Regina e Rosa se mudaram para o gueto. E, após três semanas, surgiram os cartazes: qualquer judeu que não estivesse no gueto até a meia-noite do dia seguinte seria fuzilado.

Naquela noite, não dormimos. Eu arrastei os móveis e embalei os pratos feios enquanto recebia conselhos incessantes.

— Lembre-se, você é católica — a sra. Diamant disse, como se eu pudesse esquecer. — Eles não vão encostar em uma católica. Tranque todas as portas e tranque a porta do seu quarto também. Mas é só um lugar para dormir. Nós vamos nos ver todo dia, sim? As coisas que estão nesta caixa você pode vender quando o dinheiro acabar...

Ela enfiou a caixa nas minhas mãos. Ela já tinha me dado um quarto do dinheiro, que agora estava enfiado na boca não usada do fogão na cozinha.

— ... e você virá até nós — ela prosseguiu, secando a testa — e nos levará as pequenas coisas que não temos, porque você pode comprar e vender, sim?

— Por que eu não vou com vocês? — eu disse pela centésima vez. — Eu posso dormir no corredor, como faço agora...

— Não seja estúpida, *ketzele*.

Provavelmente eu estava sendo estúpida. Provavelmente eu estava sendo uma *dummkopf*. Mas meu coração estava se despedaçando.

Houve uma saraivada de metralhadora na rua, gritos e o berro de uma mulher. Max colocou a caixa que segurava no chão, foi até a janela e fechou abruptamente a cortina.

— Não olhe para fora, *mame* — ele disse. — Certo?

Ele olhou para mim e não era preciso dizer nada. Deixe a cortina fechada. E então começaram a socar nossa porta.

Agora sabíamos qual era o som de quando a Gestapo chegava. Como se Hitler e Stalin estivessem brigando para ver quem derrubava a porta primeiro. Como se eles fossem entrar, quer você abrisse a porta ou não. A sra. Diamant se virou e arrancou uma mochila da mão de Izio.

— Rápido — ela sussurrou —, todos vocês! Coloquem suas caixas no quarto da frente. Embaixo da cama. Tudo no quarto. Vão! Chaim, Max! Coloquem a mesa da cozinha lá também. E quatro cadeiras. Rápido!

Houve uma agitação no apartamento. Mais socos na porta. Ou talvez fosse a ponta de um cassetete desta vez.

— *Gestapo! Öffne die Tür! Öffne!*

A mesa e as cadeiras desapareceram para dentro do meu quarto. Izio esperou um aceno da mãe e, então, abriu a porta. Quatro oficiais da SS preencheram o corredor e se espalharam pela casa. Um deles ficou, seu quepe com a caveira sorrindo para nós. Suas botas eram um espelho escuro e reluzente.

— O que está acontecendo? — a sra. Diamant perguntou.

— Silêncio! — o homem disse. — Seu *Führer* permitirá que você doe o que não precisa para as provisões do exército alemão…

O exército alemão deve precisar do nosso sofá, eu pensei, porque ele já estava sendo carregado porta afora. Eu corri para a sala. O terceiro oficial tinha entrado pela cozinha e estava revirando uma caixa com as roupas de Chaim que não tinha conseguido chegar até o quarto da frente a tempo. A sala estava escura por causa das cortinas fechadas e da nu-

A LUZ NA ESCURIDÃO **53**

vem de fumaça que cercava a poltrona do sr. Diamant, lotada com todas as pequenas coisas da nossa mudança. O oficial franziu o nariz e enfiou a caixa embaixo de um braço.

— Vocês, judeus, vivem como porcos — ele disse. Ou foi o que nós achamos que ele tinha dito. Seu polonês não era tão bom quanto o do outro homem. Ele pegou um maço de cigarros cheio do bolso da camisa do sr. Diamant, colocou no seu próprio e lhe deu um tapa. Em seguida, cuspiu no chão.

Chaim deu um passo à frente e eu percebi Max estender uma mão silenciosa para impedi-lo. Henek ficou parado no batente da porta da cozinha com o punho fechado, Izio logo atrás dele.

O clima na sala era como a expectativa lamuriante e sibilante que antecede a explosão de uma bomba.

Eu me virei rapidamente para o homem que tinha cuspido e sorri como se eu quisesse que ele me comprasse um chocolate. Ele se assustou, me deu uma olhada, colocou a caixa no chão aos seus pés e puxou uma lista do bolso do casaco.

— Qual é o seu nome? — ele perguntou.

— Essa é a srta. Podgórska — a sra. Diamant disse, correndo pela porta onde estava o primeiro oficial da SS. Ela foi direto até a escrivaninha e remexeu os papéis na gaveta. — Como eu disse, ela recebeu nosso quarto. Então as coisas lá dentro são dela. Não de judeus. — Ela encontrou a carta do comitê de habitação e a estendeu. — Não de judeus — ela repetiu enquanto o homem com as botas brilhantes lia. Ela me olhou de uma forma que dizia claramente para eu manter minha boca fechada. Eu a fechei.

O segundo oficial checou sua lista e sacudiu a cabeça.

— Deixem o quarto da menina! — O primeiro oficial vociferou. — Levem o resto.

Nós os observamos levarem o resto dos móveis, inclusive a poltrona do sr. Diamant e os tapetes. Um caminhão estava estacionado em frente ao prédio com a traseira lotada daquilo que antes pertencia a famílias do nosso prédio e, do outro lado dele, vi uma mulher jogando baldes de água na calçada. A sarjeta estava vermelha.

Eu baixei a cortina de volta. Tinha me esquecido que deveria deixá-la fechada.

O homem da SS com a lista deu uma última olhada no apartamento vazio e em nós sete, sentados ou em pé no chão nu. Satisfeito por não ter deixado nada de valor para trás, ele se virou para ir embora. Então ele deu a volta, se dirigiu até mim e apertou minha bochecha.

— Encontre amigos novos logo, *ja*?

Ele sorriu e foi embora, e eu esfreguei minha bochecha embaixo da torneira na pia da cozinha.

Os Diamant não demoraram muito para recolher as coisas que tinham sido deixadas no meu novo quarto. Mas a mesa e as cadeiras, a sra. Diamant disse, eram para mim. Ela beijou minha testa e o sr. Diamant, curvado com um fardo nas suas costas e com o rosto vermelho, deu um leve tapinha no meu braço. Henek inclinou o queixo na minha direção e Izio me beijou na boca. Max estudava as rachaduras no teto.

— Espere por mim — Izio disse.

E, quando as portas se fecharam, fui até a janela e a abri. Havia uma multidão de judeus com os braços carregados de coisas, ou empurrando carrinhos, seguindo pela rua para além da estação de trem. Escutei algumas das mesmas pessoas que compravam *blintzes*, água com gás, biscoitos e queijo na loja dos Diamant gritando ofensas enquanto deixavam suas casas.

A LUZ NA ESCURIDÃO **55**

— Cães.

— Vermes.

— Judeus imundos.

Tranquei a porta da frente, fui para meu novo quarto, tranquei a porta dele, coloquei uma cadeira embaixo da maçaneta e fui para a cama. Chorei até o sol se pôr, até a comoção lá fora cessar. O chão não rangia com passos. Nenhum grito distante ou bater de porta. O prédio tinha sido de judeus e agora estava vazio como uma cova recém-cavada. E eu estava sozinha em um canto dele. Eu vi sombras se movendo. Imaginei botas pretas reluzentes vindo silenciosamente pelo corredor. E não havia ninguém com quem conversar. Ninguém para quem contar. Eu queria minha mãe. Eu queria a sra. Diamant. Eu queria Izio. Agarrei meu cobertor junto ao peito, suando.

Não gosto de sentir medo.

Na manhã seguinte, vesti o casaco velho da sra. Diamant, o que ela tinha me dado quando o meu foi destruído, e espiei para fora da porta do meu quarto, ouvindo o eco do apartamento. Dei um passo, então outro e outro, até estar correndo escada abaixo, passando pela porta da frente e saindo no pátio silencioso, onde nenhuma criança brincava. Eu corri pelo túnel que era a Mickiewicza 7, virei a esquina e passei pela pequena ponte que cruzava os trilhos do trem. Depois da estação ficava o bairro que agora era o gueto, e ali eu precisei parar.

Tinham construído uma cerca com arame farpado e também instalado um portão feito com tábuas frescas de madeira. Um policial alemão patrulhava de um lado para o outro na frente desse portão e, quando me viu encarando, gritou e sacudiu sua metralhadora. Eu corri de volta ao longo dos trilhos do trem, circulando, tentando encontrar o fim da cerca, mas todas as ruas que levavam ao gueto tinham sido bloqueadas. Os judeus não tinham sido "realocados". Eles eram prisioneiros.

Andei pelas ruas de Przemyśl o dia inteiro, observando as pilhas de detritos onde antes havia prédios, olhando para dentro das lojas ou assistindo os operários das fábricas — as fábricas eram todas alemãs agora — entrarem e saírem de seus turnos. Eu disse a mim mesma que precisava de um emprego, era por isso que eu estava andando por aí assim. Que não tinha nada a ver com o fato de estar solitária. Que não tinha nada a ver com ter medo de voltar para casa.

Entrei na loja de uma costureira com um cartaz onde lia-se "procura-se ajuda", mas descobri que não encontraria trabalho em lugar nenhum, porque eu não tinha os documentos certos. Meus documentos eram poloneses. Eles precisavam ser alemães. Então eu fui até a secretaria de trabalho na prefeitura. Meus documentos poloneses não serviam, disse o pequeno alemão atrás da escrivaninha, um dedo empurrando para cima seus óculos com armação de metal, porque eu não tinha provas do meu nascimento. Eu poderia ser cigana. Eu poderia até ser judia. Para conseguir documentos, ele disse, eu iria precisar de uma foto que eu não podia pagar e uma certidão de nascimento que não existia. Não? Então talvez existisse alguém que me conhecesse desde o nascimento. Alguém que poderia assinar uma dispensa jurando meu nome, nacionalidade e religião. Não? Então *auf Wiedersehen*.

Voltei para o apartamento. Não sabia mais o que fazer. Fechei a porta da frente fazendo o menor barulho possível, temendo ouvir o vazio de um eco. Mas, então, eu ouvi uma porta bater. Em algum lugar lá embaixo. Sentia meu coração palpitar cada vez mais rápido enquanto ouvia o som de passos subindo os degraus um a um. Alguém bateu em uma porta do outro lado do corredor. Então os passos ecoaram de novo e a batida foi na minha porta.

— Olá? — uma voz do lado de fora disse. Jovem. Feminina. Eu abri a porta um pouco e vi um sorriso. Abri o restante da porta e vi uma mulher usando um vestido azul estampado se balançando sobre os calcanhares.

— Meu nome é Emilika — ela disse. — Eu tenho um quarto no primeiro andar, mas é assustador aqui, não é? Todos esses apartamentos vazios e portas fechadas. É silencioso, silencioso demais, e eu queria que você soubesse que eu tenho açúcar. Não muito, mas o suficiente, e eu achei que talvez você quisesse chá. Ou, quero dizer, que você pudesse pensar que esse prédio é grande demais e quisesse tomar chá comigo, também. Antes que o açúcar acabe...

— Sim! — eu disse antes que ela continuasse a falar.

Ela deu um sorriso mais largo.

— Eu vou ali buscar. — E então ela desapareceu escada abaixo. Eu corri para o meu quarto, enfiei as caixas embaixo da cama, joguei o cobertor por cima dos meus lençóis amassados e da minha camisola, pendurei o rosário na cabeceira e arrumei Jesus e Maria na janela. Então eu acendi o pequeno fogão. Emilika veio correndo de volta com uma chaleira, duas xícaras, o chá e um pacote de papel com açúcar. Foi incrível como dessa vez, quando o sol se pôs, meu quarto parecia aconchegante em vez de algo saído dos meus pesadelos.

Emilika tinha vinte e três anos, era católica como eu, tinha o cabelo castanho, um nariz sardento e trabalhava em um estúdio de fotografia. Ela achava terrível o que os alemães tinham feito com Przemyśl. Quando os trens estivessem funcionando direito e ela tivesse guardado dinheiro suficiente, ela voltaria para sua família na Cracóvia. Ou talvez os russos voltassem. Ou talvez a guerra acabasse logo e tudo pudesse voltar a ser como era antes. Mas, enquanto isso, nós éramos as donas do prédio, não éramos? Rainhas do reino de apartamentos. Nós podíamos fazer o que quiséssemos com nosso reino, não podíamos?

Ela trouxe um colchão para cima e dormiu no meu quarto naquela noite, e nenhuma de nós se preocupou com o silêncio, porque não houve muito. Ela perguntou sobre rapazes. Eu disse a ela que tinha um. Mas não contei que ele era judeu. Eu perguntei a ela sobre rapazes. Ela disse que tinha vários. Ela dormiu no meu apartamento todas as noites.

Dez dias depois, pela manhã, um barulho me acordou. Era o som de passos nos paralelepípedos, todos se movendo ao mesmo tempo. Puxei a cortina para o lado. A rua lá embaixo estava cheia de homens, homens judeus, andando em fila indiana e ladeados por guardas alemães armados. As cabeças dos homens estavam baixas, os olhos encarando o chão, mas um estava olhando para cima. Encarando bem a minha janela.

Max.

Arranquei minha camisola, enfiei um vestido e voei escada abaixo, ainda descalça. Saí pela porta da frente do prédio, atravessei a passagem na Mickiewicza 7, virei a esquina e fui para trás do nosso bloco de prédios. Um trem estava entrando na estação e abri caminho pela multidão que tentava chegar até ele, todos nós bloqueados pelas pessoas paradas na calçada que assistiam os judeus passarem. Eu me enfiei ao lado de uma coluna de homens marchando, escolhi um momento em que o guarda não estava olhando e alcancei a fila que andava, me colocando ao lado de Max.

— Oi — ele disse.

— O que está acontecendo? Para onde vocês estão indo?

— Trabalhar, ou é o que eles dizem. Todos nós devemos trabalhar.

Eu tinha a sensação de que não seriam pagos por isso.

— Você está bem? Como está todo mundo? Sua mãe? E Izio?

Ele deu de ombros. Ele tinha a aparência de Max, mas com uma expressão que eu não costumava ver. Tensa. Rígida.

— *Mame* quer que você venda algumas coisas e nos mande alguma comida. Não há como comprar no gueto e tem outras oito famílias no nosso apartamento. Nós já usamos o que levamos.

— Como eu posso levá-la para vocês? Eu tentei ir e tem cercas...

— Acho que passaremos por aqui todo dia. Me encontre aqui. Eu tento levar para dentro de alguma forma...

— *Halt!*

Eu dei um salto com o grito áspero. Um guarda alemão tinha me visto. E agora sua arma estava apontada para a minha cabeça.

— Eu só precisava dizer algo ao meu amigo — eu disse, me afastando da fila de homens. — Já terminei...

Eu me virei e fugi, sem saber se o homem ia atirar em mim. Não atirou. Subi as escadas do prédio, vi que Emilika já tinha saído e lavei meus pés enquanto pensava.

Oito famílias em um apartamento. Como podia ser? Isso significaria vinte, trinta pessoas. Pelo menos. E eles já estavam sem comida, sem ter como comprar. Então agora estavam passando fome e ficariam assim até que Max levasse comida depois do trabalho no dia seguinte. Mas como Max poderia levar o suficiente para todos eles? E, mesmo que conseguisse, seria permitido? Ou os alemães roubariam isso também?

Passei a escova nos meus cachos embaraçados. Como as pessoas no gueto sobreviveriam? Os nazistas estavam planejando matar de fome todos os judeus de Przemyśl? Calcei as meias nos meus pés limpos e amarrei os sapatos.

Talvez estivessem. Mas eles não iam matar os meus.

Revirei a caixa de coisas para vender e escolhi uma blusa de seda que há muito tempo era pequena demais para a sra. Diamant e um conjunto de castiçais de prata que a SS não tinha encontrado porque estava bem enfiado no fundo do armário. Passei metade da manhã regateando no mercado, em lojas de artigos de segunda mão, e consegui um frango, um saco de farinha grossa, meio quilo de manteiga, três dúzias de ovos e um troco para enfiar na boca do fogão.

Enchi minha bolsa com a quantidade de ovos que coube, coloquei o pacote de manteiga por cima, onde achei que ela não derreteria, embrulhei o frango em papel pardo com um barbante longo e amarrei a outra ponta dele ao meu punho. Fiz o mesmo com o saco de farinha e cuidadosamente enfiei meus braços com os barbantes no enorme casaco velho da sra. Diamant. Agora eu tinha um frango e um saco de farinha pendurados embaixo de cada braço, escondidos sob o casaco. Enchi os bolsos com os ovos restantes, peguei um lenço e ergui minha bolsa.

Os alemães tinham levado o espelho, mas eu não precisava dele para saber que estava ridícula.

Eu me esgueirei pelas escadas, evitando estalos, caso Emilika tivesse voltado do trabalho. Saí para o pátio vazio, atravessei a passagem, virei a esquina e passei pela ponte que cruza os trilhos. E lá estava o gueto com seu portão vigiado, mas eu o evitei dessa vez, deslizando ao longo da cerca até uma viela estreita entre dois prédios, onde havia apenas uma pequena seção da cerca. Olhei por cima do ombro. Não havia ninguém por perto. Então me aproximei.

Dois postes de madeira tinham sido colocados no chão, no canto de cada prédio, com um grosso arame farpado entre eles. Mas os postes não estavam bem fincados. Na verdade, era só sacudir um pouco e puxar...

O poste se soltou. Abri a cerca como uma porta, entrei e coloquei o poste de volta, passando o sapato por cima da terra revirada. Eu estava dentro do gueto.

Peguei o lenço do meu bolso e o amarrei em volta do meu braço direito. Isso era mais difícil do que eu pensava e, no final, usei os dentes. Então eu me virei e saí do meio dos prédios, meu coração aos pulos no peito.

Três homens velhos com casacos pretos, faixas brancas nos braços e cachos na lateral da cabeça estavam sentados na entrada do prédio em frente, me encarando desinteressadamente do outro lado da rua. Eles olharam para baixo, murmurando entre eles. Então ouvi o som de botas. Um policial estava vindo. Atravessei a rua com os ombros curvados e a cabeça baixa. Como aparentemente todos ali faziam. O policial mudou a arma de uma mão para a outra e passou por mim. Ergui a cabeça, vendo-o se afastar, e sorri.

Eu não estava mais com medo.

O que só demonstra o quão tola eu era.

—A família Diamant? — perguntei, sussurrando, para os velhos. — Izaac Diamant e Leah, sua mulher? E quatro filhos...

— *Gey avek* — disse um.

Estavam me dizendo para ir embora.

— Volte por onde veio, menina, antes que te matem! — sussurrou outro, em polonês dessa vez. Eles viraram as costas para mim e eu desci a rua.

As pessoas se agrupavam nas portas, as crianças brincavam nas calçadas e nas sarjetas. Parecia um bairro em um feriado, quando as fábricas fecham, mas sem a diversão de uma festa. Se um policial passasse, os grupos derretiam nas esquinas como sombras ao sol. Eu fiz a mesma coisa. Minha faixa falsa no braço só passava a distância, isso sem falar em minha forma esquisita e inchada sob o casaco. Perguntei várias vezes pela família Diamant, até que finalmente uma mulher sussurrou:

— Reymonta, 2.

Encontrei a rua, e o prédio era como qualquer outro de Przemyśl, embora pequeno, com apenas dois andares. Abri a porta.

O corredor estava cheio de corpos. Nos cantos, nas escadas, se enfiando embaixo da roupa pendurada nos varais que iam de uma porta a outra. Havia bebês reclamando, crianças gritando e se agitando e o cheiro dava a impressão de que as privadas tinham transbordado. Nas escadas, passei por uma garotinha que batia em uma criança ainda menor que ela, lhe dizendo para parar de chorar. O que, é claro, fazia o bebê chorar ainda mais. Eu parei, disposta a pegar o bebê no colo e encontrar sua mãe, mas a garotinha me olhou diretamente, pronta para a batalha, agarrando o bebê que chorava pela cintura. E então entendi. O bebê estava chorando porque estava com fome. Essa garotinha estava com fome, talvez já desde antes de chegar ao gueto. Todas essas crianças estavam com fome e eu tinha um casaco cheio de comida.

A culpa serpenteou pela minha barriga. Eu deveria alimentá-las. Eu queria alimentar todas elas. Mas como eu faria isso? Eu me afastei das crianças, subi as escadas passo a passo tentando focar meus olhos em nada além da porta dos Diamant. Eu a encontrei, bati e um estranho abriu. Um homem com uma barba cheia e uma voz rouca.

— O que você quer?

— Eu estou procurando por...

— Fusia?

E lá estava a minha *babcia,* correndo pelo corredor, mechas de cabelo grisalho flutuando nas laterais do rosto. Ela me abraçou contra seu peito macio. Eu suspirei, imediatamente reconfortada. E então ela me afastou de novo.

— O que você está fazendo aqui?

Eu pisquei.

— Por que você veio aqui?

— Mas você disse que eu deveria...

— Não assim! Você não liga para a sua vida? Você... — E então eu abri o casaco, só um pouco, e ela notou o frango.

A sra. Diamant me puxou pela porta e a fechou, me arrastando por um corredor até um cômodo que provavelmente tinha um dia sido uma sala de jantar e agora era tudo que os Diamant precisavam que fosse. O sr. Diamant estava no chão, suas costas apoiadas em um cobertor enrolado. Ele estendeu as duas mãos, pegou as minhas e as beijou, e, então, fomos separados porque a sra. Diamant estava tirando o meu casaco.

— Cuidado com os ovos... — sussurrei e então fechei a boca. Ela estava resmungando nervosa em polonês e ídiche, desamarrando os barbantes dos meus pulsos, seus olhos vigiando o corredor. Como se estivesse com medo de que alguém pudesse vir arrancar a comida das mãos deles.

Talvez fossem.

— Menina estúpida — ela murmurou várias vezes. — Estúpida, estúpida...

— Mas você disse que eu deveria vir até vocês!

— Eu disse para dar essas coisas ao Max, não para pintar um alvo nas suas costas. — Ela ficou dando voltas com o saco de farinha antes de finalmente enfiá-lo atrás das costas do sr. Diamant. — Você quer morrer? O que eu faria se atirassem em você na rua?

Fiquei com vergonha. Talvez eu tivesse sido irresponsável. Se eu tivesse sido assassinada, talvez eles morressem de fome. Abri minha bolsa, submissa, e a sra. Diamant encarou a manteiga amassada e os ovos. Então seu rosto se contraiu e ela pegou meu rosto entre as mãos e o beijou.

— Você é uma boa menina, *ketzele* — ela sussurrou. — Mas não compreende. Como você poderia, quando eu também não compreendia? Mas, agora, me escute. — Ela segurou meu rosto e me olhou nos olhos. — Eles vão te matar. E eles vão gostar de te matar. Não dê essa chance a eles.

— Fusia! — Eu olhei por cima do ombro dela e vi Henek entrando no quarto com uma garota logo atrás, e ele estava sorrindo. Eu não tinha certeza do que era mais surpreendente, ele estar sorrindo no gueto ou sorrindo para mim.

— As pessoas disseram que tinha alguém na rua perguntando por nós. Era você? Você devia tomar cuidado. Você trouxe alguma...

A LUZ NA ESCURIDÃO   65

— Silêncio, Henek! — a sra. Diamant disse. Ela deu um tapinha na minha cabeça e deu um passo para trás. — A Fusia está indo embora agora.

A garota com Henek espiou por cima do ombro dele. Ela tinha cachos escuros em volta de um rosto pálido, embora eu não tivesse certeza se era sua cor normal ou a cor do gueto.

— Eu ouvi falar muito de você — ela disse em uma voz suave. — Você é a gentia da família, não é mesmo?

Ergui as sobrancelhas um pouco.

— Essa é a namorada do Henek, Danuta — a sra. Diamant disse, rapidamente. A menina estendeu uma mão e eu a apertei. Desde quando Henek tinha uma namorada? A sra. Diamant começou a me embrulhar no casaco.

— Onde está o Izio? — perguntei.

— Trabalhando — ela disse. — Pelo menos ele vai receber uma sopa.

— Eu posso esperar? Eu...

— Você não está me ouvindo? Não! — Ela colocou uma mão nas minhas costas e acenei me despedindo enquanto ela me empurrava para o corredor. Nós paramos em frente à porta.

— Do que mais você precisa? — perguntei.

Ela pensou rapidamente.

— Sabão. E um pouco de comida todo dia. Dê a Max apenas o que ele puder carregar, sim?

Concordei, balançando a cabeça.

— E você nunca mais vai vir aqui de novo. Você entendeu?

Assenti. Ela ajustou a faixa falsa na minha manga e me deu um beijo na testa. Como minha mãe fazia quando eu tinha dois anos.

— *Sholem aleikhem*[*] — ela disse. — Vá rápido agora. Seja esperta, tome cuidado e faça o que puder para ficar viva. Você me promete isso?

Eu prometi, me virei e abri caminho em meio às crianças chorando. Cada passo parecia mais pesado, como se eu tivesse crescido ou ganhado peso. Mas o peso era apenas medo. Porque eu estava com medo.

Com medo de nunca mais vê-los novamente.

---

[*] "Que a paz esteja com você" em ídiche. (N. T.)

6.

Junho, 1942

Saindo do gueto, vi uma garota sendo espancada até a morte com o cabo de um rifle. Não sei dizer quantos anos ela tinha, o que tinha feito, ou se tinha feito qualquer coisa que fosse. Mas o homem da SS sorria enquanto a espancava, e deixou o corpo e o sangue dela na rua. Precisei de toda a força que tinha para sair das sombras, obrigar meus pés a caminhar pela calçada, esperar o momento certo e tirar o poste da cerca de seu buraco. Corri para casa sem parar de tremer.

Naquela noite, pela primeira vez, entendi o que estava enfrentando. Antes tinha sido fácil imaginar que todas essas coisas terríveis eram algum tipo de engano. Ideias desorientadas de um líder desorientado que estava desorientando seu exército e seu povo. Não houve sempre pessoas pobres e famintas? Pessoas que eram odiadas e desprezadas? Não houve sempre guerras nas quais os homens jovens lutavam e inocentes morriam? Era horrível e era o mundo. Mas não foi isso que eu vi no rosto daquele oficial. O que eu vi foi o prazer do ódio. A felicidade de causar a dor e a morte em outra pessoa.

O que eu vi era o mal.

E cada parte de mim o desafiava.

A terceira parte da minha educação em Przemyśl havia começado.

Os trabalhadores, eu descobri, eram revistados na volta para o gueto, e qualquer comida era confiscada. Então todas as manhãs eu encontrava Max quando ele estava indo empilhar carvão não para lhe dar comida, mas para combinar um sinal. Eu já fazia isso com tanta frequência que o guarda tinha se acostumado comigo, apenas sacudia a cabeça e ficava de olho em mim até eu desaparecer de novo. Eu lhe soprava um beijo. De noite, Max me avisava que não havia policiais assobiando ou tossindo, espirrando ou cantando, e eu passava comida para ele através do ponto frouxo da cerca. Isso era perigoso. Mas não tanto quanto uma não judia entrar no gueto, e não quebrava a promessa que eu tinha feito à sra. Diamant. Ou pelo menos não muito.

O que eu levava não era suficiente. Era visível o quanto Max tinha emagrecido. Mas era melhor que nada.

Emilika ainda dormia no meu quarto, embora durante a semana ela frequentemente ficasse até tarde no estúdio de fotografia revelando filmes, às vezes chegando despreocupada pouco antes do toque de recolher. Então eu fiquei surpresa ao ouvi-la batendo na porta antes mesmo do sol se pôr. Mas, quando abri a porta, não era Emilika.

Era Izio.

Não sei como ele tinha chegado ali. E ele não disse nada, nem mesmo oi. Só passou seus braços em volta de mim. Ele parecia o poste da cerca do gueto, magro, firme, e muito fácil de puxar na minha direção. Tranquei a porta atrás dele.

O sol baixou e a noite chegou, mas levou muito tempo até eu me dar ao trabalho de acender a lamparina. O óleo era mais barato do que lâmpadas elétricas, e o tremor da chama fez a escuridão dançar. Eu estava feliz. Tão feliz. Izio afastou meu cabelo do rosto e beijou minha testa e minhas bochechas.

— Você sabe que eu te amo? — ele disse.

Fiz que sim. Eu sabia.

Ele se deitou de lado, com a cabeça apoiada na mão, seu outro braço ainda me abraçando com força.

— Eu vim te contar que os alemães vão levar mil de nós embora. Os homens mais jovens. Para um campo de trabalho.

— Onde?

— Lviv, eu acho. Eu não sei como eles escolheram, mas o nome de Max está na lista.

Senti meu coração apertar. As pessoas desapareciam em Lviv. Como a irmã deles.

— O depósito de carvão tem sido duro. Os homens estão caindo com as pás nas mãos e Max não come o suficiente para aguentar o trabalho. Eu acho que o campo vai ser pior. — Ele entrelaçou seus dedos nos meus, sua testa enrugada em uma careta. Ele fechou os olhos. — Nem todos nós vamos sobreviver a isso, Fusia.

Franzi a testa.

— Claro que vamos. Algo vai acontecer…

— Você quer dizer que a Rússia virá? Não serviu de muita coisa da última vez, não é? Não a longo prazo. Não para os judeus.

Eu queria dizer que a Alemanha seria derrotada, que a guerra iria terminar e que tudo voltaria a ser como antes. Mas eu não tinha certeza de que isso era verdade. Eu sabia que não era. Mesmo naquele momento. Nada nunca mais seria como antes.

— Quero que você saiba — Izio disse — que eu quero estar entre os que vão sobreviver. E com você. Não se esqueça de que é isso que eu quero. Mais do que qualquer coisa.

Eu não sabia por que ele estava dizendo aquilo. Eu estava cega de amor. Nem pensei nisso. Não até a próxima vez em que vi Max indo para o depósito de carvão com os outros homens. Soprei um beijo para o guarda, que olhou para o outro lado, e alcancei a fila, sincronizando meus passos com a marcha. Max tinha uma aparência terrível e uma sombra de um roxo profundo embaixo de cada olho. Ele disse que não iria para o campo de trabalho em Lviv, afinal.

Porque Izio havia tomado o seu lugar.

Na manhã seguinte, fui ver o alemão com os óculos de metal na prefeitura. Acabou sendo outro homem, embora os óculos fossem iguais. Só que este parecia a fuinha que costumava roubar nossas galinhas.

Ele fechou a cara quando perguntei como alguém podia descobrir quem estava em cada campo de trabalho. Os poloneses iam para a Alemanha e para o que costumava ser a Tchecoslováquia, cumprindo seu dever com a glória da terra pátria, enquanto os judeus sujos estavam devolvendo o que custavam em Bełżec e no campo de trabalho Janowska, em Lviv.

Janowska, então.

Eu o agradeci em vez de cuspir em sua cara, e, quando voltei para o apartamento, um cartaz tinha sido colado na entrada da Mickiewicza 7.

PENA DE MORTE PARA TODOS QUE AJUDAREM UM JUDEU.
MORTE A TODOS QUE ABRIGAREM UM JUDEU.
MORTE A TODOS QUE ALIMENTAREM UM JUDEU.
MORTE A TODOS QUE OFERECEREM
TRANSPORTE A UM JUDEU.
MORTE A TODOS QUE ACEITAREM PAGAMENTO DE UM
JUDEU, EM DINHEIRO, OU SERVIÇOS, OU BENS.

Li o cartaz três vezes. Eu tinha feito a maior parte dessas coisas. Algumas delas naquele dia mesmo. E agora precisava de uma passagem de trem e ela custava mais dinheiro do que eu tinha.

Não comi nada além de pão por uma semana para guardar parte do dinheiro e, desesperada, vendi uma saia da caixa da sra. Diamant. Não havia quase mais nada ali dentro, mas eu precisava saber se Izio estava bem. Se ele estava forte o suficiente. Se estava vivo. E a família dele iria querer saber disso também.

Era de manhã cedo e o sol ainda não tinha levantado o bastante para chegar nas janelas. Quando eu já tinha roído quatro das minhas unhas até o talo em vez de beber meu chá, Emilika ficou impaciente.

— O que está te preocupando? Está brigada com seu namorado?

— Não é isso — respondi. O homem de óculos tinha me dito que Janowska era tanto para prisioneiros políticos quanto para poloneses, ciganos e alguns ucranianos. Emilika não precisava saber que Izio era judeu. — Ele foi mandado para um campo de trabalho em Lviv. Eu queria ir vê-lo, mas a passagem de trem é cara e mesmo depois de ter guardado dinheiro suficiente, eles não quiseram me dar uma. Eu preciso de documentos alemães.

— Então troque seus documentos poloneses.

— Eu tentei, mas não apresentei certidão de nascimento e preciso de uma foto nova.

— E? — Emilika insistiu.

— Eu não tenho certidão de nascimento e não posso pagar pela foto. Não por enquanto. Levei duas semanas para guardar o dinheiro da passagem de trem...

— É por isso que você não estava comendo? Ah, pelo amor de Deus, Fusia.

Eu me encolhi, por Deus e por mim. Não tinha dito que ela podia me chamar de Fusia, mas Emilika era uma mulher de ação e não notou.

— Pare de ficar emburrada e ponha uma roupa — ela disse. — Temos coisas a fazer.

Achei que ela queria dizer que tínhamos de lavar roupa, mas ela amarrou um lenço em volta da cabeça. Assim que eu fiquei decente, ela me fez deixar a roupa de lado e me levou para o sol quente.

Precisei trotar para acompanhá-la. Emilika fez um cumprimento de cabeça amigável — mas não amigável demais — para dois soldados alemães fumando cigarros ao lado de uma pilha de tijolos caídos e manteve um passo rápido, como se tivéssemos coisas a resolver que, pelo bem do exército deles, era melhor não nos atrasarem. Eles não nos questionaram. Nós passamos pela estrela amarela na vitrine quebrada do que costumava ser a loja dos Diamant e então um estrondo alto me assustou. Os sinos da catedral. Era domingo.

Emilika parou na frente do estúdio de fotografia, olhou desconfiada em volta, puxou um chaveiro do bolso e nos pôs para dentro, fechando e trancando a porta antes que eu entendesse o que estava acontecendo. O estúdio estava escuro, com as persianas abaixadas, mas consegui ver retratos emoldurados, latas de filme e partes de câmeras pelas estantes. Emilika ergueu uma cortina que separava a frente da loja dos fundos.

— Rápido — ela disse, indo até uma câmera pronta em um tripé. — Sente-se aqui. — Ela apontou um banquinho colocado na frente de um fundo pintado com tons de cinza rodopiantes.

— Mas…

— Sente! — ela ordenou. — Para eu poder ver onde colocar a luz.

— Mas…

Ela ligou um interruptor e me cegou com as luzes.

— Senta logo!

— Mas eu não posso te pagar!

Emilika ergueu seu rosto de trás da câmera.

— Claro que não pode, sua idiota. É por isso que estamos aqui em um domingo! Agora, você quer ver seu namorado ou não? Senta!

Eu me sentei. Emilika ajustou a câmera, me ajeitou, clicou o obturador duas vezes e desligou as luzes.

— Isso deve servir — ela disse, me empurrando para a porta. — O sr. Markowski nunca vai notar duas fotos a mais e eu vou enfiar as cópias na minha bolsa assim que ficarem prontas.

Ela trancou a loja, jogou as chaves no bolso do avental e sorriu.

— Obrigada — eu disse.

Ela entrelaçou meu braço no dela e nós descemos pela calçada.

Aprendi três coisas com Emilika naquele dia. Primeiro, caminhe como se você tivesse algo importante a fazer e a maioria das pessoas vai presumir que tem mesmo. Segundo, sempre mantenha seu cabelo arrumado. E, terceiro, a ajuda pode chegar quando você menos espera e é bom se lembrar disso, porque quer dizer que você nunca está realmente sozinha.

Mesmo quando parece que está.

Na terça-feira, eu me sentei de novo em frente ao homenzinho com seus óculos de aro de metal. Desta vez ele estava sem chapéu, mostrando uma entrada bem no topo da cabeça.

— Quando é seu aniversário, *Fräulein?*

Falei o aniversário que tinha inventado, com um ano que me fazia ter dezesseis anos. Eu tinha uma boa certeza de que essa parte estava certa. O homem me encarou.

— Certidão?

— Declaração — respondi. Eu entreguei a ele um papel dizendo que Emilika era minha prima com toda a confiança falsa do mundo.

Ele me encarou mais, encarou o papel, minha foto e então Emilika, de pé atrás da minha cadeira.

— Essa é sua assinatura, *Fräulein?* — ele perguntou.

— Claro que é. — Ela deu um sorriso preguiçoso.

E duas horas depois eu estava no trem para Lviv.

Foram necessárias mais quatro horas para chegar em Lviv e, quando eu encontrei o campo, no final de uma rua lateral bem no centro da cidade, já passava de sete da noite. De um lado, uma colina com uma fábrica, o campo abaixo cheio de prédios frágeis arranjados em um quadrado, cerca e arame farpado circulando todo o perímetro. Eu não conseguia ver nada além. Fui até o único prédio com uma porta e entrei. Pessoas esperavam em fila. Se elas estavam tentando encontrar amigos ou familiares, como eu estava, ou fazendo negócios com os alemães, não consegui saber. Eu não queria saber. A mulher na minha frente estava tendo uma conversa longa e em voz baixa com quem quer que estivesse sentado atrás daquela escrivaninha. Ela se virou abruptamente e foi embora, me dando uma visão do seu rosto. Quem quer que ela estivesse procurando — amigo, irmão, irmã, pai ou filho — não estava ali. Ou não estava mais ali.

Ou talvez só não estivesse mais vivo.

E, de repente, fiquei aterrorizada. Eu me arrastei até a mesa com pés de concreto, até mais um par de óculos com aro de metal. Não vendiam outro modelo na Alemanha?

— *Nein* — o homem disse.

Eu nem tinha feito uma pergunta.

— *Nein, nein, nein!* — ele gritou para a sala toda em uma mistura ruim de alemão e polonês. — Sem visitantes. Vocês não podem levar comida e não vou dizer a vocês o nome de nenhum prisioneiro desse campo! — A cadeira dele balançou sobre as pernas de trás quando ele se levantou, enfiando sua pilha de papéis em uma pasta. — *Heil* Hitler! — ele disse. E saiu da sala.

Todos nós ficamos encarando uns aos outros, então saímos em fila como ovelhas obedientes. Eu tinha duas horas antes do próximo trem, e os trens alemães, como tinha notado, sempre saíam no horário. Eu conseguia ouvir os trabalhadores em algum lugar dentro daquele quadrado de prédios. Gritos e resmungos, o som de máquinas e, estranhamente, uma orquestra tocando em algum lugar lá dentro. O sol de verão ainda estava quente, e a maior parte do rebanho de pessoas estava na sombra do prédio.

E então eu não estava mais aterrorizada. Estava com raiva. Eu não tinha mentido para os nazistas por nada. E uma passagem de trem era comida que saía do prato dos Diamant. Um guarda apareceu, tomando posição em frente à porta do pequeno escritório. Notei o uniforme dele. Não era SS. Aquele homem estava empoeirado e meio amassado, segurando a metralhadora sem firmeza entre as mãos. Ele parecia quase tão derrotado quanto o resto de nós.

O medo não me levaria a lugar nenhum. Eu sabia disso. E a raiva também não. Eu os limpei do meu rosto e fui até o guarda. Seus olhos foram de um lado ao outro antes de se fixarem em mim.

— Eles te colocaram na porta — comentei. — Que azar.

— Há azares piores — ele respondeu.

Fiquei feliz de ouvir polonês decente, mesmo que com um sotaque alemão. Eu sorri.

— Qual a melhor forma de entrar no campo?

— Não há melhor forma de entrar no campo — ele respondeu. — Você não quer entrar no campo. Eu não deixaria minha namorada chegar a dez quilômetros desse campo.

— Mas... tem alguém lá dentro, um amigo...

Notei o maxilar dele se contraindo. Baixei os olhos.

— E a esposa dele, minha irmã, ela acabou de ter um bebê. Um garotinho...

As mentiras rolaram pela minha língua como licor de cereja.

— ... e eu só quero contar que ele agora é pai. Que sua esposa e filho estão bem. Com certeza isso não deve ser difícil, não? E você não acha — continuei — que um homem que sabe que é pai vai trabalhar muito mais, vai tomar todo cuidado para obedecer a todas as regras, para que um dia ele possa ver sua mulher e seu filho? Não é uma boa... motivação? E, olhe — eu puxei um pequeno pacote da minha bolsa, o pão e o queijo que eu tinha levado para a viagem. Manchas de gordura estavam começando a vazar pelo embrulho. — Você ganha até um jantar.

A boca do guarda tremeu. Dei um sorriso ainda maior. Eu acho que ele corou.

— Qual o nome do seu cunhado? — ele perguntou em voz baixa.

— Izydor Diamant.

— Eu vou trazê-lo. Mas você precisa me dar algo em troca. Algo que não seja comida.

Meu estômago revirou.

— Um beijo — ele disse. — No rosto.

Eu conseguia sentir os olhares das pessoas na sombra, olhares fuzilando minhas costas como balas. Mantive meu sorriso no lugar, subi na ponta dos pés e beijei seu rosto nazista.

Ele sorriu.

— Venha comigo.

O guarda me levou de volta pela porta, para o escritório que agora estava vazio e, então, por outra porta depois da mesa. Atrás dela havia uma sala simples, com uma mesa e uma cadeira e outra porta na parede oposta. Eu sentia cheiro de cigarros e suor.

— Espere aqui — ele disse.

E ele trancou a porta atrás de si.

Fiquei sozinha naquela sala e concluí, naquele exato momento, que eu era tão estúpida quanto a sra. Diamant tinha dito. E muito, muito ingênua. Esses homens não ligavam para certo ou errado. Eles eram predadores, e eu tinha me transformado em presa. *Mama* teria me dado um tapa por não ter bom senso e, acho, a sra. Diamant também.

Verifiquei a outra porta e ela também estava trancada. A sala não tinha janelas. Mas uma tábua estava solta, os pregos tinham errado o alvo embaixo dela. Um buraco no chão já era algo. E uma tábua com pregos podia ser outra coisa. Eu estava tentando passar meus dedos por baixo dela quando uma chave soou na porta, a porta pela qual eu não tinha entrado. Ela se abriu e um estranho com roupas cinza e largas entrou.

— Dez minutos — o guarda disse, enfiando a cabeça para dentro antes de bater e trancar a porta. O estranho tentou se mover na minha direção, mas ele era lento. Seus tornozelos estavam acorrentados.

— Fusia — ele disse. E então não era mais um estranho. Era Izio. Corri pela sala e joguei meus braços em torno de seu pescoço.

A cabeça dele tinha sido raspada e ele estava coberto de pó e, por baixo, sujeira. Eu conseguia sentir todos os ossos das suas costas. Ele tinha envelhecido trinta anos em quatro semanas e eu nem sabia que um ser humano podia feder tanto. Mas ainda era Izio.

— Fusia — ele disse de novo, afastando-se para me olhar. — O homem disse que eu era… pai?

Eu conseguia entender por que ele estava confuso, considerando as leis da biologia. Fiz um aceno de mão para a mentira e lhe dei comida. Nós nos sentamos em duas cadeiras e eu o observei devorar o sanduíche sem parar para respirar. Ele estava tenso. Ansioso. As mãos dele tremiam um pouco.

— Você tem água? — ele perguntou.

Eu não tinha. Então ele sussurrou.

— Você precisa me tirar daqui.

Abri a boca e a fechei de novo. Ele pegou minhas mãos.

— Você precisa me tirar daqui! Eu não posso ficar... Eles vão me matar. Nós. Todo mundo. Você entende?

Eu não entendia. Ele fechou os olhos com força. A pele estava fina em volta do seu crânio.

— Me tire daqui, Fusia. Por favor. Por favor.

Algo se partiu dentro de mim. Acho que foi meu coração. Mas um coração partido não era uma ajuda maior do que o meu temperamento.

Eu disse:

— Me diga o que fazer.

A viagem de volta para Przemyśl foi muito mais curta do que a que tinha me levado. Pelo menos na minha cabeça. Eu não conseguia parar de pensar.

"Eles vão matar todos os judeus", Izio tinha dito. "Todos os comunistas. Os ciganos. Mas especialmente os judeus..."

Nos matar, nos matar, nos matar, o motor do trem repetia. Fechei os olhos, tentando não ouvir.

"Eles sabem que você vai morrer, então brincam com você. Como um brinquedo. Batem e deixam faminto. Humilham. Torturam. Atiram em homens na floresta e esmagam seus ossos para que não possam ser encontrados. Eles têm uma orquestra, toda de prisioneiros, e compõem músicas especiais para cada execução, cada espancamento..."

Nos matar, diziam as rodas do trem.

"Não é aleatório. É um plano. É o que eles querem…"
Como o homem da SS com o cabo do rifle no gueto.

Izio disse que os guardas eram frequentemente desleixados. Que os prisioneiros ficavam sem correntes à noite. Que se ele fosse embora depois da sessão de trabalho noturno não sentiriam sua falta até a contagem noturna. Ele precisava de roupas civis, sabão, sapatos, um quepe, um par de óculos. Um bilhete de trem. Eu podia ir até ele como tinha feito hoje. Esconder suas roupas embaixo de um arbusto perto das latrinas dos oficiais, ir com ele para longe do campo quando ele tivesse trocado de roupa, então esperar com ele na plataforma até o trem chegar. Ninguém iria notar, não depois que ele tivesse tirado suas roupas de prisão, não quando estivesse comigo. Nós poderíamos desaparecer em Przemyśl e talvez até na Rússia depois disso.

"Me ajude, Fusia", ele pediu. Lágrimas escorriam pelo seu rosto.

Eu vendi tudo. O que mais eu poderia fazer? Eu comprava em lojas de segunda mão e vendia para outras lojas de segunda mão por algumas moedas a mais. Guardei dinheiro e mais dinheiro. Meus dois últimos vestidos já estavam largos na cintura. Eu encontrava Max na cerca e alimentava os Diamant. Talvez não tão bem quanto antes, mas eu os alimentava.

Contei a Max que tinha visto Izio. Que ele estava vivo e trabalhando. Não contei sobre o estado em que ele estava.

Também não contei a Max sobre o plano.

No dia que eu tinha combinado com Izio, comprei um bilhete de trem, coloquei um sapato de homem embaixo das axilas de um casaco que era quente demais para julho, enfiei uma camisa dentro do meu vestido e enrolei em um pequeno pacote que poderia passar pelo meu almoço um quepe, calças e um par de óculos meio amassados que eu tinha encontrado na rua.

Eu suava no trem balançante, então fui até o buraco que era o lavatório e vomitei o chá que tinha tomado no café da manhã. Eu me senti melhor depois disso, voltei para meu lugar e baixei o vidro, me concentrando no ar batendo no meu rosto e no que aconteceria quando isso acabasse. A guerra chegaria ao fim. Izio terminaria a faculdade de Medicina e conseguiria um trabalho no hospital. Nós teríamos um apartamento novo com carpetes cor de creme que nunca ficariam sujos e papel de parede moderno, sem flores. Dois filhos, com casacos, laços de fita e aniversários no dia certo.

Meus nervos tremiam dentro de mim como as rodas do trem.

E então o vento no meu rosto diminuiu. Os assentos diminuíram seu balanço e as rodas do trem frearam até parar. Eu espichei meu pescoço pela janela. Bem em frente, tanques cruzavam os trilhos, com armas saindo para fora de suas escotilhas, jipes com suásticas rodando ao lado. E então vieram os homens, fileiras e mais fileiras de homens.

Ninguém no vagão falou. Não havia por quê. Nós só ficamos sentados esperando que o exército alemão passasse.

Esperamos por cinco horas.

O trem seguiu em frente. Um suspiro de alívio saiu dos passageiros. Nós nos movemos por uns vinte minutos e paramos de novo.

Por três horas e meia. E quando finalmente cheguei em Lviv, a lua estava alta e o campo tinha sido fechado.

Eu e Izio nos desencontramos.

7.

Julho, 1942

Encontrei uma mulher que me daria um quarto pela noite, porém isso significava que eu não teria dinheiro para comida no dia seguinte. Torci para que Izio não tivesse esperado por mim. Com certeza, quando ele não me viu nas latrinas, não saiu de seu esconderijo. Com certeza não tinha feito o que havíamos planejado.

A mulher só me deixaria ficar no quarto até a hora do almoço, e, como não havia almoço, vesti meu casaco quente e caminhei por Lviv até escurecer e ser a hora dos trabalhadores da prisão voltarem para Janowska. Eles seguiam para o campo em fila indiana, os ombros curvados, e assumi meu posto perto das latrinas, amarrando um lenço vermelho-vivo em volta do meu cabelo. Esperando. Não consegui ver Izio. Era difícil distingui-lo na multidão de homens de cabeças raspadas e roupas cinzentas. Eu, por outro lado, era fácil de ser notada. Suspeita ao crepúsculo.

Esperei.

E esperei.

A noite de verão veio tarde e relutante. Se Izio não aparecesse logo, nós perderíamos o último trem. E se ele não viesse eu teria que dormir em algum campo e fazer isso de novo no dia seguinte. O guarda na frente do escritório mudou. E então ouvi um *pssst*.

Olhei ao redor. O novo guarda estava me chamando. Eu me aproximei lentamente enquanto ele me encarava. Era o soldado em quem eu tinha dado um beijo. Ele sacudiu a cabeça.

— É você — ele disse. E ele não parecia feliz com isso.

— Eu achei que fosse. Procurando pelo seu "cunhado"?

Não respondi. Havia algo de horrível na forma como ele estava falando. Ele enrolava as palavras como se estivesse bêbado, mas eu não tinha certeza de que era isso. Havia uma expressão no rosto dele que eu não entendia.

— Sabia que não devia ter te deixado entrar. Eu nunca devia... — Ele disse palavras em alemão que eu não entendia o que significavam, mas eram feias, e cuspiu no chão aos meus pés.

Ergui os olhos.

— Por que você está bravo comigo?

— Porque você o matou, não foi, *Liebchen*? Porque uma das esposas dos oficiais foi usar a latrina e ele achou que fosse você. Só que não era você. Ele tinha um plano com você e você não veio. Foi isso que aconteceu, não foi?

Havia um barulho dentro da minha cabeça. Um rugido baixo e constante. Ele dificultava minha concentração. Dificultava minha audição.

— Foi o que ele disse, no final. Mas ele teria dito qualquer coisa no final, não teria? Eu nunca devia ter... — O ho-

84   SHARON CAMERON

mem fez uma careta, cuspiu de novo e resmungou. — Maldita orquestra.

— Você está mentindo para mim.

O homem riu.

— Você é polaca e diz que eu sou o mentiroso? Eu cresci na Polônia e digo que todos os polacos são mentirosos. — Ele deu um repentino passo à frente, me agarrou pelo cabelo e puxou meu rosto na direção do dele. E ele sussurrou no meu ouvido todas as coisas que eles tinham feito com Izio. Sacudi a cabeça, gritei que não era verdade, mas ele não parava. E então ele me soltou com tanta força que cambaleei para trás.

— Vá embora — ele disse. — Antes que eu chame o comandante.

Fiquei parada ali, ofegante. Congelada.

Morto. Morto. Izio estava morto.

— Saia! — o homem gritou.

Dei um passo para trás, e mais um, e então eu corri, direto para a plantação ao lado do campo. O rugido na minha cabeça era o som de um avião voando baixo. O barulho me cercou. Eu não conseguia ouvir. Não conseguia pensar. Mal conseguia enxergar. Eu cambaleei e tropecei pelo chão irregular, tirei os sapatos de Izio de dentro do casaco e os atirei em duas direções opostas. Então arremessei o pacote com o quepe e os óculos com toda força que tinha, gritando quando ele desapareceu na noite. Quase caí por cima de uma pilha de pedras empilhadas, machuquei minha canela e me sentei em cima delas.

E então eu chorei. Soluços grandes e desolados que devem ter sido ouvidos na rua e talvez até no campo.

Ele queria viver. Tentou viver e eles não tinham deixado. Os nazistas o tinham matado. Eles o fizeram sofrer.

Algo se remexia dentro de mim. Queimava. Adoecia.

Alguém puxou minha manga e notei que havia uma mulher de pé, no escuro, à minha frente, e quatro ou cinco outras silhuetas atrás dela. Uma delas ergueu uma lanterna. Eu vi meus sapatos sujos, o vestido amassado, meu casaco molhado jogado na grama úmida.

— Você está doente, criança? — a mulher perguntou.

Estendi uma das mãos, me firmando contra a pedra fria na qual eu estava sentada. A pedra era lisa, chata e, agora que tinha luz, eu conseguia ver algo escrito em sua superfície. Não eram pedras. Eu estava sentada em uma pilha de lápides descartadas. Olhei de volta para o chão macio e remexido. Era um cemitério.

Talvez Izio estivesse ali.

— Você comeu?

Percebi pela segunda vez que uma mulher estava ao meu lado e agora ela estava me estendendo um biscoito. Eu o peguei e comi como a criança que ela obviamente achava que eu era.

— Você perdeu alguém? — outra voz perguntou.

Eu fiz que sim.

— Pobre garota.

— Podemos te levar para casa?

A gentileza deles doía quase como se fosse uma crueldade, porque não houve gentilezas para Izio.

— A estação de trem — sussurrei.

Eles me agasalharam e me levaram para a estação em uma carroça e garantiram que eu tivesse uma passagem e um pacote de biscoitos de água e sal na mão antes de irem embora. Eu não sei quantos eram. Nem me lembro da aparência deles.

Cheguei em Przemyśl depois do toque de recolher, mas fui para casa mesmo assim. Para a cova vazia que era meu prédio. Não vi policial algum ou patrulha alemã no caminho. Emilika tinha me deixado um bilhete. Ela tinha ido visitar a mãe na Cracóvia. Bebi um pouco de água e me deitei na cama. Fazia tanto tempo assim desde que ele tinha estado aqui?

Fazia. Porque havia sido em um outro mundo.

Acordei com o sol, procurei papel e caneta e escrevi uma carta para os Diamant. Contei a eles que Izydor havia morrido no campo. Que tinham atirado nele, rapidamente. Que ele tinha sido enterrado em Lviv e talvez eles pudessem visitar seu túmulo depois da guerra.

Mentiras.

Exceto pela parte dele estar morto.

Entreguei a carta ao nosso carteiro, o sr. Dorlich. Ele ergueu seu quepe. Ele era judeu, mas ainda entregava a correspondência, desde que voltasse para o gueto depois. Os homens da SS esperavam por ele no portão. Eu o observei indo embora com seu cavalo, sua carroça e minha carta pela rua de paralelepípedos, e então coloquei uma mochila cheia nas minhas costas.

Eu queria minha mãe.

Eu queria minhas irmãs.

Eu queria ir para casa.

Eu não tinha dinheiro.

Então comecei a andar.

Andei como uma máquina. Uma concha oca feita de metal e partes mecânicas. E 25 quilômetros e uma pequena viagem de carroça depois, eu estava descendo a rua da nossa fazenda.

O sol estava baixo, lançando raios brilhantes e alaranjados por cima das colinas e dos campos encurvados. Mas não havia gente neles. A aveia balançava sozinha com o vento, os ramos ondulando nas margens da floresta, e quando me aproximei da casa soube que algo estava errado. Não havia o som das galinhas. Não havia galinhas, nem vacas. Nenhum relinchar ou bufo dos cavalos. O celeiro estava vazio. E a porta dos fundos da casa estava aberta.

Eu entrei devagar, desconfiada.

A cozinha tinha encolhido desde a última vez que estive ali. A mesa era mais baixa, a lareira, menor, e o lugar estava uma bagunça. Cadeiras reviradas, a porta de um armário pendurada nas dobradiças, as prateleiras do lado de dentro empoeiradas e nuas. O ar estava abafado. Sem vida. Sem amor.

— *Mama?* — sussurrei. — Stasiu? Tem alguém aqui?

Fui de quarto em quarto fazendo as mesmas perguntas, mas a casa não tinha respostas. Tudo de valor que pudesse ser carregado havia sumido, até mesmo os travesseiros das camas. Algumas das roupas mais velhas de *mama* ainda estavam no armário, além de um ou dois paletós de *tata*, mas as joias dela tinham sumido, junto com o ovo dourado da minha avó, que se abria como uma caixa.

E então entrei no quarto que tinha sido meu. As dobradiças rangeram quando empurrei a porta. Havia uma pintura diferente nas paredes, um par de cortinas desbotadas de chita flutuando em frente à janela aberta. E, no meio do chão, em um colchão no qual um dia eu tinha dormido, estava uma menina de cabelo castanho enrolada como uma bola.

— Helena! — eu disse.

Ela começou a chorar.

* * *

— Onde está *mama*? — perguntei pela décima vez, mas ela só chorava, me deixando carregá-la para o andar de baixo como um bezerro recém-nascido.

Eu endireitei uma cadeira e a sentei nela, procurando por algo, qualquer coisa, com a qual eu pudesse ferver água. Tudo que consegui encontrar foi um antigo penico que tinha virado a tigela de água do gato. Não havia eletricidade. Nunca houvera eletricidade, mas eu encontrei fósforos que ninguém tinha se dado ao trabalho de levar sobre a lareira e também um pouco de lenha. Peguei água do poço, fervi, joguei fora a água fervida pela porta dos fundos e coloquei mais água para ferver, agora com o penico limpo.

Enquanto isso, Helena ficou sentada, suas mãos juntas no colo, me observando. Seu cabelo curto e castanho estava embaraçado, o vestido tão rasgado que era quase indecente. Os rasgos revelavam hematomas nos seus braços e na parte de trás das suas pernas. Tirei o único copo que tinha da minha mochila e servi água quente com uma colher de açúcar dos meus mantimentos e um ramo de menta do vaso na janela de *mama*.

Eu disse a Helena para soprar antes de beber. Ela soprou e, então, bebeu tudo de um gole só. Preparei outro copo para ela. Seus olhos estavam arregalados. Helena tinha seis ou sete anos? Eu decidi que tinha seis.

— Levaram eles embora — ela sussurrou. — Os homens com as cruzes quebradas.

Entendi que ela se referia à suástica. Eu me sentei em uma cadeira.

— Quem eles levaram?

— *Mama* e Stasiu.

Mas nós somos católicos, pensei.

— Mais alguém estava aqui? — perguntei. — Eles levaram mais alguém? Marysia estava aqui?

— Não. Não sei.

— Quando você comeu pela última vez, Hela?

— De manhã. Eu encontrei framboesa no bosque. Deviam estar estragando.

— Quantas framboesas você achou?

— Quatro.

— E qual foi a última vez que você comeu antes disso?

— Ontem de manhã. Eu encontrei framboesa.

— E onde você dormiu antes disso?

— Na sra. Zielinski. *Mama* me deixou lá.

Ah. Agora estávamos chegando a algum lugar.

— E você está aqui sozinha desde ontem?

Ela fez que sim, lágrimas escorrendo pelo rosto.

— Por que ela me deixou aqui, Stefi?

Eu não sabia. Por que ela não sabia o que mais podia fazer? Eu tinha vontade de chorar também. Por tudo. Mas não podia. Sorri para Helena.

— Vamos comer alguma coisa.

— Eu preciso voltar para os Zielinski?

Examinei os hematomas dela. A sra. Zielinski tinha sido uma grande amiga da minha mãe, que ninava Helena quando era bebê em seu colo. Mas desde que o exército alemão tinha chegado, parecia que todo mundo era capaz de tudo.

Os alemães. Eles tinham levado minhas duas famílias. Minhas entranhas se contorceram. Queimando.

Helena estava esperando minha resposta. Eu não sabia o que fazer com ela mais do que *mama* sabia, então disse apenas:

— Vamos ficar aqui esta noite.

Deixei que ela comesse o resto dos biscoitos que as pessoas do cemitério tinham me dado enquanto cortava um ramo verde do espinheiro em frente à porta e preparava pão torrado e queijo com a comida que eu havia trazido. Ela comeu devagar, apreciando cada mordida. Eu me virei com uma maçã.

Então apaguei o fogo, tranquei as portas e a levei de volta para cima, carregando o penico com água morna e uma lanterna que eu tinha encontrado no celeiro. Eu a limpei o melhor que pude, tomando cuidado com os lugares doloridos, penteei seu cabelo e deixei que ela se enrolasse em uma das camisas de *mama* que haviam restado. Não havia lençóis. Eu me deitei ao lado dela no colchão nu e ela pegou no sono em segundos.

Cada pedaço meu doía. Eu mal tinha comido, não tinha dormido mais que alguns minutos desde Lviv e tinha andado quase trinta quilômetros em um dia. Eu havia perdido Izio, minha mãe e Stasiu. Talvez outros que eu ainda nem soubesse. Meus pés doíam. Minha cabeça doía. E no meu peito havia um poço de dor que era pior do que uma doença.

Observei Helena dormindo sob a luz da lanterna. Ela estava magra, mas seu rosto ainda era macio, com traços infantis. E tudo que eu conseguia pensar é que ela era minha irmã. Minha família. E que ela estava ali. Precisando de mim. Todo o resto estava além do que eu podia fazer.

Empurrei Izio para algum lugar bem no fundo de mim e construí uma represa em torno da minha dor. Eu lidaria com ela mais tarde, quando soubesse como. Abracei Helena e dormi.

De manhã, pegamos o caminho pelas plantações. É engraçado, o que não se esquece. Eu conhecia as voltas e curvas dali como as ruas de Przemyśl. Depois de mais ou menos meio quilômetro, Helena deslizou dos meus braços dormentes para o chão na frente do portão dos Zielinski. O rosto dela estava solene acima de seu vestido indecente e ela segurava minha mão com tanta força que chegou a machucar. Bati no portão e um homem velho, um estranho com algumas mechas de cabelo branco e bagunçado, piscou os olhos para o sol.

— Eu poderia falar com a sra. Zielinski, por favor?

— Não — o homem respondeu. Senti minhas sobrancelhas se juntando.

— Por que não?

— Porque ela está morta. Vou chamar meu genro.

A porta se fechou de novo. Esse era o pai da sra. Zielinski, então. Ele nunca tinha morado ali antes. Eu olhei para Helena.

— Você não me disse que a sra. Zielinski tinha morrido.

— Você não perguntou — Helena respondeu. Ela estava a ponto de chorar de novo, sua mão tremendo na minha. Eu a apertei com mais força. A porta se abriu de novo e lá estava o sr. Zielinski. Helena recuou.

— Ah, outra Podgórska. O que você quer?

O homem estava bêbado. Antes das oito da manhã. E acho que ele sequer notou Helena. Eu estava me lembrando por que nunca tinha gostado do sr. Zielinski.

— Quero saber o que aconteceu com minha mãe e meu irmão.

Ele deu de ombros.

— Soldados vieram e os arrastaram. Um campo de trabalho na Alemanha. Estão trabalhando para Hitler agora, e a fazenda indo para o inferno.

Alemanha. Em um campo de trabalho. Como Izio. A náusea dentro de mim se inflamou.

— Isso faz quanto tempo?

Ele deu de ombros.

— Seis, sete semanas.

Enquanto eu cuidava dos Diamant. Se estivesse na fazenda, talvez eu pudesse ter avisado. Contado como eram os alemães. Ajudado a escondê-los. Feito que fugissem.

Enfiei essa culpa atrás da represa dentro de mim. Para me punir com ela depois.

— Você estava cuidando da minha irmãzinha — eu disse.

— Quem?

— Minha irmã, Helena.

Ele se apoiou no batente da porta. Isso o ajudava a ficar com a postura ereta.

— Isso era coisa da minha Ela. Mas agora ela se foi.

Eu não sabia se ele estava se referindo a Helena ou sua mulher.

— Então você acha tudo bem bater em crianças inocentes e colocá-las para fora para morrer de fome na floresta, sr. Zielinski?

Ele apontou um dedo para mim.

— Sua mãe disse que iria pagar, e ela não mandou um *zloty*. Sem dinheiro, sem comida. E se a menina não limpar, vai ver a palma da minha mão.

Eu encarei suas costeletas imundas, as bolsas embaixo dos olhos dele e a gordura acumulada em suas axilas. Ele fedia. Não precisava estar nesse estado. Coloquei Helena atrás de mim e dei um passo à frente.

— Deus vai te devolver — eu disse.

Ele pareceu um pouco chocado.

— Por cada vez que você bateu nela, vou rezar para que um soldado alemão venha te bater dez vezes com um cassetete. E por cada dia que você a fez passar fome, vou rezar para que você passe dez dias sem nada para comer e, especialmente, sem nada para beber. Eu vou rezar para você ter furúnculos. Para que seja mordido por um cão raivoso. Para que seus dentes fiquem pretos e seu... suas partes caiam... — Olhei para baixo e ele também. — E que a vodca horrível que você faz naquele seu celeiro te apodreça lentamente de dentro para fora!

O sr. Zielinski abriu a boca. E a fechou de novo.

— E, cá entre nós, sr. Zielinski, você sabe bem quais orações Deus vai ouvir, seu *schmuck** miserável.

Peguei Helena no colo, me virei e marchei para longe da casa, fechando o portão da frente com um chute e um estrondo. A porta da casa bateu e, com um brilho de satisfação, ouvi o ruído da barra da tranca caindo. Os braços de Helena apertaram meu pescoço.

— Você tem sapatos ou roupas na casa? — perguntei.

— Não. Foram vendidos.

— Bom. — Eu estava quente de raiva.

— Eu não preciso voltar para lá? — Helena perguntou.

— Não.

— Nunca?

— Nunca.

Ela apoiou a cabeça no meu ombro, seus pés pendurados em volta dos meus joelhos. E então sorriu.

Quanto mais longe ficávamos da casa dos Zielinski, menos Helena me agarrava. Depois de um tempo, ela passou a andar ao meu lado. Mais um pouco e estava saltitando. Três quilômetros depois e comecei a pensar no que eu estava fazendo. Como eu iria alimentar uma garotinha? Vesti-la? Ela

---

* "Babaca" em ídiche. (N. T.)

deveria estar na escola? Eu não tinha ideia de como cuidar de uma criança.

Mas só havia eu para fazer isso. Então eu faria.

Se Deus for justo, pensei, pisando firme pela estrada pedregosa, ele vai atender minhas preces para o sr. Zielinski. E então rezei por mil vezes mais sofrimento para os alemães. Pelo gueto. Por terem levado minha mãe e meu irmão. Por terem parado os trens. E pelo que tinham feito com Izio.

Helena precisava descansar a cada quilômetro, mais ou menos. Ela disse que sua cabeça doía e seus pés também. Então eu a carreguei nas costas, mas logo precisei descansar. Dividimos o último pedaço de pão, bebemos a água de um riacho e seguimos em frente. Nós não vimos nenhum carro ou carroça durante o dia todo, e, com todas as paradas, levei o dobro do tempo para refazer o caminho por onde tinha vindo, descendo pelas colinas até ver as luzes de Przemyśl se espalhando dos dois lados do rio.

Mas eram poucas luzes. A cidade estava na penumbra, as janelas escuras, apenas um poste de luz aqui e ali, meio escondido pelos prédios. Eu não tinha relógio, mas devia ser bem depois de meia-noite. Segurei a mão de Helena e mordi o lábio, pensativa.

Eu já tinha voltado para a cidade depois do toque de recolher, uma ou duas vezes, quando era possível conseguir um preço melhor pelos bens da sra. Diamant nas vilas em volta do que nas lojas da cidade. Nessas noites eu tinha dormido nos campos, esperando pelo sol e pelo direito de estar nas ruas. Mas ainda faltava muito para o amanhecer e eu não estava gostando da aparência da minha irmã. Ela estava quieta, o olhar fixo, bamboleava entre um pé e outro e nosso suor tinha ficado frio. Ela estremeceu e tomei uma decisão. Eu não tinha visto nenhuma patrulha alemã da última vez que voltei para casa depois do toque de recolher. Nós podíamos ir pelas vielas menores.

— Vamos, Hela. Não falta muito agora. Nós tomaremos chá e um banho quente e você vai dormir em uma cama por toda a noite...

Ela assentiu como se estivesse sonhando, seminua em seu vestido esfarrapado. Mordi o lábio mais uma vez. Ela não podia estar entre as pessoas vestida dessa forma, mesmo que já estivessem na cama. Eu a levei para trás de uma árvore, puxei meu próprio vestido por cima da cabeça e passei por cima da dela. Ela acordou um pouco, passando seus braços pelas mangas enormes enquanto eu fechava bem o cinto. O tecido sobrando transbordava por cima do cinto, mas pelo menos ela não iria tropeçar. Tirei meu casaco da mochila e o vesti por cima da combinação.

— Olha — eu disse a ela —, ninguém vai ficar sabendo. Mas você precisa ficar bem quieta, andar rápido e fazer exatamente o que eu disser, tudo bem? É como um jogo. Nós vamos ver se conseguimos chegar até a porta da minha casa sem que ninguém veja...

Comecei a andar rapidamente, Helena cambaleando ao meu lado, e deslizamos para dentro de Przemyśl. Nos enfiamos atrás dos primeiros prédios, ficando longe da luz, parando para escutar e olhar em volta de cada esquina. A cidade estava quieta como eu nunca tinha ouvido, havia apenas o apitar do trem ao longe. Então nós chegamos na rua Mickiewicza. Era uma rua principal e havia pouca cobertura.

— Corre, Hela! — sussurrei, arrastando-a pela mão. Nós desviamos dos círculos amarelos em volta dos postes e corremos pelos degraus das lojas e dos prédios.

— Stefi... — Helena ofegou. — Eu não consigo...

— Vamos! — sussurrei.

— Eu não consigo... respirar... — Helena fez um som estrangulado que foi alto demais para o silêncio que fazia. E então sua mão ficou mole e ela caiu de cara na calçada.

Ela não se levantou. Ela não se mexeu.

Fiquei de joelhos e a virei. Ela tinha batido a testa e o sangue brilhava contra seu rosto muito branco. Suas bochechas estavam frias. Suas mãos estavam frias. Eu não conseguia ver o peito dela se mover. Eu não conseguia sentir sua pulsação.

E, subitamente, a represa dentro de mim estourou e a dor transbordou como uma correnteza. Eu ia perder todos. Cada pessoa que eu já tinha amado. E era sempre minha culpa.

Minha culpa. Minha culpa. Minha culpa...

Olhei para o rosto imóvel de Helena e gritei.

8.

Julho, 1942

Gritei mais uma vez. Gritei o nome dela, mas Helena continuou imóvel. Mesmo quando a sacudi.

E então ela abriu a boca e deu um suspiro.

Eu ofeguei com a mão no peito, e uma voz no escuro disse:

— *Halt! Wer ist da?*

Feixes de luz brincavam pelo meu rosto, me cegando. Uma pistola foi engatilhada.

Helena não estava morta. Mas eu tinha acabado de matar nós duas. Ergui as mãos devagar.

— Por favor — eu disse, apertando os olhos. — Minha irmã, ela está doente. Eu preciso de um médico... — Vi as botas e o pequeno cano da pistola descendo pela calçada. Um cão latiu.

— Um médico! — pedi. — Por favor!

As botas pararam e um pé alemão cutucou a lateral do corpo de Helena. Ela tossiu e as botas recuaram. Houve um murmúrio por trás das luzes.

Então a voz que tinha falado antes deu outra ordem em um polonês horrível que podia ser algo como "pegue-a" e "venha conosco".

Peguei Helena nos braços, me esforçando para nos levantar. Ela ficava mais pesada inconsciente e eu estava tremendo, mas consegui. Um policial alemão caminhou atrás de mim, sua arma apontada para as minhas costas enquanto eu seguia o resto da patrulha pela calçada em um lento desfile. Nós estávamos sendo presas e eu sabia o que iria acontecer. Iriam me espancar, me torturar. Descobririam que eu vinha alimentando judeus. Que tinha tentado ajudar um judeu a escapar. Que tinha informações falsas nos meus documentos.

Que só de olhar para eles meu estômago embrulhava, meu sangue corria quente e todos os ossos do meu corpo queimavam.

A sensação de dizer isso a eles talvez fosse boa. Mas, suspeitei, apenas por um ou dois minutos.

Fomos até a delegacia de polícia, mas usamos uma entrada dos fundos em vez da principal. Acomodei Helena em um banco de um corredor austero, iluminado com luzes elétricas, e dois dos policiais reviraram minha mochila. Eu os vi tirar a caneca, os fósforos e meio pedaço de pão. Meio pedaço de pão. Era a parte de Helena. Do riacho. Eu baixei os olhos para o rosto imóvel da minha irmã. Por que ela não tinha comido seu pão?

Um policial se aproximou, revirou meus bolsos e então tentou tirar meu casaco. Eu dei um tapa na mão dele. Eu não estava vestindo nada além de uma combinação e todo o dinheiro que eu tinha no mundo estava enfiado no meu sutiã. E eu não tinha ideia do que eles concluiriam disso. Eu dei mais um tapa na mão do homem e um outro policial riu. Eles conversaram um pouco, provavelmente a meu respeito, e saíram por onde tínhamos entrado.

Um alemão armado ficou comigo. Ele não falou nada. Nem olhou para mim. Provavelmente sabia o que estava por vir. Eu estava com menos medo do que pensei que teria.

Provavelmente com muito menos medo do que deveria ter.

Eu me sentei ao lado de Helena. Ela estava respirando, mas não tinha aberto os olhos. Acariciei seu cabelo, me perguntando o que aconteceria com ela.

Uma porta se abriu no final do corredor e um homem enfiou a cabeça por ela. Ele olhou para nós duas e fez sinal para que eu fosse até lá. Olhei para o guarda, mas ele não me fez nenhum sinal. Era a hora, então. Eu me inclinei para pegar Helena.

— *Nein*, não. Deixa que eu faço — o homem disse. Ele desceu pelo corredor e a pegou ele mesmo no colo. Ele estava com o uniforme de um oficial alemão, mas seu polonês era muito bom, com apenas um pouco de sotaque. Eu o segui até a sala atrás da porta, que não estava cheia de policiais, homens da SS, armas e cassetetes. Em vez disso, havia uma escrivaninha, algumas estantes e uma mesa de exames, onde coloquei Helena.

— Eu sou o dr. Becker — ele disse, puxando um estetoscópio do bolso. — É sua irmã?

Eu fiz que sim, anestesiada com a surpresa.

— Conte o que aconteceu com ela.

Contei a ele enquanto ele abria o vestido ridiculamente grande de Helena e dava uma olhada nela. Fiquei com medo quando ele começou a examiná-la, mas eu estava também com medo de não ter nenhuma ajuda. Ele fez perguntas a respeito do que tínhamos comido e quando e como tinha sido o comportamento dela antes do desmaio. Ele examinou seus hematomas. Helena começou a se mexer um pouco e abriu os olhos.

— Fique quieta — o dr. Becker disse a ela. E, então, para mim: — Por favor, sente-se. Você quer pendurar seu casaco?

Eu me sentei e sacudi a cabeça, segurando o casaco fechado.

— Espere aqui, por favor — ele disse e saiu da sala.

Então é agora que a polícia vem, pensei. Eles vão me levar embora e nunca mais vou ver minha irmã. Comecei a suar frio.

A porta abriu de novo e o médico voltou. Com duas xícaras de chá. Ele deu uma para mim e levou a outra até Helena, erguendo-a e segurando a xícara para que ela pudesse dar um gole.

— Sua irmã está desnutrida e exausta — o médico disse. — No geral, ela precisa de descanso e boa comida. — Ele puxou um pacote de biscoito do bolso, ajudou Helena a se sentar e deu um a ela. — Beba — ele disse para mim. — Está cheio de açúcar e com um pouco de leite. Você parece estar precisando.

Eu fiz o que ele falou, observando-o atentamente por cima da xícara. Esperando o truque.

— Mas ela está com um pouco de febre e um leve chiado nos pulmões — ele disse. — Então vou te dar uma dose de antibióticos e aspirina. Você vai dar a ela? Não vai vender?

Olhei para Helena, que comia biscoitos muito mais rápido do que seria educado, e sacudi a cabeça.

— Vou dar a ela.

— Bom. Eu vou vê-la amanhã, para garantir que está tudo bem. Qual seu endereço?

Eu estava tão chocada que dei o endereço. Então ele chamou dois policiais, que nos acompanharam até em casa para que não fôssemos incomodadas pela patrulha. Tranquei a porta, lavei o rosto e as mãos de Helena, dei a ela um dos antibióticos e uma aspirina e a coloquei na minha cama. Emilika não estava lá. Eu esperava que a visita dela à mãe tivesse sido diferente da minha.

Peguei no sono em uma poltrona, esperando que a Gestapo batesse na porta.

Quando alguém bateu na porta, na manhã seguinte, era o dr. Becker. Exatamente como havia prometido. Helena estava sentada na cama, com o cabelo penteado e vestida com minha camisola limpa. Ele ergueu o queixo dela e escutou seus pulmões e a chamou de ratinha e fada. Então ele disse que eu deveria continuar cuidando bem dela, sem mais longas jornadas, e deixou conosco um saco de farinha e um frasco de vitaminas.

E eu nunca mais o vi de novo.

Naquele dia, comecei a quarta parte da minha educação em Przemyśl. Era errado achar que todos os homens eram iguais. Fossem eles judeus ou poloneses.

Ou até mesmo alemães.

Fiquei com Helena no dia seguinte, mantendo-a na cama e gastando o fim do meu estoque de comida. Na manhã do terceiro dia, fiquei observando pela janela, o vidro embaçado pela garoa, e quando eu vi a fila de homens vigiados descendo a rua, corri para me encontrar com Max. Comecei a andar ao seu lado, água pingando pelos meus cabelos, mas ele sacudiu a cabeça e olhou por cima do ombro. Não era o guarda de sempre. Era um homem da SS. Eu recuei e Max ergueu sete dedos. Ele me encontraria na cerca às sete da noite. Então ele baixou a cabeça e olhou para a frente, evitando atrair atenção.

Eu o observei indo embora, a chuva pingando de seu cabelo tão escuro quanto o de Izio.

Ele tinha os olhos mais tristes que eu já tinha visto.

Acho que tinha recebido minha carta.

Desci a rua, pensativa, então parei em uma esquina, virei de costas e peguei discretamente o dinheiro no meu sutiã. Eu ainda tinha o *zloty* da passagem de trem de Izio. Se eu fosse cuidadosa, teria o suficiente para alimentar Helena e os Diamant por mais uma semana. No máximo. E Helena precisava de um vestido, sapatos, roupas de baixo, uma camisola e provavelmente outras coisas nas quais ainda não tinha pensado.

Eu me endireitei na frente da vitrine de uma loja e fui à costureira, onde já tinha perguntado a respeito de trabalho, mas aquela vaga tinha sido ocupada tempos atrás. Então parei em todas as lojas entre a Mickiewicza e a praça do mercado. Ou não havia trabalho, ou eu não era adequada para o trabalho, ou não havia mais loja porque os donos eram judeus. Eu desisti, fui ao mercado e fiz uma boa barganha, já que pouca gente tinha saído na chuva, e até consegui uma saia para Helena que talvez ficasse um pouco grande. Se eu conseguisse alguma linha, talvez pudesse apertar a cintura e transformar o vestido rasgado em uma blusa.

Quando estava descendo a calçada na volta para casa, o céu começou a se abrir, dois caminhões estavam bloqueando a rua em frente ao meu prédio e havia mobília empilhada nos baús deles como se uma casa tivesse sido virada de ponta-cabeça. Teríamos vizinhos. Subi as escadas, desviando de pessoas e caixas e, quando cheguei no meu quarto, encontrei um vizinho ali. Emilika estava com Helena no colo, penteando seu cabelo, e Helena parecia não estar gostando.

— Conheci sua irmã — Emilika disse, puxando o cabelo de Helena para longe do rosto. — Ela estava me contando sobre sua viagem para casa, não estava? — Essa última pergunta foi para Helena, e Emilika não pareceu notar a ausência de resposta.

Larguei os pacotes e coloquei meu casaco por cima. Se Emilika visse quanta comida eu tinha comprado, ela faria perguntas. Ela falou sem parar. Sobre sua mãe, embora eu não tivesse mais a minha. Sobre um garoto que tinha conhecido, embora eu não tivesse mais o meu.

Não era justo. Ela não sabia. Mas eu queria jogá-la pela janela.

— Então, Fusia, anda chupando limões? — Emilika perguntou em um tom agradável. Acho que ela quis dizer que eu estava com uma expressão azeda. Então contei a ela da minha busca por trabalho.

—Ah, mas há muito trabalho nas fábricas — ela disse. — Se você estiver disposta a trabalhar para os alemães. Tinha uma enorme fila no departamento de trabalho ontem, só pra entregar currículos. Ia até a esquina.

O que queria dizer que eu estava atrasada. Esfreguei minhas têmporas.

— Calma, calma, Fusia, sempre há um jeito — Emilika disse. Ela tinha prendido o cabelo de Helena com uma fita. Estava apertada demais. — Um presentinho pode resolver.

Algo para ajudar os alemães a colocarem seu nome no topo da lista.

— O que você quer dizer? Que tipo de presente?

— Uns trezentos e cinquenta *zloty*. É o que eu ouvi falar.

Trezentos e cinquenta. Como eu poderia arranjar esse dinheiro? A caixa estava quase vazia. Eu já não tinha mais nada para negociar.

Nenhuma dessas ideias melhorou o meu humor, e Helena não estava melhor. Assim que Emilika foi embora, ela se sentou na cama com os braços cruzados e se recusou a ir até a mesa comer o pão e a manteiga que eu havia comprado. Eu disse que ela precisava comer. Ela disse que não precisava. Falei que o dr. Becker tinha mandado. Ela disse que não mandou, não. Ordenei que ela comesse. Ela disse que não obedecia a ordens.

Ela era minha irmã, mas era também uma criança, e eu não sabia o que fazer com ela. Disse a ela que precisava resolver uma coisa. Na verdade, eu só precisava caminhar. Pensar.

— Quero ir com você — Helena disse.

Eu já devia ter a palavra "não" estampada na cara, porque ela fechou a sua e cruzou os braços acima do peito.

— Eu quero ir.

— Não!

— Então me leve para casa.

Eu também não sabia o que fazer com isso. Eu não era a mãe dela. Eu não era a mãe de ninguém.

— Não vou te levar de volta para a fazenda, Hela.

— Você não me quer aqui!

— Isso não é verdade!

Mas um sentimento de culpa se remexeu dentro de mim quando ela disse isso. Algo rapidamente esmagado pelo alívio de saber que minha irmã estava viva. Sentei-me ao seu lado na cama.

Ela secou os olhos e disse:

— Eu te escutei noite passada.

— Me escutou fazendo o quê?

— Chorando. Você queria que eu não estivesse aqui.

Expirei longamente. E então pensei em Helena sozinha naquela casa, antes disso sozinha com um homem que havia batido nela e a negligenciado. Em Helena doente em um quarto estranho em uma cidade desconhecida. De como deve ter sido acordar esta manhã e ver que eu tinha sumido e, então, uma estranha aparecer e arruinar o cabelo dela. Pensei no pedaço de pão que ela tinha deixado de comer.

Eu não ia deixar minha irmã pensar que precisava passar fome para ficar comigo.

Puxei a fita, soltando sua franja.

— Eu não sou a *mama* — disse. — Não vou tentar ser. Mas sou sua irmã. Se não podemos estar todos juntos em casa, então prefiro ter você aqui comigo do que em qualquer outro lugar do mundo. Então, agora nós somos um time. Vou precisar que você faça o que eu peço, mesmo que às vezes você não entenda as razões, e, em troca, prometo sempre te contar a verdade. Sempre. Mesmo se for ruim.

Ela franziu a testa.

— E vou começar agora. Na noite passada, eu chorei porque morreu uma pessoa que não queria que tivesse morrido. Tudo bem? Nada a ver com você.

— Era alguém que eu conhecia?

Sacudi a cabeça. Os pés descalços dela bateram na cabeceira da cama.

— Não sou um bebê — ela disse. — Eu posso ficar sozinha. Fui para a fazenda sozinha todos os dias. Só que... ninguém nunca voltou.

— Bom, eu vou voltar. É mais uma promessa. — Desejei não estar mentindo. — Eu vou voltar, Helena.

Ela não pareceu convencida.

—Aqui. Venha comigo.

Eu a levei até a porta da frente e mostrei como a fechadura funcionava, então mostrei como uma cadeira poderia ser colocada embaixo da maçaneta para que ela não girasse. Nós criamos uma batida especial, para que ela soubesse que era eu. Então examinamos todos os quartos vazios do apartamento, trancamos a porta do quarto e colocamos uma cadeira embaixo dela também. Helena sorriu e seu sorriso aumentou quando lhe dei a saia. Ela se sentou em uma das duas cadeiras restantes e comeu seu pão.

— Ela te chamou de Fusia — Helena disse, de boca cheia. — E Michel também chamava. — Ela estava falando de nosso irmão mais velho. — Eu não consigo me lembrar de como te chamo. Para fazer graça.

E nem podia lembrar. Ela era um bebê quando eu saí de casa.

— Posso te chamar de Fusia? — ela perguntou.

Todo mundo chamava. Mas eu só disse:

— Pode me chamar como quiser.

Helena pensou bastante e então deu de ombros.

—Vou te chamar de Stefi.

Naquela noite, quando saí com os pacotes de comida para os Diamant enfiados dentro do meu casaco e fechei a porta da frente, ouvi a fechadura trancando atrás de mim e uma cadeira sendo arrastada do outro lado.

A LUZ NA ESCURIDÃO **107**

Parte de mim queria trancar minha irmã no apartamento até que a guerra terminasse.

Parte de mim queria que eu me trancasse com ela.

Cheguei na cerca um pouco antes das sete. O sol estava baixo atrás dos prédios, mas ainda estava quente, o que tornava meu casaco pesado uma escolha esquisita de roupa. Esperei na esquina, batendo o pé ansiosamente, um novo cartaz dizendo MORTE A QUEM AJUDAR UM JUDEU colado em cima da minha cabeça. Eu não gostava que ele estivesse ali. Como se os alemães soubessem que alguém parado naquele lugar iria precisar do aviso. Então ouvi um tango sendo assobiado pela viela. Do outro lado da cerca.

Virei a esquina e me enfiei na passagem estreita pelo poste da cerca. Max estava me esperando, mas, em vez de pegar os pacotes, ele ergueu o poste e me puxou para dentro.

— Shhhh — ele disse quando protestei. — Você tem um lenço? — Ele encontrou um no meu bolso sem esperar pela minha resposta e o amarrou no meu braço. Então me levou até uma porta e a abriu. Era um armazém abandonado, um lugar escuro e úmido onde os ratos se escondiam. Ele se aproximou do meu ouvido.

— Vai haver uma *aktion* no gueto.

— O que é uma...

— Todo mundo sem cartão de trabalho vai ser levado para um campo de trabalho.

Eu não confiava nas palavras "campo de trabalho".

— Por que você está sussurrando?

— Porque todo mundo denuncia todo mundo para os alemães. Até os judeus, se eles acharem que isso vai salvar suas vidas.

— Você tem um cartão de trabalho?

Eu o senti assentir no escuro.

— E Chaim, Henek e a namorada dele. Nossos pais não têm.

— Eles vão?

Senti ele assentir novamente.

— Quando?

— Nos próximos dias. Então vamos dar isso a eles... — Ele ergueu os pacotes de comida. — Ou o máximo que eles conseguirem carregar.

Isso tudo estava acontecendo tão rápido que era difícil registrar as emoções. Eu lidaria com elas mais tarde.

— Você consegue trazer mais? — ele perguntou. — Para depois?

— Você tem algo para vender? — E então contei rapidamente a ele sobre Helena e a falta de trabalho, exceto por trabalhos alemães que precisavam de dinheiro para conseguir.

— Certo, vou perguntar. E, Fusia... — Acho que ele estava esfregando os dedos na cabeça. — Eu queria saber...

Nós dois pararmos para escutar o som das botas descendo a rua em um passo firme. Elas passaram pela porta, o arame farpado sacudiu e então passaram de novo, sumindo ao longe.

— Acho que eles sabem da cerca — sussurrei.

— Você tem razão. Encontre-me aqui amanhã, do lado de dentro, e depois disso nós encontraremos um outro jeito. — Ele esfregou a cabeça de novo. — Eu preciso te perguntar. Sobre a carta.

Algo dentro de mim recuou. Eu mal podia ouvir as palavras de Max.

— Era mentira, não era? Sobre ter sido... rápido.

Era impossível dizer qualquer coisa. Se eu tivesse chegado a tempo, talvez nada disso tivesse acontecido. Talvez Izio estivesse conosco agora. Mas se alguém entendia essa dor, era Max. Izio tinha tomado o seu lugar. Rangi os dentes e então fiz que sim com a cabeça.

— Certo — Max disse. — Certo. — Nós ficamos por alguns minutos na escuridão molhada e então ele escutou através da porta. — Acho que a rua está vazia. Tome cuidado, e... — Ele pegou minha mão e a beijou. — Obrigado por mentir para a *mame*.

Eu deslizei pela cerca o mais rápido que pude, e, quando virei a esquina onde estava o cartaz, não havia ninguém ali. E não havia ninguém ali na noite seguinte também, quando Max me entregou duas camisas, um relógio e um broche que tinha sido guardado em segurança na cinta da sra. Diamant.

— Use isso para conseguir trabalho — Max disse. — Nós passaremos fome agora, mas comeremos por mais tempo se você tiver um salário regular.

Guardei os tesouros dentro do meu casaco, mas, desta vez, quando coloquei o poste da cerca de volta em seu lugar, ouvi o grito agudo de uma ordem alemã vinda da rua em frente ao armazém. E então ouvi Max falando, dizendo que não estava fazendo nada, só procurando um tio que...

Virei a esquina e fiquei parada embaixo do cartaz, a respiração ofegante, os olhos fechados quando ouvi o som de punhos acertando carne.

Por favor, Deus, não deixe que eles matem Max.

Não consegui dormir naquela noite.

Mas de manhã, bem na hora, lá estava Max, erguendo os olhos para minha janela enquanto era levado para os depósitos de carvão. Ele tinha um hematoma no rosto e seu lábio estava inchado, mas ele estava inteiro. Passei o dia negociando, e no dia seguinte juntei 340 *zloty*.

Eu esperava que fosse o suficiente.

Cheguei cedo na fila do departamento de trabalho.

Chtuzpah.* A sra. Diamant sempre disse que eu tinha. E hoje era disso que eu precisava.

Na fila, fiquei passando meu peso de um pé para o outro, os braços cruzados sobre minha barriga roncando, meu cabelo bem-arrumado e a boca com só um pouquinho de vermelho. No meio da manhã, entrei no prédio. No meio da tarde, chegou a minha vez. Endireitei a postura e andei rapidamente até a mesa, sorrindo como se o alemão sentado atrás dela fosse a única pessoa no mundo para quem eu já tivesse desejado vender alguma coisa.

Esse homem não usava óculos com aro de metal. Ele tinha uma verruga no queixo.

— Olá — eu disse. — Espero que você esteja bem hoje.

O homem olhou do meu rosto animado demais para a fila atrás de mim. Ele quase fraquejou.

— Documentos — ele disse, cansado. Eu me sentei em uma cadeira.

— Eu esperava conseguir trabalho — disse. — E esperava que fosse rápido. Sabe… — Eu me inclinei para a frente. — Tenho uma irmãzinha. Ela tem seis anos de idade e está sem a mãe. Nossa mãe e irmão estão fora no momento, trabalhando duro para a pátria, como você…

O homem suspirou e limpou seu nariz na manga do uniforme. Talvez eu estivesse exagerando.

— E enquanto eles estão fora, vou precisar alimentá-la…

---

* Palavra ídiche e hebraica para ousadia, coragem. (N. T.)

— Documentos — ele repetiu, estendendo a mão.

— Então esperava — prossegui — que você fosse compreensivo e colocasse meu nome no topo da sua lista. — Eu dei a ele meus documentos e observei seu rosto ao abri-los. Tentando compreender sua expressão quando ele visse o dinheiro enfiado entre as páginas. Houve um pequeno silêncio.

— Sou uma ótima trabalhadora — disse rapidamente. — Trabalho desde os doze anos. Sempre cheguei na hora.

O homem abriu uma gaveta na escrivaninha, inclinou meus documentos e deixou que os *zloty* caíssem perfeitamente para dentro dela antes de fechá-la de novo. Ele devolveu meus documentos e deslizou um formulário e um lápis pela mesa.

— Preencha isso, *Fräulein*.

Eu preenchi, meu estômago dando um nó. O dinheiro tinha ido embora. Mas sorri para o homem de novo quando terminei o formulário.

— E o emprego?

— Você vai receber uma carta.

— Mas...

— Você vai ser contatada, *Fräulein*.

— Mas...

— Próximo!

Agarrei meus documentos e me afastei da escrivaninha. O relógio. O broche. Eles eram sacrifícios e os tinha apostado com um nazista. Para nada.

Fiquei enjoada só de pensar.

Acordei no meio da noite. Preocupada com Max e com o fracasso da minha *chtuzpah*. E então eu percebi o que tinha me acordado. Um grito. Um grito de mulher ao longe.

Eu conhecia aquela voz.

Joguei minhas cobertas para longe, fazendo o colchão ranger. Deixei Helena dormindo e corri para fora do quarto, pelo apartamento vazio, até o antigo quarto do sr. e da sra. Diamant. Abri com força a cortina e me inclinei o máximo que pude na direção da noite fresca.

Vi luzes no gueto, holofotes brilhando, deixando os outros lugares em uma escuridão de nanquim. Os vagões de trem estavam enfileirados e as pessoas tão amontoadas que era impossível distinguir os corpos. Mas eu conseguia ouvi-los. Gritos agudos, crianças chorando. Os cães latindo. Tiros soavam, às vezes pistolas, às vezes a rajada de uma metralhadora, e então vi que as pessoas estavam sendo forçadas a entrar nos vagões. Uma por uma, sendo empurradas para dentro de vagões altos demais para subir. Empurradas pela barriga, pelas costas. Às vezes elas caiam. Às vezes os cachorros as puxavam. O ruído me fazia ter vontade de tampar os ouvidos. Eu queria tampar meus olhos.

Mas, acima de tudo isso, escutei a voz de novo. Um grito de mulher.

Era minha *babcia*. Eu sabia. A sra. Diamant estava sendo forçada a entrar em um desses vagões.

Fiquei na janela até que a multidão tivesse desaparecido quase completamente e os trens começassem a se mover, o vapor subindo de suas chaminés.

Fui esperar por Max enquanto ele marchava para o trabalho na manhã seguinte, mal conseguindo ficar parada na calçada. O guarda de sempre me olhou feio e, percebendo que isso não funcionava, desistiu. Eu entrei na fila ao lado de Max. Mas eu não falei nada. Ele estava pálido. Seus olhos escuros sombreados. Ele marchava no tempo, passo a passo, e parecia pronto para brigar. Para explodir. E então ele começou a falar, lentamente. Comedido.

Henek e sua namorada Danuta tinham sido mandados embora. Mas só para uma fazenda, para trabalhar nos campos até a colheita. Mas os pais dele... Ele tinha implorado a eles para se esconderem. Suplicado. Eles disseram que era só um campo de trabalho. Um campo de trabalho talvez não fosse problema. Se eles se escondessem e fossem encontrados, isso seria a morte. Mas então os trens tinham chegado e o oficial da SS riu quando Max tentou levar chá para os pais. "Seus pais não precisam de chá", o homem disse. "Seus pais nunca mais precisariam de chá. Porque os trens estavam indo para um lugar chamado Bełżec e lá não é um campo de trabalho, seu judeu estúpido."

Bełżec era uma imensa máquina de morte.

Max parou de falar, olhando bem para a frente, e eu me afastei da fila e parei no meio do movimento da calçada. Estávamos quase no depósito de carvão.

O sr. e a sra. Diamant. Eles estavam mortos. Todos aqueles homens, mulheres e crianças que eu tinha visto serem forçados a entrar no trem. Eles estavam mortos.

Nós ainda estávamos vivos. Mas devíamos estar vivendo no inferno.

9.

Agosto, 1942

Depois da primeira *aktion,* eles reduziram o tamanho do gueto, tencionando as cercas como uma mordaça. O poste solto nem ficava mais dentro da área. Combinei um novo ponto de encontro com Max, pensando que, se o policial certo estivesse de guarda, nós poderíamos simplesmente nos encontrar perto do portão e fazer a troca pela cerca. Como todos estavam fazendo. Os judeus do lado de dentro estavam vendendo toda e qualquer coisa por comida, e para nós, que estávamos do lado de fora, era sempre um negócio a ser feito, leis alemãs ou não. Às vezes eu precisava encontrar Max no meio da multidão. Outras vezes a SS estava de guarda e o único som no portão do gueto era o farfalhar de um jornal que voava pela rua até grudar no arame farpado.

Max e Chaim precisaram ir para um outro apartamento no gueto reduzido, compartilhando uma antiga cozinha com o dr. Schillinger, o dentista de quem Max foi assistente em Nizankowice, sua filha mais nova, Dziusia, um outro homem mais velho, o dr. Hirsch, e seu filho adulto, Sinuek. Eles começaram a juntar seus recursos e Max me trouxe quatro botões de ouro, uns brincos e dois casacos para vender.

Eu achava que ele não devia confiar essas coisas a mim. Tinha perdido o que ele havia trazido da última vez. E um de seus irmãos. Mas esse tipo de culpa não era novidade para Max. Eu a via nos seus olhos toda vez que falávamos de seus pais, que estavam mortos enquanto ele não estava. E Izio, morto no lugar do irmão. Nós compreendíamos um ao outro, Max e eu. A culpa não os traria de volta. E passar fome também não. E então fiz o que Max fazia e deixei a culpa e a dor de lado. Eu me tornei uma especialista em trocar e revender nas lojas de segunda mão. Uma coisa por outra e outra por outra. Vendendo, vendendo e vendendo de novo até que, de alguma forma, eu nos alimentava.

Era como um jogo. Ficar vivo. Desafiar os nazistas.

Também consegui sapatos e um casaco para Helena e um tapete descartado para os nossos pés. Helena brincava nas escadas e na rua com as crianças que tinham se mudado para o nosso prédio e nós nos encontrávamos com Emilika quase todos os dias, embora ela tivesse parado de dormir no meu quarto. O prédio não parecia tão cheio de fantasmas quanto antes.

Exceto pelo apartamento dos Diamant. Esses quartos ainda estavam vazios, e, às vezes, quando eu apurava os ouvidos, conseguia ouvir ídiche no corredor. Sentia o cheiro dos *blintzes* e dos cigarros. E, se ficasse sentada em silêncio no parapeito da janela, eu quase conseguia ver a sombra de Izio deitado no chão, as mãos atrás da cabeça e os pés apoiados no sofá.

Exceto que nada disso estava ali de verdade.

Eu era como uma cabaça. Vazia e sacudindo por dentro.

Voltei para o apartamento depois de um dia inteiro indo de um lado para o outro nos mercados, e o melhor que tinha conseguido com nosso dinheiro foi *kasha*. Um saco de cinco quilos. Grande demais para esconder embaixo do meu casaco. Amarrei barbantes em volta dos punhos do meu vestido, outro em volta da cintura, e, então, rindo da tolice de tudo isso, Helena subiu em uma cadeira e cuidadosamente esvaziou o saco de *kasha* nas minhas mangas e na parte de cima do meu vestido. Eu me remexi. Todos os grãozinhos pinicavam e era terrível; eu estava inchada em lugares estranhos, embora não ficasse tão ruim com meu casacão por cima. Mas isso também significava que eu não poderia encontrar Max na cerca. Eu teria que entrar no gueto.

Helena trancou a porta da frente quando saí e a cadeira foi para seu lugar. Ela sabia que eu ajudava a levar comida para outras pessoas, mas ela nunca perguntou para quem ou por quê. Era só algo que eu fazia. Ela acreditou em mim quando disse que voltaria.

E eu também. Não seria tão difícil entrar e sair. As regras haviam relaxado com um gueto menor para controlar. Nos últimos dias, o gueto tinha sido deixado para os *Ordners,* a polícia judaica estabelecida pelo *Judenrat.* Judeus apontados para governar outros judeus em nome de Hitler. Mas se o policial fosse polonês, talvez ele fingisse não ver.

Saí para a calçada. O sol tinha sumido e um vento fresco soprava, trazendo o primeiro aroma de outono. Mas a atmosfera era tensa. Cabeças baixas, golas erguidas, passos apressados, embora tivesse acabado de passar das seis da tarde. E ninguém falava. Ninguém olhava para os outros. Isso me fez ficar cautelosa. Eu dei boa noite para o sr. Szymczak, nosso vizinho de baixo, que estava comprando um jornal alemão na esquina. Ele só sacudiu a cabeça.

— Algo errado, sr. Szymczak?

Ele olhou rapidamente em volta.

— Gestapo — ele sussurrou. — Você não ficou sabendo? Eles reviraram todos os apartamentos e lojas da praça Na Bramie.

Eu não tinha ouvido nada. Na Bramie ficava a mais ou menos a um quarteirão do meu quarto, mas minhas janelas davam para o outro lado.

— O que eles estavam procurando?

— Judeus, é claro. Se escondendo de... você sabe.

Ele queria dizer uma *aktion*.

— E o que eles encontraram? — perguntei, como se não me importasse. Mas o sr. Szymczak não tinha mais informações.

Andei lentamente até o gueto e fiquei parada na sombra de uma porta, observando nosso pedaço deserto de cerca por um bom tempo antes de me aproximar. Não havia ninguém ali. Mas o arame farpado estava frouxo — porque Max o tinha afrouxado —, me dando espaço o suficiente para me arrastar por baixo.

Passar por baixo do arame farpado com uma camisa cheia de *kasha* era complicado, mas eu consegui, e, quando terminei, nada aconteceu. Nada de gritos ou balas voando. O alívio deixou meus pés mais leves. Coloquei minha braçadeira falsa — na qual agora tinha desenhado a estrela judaica — por cima da minha manga bufante e corri para o gueto como um pássaro.

Encontrei o apartamento com facilidade, em uma rua principal não muito longe do portão. Eles ficaram surpresos em me ver. Ainda mais surpresos quando tirei meu casaco, pisei em cima de um cobertor, desamarrei meu cinto e mangas e deixei que o *kasha* escorresse para fora. Siunek Hirsch riu mais do que Helena, e a pequena Dziusia, com cachos negros e compridos descendo pelas costas, recebeu a tarefa de recolher todos os grãos que eu tinha despejado, o que me fez desejar ter feito as coisas com mais cuidado.

— Nós recebemos uma carta — Chaim disse enquanto eu sacudia minhas mangas. Chaim era uma sombra dele mesmo, tentando curar pessoas famintas no hospital do gueto sem ter comida ou remédios. Max disse que, no geral, ele as ajudava a morrer. — Henek disse que não sabe quanto tempo mais eles vão ficar na fazenda.

— Deixe o menino ficar! — o velho sr. Hirsch disse do seu lugar no chão. — É melhor do que ficar aqui sentado esperando a morte chegar.

Troquei um olhar com Max. Nós já tínhamos discutido o que poderia acontecer quando a colheita acabasse. Quando Henek e Danuta não fossem mais necessários.

— Ele também diz que pediu Danuta em casamento — Chaim disse, franzindo a testa. — É uma coisa estranha a se fazer. Agora. Considerando esses tempos.

— Não é estranho — disparei. — Henek deve ser feliz da forma que puder. Pelo tempo que puder. — Eu enfiei um braço no meu casaco e o outro ficou buscando, sem sucesso, a outra manga.

O velho sr. Hirsch fez um aceno de mão.

— Deixe o garoto se casar! Por que ele deve esperar pela morte, se quer casar?

O dr. Schillinger foi distrair o sr. Hirsch enquanto Chaim sacudia a cabeça, um movimento que achei que pudesse derrubá-lo. Max veio e segurou meu casaco para que eu pudesse vesti-lo. Ele sabia exatamente por que as palavras de Chaim tinham me deixado brava.

— Há rumores — Max disse em voz baixa — de outra *aktion* no gueto.

Eu me virei.

— Isso não pode ser verdade.

Mas olhei melhor para o rosto dele e pensei que poderia ser.

— Tem uma lista?

— Talvez. — Ele deu de ombros. — Ou talvez seja por rua. Ninguém sabe. Não é oficial.

— O que vocês vão fazer?

— Não vou ficar sentado esperando, é o que eu digo.

Max tinha olhos castanhos enormes. Eles me lembravam os do irmão dele. Mas havia algo diferente. Uma expressão de quem não perde tempo que eu nunca tinha visto em Izio.

Talvez eu apenas não tenha tido a oportunidade de ver.

Max arrumou a lapela do velho casaco da mãe.

— Não vai ser como da última vez. Agora já sabemos como é. Nós podemos nos preparar. Não se preocupe.

Mas me preocupei. Suas palavras me deixaram muito preocupada, e era nelas que eu pensava enquanto caminhava pelo gueto sob a luz do luar em vez da luz de postes, porque não havia eletricidade, até o local frouxo da cerca de arame farpado.

Só que eu estava preocupada com as coisas erradas. Eu tinha acabado de levantar o arame e estava pronta para deslizar para o outro lado quando senti o metal frio na minha nuca. Dei um salto, tentei virar a cabeça, mas já tinha visto de relance com o canto do olho. O cano longo e reluzente de um rifle.

Congelei e ergui lentamente as mãos. Uma lanterna estalou e um círculo amarelo com a sombra do meu corpo dentro dele apareceu do outro lado da cerca. Passos ressoaram em pedaços de cascalho e vidro e outra arma encostou na parte de trás da minha cabeça. Uma pistola, pensei, porque esse corpo estava próximo, próximo o suficiente para arrancar o lenço com a estrela do meu braço. Ele estava caindo, frouxo na minha manga esvaziada.

Uma conversa baixa em alemão começou. Eu fiquei de joelhos, mãos ao alto, e achei que ia morrer. Levar um tiro assim talvez não fosse tão ruim. Eu nem notaria quando acontecesse. Mas e Max? Chaim e todos os outros? E Helena?

Eu devia ter escutado. Prestado atenção. Feito qualquer coisa, exceto o que havia feito.

Meus joelhos doíam, meu coração doía e meus braços queimavam. Rezei para Deus, Jesus e Maria. A conversa em alemão parou. Fechei os olhos. Tentei ficar calma. E esperei durante o minuto mais longo de toda a história de Przemyśl.

E então percebi que não havia mais armas ao lado da minha cabeça. O círculo de luz com a minha sombra estava mudando de forma, se alongando enquanto os passos recuavam pela calçada.

Eu não me virei. Não me mexi. Não respirei.

A luz apagou. E foi embora.

Esperei ajoelhada no beco. E esperei. Quando finalmente olhei por cima do ombro, a rua estava vazia. Deslizei por baixo do arame farpado e corri. Eu corri e corri, passei pela estação, pela ponte, por uma pequena praça e subi uma rua íngreme de paralelepípedos irregulares, até que encontrei um beco atrás de um bloco de apartamentos e me encostei na parede, ofegante, ao lado de uma pilha de lixo. Suando. Tremendo. Um dos meus joelhos estava sangrando.

Eu não conseguia entender por que ainda estava viva.

Manquei lentamente de volta para o apartamento, o casaco fechado com força em volta do meu pescoço, tentando tirar qualquer traço de medo do meu rosto antes de encontrar Helena. Novos cartazes tinham sido colados ao lado do agora familiar aviso de MORTE A QUEM AJUDAR UM JUDEU, alguns colados em volta dos postes de iluminação da rua. O desenho era simples, a palavra "JUDEU" em cima e "VERME" embaixo, um desenho detalhado do que devia ser uma pulga entre elas. Virei a esquina e demorei mais tempo do que devia para notar que havia uma comoção na rua.

Uma pequena multidão havia se reunido a algumas portas da passagem na Mickiewicza 7. Eu ouvi o som de golpes, gritos, uma criança gritando. E então uma garotinha correndo o máximo que podia pela calçada, direto na minha direção. Era Helena.

— O que você está fazendo fora de...

Ela passou os braços pela minha cintura e as pessoas na rua recuaram o suficiente para que eu visse o que estava acontecendo. Dois homens da SS estavam espancando uma criança com cassetetes, uma menina menor que Helena, e então um homem mais velho e com barba veio cambaleando pela porta de um armazém como se tivesse sido empurrado. Eu acho que ele foi empurrado. Ele foi seguido por uma mulher idosa e uma garota jovem, mais ou menos da minha idade, mas menor. Ela tinha lindos olhos azuis. Olhei de novo para o homem barbado. Era o sr. Schwarzer. Ele era amigo do sr. Diamant. Eu olhei para os três.

Eles eram judeus.

E não estavam no gueto.

E então uma família polonesa saiu do armazém. Um homem, a esposa e mais duas crianças, com dois oficiais da SS atrás deles. A mulher tentou afastar o homem com o cassetete da garotinha, que não estava mais se mexendo, então eles bateram nela.

Um dos homens da SS deu um passo à frente e o rumor das pessoas assistindo silenciou.

— Morte aos judeus e a todos que os ajudarem! — ele disse.

Ele puxou a arma.

Eu arranquei Helena da minha cintura, peguei sua mão e a puxei rápido pela rua, indo na direção oposta.

— Morte aos judeus! — ele gritou. Ele soava como um louco. Possuído. E então os tiros começaram.

Um. Dois.

As pessoas gritaram. Se espalharam. Elas correram à nossa volta, algumas na direção dos tiros, outras para longe deles.

Três. Eu estremeci. Quatro.

— O que está acontecendo? — Helena perguntou, puxando a minha mão.

Nossos vizinhos estavam escondendo o sr. Schwarzer.

Cinco. Tremor.

— Stefi, o que está acontecendo?

Eles tinham ajudado três judeus. E agora a Gestapo estava atirando em seus filhos.

Seis. Tremor. Sete. Tremor.

Eu tinha prometido contar a verdade a Helena, mesmo quando fosse ruim. Mas não podia contar isso a ela.

Oito.

A LUZ NA ESCURIDÃO   123

Nós viramos a esquina, corremos mais meia quadra e me virei de novo, sem pensar. Helena trotava ao meu lado. Corri por um conjunto de degraus de pedra até um pátio silencioso e abri uma porta de carvalho entalhado.

A catedral estava vazia. Silenciosa. Nós estávamos um pouco abaixo do nível da rua, e os vitrais eram uma mistura pálida de cores. Velas brilhavam acima do altar, a cruz com a efígie do Cristo morto acima delas. Nós mergulhamos nossos dedos em água benta, nos ajoelhamos, fizemos o sinal da cruz como já tínhamos feitos milhares de vezes e levei Helena até um banco. Ele rangeu no silêncio.

Nós ficamos sentadas ali, sentindo o cheiro de incenso. Eu queria meu rosário. Queria que palavras diferentes estivessem marchando como um exército pela minha cabeça.

Eles atiraram nas crianças. Eles atiraram nas crianças. Eles atiraram nas crianças...

— Aqueles homens bateram na nossa porta — Helena disse. — Só que não era a batida certa, então eu não os deixei entrar...

O medo me atingiu como uma bala.

— Então eles arrombaram a porta e entraram mesmo assim — Helena continuou. — Mas nós não tínhamos o que eles estavam procurando.

Eu inspirei e expirei. Helena apertou minha mão com força.

— Stefi, o que é um judeu?

Ergui os olhos para a imagem do Cristo e pensei no que dizer a ela. E então me lembrei do homem no mercado. Quando eu tinha acabado de chegar em Przemyśl. Quando eu mesma ainda era uma garotinha, cheia de esperança. Estendi nossas mãos unidas, endireitando nossos braços.

— Olhe para nossa pele, Hela — sussurrei. — A sua é um pouco mais escura que a minha, mas ainda é uma pele, não é? É uma pele cobrindo sangue e ossos, como a de qualquer outra pessoa. Um judeu é uma pessoa com sangue, pele e uma família, alguns são bons, alguns são maus, como todo mundo. Só que eles escolheram Moisés como líder em vez de Jesus. Mas, lembre-se, Jesus era judeu também. Um Deus para os dois, Hela. Nossa *mama* disse isso.

Não tinha certeza se *mama* tinha querido dizer o mesmo que eu. Ela tinha soado confusa e possivelmente frustrada. Mas Helena não precisava saber disso. Observei minha irmã pensar.

— É errado ajudar um judeu? — ela perguntou.

— Não — respondi. — Não, não é.

Eu não sabia como ela poderia entender. Eu não entendia nada. Mas ela assentiu, e nós esperamos até quase o toque de recolher para voltarmos para casa, mas a levei pelo pequeno pátio escondido do nosso prédio, pela entrada mais longe, distante da violência que tinha acontecido na rua.

A porta do apartamento estava aberta, assim como a porta do nosso quarto, as duas fechaduras arrancadas da madeira. Uma cadeira estava no chão, os cobertores revirados na cama, mas, apesar do susto que tinham dado na minha irmã, tudo parecia em ordem. Nós tínhamos sorte de não termos sido roubadas.

Perguntei ao sr. Szymczak se ele me ajudaria a recolocar as fechaduras e ele o fez, sombrio, enquanto eu preparava um jantar tardio para Helena com a nossa porção de *kasha*. Ela cantou para si mesma e falou sozinha, brincando e fantasiando enquanto comia, e eu não consegui saber o quanto ela tinha entendido do que havia acontecido. O sr. Szymczak me deixou seu martelo e um punhado de pregos. Ele disse que eu acabaria precisando deles.

Acho que teve pena de nós.

Quando Helena dormiu, fui até a sala vazia e acendi as luzes. Ela estava suja, vazia e estranha, embora os arranhões na lareira fossem familiares, onde o relógio tinha raspado quando foi colocado, assim como o rasgo no papel de parede que a sra. Diamant estava sempre colando de volta no lugar. Me ocorreu que ela nunca mais conseguiria fazer o papel colar ali. Porque ela estava morta. Porque ela era judia.

Por que tudo isso precisou acontecer?

Fiquei sentada no parapeito da janela secando meus olhos, meus pés descalços apoiados contra o batente. Era tarde e as ruas estavam vazias, exceto pela patrulha alemã. Não havia corpos mortos ali embaixo. Mas não olhei para a rua, olhei para a lua. Só para garantir. Porque a lua, pelo menos, ainda era bonita.

Ouvi um estalo e o tilintar de vidro. E logo acima da minha cabeça notei um buraco na moldura da janela com pequenas rachaduras emanando dele, como a teia de uma aranha. O buraco era pequeno. Perfeitamente redondo.

Um buraco de bala.

Saí do parapeito como se tivesse sido empurrada, me arrastei pelo chão e desliguei a luz principal.

Uma risada flutuou da rua, vozes alemãs fazendo piadas conforme a patrulha seguia em frente. Então ouvi outro estrondo, e outro vidro quebrado.

Voltei para o quarto escuro, tranquei a porta, puxei a cadeira até uma das janelas e preguei nosso novo tapete sobre ela. No dia seguinte, comprei outro tapete, muito feio, por quase nada, e o preguei sobre a outra janela.

Eles não iam vencer, pensei. Eu não ia deixar. Não mesmo.

Mas não era preciso anunciar isso.

Uma por uma, as janelas da rua escureceram, inclusive a do sr. Szymczak. Eu me perguntei se era por isso que ele tinha me deixado os pregos e o martelo.

Não contei nada disso a Max. E ele não me contou o que planejava fazer por conta da *aktion*. Não havia tempo. Os *Ordners* judeus não eram tão compreensivos quanto se poderia imaginar, já que estavam sob as ordens da Gestapo, e mesmo a polícia polonesa vinha observando atentamente. Passei a ele pão e ovos rapidamente pela cerca.

Algo estava a caminho.

E chegou com o frio do inverno, em novembro, sob um dossel de nuvens pesadas de neve. Barulho no gueto. Um barulho familiar. Desta vez fui até a ponte ferroviária e vi os vagões de gado, as fileiras de pessoas, os cachorros. Eu ouvi os tiros. Saraivadas. Esquadrões de fuzilamento. O pânico girou em volta de mim como uma nuvem.

Mal, pensei. Esse é o som do mal.

Precisei sair dali.

Resista, Max, pensei. *Chaim. Dr. Schillinger e Dziusia. Velho Hirsch e jovem Hirsch. Ou se escondam. Façam o que precisarem. Só não permitam que eles pisem em vocês.*

Escutei os trens apitarem quando se afastaram de Przemyśl, e mais uma vez quebrei minha promessa a Helena.

Como poderia contar a ela que aquele era seu mundo?

Não sabia quanta comida comprar naquele dia. E no seguinte. E no seguinte. O gueto estava vigiado e silencioso. As cercas externas estavam sendo removidas. Adentrando ainda mais. Se fechando em volta dos judeus remanescentes como uma armadilha para animais. Caminhei pela nova cerca.

Nem sinal de Max. Eu sabia que ele estava morto. Mas não podia aceitar.

Talvez só não quisesse ser derrotada.

Lavei nossas roupas. Mostrei a Helena como cantar enquanto ela passava barbante pelos seus dedos, fazendo formas que combinavam com a canção. Nós nos permitimos chá quente com açúcar e fomos para a cama.

E escutei o escuro.

Como a Gestapo havia descoberto que o sr. Schwarzer estava se escondendo naquele armazém? Ele tinha sido visto? Reconhecido? Ou a SS estava procurando por todos os lugares, arrombando portas até encontrarem algo?

Ou teria algum de nós, um de seus vizinhos, ido até a Gestapo e vendido oito vidas?

Se tivessem, não conseguia pensar em um só motivo para não fazerem o mesmo comigo.

Tentei me lembrar se eu havia sido descuidada. Se tinha mencionado quanta comida havia comprado. Se alguém já tinha comentado minhas idas e vindas. Se Helena tinha comentado algo para uma amiga nas escadas.

E se aqueles dois alemães que tinham colocado armas na minha cabeça soubessem quem eu era? E se eles tivessem me seguido até em casa, esperando me pegar fazendo algo pior que alimentando judeus? E se eles tivessem me deixado ir porque queriam pegar minha irmãzinha também?

O medo vem com o escuro, quando você está deitada, esperando pela batida na porta. E o medo nem sempre é razoável.

Eu me sentei no escuro.

Przemyśl tinha me dado uma educação desde aquela viagem de trem quando eu tinha doze anos. Ela tinha me ensinado que as pessoas gostam de classificar as outras com nomes. Judeu. Católico. Alemães. Poloneses. Mas esses eram os nomes errados. Eram as linhas divisórias erradas. Gentileza. Crueldade. Amor e ódio. Eram essas as fronteiras que importavam.

Przemyśl tinha me mostrado meu lugar no mapa.

E a estrada diante de mim era reta e escura.

Eu recostei minha cabeça no travesseiro, ao lado de Helena, que ressonava. Fiquei escutando. Pensando. Tentando me permitir dormir.

Até que eu abri meus olhos para o eco no escuro.

Para a batida na porta.

Até que eu corri para o corredor e não encontrei a Gestapo.

Não encontrei Izio.

Até a noite em que encontrei Max Diamant parado na minha porta.

10.

Novembro, 1942

— Max!

Ele fica ali, piscando para mim, a luz da lâmpada acima dele tremendo como se ameaçasse apagar. Seus olhos estão roxos e falta pele na lateral do seu rosto. Sua camisa está rasgada e manchada de sangue secando. Ele está com um dos braços atravessando a cintura. O outro o sustenta apoiado no batente.

— Fusia? — ele sussurra.

Eu o puxo para dentro do apartamento e ele quase cai, tropeçando quando fecho e tranco a porta atrás dele. Ele desliza pela parede até o chão.

— Eu preciso… de uma noite. Só uma noite…

Eu me ajoelho ao seu lado. Ele está tremendo de frio.

— Hela — digo. Os olhos da minha irmã estão arregalados. — Vá ver se tem água morna na panela no fogão. Se não tiver, esquente mais. Mas não ligue as luzes. Vou acender um lampião a óleo. Não queremos acordar ninguém. Você consegue fazer isso?

Ela faz que sim, encara Max por mais um segundo e sai esvoaçando sua camisola. Eu toco o rosto ferido de Max. A maior parte do sangue está seco. Seus olhos estão fechados.

— Alguém te viu subir até aqui? — sussurro. A cabeça dele está jogada contra a parede nua. — Max, me responda! Você viu alguém?

Ele sacode a cabeça com uma careta de dor.

— Você está sozinho?

O rosto dele se contorce e então ele diz:

— Eu pulei.

— Você pulou?

— Do trem.

— Você pulou de um trem em movimento?

Ele abre os olhos lentamente. Profundos, castanho-escuros. As pálpebras pesadas.

— Eu preciso... de uma noite. Por favor, Fusia.

Muito bem, penso. Muito bem. O que você vai fazer, Stefania Stefi Stefusia Podgórska? O que você vai fazer?

Aquecê-lo. Limpá-lo. Alimentá-lo.

— Venha comigo — digo.

Ele não responde.

— Levante — digo a ele. — Só mais um pouco... — Ele geme quando o ajudo a se levantar e nós cambaleamos juntos para o quarto. Helena chega trazendo nossa panela de sopa como se estivesse cheia de água benta. Ela a coloca cuidadosamente em cima do aquecedor enquanto pego a toalha que usamos para nos lavar e a abrimos na cama. Max está imundo. Eu acendo o lampião e começo a desamarrar suas botas.

— Tinha um pouco de água quente sobrando — Helena disse —, então eu coloquei na xícara.

— Você sabe fazer chá?

— Sim. — Seus olhos estão em Max.

— Então faça. Por favor. E coloque duas colheres de açúcar. E pode colocar um pedaço de carvão no fogo também. Agora ela me encara. Tudo isso é uma extravagância. Mas ela não diz nada. Só coloca carvão no fogo e faz o chá.

Max está dormindo sentado ou quase inconsciente. Desabotoo sua camisa e percebo que o tecido rasgado está duro de sangue e grudento. Arrancá-lo faz com que ele acorde um pouco, e ele sibila de dor. Falta um bom pedaço de pele em um dos lados dele. Não é profundo, mas é uma área grande, e no meio do seu peito está o pior hematoma que já vi. Uma flor vermelha, verde e roxa, se abrindo de um braço a outro e por toda sua barriga. Eu apostaria uma semana de pão que algumas de suas costelas estão quebradas.

Eu só fico feliz por ele não ter levado um tiro.

A água no fogão não está morna, mas também não está mais fria, então tento limpar o sangue seco e a sujeira da lateral e do rosto de Max com uma esponja. Aqui e ali, ele começa a sangrar de novo. Helena está parada de pé atrás de mim, e, quando ouço a xícara tremer, noto que ela está com o chá, mas tem medo de se aproximar. Ela o entrega para mim.

— Aqui — digo a ele. — Beba.

Ele tenta, mas suas mãos estão rígidas com a pele ferida e ele ainda está tremendo. Eu o ajudo a segurar a xícara e ele a toma num gole só. Eu a deixo de lado e sigo limpando, tentando não machucar. E então noto que Max está chorando. Lágrimas rolam de seus olhos fechados por seu rosto com barba por fazer.

Ah, Max.

Quero saber o que aconteceu com ele. Quero saber onde os outros estão.

Mas não na frente da minha irmã.

Quando enfim o deixo o mais limpo possível, pego meu vestido no canto e o jogo por cima da minha cabeça, passo um braço e depois o outro para fora da minha camisola e, em seguida, para dentro do vestido. Deixo a camisola cair no chão enquanto puxo o vestido para baixo, então passo-a pela cabeça de Max, ajudando-o a passar suas mãos doloridas pelas mangas. Eu preferia que a camisola ficasse suja de sangue do que os lençóis. Não é uma camisola tão bonita.

— Tire as calças — disse a ele — e vamos te deitar.

Ele o faz, encostando ansiosamente a cabeça no travesseiro e lentamente deslizando seus pés por baixo da cobertas. Sei que sua lombar e peito devem estar doendo. Eu o cubro até o pescoço. Ele treme por um ou dois minutos e então cai no sono.

Helena está sentada no chão ao lado do fogão, com as pernas cruzadas e os pés enfiados sob os joelhos. Observando.

— Stefi — ela diz. — Quem é ele?

— O nome dele é Max. Ele morava nesta casa. — Isso parece ter sido há muito tempo.

— Ele é seu amigo? Ele te chamou de Fusia.

Observei Max ter um arrepio ao expirar longamente.

— Sim, ele é meu amigo. A família dele… todos eles me chamavam assim.

— Ele é judeu?

Eu me viro para olhá-la.

— Por que a pergunta?

— Porque ele está machucado.

Porque nesse lugar em que minha irmã vive, os judeus se machucam. Ela não se lembra de nada diferente. Eu me ajoelho diante dela sob a luz do lampião, para que ela possa me olhar nos olhos.

— Max é um segredo — explico. — Um grande segredo. Um que não podemos contar para mais ninguém. Nem para Emilika ou qualquer um dos seus amigos da rua. Se contarmos, Max pode acabar machucado. Ainda mais machucado — corrigi. — Você entende?

Ela faz que sim, muito séria, e acho que ela entende, até que diz:

— Ele fica com a cama?

— Sim. Ele fica com a cama.

Ela suspira, resignada. Seus olhos estão pesados.

Faço um ninho para Helena no chão ao lado do fogão usando meu casaco, a saia dela enrolada para ser usada de travesseiro e, então, coloco a cadeira embaixo da maçaneta da porta da sala. Ela está dormindo quando volto e as ruas lá embaixo estão soturnas. Vazias. Coloco a cadeira sob a maçaneta da porta do quarto também, apago a luz e coloco uma cadeira perto da cama para me sentar ao lado de Max.

Observo seu rosto roxo e rasgado. Ele está vivo. Respirando. Sangrando. Vivo. E então penso que talvez eu não queira saber o que aconteceu, porque saber, imagino, vai ser dolorido.

E, de repente, estou acordando. Eu nem sabia que estava dormindo. Eu me endireito na cadeira, esfregando os olhos. Helena está quieta, calma, enrolada no casaco. Mas Max está tendo algum sonho.

Não. Ele está tendo um pesadelo.

Sua cabeça se joga de um lado para o outro sobre o travesseiro, uma de suas mãos protegendo seus olhos fechados.

— *Mame* — ele murmura.

— Shhhh — digo, colocando minha mão em seu peito. Ele murmura de novo e me aproximo para escutar, mas não consigo entender o que ele está dizendo. Pode ser Ernestyna ou outra coisa. Até que ele diz:

— Pule. Pule! — Max grita, abrindo os olhos de repente. Coloco minha mão sobre sua boca e, por um segundo, acho que ele vai lutar comigo. Então seus olhos se focam e ele fica quieto. Solto a boca dele e sacudo a cabeça.

Ele assente, ainda ofegante.

Eu espero mais um minuto, deixando que ele se acalme.

— Você consegue comer?

Ele assente de novo. Eu lhe dou um pedaço de pão, o resto da manteiga e um copo de água. Max se senta o suficiente para colocar tudo para dentro e eu me sento na ponta da cama, ao lado dele, tentando não tocar as partes que vão doer. E então não aguento mais. Eu preciso saber.

— Max.

Ele fica quieto.

— Onde está Chaim?

Ele não me olha. Em vez disso, se deita, piscando, encarando o canto mais escuro do quarto.

— Essa é sua irmã? — ele pergunta.

— Sim.

Espero mais um minuto.

— Max, onde está Chaim?

— Foi embora — ele sussurra. — Ele não pulou. Ele me disse que ia pular, mas não pulou.

— O que aconteceu?

Max pisca de novo, olhando para o nada, e acho que ele não vai responder, mas então diz:

— Nós construímos um *bunker*. Um esconderijo no porão. Havia uma porta para a despensa e construímos uma parede em volta dela, para escondê-la, e colocamos sacos de areia e palha nas janelas da despensa. E quando a *aktion* começou havia cinquenta, talvez sessenta de nós, ali, esperando no escuro...

Eu me lembro da sensação, depois dos bombardeios.

— E os Hirsch? E os Schillinger?

Ele sacode a cabeça.

— Eles não estavam na lista. A Gestapo estava indo de apartamento em apartamento, e se você estivesse na lista e não estivesse no ponto de coleta, eles atiravam em você, bem ali. Dava para ouvir. Tiro após tiro. Várias vezes. Talvez tivesse sido melhor, talvez...

— Você estava na lista?

— Sim. E Chaim também. Então nos escondemos o dia inteiro. E fiquei olhando por um buraco entre os sacos de areia, só um buraquinho, mas dava para ver... — Ele aperta os olhos. — Eu vi o que eles fizeram... Eu vi... os bebês. Por que, Fusia? Por quê?

Eu não sei. Eu lhe dou a minha mão e ele a agarra com força.

— Nós ficamos em silêncio o dia todo, até mesmo as crianças, e a *aktion* estava quase acabando quando um rifle se enfiou pela palha e pelos sacos de areia e deixou entrar um pouco de luz. Era um *Ordner* e ele disse que se alguém estivesse ali que saísse ou ele iria jogar uma granada. Eu sinalizei para todos ficarem quietos. Ele não sabia que estávamos ali. Ele já ia embora. Eles não iriam nos encontrar. Mas tinha uma mãe perto da janela... ela perdeu a cabeça e arrancou os sacos de areia antes que eu pudesse impedir e empurrou sua filhinha, dizendo a ela para correr, para salvar sua vida, e o *Ordner*, o idiota do *Ordner*, levou a menina para a Gestapo e ela foi espancada até mostrar onde estávamos...

Coloco minha outra mão em cima da dele. Max está falando cada vez mais rápido.

— Então a Gestapo veio e nos puxou para fora do porão, bateu na gente com os rifles e quem caísse levava um tiro. Os que restaram foram enfileirados, e Chaim me disse... ele me disse para me virar e apontar meu peito para as armas, porque eles não iam atirar duas vezes. Mas um homem da SS veio e disse que havia lugar no trem e que eles precisavam de judeus gordos... para fazer sabão. Eu não queria virar sabão, Fusia.

Sacudi a cabeça.

— Havia tanta gente no trem que eu não conseguia mexer os braços, não conseguia respirar, e um homem, ele se enforcou com seu próprio cinto e pensei... — Lágrimas estavam rolando pelo seu rosto de novo — ... pensei que seria melhor morrer antes que eles pudessem me matar. Eu estava com meu alicate ortodôntico escondido na calça, então cortei o arame da janela e Chaim prometeu... ele prometeu saltar logo depois de mim senão nós dois morreríamos, e as pessoas, elas me ergueram e me empurraram para fora da janela. Só que foi de cabeça, e foi tão idiota, mas eu não podia pular de cabeça porque seria esmagado pelo trem. Mas eu queria morrer. E fiz eles me puxarem de volta e me empurrar pela janela com os pés para frente. O trem fez uma curva e fiquei pendurado ali, por um braço, e então caí pelo talude e bati em um poste e, quando eu acordei, o trem já tinha quase sumido e eu não estava morto, mas não conseguia encontrar meu irmão, e eu disse para Deus: por que isso está acontecendo?

Porque você deveria estar vivo, Max, penso, segurando a mão dele com as minhas. *Você deveria estar vivo neste momento.* Mas não posso dizer isso. Estar vivo não é um conforto quando sua família está morta.

— Eu encontrei mais dois que saltaram depois de mim. Uma das mãos quebrada, uma clavícula quebrada, e um deles disse que Chaim não saltou porque me viu imóvel e pensou que eu já estava morto e ele não podia mais me ajudar... Ele queria que o sangue dele manchasse mãos alemãs em vez das suas próprias...

Max para de falar, porque precisa chorar. E estou chorando com ele. Chaim, que sempre só quis curar.

— E então nós encontramos abrigo com meu amigo, que tem o café, onde costumávamos esquiar...

Eu me lembro de Izio falando sobre o homem no café.

— ... e ele me deu um lugar para dormir, mas não podia ficar porque a mulher dele estava com medo, e, então, ele me trouxe escondido para a cidade em uma carroça, embaixo de um cobertor, embaixo dos pés dele, e não sabia para onde ir. Eu não sabia para onde ir...

Ele não sabia para onde ir e então tinha ido para casa. Para seu antigo lar. Max está tremendo como se tivesse sido mergulhado em um banho gelado. Exceto pelo fato de que que ele também está suando. Coloco uma das mãos em sua testa úmida, onde a pele está intacta. Ele está quente demais.

— Shhh — digo a ele. — Não fale mais. Você precisa dormir...

O que ele precisa é de um médico. Remédios. Mais comida do que tenho e um lugar seguro para se esconder. O que ele vai receber são duas aspirinas que guardei do dr. Becker, o resto da *kasha* e eu.

Eu lhe dou água e a aspirina, e, quando ele finalmente se acalma o suficiente para dormir, eu me sento na ponta da cadeira ao lado da cama. E choro por todos eles. Izio. O sr. Diamant e minha querida *babcia*. Chaim. E especialmente Max, que agora precisa viver sem eles. Se ele conseguir viver.

Ele precisa viver.

O sol clareia o mundo por trás do tapete na janela. Eu sopro o lampião. Helena se mexe, suspirando enquanto dorme. Preciso tomar algumas decisões.

A primeira coisa que faço é examinar a rua. Nenhuma patrulha extra, nada de olhos como na noite em que o sr. Schwarzer morreu. Então subo para o sótão e corto um dos varais, trago-o para o apartamento e o amarro no aquecedor do quarto vazio do sr. e da sra. Diamant. Há corda suficiente para sair pela janela e ir quase até o chão. Se a Gestapo voltar, Helena pode descer pela corda, se tiver coragem. Eu acho que ela teria coragem.

Quando volto para o nosso quarto, encontro Helena acordada no meu lugar na cadeira, vendo Max dormir. Ela se vira para me olhar, seus olhos arregalados, mão sobre a boca. Então noto que ela está rindo.

— Ele está de camisola! — ela diz por entre os dedos.

— Talvez você tenha pensado que eu fosse sua irmã — Max murmura da cama, seus olhos inchados mal abrindo. — Eu sou uma surpresa.

Helena ri e, em um mundo no qual a morte é uma sombra da fronteira de cada luz, eu noto que preciso sorrir.

11.

Novembro, 1942

Faço a nossa batida em código quando volto do mercado, e, quando a cadeira arranha o chão e Helena abre a porta, ela está agitada. Tranco a porta de novo antes de deixá-la falar, e então, as palavras explodem para fora dela.

— Emilika te viu subindo as escadas?

— Eu acho que não. O que aconteceu? — Meu estômago dá um nó. — Ela subiu aqui?

— Ela bateu na porta e eu disse que você não podia vir, então ela perguntou por que, e eu respondi que você estava doente e ela queria entrar mesmo assim, caso você estivesse precisando de ajuda, e eu disse que ela não podia, porque seus germes pegavam.

Helena diz tudo isso de um só fôlego. Queria que ela apenas tivesse dito a ela que eu tinha saído e voltaria mais tarde, mas talvez Emilika tentasse entrar mesmo assim. Emilika vai ser um problema até podermos...

Fazer o que quer que iremos fazer.

Olhei para Helena, que esperava meu veredito, e lhe dei um beijo na cabeça.

— Vou me certificar de ficar doente.

Ela realmente era uma garotinha esperta.

Max está sentado na cama quando entro e, pela xícara vazia, vejo que Helena fez chá para ele. Ele tem uma aparência terrível, mas pelo menos parece menos febril.

— Fusia — ele diz com os olhos mirando a cama. — Preciso te pedir um favor.

Coloco os pacotes na mesa. Se formos cuidadosos e só comermos duas refeições pequenas por dia, temos o suficiente para três dias. Depois disso, não sei o que vamos fazer. Isso se não tomarmos um tiro antes.

Estou me perguntando o que mais Max poderia querer de mim.

— Meu irmão — ele diz. — Henek. Ele não sabe...

Seu último irmão. E Henek não sabe quem está vivo e quem não está.

— Eu não sei o que ele pode fazer — Max diz —, mas não pode voltar para o gueto. Ele precisa fugir, se tiver a oportunidade. Ele não sabe... como tem sido. Não viu nossos pais indo embora. E o que eu poderia escrever para ele?

Ele não poderia. Os alemães leriam a carta e Henek iria pagar por isso. Eu suspiro.

— Vou hoje — digo. — Hoje estou doente, de qualquer forma.

A fazenda onde os judeus do gueto de Przemyśl estavam trabalhando tinha pertencido a um judeu e foi tomada para a pátria quando os alemães chegaram. É uma caminhada de onze quilômetros a partir da cidade. Pego a estrada que passa pelo castelo, um lugar de contos de fadas cheio de torres e pedras entalhadas onde minhas irmãs costumavam fazer piqueniques. Mas agora essas memórias são como fotografias desbotadas pelo sol. O ar está cinza, o vento cospe gelo e é difícil me lembrar de uma época em que eu não sentia medo da morte.

Deixar Helena sozinha no nosso apartamento escondendo um judeu é provavelmente a pior coisa que já fiz.

Ando mais rápido. O terreno é plano e aberto, não há sequer uma colina para se esconder, e quando vejo os telhados de celeiros se erguendo dos campos ao longe, eles estão mais longe do que parecem. Eu troto, já sem fôlego, quando alcanço o guarda.

O homem é polonês e está fumando um cigarro. Seu nariz é rosado, a gola do casaco está erguida em volta das orelhas e sua arma está inclinada contra o portão da fazenda. Se eu procurasse com vontade, provavelmente encontraria uma garrafa de vodca ali perto. Pergunto por Henek, mas o guarda não se importa se pretendo conversar com os prisioneiros ou não. Ele não se importa muito em vigiá-los também. Eles não têm para onde ir.

Encontro Henek e Danuta em uma área do celeiro em que foram dispostas camas de madeira uma em cima da outra, com escadas subindo pelas laterais. Algumas estão ocupadas enquanto outros prisioneiros se reúnem em volta de uma fogueira que produz mais fumaça que calor. Sinto o cheiro de vacas.

Henek se ergue em um salto e beija minhas duas bochechas, o que é uma surpresa. Danuta aperta minha mão. É frio e sujo no celeiro e os dois estão magros, mas não como os magros do gueto. E eles não têm a mesma aparência dos que estão no gueto também. Algo parece estar faltando em suas expressões.

Eles não estão com medo.

Henek e eu nos sentamos em um tronco cortado perto da porta e digo a ele o que fui dizer. Que Chaim se foi e Max está ferido, mas vivo e escondido comigo. Ele franze a testa e passa a mão pela cabeça. Exatamente como Max faz. Eu nunca tinha notado isso antes.

— Mas não tem como saber que Chaim está morto, certo? — Henek diz. — Max não viu...

— Ele não pulou, Henek. Ele ficou no trem.

— É o que eu quis dizer — ele replica. — É como *mame* e *tate*.

— Então o que Max vai fazer agora? — Danuta pergunta, cortando-o.

— Nós não sabemos, mas... — Eu me aproximo. Não vejo nenhum guarda, mas consigo ver outros prisioneiros tentando escutar, e quem sabe qual deles pode decidir que comida ou privilégios extra valem uma traição. — Ele disse para vocês não voltarem para o gueto. Se puderem evitar, claro. E... — Olho em volta — vocês poderiam sair daqui facilmente, acho que poderiam...

— Sair daqui? — Henek diz. — Não pode ser tão ruim assim, Max está exagerando. O pior provavelmente já passou.

Sinto meus olhos se arregalarem.

— Henek, eles vão te matar no gueto. Max diz que eles querem todos os judeus mortos...

— E o que ele quer que façamos? Viver na floresta e morrer de fome? Aqui temos comida e abrigo, e o gueto deve estar quase vazio agora. Provavelmente teríamos um apartamento só para a gente.

A LUZ NA ESCURIDÃO **143**

Fico sentada no tronco, chocada demais para falar. Como Henek pode dizer isso depois do que eu acabei de contar a ele? Depois de seus pais, dois de seus irmãos e provavelmente sua irmã também?

Danuta pega meu braço.

— Estou feliz por você ter vindo, Fusia. Vou te acompanhar até a guarita.

Assim que saímos do celeiro e estamos longe da entrada, ela se vira para mim.

— Não fique brava. Ele está fingindo. É a única forma que ele tem de... — Ela morde o lábio. — Ele não viu a mãe e o pai irem embora, e finge não ter visto as coisas que viu. É mais fácil para ele assim.

Eu não entendo. Mas balanço a cabeça, concordando, como se entendesse.

— Diga a Max que vou falar com Henek. Nós devemos ser mandados de volta em três dias, mas talvez possamos dar um jeito de ficar trabalhando aqui. Encontrar algo que precise ser feito...

— Danuta! — Henek chama do celeiro.

Danuta dá um salto.

— Preciso ir — ela diz. — Qual seu endereço, para que eu possa escrever e dizer onde estamos?

Passo o endereço e dou um pequeno aceno quando passo pelo guarda e saio pelo portão. Danuta tem um sorriso bonito, um nariz empinado e cachos que precisam de uma escova. Ela não parece ser uma garota estúpida. Então me pergunto o que está fazendo com um *dummkopf* como Henek.

Um homem em uma carroça puxada por um burro me oferece uma carona de volta para a cidade, mas ele vai devagar demais. Todas as formas improváveis da Gestapo encontrar Max e minha irmã no apartamento passam pela minha cabeça como um filme que eu nunca quis ver. Corro os onze quilômetros de volta para o apartamento como se tivesse um trem para pegar e, quando giro a fechadura da porta da frente, está tudo quieto. Tão completamente quieto que meu coração salta no peito e então afunda até o meu estômago.

Não tem ninguém em casa.

Eles foram levados.

Eles se foram.

Corro para o quarto.

E lá estão Helena e Max, lado a lado, tranquilos, Helena com seus braços em volta do pescoço roxo dele. Os dois estão dormindo.

Se a Gestapo batesse na porta agora, eu lutaria com os nazistas com as unhas só para deixar que ficassem assim.

Mas, três dias depois, não é a Gestapo que bate na porta. É Danuta.

— Eu fugi — ela diz. — De Henek!

Ela parece tão surpresa com isso quanto eu.

— Acho que Max está certo — ela diz. — O gueto é só um lugar para morrer. E… — Sua respiração está trêmula. — E meus pais foram mortos também, você sabe.

Abro a porta um pouco mais e a deixo entrar.

Não sei o que fazer com ela.

Um quarto é pequeno demais para quatro pessoas e leva exatamente três dias para que alguém perca a paciência. Helena chuta um pé de mesa quando digo que ela não pode ir brincar com as crianças da rua porque como podemos confiar no que ela vai dizer? Em retaliação, ela come toda a manteiga.

De colher. Sozinha. E então perco a paciência. Max se senta rígido na cama, ainda sem camisa, até conseguirmos uma nova para ele. Ele está roxo e azul e tem cicatrizes feias e inflamadas com uma tendência a abrirem e sangrarem. Mas a febre passou.

— Vem sentar comigo, Hela — ele diz. — Vou te contar uma história...

— Eu estou cansada de histórias! — ela grita.

Max contou a ela todas as histórias que a Polônia conhece pelo menos duas vezes. Já faz mais ou menos um dia que ele está inventando novas. Algumas com mais sucesso que outras.

— Sabem o que eu acho? — Danuta pergunta. Como ninguém nunca sabe o que Danuta acha, isso é interessante. — Acho que Hela sabe guardar segredo. Não sabe, Hela?

Eu nego com a cabeça. Esse segredo é demais para uma criança de seis anos. Nossas vidas estão em jogo. Mas o rosto de Helena se ilumina. Danuta estende os braços e Helena sobe no colo dela.

— Agora, o que você diria se alguém perguntasse quem mora no seu apartamento? — Danuta pergunta.

— Eu diria minha irmã — Helena responde.

— Mais ninguém?

Ela faz que não com a cabeça.

— E se alguém disser, "mas eu ouvi vozes no seu apartamento, menininha..." — A voz de Danuta assumiu um ridículo sotaque alemão, muito acusador, o que faz Helena rir. Ergo uma sobrancelha. — Sua irmã, pequena *Fräulein,* ela tem um homem lá em cima? O que você responderia?

— Eu diria que minha irmã conta boas histórias e às vezes ela faz a voz do homem e é engraçado.

Troco um olhar com Max e ele ergue um ombro. Preciso admitir que essa foi boa. Danuta sorri.

— E se alguém perguntar se pode ir até o seu apartamento, só para checar? O que você diria então, Hela?

— Eu diria que minha irmã tem germes e que isso pega. E então diria que também tenho e tentaria dar um abraço na pessoa.

Danuta ri e Helena sorri para mim, triunfante.

— Ah, vai brincar, então — suspiro. — Vamos tentar por uma hora e se tudo der certo tentamos de novo amanhã. Pode ser assim?

Mas Helena já está correndo pelo corredor e abrindo a porta da frente. Controlo minha respiração. O medo chegou, como eu sabia que chegaria. A louça do café da manhã treme em minhas mãos enquanto a guardo.

Odeio ter medo.

— Stefi?

Nós congelamos, Danuta sacudindo o cobertor em cima de Max. A voz vem da porta da frente. A porta que ninguém trancou depois que Helena saiu.

— Fusia! — A voz chama de novo. Ouvimos os passos vindo pelo corredor.

Max mergulha na direção do chão, rola para de baixo da cama e a porta do quarto se abre.

— Olá — Emilika diz. — Vi Hela descer as escadas, então pensei que você devia estar melhor. Finalmente.

Fecho minha boca aberta. Danuta ainda está segurando o cobertor no ar. Emilika olha de uma para a outra.

— Quem é ela? — Emilika pergunta.

Danuta congela e coloca o cobertor na cama, deixando uma ponta comprida na frente, para cobrir Max. Emilika me olha com expectativa.

— É a minha prima — digo rapidamente. — Danuta.

— Ah — Emilika diz —, sua prima de verdade. — Ela me dá uma piscadela. — Tem algum motivo para vocês duas estarem se escondendo aqui? Porque você não parece muito doente.

Emilika está olhando para mim, mas consigo ver Danuta por cima de seu ombro, e é ela que parece doente. Eu sorrio, apoio as louças, fecho e tranco a porta atrás de Emilika.

— Eu devia saber que não conseguiria esconder nada de você — digo, suspirando. — Sim, tem um motivo para estarmos nos escondendo. Mas você não pode contar para ninguém, Emilika. Por favor.

Emilika sacode a cabeça. Seus olhos estão ansiosos. Acho que Danuta vai acabar vomitando no chão.

— Danuta está se escondendo porque ela...

Vejo Danuta prender a respiração.

— Porque ela está grávida e os pais dela não podem descobrir.

Danuta cai na cadeira ao lado da cama.

Pensar em mentiras rápidas está nos genes da minha família.

— Ah — Emilika diz, se virando para Danuta. — Ah! Pobre ratinha! Você parece mesmo enjoada...

Emilika se senta na cama, dando tapinhas na mão de Danuta.

— Você precisa... — Ela olha para mim e então para Danuta. — Você precisa de algum... conselho?

Eu olho para Danuta. Ela olha para nós. Todas nos olhamos.

— Porque se você precisar de conselhos — Emilika diz —, posso te dizer exatamente o que fazer.

— Eu acho que adoraríamos ouvir seus conselhos — respondo, e assim que os olhos de Emilika me deixam, aceno com a mão para Danuta, sinalizando para que ela participe. Danuta assente e dá um sorriso fraco para Emilika.

— Você precisa de uma panela — Emilika diz. — Uma panela grande que vamos encher de água o mais quente que você aguentar, certo? E você vai se sentar nessa panela por trinta minutos...

Ah, pobre Max, penso.

— ... e depois de trinta minutos você vai subir e descer as escadas, o mais rápido que puder. Os três andares, até estar suando de verdade, e então você vai se sentar na panela de novo.

Danuta continua assentindo.

— Vamos começar logo. Eu tenho uma panela lá embaixo — Emilika diz. — Fusia não tem nada grande o suficiente. — Ela dá um tapinha no joelho de Danuta. — Já volto!

E ela sai pela porta.

Danuta se levanta de um salto e se volta contra mim.

— O que você acha que está...

— Ela está salvando a sua vida — Max diz, sua cabeça surgindo de sob a cama.

— Você — sussurro — se vire para a parede e feche os olhos. E não espirre. Ou se estique, ou ponha o pé para fora. Nem sequer respire. E não escute!

Max desaparece embaixo da cama.

— Talvez eu te mate — Danuta sussurra quando ouvimos passos rápidos escada acima.

— Ou talvez a Gestapo chegue primeiro — respondo.

Ela fecha a boca.

Depois de duas rodadas de Danuta sentada em uma panela com água fervente e uma corrida vigorosa para cima e para baixo das escadas, eu pergunto a Emilika que horas ela precisa ir para o estúdio de fotografias. Emilika diz um "ah!", beija nossas bochechas, diz para continuarmos e sai correndo pela porta. Danuta se esforça para levantar e eu lhe dou uma toalha. Ela se seca, rosada do calor, do exercício e do constrangimento.

— Você acha que isso funciona de verdade? — ela pergunta, ajustando seu vestido.

Dou de ombros. Minha mãe era parteira e acho que ela teria dado risada. Ergo a sobrancelha:

— Por que, você precisa que funcione?

— Por favor! — A voz de Max soa abafada embaixo da cama.

Danuta dá um tapinha no meu braço e sorri.

Então Helena chega saltitando escada acima, também com as bochechas coradas, porque o ar está frio. Ela está sem fôlego e feliz.

— Eu não falei nada — ela diz enquanto eu tranco a porta atrás dela. — Eu disse que não falaria. Cadê o Max?

Ela ergue o cobertor e engatinha para baixo da cama.

Emilika sobe para nos visitar mais três vezes nos dois dias seguintes, perguntando se seu conselho resolveu o problema de Danuta. Nós respondemos que sim. E é um pouco verdade. Graças a Emilika todo mundo no prédio agora acha que Danuta é minha prima depravada de Bircza. E embora não possa mandá-la fazer compras, ela pode pelo menos pendurar a roupa no sótão sem medo e não precisa se enfiar embaixo da cama toda vez que um vizinho chega para pegar a chave da lavanderia.

Então Danuta está parada no corredor logo atrás de mim quando atendo a porta. Só que não é um dos nossos vizinhos. Nem mesmo Emilika. É um homem. Um estranho com um casaco esfarrapado e ele não nos cumprimenta ou faz qualquer pergunta. Ele só aponta por cima do meu ombro e diz:

— Essa é a judia que estou procurando.

Eu me apoio na porta, observando o estranho como se ele fosse um demônio com o qual me tranquei. O homem está inquieto, girando seu chapéu nas mãos enquanto Danuta está sentada na mesa, lendo a carta que ele entregou. Ele não parece ser da polícia secreta. Mas essa pode ser a questão, não? Decido que a panela de lavar roupa de Emilika é a melhor arma no cômodo. Então Danuta funga e abaixa a carta.

— Henek — ela diz. — Ele voltou para o gueto e me quer com ele. Ele encontrou esse homem na cerca e disse que o pagaria para ele me levar de volta. Agora ele está lá esperando. Ah, ele realmente me ama. O que devo fazer?

O que ela pode fazer, penso, é ir até Henek e socá-lo o mais forte que puder. O que ele está pensando, dando meu endereço a um estranho que encontrou na cerca, dizendo a ele que abrigo judeus no meu apartamento e escrevendo tudo isso em uma carta para esse homem carregar pela rua?

Ele vai nos matar.

Ou eu vou matá-lo primeiro.

— Se eu não voltar agora — Danuta diz —, ele quer que eu assine, para mostrar que li sua carta. Eu devo voltar agora, Fusia? O que devo…

— Você não pode ir ao gueto agora — estouro. — Nós precisamos planejar, garantir que existe uma entrada segura...

— Mas esse homem não vai embora sem mim ou uma assinatura.

O estranho pigarreia.

— O menino judeu disse que me pagaria mais se eu a levasse de volta assinada, e é isso que vou fazer.

Não sei o que mais esse homem precisa para ir à Gestapo.

— Não sou um assassino — ele diz. — Só quero meu dinheiro.

Eu dou a única caneta que tenho a Danuta, com tanta raiva que ela bate um pouco na sua mão. O homem agarra a carta assim que ela termina de assinar.

— Não sou um assassino — ele diz de novo, girando o trinco e saindo correndo pela porta.

A cabeça de Max surge de sob a cama.

— Talvez Henek esteja certo e o homem só queira dinheiro.

Mas nós, penso, não temos como saber disso.

— Que *yutz*[*] — Max diz do chão. Ele está falando do irmão.

Eu não poderia concordar mais.

Max e Danuta têm uma longa conversa na sala de estar vazia do apartamento dos Diamant, e, quando terminam, Max diz que ele me pediu uma noite, e eu o dei duas semanas. Como pagamento, eles estão colocando minha vida e a da minha irmã em perigo. Eu já fiz o suficiente. Eles vão voltar para o gueto.

Não quero que Max volte para o gueto. Ele tem pesadelos quase toda noite. E estou tão apavorada temendo que ne-

---

[*] "Idiota" em ídiche. (N. T.)

nhum deles nunca mais volte que chego a ficar enjoada. Parte de mim está aliviada por Helena estar a salvo. E outra pequena parte de mim só se sente perdida. Vazia. A cabaça oca.

Eles ficam prontos assim que o sol se põe, e Helena está chorando porque Max vai embora. Ele beija a cabeça dela e diz que quando a guerra acabar ele vai levá-la para a praia, onde ela vai poder sentir a areia e brincar no oceano vasto e salgado. Em algum momento ele deve ter contado uma história com praia, talvez quando eu estava no mercado, porque o rosto de Helena se acende como um lampião.

— Você promete, Max?

Ele sorri.

— Prometo.

Eu queria que Max não fizesse promessas. Especialmente quando seu rosto mal cicatrizou.

Nós trancamos Helena do lado de dentro e descemos separados pelas escadas, tomando cuidado para que nenhum vizinho veja um homem saindo do meu apartamento. Quanto mais penso nessa decisão, pior ela fica. Max não vai ter uma ração no gueto, porque os alemães acham que ele está morto. E o que vai acontecer com ele se descobrirem que ele não está? Danuta tenta me acalmar, dizer que ele vai ficar fora do caminho dos nazistas. E dos *Ordners*. E dos poloneses. Que ela tem um pouco de dinheiro para dividir.

Mas essa sensação é horrível. Como da última vez que vi a minha *babcia*. Como ver a expressão no rosto do soldado alemão quando fui até o campo de trabalho em Janowska.

Me faz duvidar de tudo.

Esse medo, penso, é a melhor arma de Hitler.

Cada uma de nós pega em um braço de Max e descemos até a rua.

A LUZ NA ESCURIDÃO 153

12.

Dezembro, 1942

Nós conversamos enquanto andamos e Max assente com a cabeça e sorri, usando um chapéu e um casaco que encontrei no lixo e lavei quatro vezes. Passa bem o suficiente no escuro e mantém a cabeça baixa, mas, na primeira oportunidade, deslizamos para as ruas laterais, cruzando os trilhos e evitando as luzes até chegarmos na parte da cerca em que Max tinha afrouxado o arame farpado semanas atrás. Onde os alemães decidiram não atirar em mim.

Henek está esperando ali, todo sorridente quando nos vê virando a esquina com Danuta. Não há nenhuma arma ou uniforme à vista. Mas sinto o metal contra minha nuca, a certeza de que estou prestes a levar um tiro. O suor brota na minha testa.

Vejo que Max está olhando para mim.

Danuta se arrasta por baixo da cerca, se levanta e dá um soco no estômago de Henek com toda força que tem.

Eu não achava que Danuta tinha isso nela.

— Covarde! — ela sussurra. — Dar o endereço de Fusia a um estranho! Você podia ter ido você mesmo se tivesse culhões...

Henek passa o braço pela barriga.

— Mas eles disseram... me disseram que ele é confiável! Ele faz negócios na cerca!

— E como você sabe que ele não faz negócios com a Gestapo?

Max se vira para mim.

— Esse é um bom momento — ele tenta sorrir, mas não consegue muito. — Obrigado, Fusia. — Ele dá um beijo na minha bochecha, mantém o rosto dele encostado no meu por apenas um momento e, então, apenas desliza por baixo da cerca, gesticulando. Me dizendo para fugir.

E foi só quando ele tocou seu rosto no meu que percebi que não sou a única com medo de ele voltar para o gueto. Ele também está. É claro que está. Depois de tudo que aconteceu ali.

Não quero que ele vá. Mas, pelo menos, Helena estará segura por enquanto. E a prateleira do armário está quase vazia.

Talvez eu tenha feito tudo que uma pessoa pode fazer.

Sou como uma cabaça oca.

Na manhã seguinte, levo Helena comigo quando vou procurar trabalho. Não encontro nada, apenas mais garotas como eu, ou mulheres, ou homens, procurando a mesma coisa. Eu até cruzo o trilho do trem, para os bairros que costumavam ficar dentro do gueto, onde pessoas novas estão chegando, onde talvez existam novas lojas precisando de ajuda. Mas não encontro nada.

Eu queria aqueles *zloty* de volta.

— É ali que Max mora? — Helena pergunta, apontando para o gueto, quando viramos a esquina. O portão do gueto fica descendo a rua e um policial alemão está andando de um lado para o outro na frente dele. As pessoas formam uma pequena multidão do outro lado, esperando, mas não vai haver nenhuma compra ou venda hoje. Eu não acho que Max esteja ali. Então ouço um grito.

Um menino, ou um homem jovem, não consigo saber por causa da distância, caiu de joelhos do lado de dentro da cerca e um policial está erguendo o cabo do seu rifle. Eu começo a girar Helena. E então paro. Deixo que ela veja. Quando o cabo da arma bate no garoto, ele cai sem fazer nenhum som. Ninguém em nenhum lado da cerca faz um movimento ou ergue uma mão. O guarda nem para de andar.

— Stefi? — Helena pergunta, embora acredite que ela não saiba o que perguntar.

— Sim — digo baixinho —, é ali que Max mora e é por isso que o ajudamos. E é por isso que ele e Danuta serão sempre o nosso segredo. — Helena ergue os olhos para me encarar. — O maior e mais profundo segredo que podemos ter, mesmo agora que ele já foi. Seria perigoso para nós se alguém soubesse. Como esse menino.

Ela faz que sim e olha de volta para o portão.

— Isso significa que não podemos mais ajudar Max?

Não quero dizer a ela que a resposta é sim. Eu não quero que essa seja a resposta. Helena pega minha mão e nós vamos embora.

Compro dois pães para o jantar, aproveitando o desconto do fim do dia na padaria, e duas semanas depois disso preciso escolher entre pão para nossas barrigas e carvão para o forno.

156 SHARON CAMERON

Eu escolho pão, e, só por isso, a temperatura cai, o ar fica amargo e o vento traz gelo das montanhas.

Nós usamos nossos casacos para dormir, unidas embaixo do cobertor enquanto o vento geme, e bebemos água quente no café da manhã porque não tem chá. Não tenho nada para vender, nenhum dinheiro para comprar algo para revender e nós nem podemos ir até Emilika, porque ela está com a mãe na Cracóvia. E Helena está perdendo peso de novo. A saia que eu apertei para ela está larga na cintura, e, quando ela dorme, seu peito chia.

Na terceira noite nessa situação, pego emprestada uma serra com o sr. Szymczak e corto nossa mesa ao meio. Faz meu braço doer e deixa uma bagunça no chão, mas ainda dá para usar a mesa se a apoiarmos contra a parede, e agora temos madeira para o forno. Nós a usamos com parcimônia, e Helena varre a serragem para queimarmos.

Nós nos deitamos e aqueço Helena até ela dormir. Então considero nossas opções. Se quase não comermos, teremos comida suficiente para dois dias, no máximo, nenhum dinheiro e metade de uma mesa. Eu não vejo Max desde que ele voltou para o gueto, e eles com certeza estão piores do que nós. Posso sair e tentar achar trabalho. Será que alguém no nosso prédio me pagaria para lavar a roupa? Mesmo se pagassem, não tenho sabão. Nós poderíamos voltar para a fazenda, mas não conseguiríamos aquecer aquela casa grande e não sei como comeríamos. Não no inverno. Não com tudo tomado.

Coloco uma mão no cabelo de Helena e penso nos amigos da minha mãe em Bircza, qualquer um que pudesse abrigar minha irmã. Quando *mama* teve escolha, ela a deixou com os Zielinski, mas só pensar em levar Helena para lá é uma traição. No entanto, não posso deixar minha irmã passar fome. Deito minha cabeça ao lado da dela no travesseiro.

Se eu não encontrar trabalho amanhã, algo precisa ser feito.

Eu não encontro trabalho quando o sol nasce. Não encontro quando o sol se põe. E ainda não sei o que pode ser o "algo a ser feito". Só sei que falhei com a minha irmã. De todas as formas.

Guardo minha porção de comida para o dia seguinte.

Lembro que é véspera de Natal e a dou para Helena, esperando que ela se lembre que dia é.

A temperatura não está tão baixa quanto na noite passada, então decidimos não queimar o resto da mesa. Nós só trememos, meu estômago ronca, e assim que Helena pega no sono, eu me permito chorar. Muito. Por todo mundo que se foi. O menino socado com o rifle, a menina de olhos azuis que levou um tiro na rua e Ernestyna Diamant, que nem sequer conheci. Choro por Max, Danuta e Henek, porque o luto assume todas as formas. Mas a verdade é que estou chorando mais por mim mesma. Porque estou triste, frustrada, faminta e derrotada. Porque falhar é algo com que eu não sei lidar.

Em meio às minhas lágrimas, uma calma começa a se formar em volta de mim. Um calor no frio. Como um braço passando pela minha cintura. Um rosto apertado contra o meu. Ela me lembra de Izio e da noite que ele disse que queria viver. Eu me lembro das músicas vulgares e de como ele costumava me acompanhar até o apartamento de Marysia na neve. Como nós ríamos, tentando sair pela porta principal sem que Regina e Rosa notassem, caminhando pé ante pé até o sótão para que a sra. Pohler não ouvisse, nossos braços cheios de...

Abro os olhos. E me sento na cama. Acho que estava dormindo. Sonhando. Mas estava sonhando com coisas reais. As molas do colchão protestam quando deslizo para fora da cama, mas Helena nem se mexe. Aperto o cobertor em volta dela, enfio os pés em meus sapatos gelados ao mesmo tempo que visto o casaco e vou até a prateleira mais alta acima da lareira, estendendo a mão em busca da chave do sótão. O apartamento vazio está quieto enquanto caminho pé ante pé e fecho a porta da frente atrás de mim.

Eu ainda não quero que os vizinhos escutem.

As escadas para o sótão são uma poça de nanquim nas sombras, mas sei exatamente como evitar as partes que rangem. Abro a porta. A lua está alta, sua luz entra por um dos cantos da janela e deixa as roupas prateadas, criando formas cinzentas e fantasmagóricas no chão empoeirado. O telhado se inclina em um dos lados até encostar em uma chaminé de tijolos, e é ali que me ajoelho, no beiral, onde o teto encontra o chão.

Lembro de me ajoelhar ali com Izio, muitos meses atrás. Nós tínhamos demorado demais porque estávamos nos beijando em vez de fazer a nossa tarefa, e a sra. Diamant reclamou quando voltamos. Eu acho que ela sabia. Mas fizemos o que ela tinha pedido.

— Ninguém vai pensar em procurar aqui — Izio tinha dito naquele dia, sua respiração na minha orelha. — Nem mesmo você…

Porque não parece que existe um buraco. Mas as sombras enganam. O beiral é longo e basta deitar-se de barriga para baixo e estender a mão até lá embaixo…

Eu ranjo os dentes e enfio minha mão no buraco, o suor brotando na minha testa até mesmo no frio. Os meninos Diamant costumavam me contar histórias sobre o sótão quando eu era nova e impressionável, histórias de cadáveres escondidos no beiral pelo proprietário anterior. Mas não acho que vou tocar em um cadáver. Eu acho que vou encostar em um camundongo. Ou um rato. Ou ser mordida. Ou escutar algo correndo. Mas quando toco em uma pele, ela está fria e não se move. Então a puxo.

É o chapéu de pele de raposa do sr. Diamant. E a gola e as luvas de pele da sra. Diamant. E tem mais no beiral seguinte. O forro de um casaco. Uma estola no próximo. Um punhado de peles que eu tinha esquecido que existiam. Até sonhar com elas.

Ou até Izio voltar e me lembrar que queria que eu sobrevivesse.

Helena ri quando acorda, porque está quente e confortável, coberta de peles. Ela fica na cama um tempão, escutando enquanto explico a ela o que preciso fazer agora.

Eu tenho um primo, um verdadeiro. Em Lezajsk. Eu não o conheço bem, mas talvez bem o suficiente para pedir uma cama por uma noite e fazer uns negócios. Ele mora a cinquenta quilômetros de distância, longe o bastante de uma cidade na qual vender peles talvez seja difícil. Um luxo. E preciso tirar todo o dinheiro que puder dos nossos bens. Helena se acomoda mais, a estola enrolada no seu pescoço.

— Tem certeza de que precisa vender a estola, Stefi?

Eu sorrio.

— Você me ajuda a decidir. Você gosta mais das peles ou de ter a barriga cheia?

Ela escolhe a barriga. Porque ela realmente é uma garotinha inteligente.

Preciso que ela seja esperta. Emilika ainda está viajando, então Helena vai precisar ficar sozinha, se alimentar, manter as portas trancadas e se aquecer sem pôr fogo no prédio.

— Então você não vai sair, nem para brincar, até eu voltar? Você entende o quanto isso é importante?

Ela faz que sim.

— Se acontecer uma emergência, você desce e fala com o sr. Szymczak, sim?

— Não se preocupe, Stefi. Eu consigo cuidar de mim mesma.

E a tolice é que eu acredito. Deixo dois dias de comida para ela, o pouco de madeira da mesa que ainda temos e umas revistas velhas que encontrei no lixo e que ela pode recortar para fazer uma colagem. Ela promete que a colagem vai ficar linda e pronta para quando eu voltar, e, quando o sol de inverno nasce, já estou a cinco quilômetros de Przemyśl.

Dou sorte e pego carona na carroça de um fazendeiro por mais de vinte quilômetros. Já estou meio congelada quando salto, mas a floresta é linda, brilha como pó de diamante, e a neblina se levanta dos campos e das colinas. Fazer o resto do caminho a pé me aquece.

Quando chego em Lezajsk, a mulher do meu primo abre a porta, surpresa e um pouco desconfiada, mas em trinta minutos ganho o dobro do que poderia ter conseguido nas lojas de segunda mão de Przemyśl. E troquei isso por mais comida do que consigo carregar. A mulher do meu primo pergunta o que vou fazer com tanta comida, e quando digo "revender" ela ri e promete levar o restante no trem na semana que vem, porque ela vai viajar para visitar a irmã de qualquer forma e pode parar no caminho.

Durmo aquela noite no sofá deles e na noite seguinte estou de volta, aquecendo meus dedos e escaldando meus pés gelados e doloridos. Helena dá um gritinho de animação ao ver o tesouro na minha mochila. Nós comemos ovos, torrada com manteiga e cada uma toma um copo de leite no jantar. Temos um pequeno saco de carvão e recortes de revista colados por toda a parede. Não tenho ideia como ela conseguiu tachinhas, mas não importa. Se tomarmos cuidado, podemos comer por quatro, talvez cinco semanas, e alimentar Max, Henek e Danuta.

Não sei o que faremos depois disso. Mas, por enquanto, esta se parece com a primeira noite em que Emilika apareceu. Sinto como se eu fosse a rainha do meu pequeno reino.

Quando, enfim, durmo, sonho com Izio. Mas ele está muito, muito longe.

Meu primo nos visita uma semana mais tarde e leva duas caixas de batatas, mais manteiga e ovos, beterrabas, maçãs secas, rabanetes e três tranças de cebolas. Quatro semanas depois disso, estou amarrando o barbante nas mangas do meu casaco, enchendo minha bolsa e meus bolsos com o resto dos suprimentos para o gueto. É mais do que poderia passar para Max pela cerca, porque preciso que dure. Eu venho negociando, guardando coisas para vender nas lojas de segunda mão, e também tenho lavado, costurado e remendado o que encontro nas lixeiras das casas mais abastadas. Agora que a comida está acabando, vou precisar andar de novo para conseguir o melhor preço. Dois, talvez até quatro dias.

Não posso deixá-los passar fome enquanto isso.

Pego minha braçadeira branca escondida em uma pequena fenda do colchão e digo a Helena que ela pode brincar no campo no fim da rua até ficar com frio ou até eu voltar. O sol está morno para o último dia de fevereiro, como se o mundo estivesse se lembrando da primavera. Quando chego no portão do gueto, é a polícia polonesa em vez da alemã que está patrulhando. Algumas pessoas estão tentando a sorte vendendo comida na cerca, mas pego as ruas de trás até nosso lugar de encontro, onde o arame frouxo me deixa entrar no gueto.

De súbito meu bom humor evapora. Meu coração bate contra minhas costelas. Escuto vozes alemãs e sinto um cano de arma pressionando contra minha nuca. É difícil de respirar. É difícil de pensar. Coloco minha mão na nuca, para afastar o metal frio.

Eu sei que a arma não está lá.

Mas não consigo fazer meus olhos abrirem. Estou com medo de olhar para a cerca. Estou com medo do que posso encontrar do outro lado.

E então me pergunto se vou realmente deixar Max, Danuta e Henek passarem fome porque tenho medo de uma cerca.

Abro os olhos. E tudo que vejo é arame farpado e uma velha lata de tomates sendo soprada pelo vento. Eu me enfio embaixo dos arames, me levanto, limpo a poeira do casaco e coloco a braçadeira por cima da minha manga. Começo a andar.

Estou sendo observada. Olhares que desviam do meu em vez de encontrá-lo. É diferente desde a última vez em que estive no gueto. Não sei onde Max está morando agora, se é o mesmo lugar ou outro, ou se é seguro dizer o nome dele. Também tenho medo de bater na porta errada. Então per-

A LUZ NA ESCURIDÃO 163

gunto por Henek, e a mulher que me dá informação tem um queixo proeminente e clavículas saltando dos dois lados do seu pescoço. Está tudo tão quieto que quando ela vai embora eu consigo ouvir seus passos, como arranhões suaves no asfalto. Ouço alguém tossir atrás de uma porta. Ninguém fala, nem mesmo entre eles.

Não vejo crianças.

O endereço é o mesmo de antes, na Kopernika, no centro do gueto, e é Danuta quem abre a porta quando eu bato. Ela beija minhas bochechas, me dando uma bronca por me arriscar assim, e me leva até a velha cozinha onde eles moram. Ela não reclama mais quando vê a comida. O dr. Schillinger, um homem severo, beija minha mão, e Dziusia acena da cama, onde ela está usando uma das camisas do pai como cobertor. Fico feliz em vê-los. Eu não tinha certeza se estavam vivos.

Gostaria de ter levado um pouco mais de comida.

— Onde está Max? — pergunto.

— Saiu com Siunek. Ele não aguenta ficar dentro de casa. — Ela franze as sobrancelhas. — Esperando pelas botas na escada.

Eu entendo. Bem demais.

— E o velho sr. Hirsch?

— Vivo.

E irritado com isso, entendo pela expressão de Danuta, que franze o nariz.

— E Henek?

— Ele está bem. — E então Danuta fica tão vermelha que eu entendo que ela o perdoou. Provavelmente por completo. Eu me pergunto com que frequência ela precisa perdoar Henek. Então olho para seu rosto rosado e nariz pequenino e espero que ela ainda precise perdoar Henek muitas e muitas vezes no futuro.

Danuta me empurra para a porta assim que termina de esconder a comida, me dando vários conselhos para manter a cabeça baixa e não começar conversas. Para nunca chamar a atenção da polícia. Ela sorri quando me abraça, mas seus olhos estão sombrios. Ansiosos.

Desço rapidamente as escadas, um rato foge do meu caminho, e fico pensando como seria bom dirigir um tanque por cima da cerca do gueto.

Na rua, sinto novamente os olhos que me observam. Magra como estou, fico achando que pareço saudável demais. Uso um casaco e tenho uma bolsa. Meu cabelo está limpo. As pessoas se viram de leve quando eu passo, e percebo que eu poderia estar caminhando pelas ruas do gueto com uma coroa dourada e brilhante na minha cabeça. Alguém grita:

— Você. Você aí!

É polonês. Polonês nativo. Eu continuo andando.

— Pare!

Eu não paro até uma mão me puxar, e vejo o rosto de um policial. Um policial bonito, com um queixo marcado e olhos azuis. Se eu não tivesse escutado sua voz, poderia ver pelo seu uniforme que ele não é alemão. E isso me deixa com raiva. Ou talvez sejam os olhos ansiosos de Danuta que me deixaram com raiva, ou o medo de Max, ou o homem caído na sarjeta atrás dos pés desse policial, um homem que pode ou não estar morto. Um homem que é polonês, além de judeu. Eu puxo meu braço.

— O que você quer?

Ele parece surpreso. O que não me parece estranho.

A LUZ NA ESCURIDÃO **165**

— Eu quero saber o que você está fazendo. — Ele dá uma olhada na minha braçadeira e franze a testa. — Você não é daqui, é?

Não respondo.

— Onde estão seus documentos?

Eu não me mexo.

— Me dê seus documentos!

Eu os entrego. Relutante. Ele os lê. Meus documentos não têm a palavra "judeu".

— Você devia ter vergonha — ele diz, devolvendo-os. — Uma garota bonita como você passeando pelo gueto.

Ele é quem devia ter vergonha, e acho que ele consegue ver o que penso estampado no meu rosto, porque as grossas sobrancelhas loiras embaixo do quepe se franzem em uma expressão emburrada.

— Diga o que está fazendo ou vou te prender.

— Eu vendi um pouco de comida. E daí?

— Sustentar judeus é contra a lei.

— Eu não estou sustentando judeus. Os judeus estão me sustentando. Eles precisam de comida, eu preciso de dinheiro. Como pode haver uma lei contra isso?

Por um segundo, acho que minha insolência vai fazer o policial sorrir. Mas estou errada.

— Eu devia te prender — ele diz. — Sabe disso? Qualquer policial devia te prender e te levar para a Gestapo. Esse lugar é perigoso.

Ele não precisa me dizer isso.

— E a Gestapo, eles não vão ser gentis com você só porque você é uma menina bonita. Na verdade, acho que uma garota como você sequer sairia do escritório deles.

Ele está tentando me assustar e não funciona. Não porque eu seja corajosa ou porque eu não acredite nele. Apenas porque estou tão cheia de medo quanto uma pessoa pode estar.

E ainda estou com raiva.

Lanço um olhar demorado e firme para ele. Sua boca estremece.

— Muito bem — ele diz. — Como você quiser. Eu vou te prender. Venha comigo. — E o policial sai em um passo rápido pela calçada.

Eu troto atrás dele. Não sei por que faço isso. Ele não está empunhando a arma. Ele não está me tocando. O policial olha para trás, me dando um lampejo de seus olhos azuis, e acelera. Eu vou mais devagar e ele acelera mais.

É uma detenção muito estranha.

Chego a uma esquina e paro. O policial não diminui o passo. Ele está meia quadra a frente. Espero e dou um passo gigante para o lado. Agora estou em uma rua diferente, fora de seu campo de visão. Não escuto nenhum grito. Nem mesmo um assobio. E então corro o mais rápido que posso pela calçada e viro na esquina seguinte, me apertando contra o prédio. Quando dou uma olhada pela beirada para ver se estou sendo seguida, noto um relance do chapéu azul-marinho com borda dourada do policial. Espiando da esquina oposta.

Demorei esse tempo todo para entender que ele estava me deixando fugir.

Faço um caminho tortuoso pelo gueto e quando não vejo mais nenhum judeu, alemão ou polonês, deslizo por baixo do arame farpado, tiro a braçadeira do meu casaco, corro pela ponte, viro numa viela e saio na rua Mickiewicza. Três qua-

A LUZ NA ESCURIDÃO 167

dras atrás de mim, em meio às pessoas na calçada, vejo o chapéu de policial.

Ele não apenas me deixou sair. Ele está me seguindo.

Ando rápido, seguindo para o lugar mais lotado que consigo pensar. O mercado. Mas mesmo ele já não é tão lotado quanto costumava ser. Tento me misturar aos corpos, à fumaça das fogueiras e às mulheres gritando preços acima do burburinho, e, então, me enfio atrás de uma barraca, abrindo caminho pela sujeira que fica na parte de trás das lojas do mercado. Observo por um longo tempo de trás de uma pilha de destroços deixada por uma bomba alemã, mas não vejo o policial. Eu saio correndo, volto, deslizo pela passagem da Mickiewicza 7, contorno o pátio com a grama crescida e saio pela porta da frente do prédio.

Helena está em casa, seu rosto corado do frio e das brincadeiras. Ela quer saber por que eu demorei tanto tempo. Levanto a ponta do tapete na janela com o dedo e prendo a respiração. Lá está meu policial. No pátio, conversando com a sra. Wojcik, que passeia com seu cachorrinho. Ele conseguiu me seguir. E então eu me lembro de que sou uma idiota.

Meus documentos têm o endereço escrito.

— Quem é aquele homem? — Helena pergunta, espiando por baixo do meu cotovelo.

— Ninguém.

O policial e a sra. Wojcik viram suas cabeças para a minha janela e tiro o dedo, deixando o tapete voltar para o lugar.

— Estou com fome — Helena diz. — Stefi? Você não está com fome?

— Já volto, Hela.

Ainda ouço o suspiro de frustração dela enquanto saio correndo, desço as escadas e espero atrás da porta até ver o policial indo embora. Ele está sorrindo. E tem uma covinha em uma bochecha. Quando ele se vai, saio para a rua e vou até a sra. Wojcik. Ela está deixando o cachorro fazer suas necessidades na grama. Cruzo os braços por causa do frio. Esqueci o casaco.

— Então é você, srta. Podgórska — ela diz. — O que você tem feito com a polícia?

— Nada — digo, olhando em volta para ter certeza de que o homem não reapareceu. — O que você disse a ele?

— Que você mora com a sua irmã. Nada de visitas de parentes, só aquela prima. Que você vai e vem com frequência, que você não tem trabalho e que você passa quase todo seu tempo vendendo coisas no mercado e nas lojas.

Eu não tinha ideia de que a sra. Wojcik tinha me observado tão de perto. Aperto os braços e estremeço.

— Não, não faça essa cara — ela diz. — Eu conheço os homens. E a última coisa na cabeça daquele homem são os negócios da polícia.

— Você não acha que eu estou encrencada?

— Ele não é o papa, menina. Ele vai voltar. E o único problema que você terá vai chegar nove meses depois de você deixar esse aí entrar na sua casa.

Ela ri alto e descubro o quanto não gosto da sra. Wojcik. Eu a deixo com seu cachorro e suas necessidades e corro de volta para dentro. Agora tenho um enjoo nervoso no meu estômago que não quer ir embora.

Quando Helena abre a porta para mim de novo, finjo estar animada.

— Vamos arrumar o quarto — digo. — Guardar tudo.

A LUZ NA ESCURIDÃO **169**

— Mas eu estou com fome!

— Não vai demorar muito tempo.

Helena resmunga, pegando uma vassoura enquanto guardo a comida extra nos armários, fora de vista, e enfio minha braçadeira no buraco do colchão, procurando pelo que mais um policial não deveria ver.

Estou recolhendo os recortes de revista quando encontro dois envelopes embaixo dos pedaços de papel.

— O que é isso? — pergunto.

— Ah! É a correspondência que o sr. Dorlich trouxe enquanto você estava fora. Eu esqueci...

Agarro um dos envelopes e o abro. É de Salzburg, Alemanha. Da nossa mãe. Ela não diz muita coisa, exceto que está trabalhando em uma fábrica, que ela e Stasiu, meu irmão, estão juntos, e para que eu por favor vá ver Helena para garantir que ela está bem e dizer a ela que sua *mama* a ama e sente muitas saudades. Helena e eu lemos essa parte juntas mais três vezes. Então abro o segundo envelope, leio a carta e a coloco na mesa.

É do departamento de trabalho. Eu tenho um emprego. Um bom emprego. Começando depois de amanhã.

Meu suado suborno finalmente deu certo.

Nós celebramos com uma lata de presunto e torradas e Helena pega no sono cedo. Fico sentada perto do fogão, bebendo chá, pensando no meu novo trabalho, em Izio e Max, e, de vez em quando, em um policial muito bonito. E, logo quando termino meu chá frio e visto minha camisola, ouço uma batida na porta.

Já passou muito do horário do toque de recolher. Acho que já passou da meia-noite. Mas talvez um policial não precise se preocupar com o toque de recolher. O aperto no meu estômago volta. Eu ajeito meu cabelo sem querer e quando abro a porta, já decidi que, definitivamente, com toda certeza, seria errado deixá-lo entrar.

Só que não é ele.

— Fusia — Max diz, respirando com dificuldade. — Quase matei um policial.

13.

Março, 1943

— **Alguém viu você subir?** — sussurro, fechando a porta e virando a fechadura.

— Ninguém, juro. Eu tomei cuidado. Eu esperei no porão...

— Max! — Helena diz, abrindo os braços. Ela acordou, e está toda amassada em sua camisola. Ele a ergue, deixando que ela o abrace, mas ele está olhando para mim. Perguntando se pode ficar.

Eu lhe dou pão com chá e ele conta histórias para Helena até ela pegar no sono de novo. Nós nos sentamos em frente ao fogo e eu espero. Ele leva um longo tempo para começar a falar. Finalmente, Max me conta que ele tem saído do gueto. Sem nenhum motivo. Ver as pessoas de dentro da cerca o faz sentir como um animal numa jaula. Um espécime em um zoológico.

Ele prefere levar um tiro.

Troco de posição no chão gelado, aquecendo minhas mãos no calor da água que joguei sobre o resto do meu chá, pensando o quão perto Max tinha chegado do suicídio no trem. Mas nessa noite, ele diz, ele perdeu a noção da hora. Pensou que só havia passado alguns minutos desde as oito. Mas eram alguns minutos depois das nove. E um policial o parou no caminho de volta para o gueto.

— Eu disse a ele que trabalhava na metalúrgica — Max diz — e que meu turno tinha atrasado. Disse que ele podia voltar até lá comigo, que qualquer um ali iria confirmar quem eu era, mas ele sabia que eu estava mentindo. Eu não parecia ter saído de uma fábrica. E não estava vestido como um trabalhador. Eu parecia ser um judeu imundo e faminto do gueto.

Ergo os olhos rapidamente.

— E então ele pediu meus documentos.

No documento de Max está escrito "judeu" em letras grandes e escuras, bem em cima de sua foto.

— Falei que não estava com eles, e ele respondeu que eu era um espião.

— Um espião? — perguntei. — De quem?

— Não sei. Mas ele puxou a arma, me deteve e disse que ia me levar para a Gestapo.

Eu abaixei meu chá.

— Não achei que ele fosse mesmo me levar. Eu disse a mim mesmo que ele estava tentando me assustar, que ia me dar uma lição e me deixar ir embora. Até que vi as luzes nas janelas da delegacia. E, então, perguntei por que ele faria aquilo. Ele é polonês, eu sou polonês, mas ele não respondeu. Eu estava com tanta raiva e medo, e não tinha ninguém na rua, então soquei o rosto dele com toda força que pude. O cara caiu antes de sequer pensar em atirar.

Observo o rosto de Max.

— E quando ele estava caído, bati nele de novo. E de novo. Eu podia ter ido embora, mas eu só... eu pus minhas mãos em volta do pescoço dele... e ele implorou, ele estava implorando para que eu não o matasse.

Max encara suas mãos como se não fossem suas. Os nós dos seus dedos estão roxos.

— E o que aconteceu então? — sussurro.

Ele dá de ombros.

— Nada. Eu fugi. Eu o deixei na sarjeta e fugi.

E veio para cá.

Ele se estica no chão em frente ao fogão com as mãos atrás da cabeça.

— Você devia me pôr para fora, Fusia — ele diz, seus olhos se fechando. — Você não devia deixar eu ficar aqui...

Pensei que ele fosse dizer que era porque ele era um judeu. Porque ele era um risco para mim.

Mas ele só diz:

— Porque eu não sou melhor que eles.

Ele está tão cansado, noto o momento em que ele pega no sono. Max precisa fazer a barba, tomar um banho e de um mês de refeições, mas ele não parece um judeu faminto para mim.

Ele parece um sobrevivente.

Coloco as xícaras na mesa, ponho o velho casaco da sra. Diamant sobre Max e me arrasto para a cama com Helena. Mas não consigo dormir. Não consigo parar de pensar no que Max disse. Porque o que ele disse é errado. Tão errado.

Ele escolheu a vida.

E isso o torna completamente diferente deles.

* * *

Helena acorda Max logo cedo, querendo mostrar a ele o jogo com o barbante que eu a ensinei antes que ele volte para o gueto. Ela ensina Max a cantar a música enquanto corto o pão e cozinho os ovos. Até que alguém bate na porta da frente.

A música de Max e Helena para como se um rádio tivesse sido desligado, e, quando me viro, não há mais Max, apenas Helena com sua mão sobre a boca, apontando para o espaço escuro embaixo da cama. Faço um gesto para ela puxar o cobertor para baixo e ela puxa o saco de batatas para a frente de Max antes de fazer isso. Por precaução. Eu coloco um dedo sobre os lábios, ela assente e corro na ponta dos pés até o corredor.

A batida soa de novo. Não é o clamor duro da Gestapo e também não é Emilika. É uma batida seca. Oficial. Hesito em frente à porta e finalmente digo:

— Sim?

— Srta. Podgórska?

E sei exatamente quem está do outro lado da minha porta.

— Srta. Podgórska, posso falar com você, por favor?

Destranco a porta e abro um pouco. É o policial loiro. Ele enfia o quepe embaixo do braço e sorri.

— Olá outra vez — ele diz.

Dessa vez meu nervosismo não tem nada a ver com olhos azuis e uma covinha.

— Posso entrar?

Agarro a maçaneta com mais força.

— Não acho que seja uma boa ideia.

— Você está certa, é claro. Por isso eu trouxe um amigo comigo.

Outro policial, também polonês e também todo sorridente, surge no meu campo de visão. Meu estômago afunda até os meus sapatos.

— Posso?

O policial loiro dá um passo à frente, sua mão na porta, me deixando a escolha de ou deixá-lo entrar ou esmagar seu braço. Deixo que ele entre, seu amigo o segue, e nós ficamos ali, desconfortáveis no corredor vazio. Nenhum deles tem um hematoma no rosto ou um olho roxo, então por sorte nenhum deles é o policial que Max atacou. O sr. Policial Loiro vai até a porta aberta do meu quarto.

— É aqui que você mora? — ele pergunta. E então: — E quem está ali?

Eu corro atrás dele, mas é só Helena olhando para nós da porta, seus olhos arregalados. Ela não confia em policiais. Ela não gosta deles. O policial avança para o quarto e ela recua, faz um bico e se senta na cama com força. Insolente. Como se fosse defender aquela cama até a morte.

— É a minha irmã, Helena — digo rapidamente. — Hela, esse é... um homem que eu conheci ontem.

— O que você quer com a minha irmã? — Helena diz. O outro homem ri, me seguindo pela porta enquanto o sr. Policial Loiro vai até Helena e se agacha em frente a ela. Seus pés devem estar a centímetros do rosto de Max.

— Eu só quero falar com a sua irmã — ele diz. — Dizer umas coisas a ela. Nós não queremos que ela arrume problemas...

As palavras da sra. Wojcik infelizmente me vêm à mente.

— Você não se importa se eu tentar ajudar sua irmã, não é?

Helena morde os lábios, faz uma careta e eu não tenho ideia do que vai sair da boca dela.

Faça algo, Fusia. Faça algo agora.

— Por que vocês não se sentam? — digo, sorrindo e puxando uma cadeira. O sr. Policial Loiro o faz e parece satisfeito com isso. Estou satisfeita por ele não estar perto o suficiente para ouvir a respiração de Max. — Posso servir um pouco de chá? De pão?

— Não, obrigado. — Ele é todo dentes e covinhas, esse homem. Ele aponta com a cabeça na direção da cama. — Onde estão seus pais?

— Meu pai está morto e minha mãe está em um campo de trabalho em Salzburg. — Olho para a carta dela ainda na mesa, em meio a migalhas de pão, e ele a pega. Eu espero, paciente, comportada, observando os olhos dele descerem pelo conteúdo da minha carta. Mas estou fervendo por dentro. Quem ele pensa que é vindo até a minha casa, me dizendo o que devo ou não fazer? Helena, eu consigo ver, não está melhor. Então espero que ela tenha varrido embaixo da cama como mandei e que Max não espirre. O sr. Policial Loiro larga a carta.

— Srta. Podgórska… posso te chamar de Stefania?

Se você chamar, penso, vai ser o único.

Eu sorrio.

— Você não acha que seria injusto?

— Injusto?

— Porque você conhece dois dos meus nomes e eu não sei nenhum seu.

Isso o agrada ainda mais. Acho que ele sabe que essa covinha é atraente.

— Desculpe. Eu sou o oficial Berdecki. Mas você pode me chamar de Markus. — Ele tamborila os dedos na mesa enquanto o outro policial examina os recortes de revista que Helena colocou na parede ao lado da cama. Então ele diz:

— Você fugiu de mim ontem, Stefania.

— Eu pensei que você tivesse fugido de mim.

— Bom, vamos dizer que nos separamos, então. — Ele olha em volta do meu quarto. — Deve ser difícil ganhar dinheiro nas suas circunstâncias. Eu consigo entender que você precisou ser... criativa e ganhar dinheiro como pôde. A razão pela qual talvez você se arrisque a fazer coisas que não são certas.

De repente me pergunto se esse homem acha que eu sou uma prostituta.

— Mas vim te dizer seriamente que você não deve voltar ao gueto. E como seus pais não estão aqui, sinto que é meu dever te dizer que qualquer coisa pode acontecer com você lá. Não é um lugar para garotas.

— O gueto não é lugar para ninguém — digo com doçura. — Nem mesmo para você.

Markus troca um sorriso divertido com seu colega policial.

— Você precisa de ajuda? Com dinheiro? Você precisa de trabalho? Eu posso te ajudar a conseguir um trabalho remunerado para que você não precise mais ir ao gueto.

— Eu tenho trabalho.

Ele ergue as sobrancelhas sobre os olhos azuis.

— Na fábrica Minerwa. Começo amanhã.

— Isso é um alívio para mim.

Embora eu não tenha certeza de quão aliviado ele realmente está.

— Talvez você não se importe de eu voltar um outro dia, para ver se seu trabalho está indo bem. — Ele sorri, a covinha aparecendo.

— Eu não acho que seria uma boa ideia — digo, sorrindo de volta. — Meus vizinhos estão sempre de olho, e homens entrando e saindo do meu apartamento… bom, você pode entender o que iria parecer.

— Então talvez você queira me encontrar alguma hora, depois do trabalho. Em um café.

— Talvez você queira que eu leve minha irmãzinha comigo. Ela adora um café.

Eu me levanto, esperando que ele faça o mesmo. Ele leva alguns segundos para pegar a deixa. O outro policial está com o rosto corado, e não consigo saber se está envergonhado pelo amigo ou tentando não rir.

— Vamos nos ver em breve, então. Boa sorte com o seu trabalho, Stefania.

— Tchau, oficial Berdecki.

Levo os dois até a porta e quando volto para o quarto Helena está enrolada na cama, seus joelhos contra o peito. Tremendo.

— Está tudo bem agora — digo a ela. Eu me sento ao seu lado e a puxo contra o peito. — Mesmo, está tudo bem… — Max tira a cabeça de debaixo da cama. Ele tem uma teia de aranha em seu cabelo escuro.

— Você sempre recebe policiais para flertar com você logo cedo?

— Por que você não volta para debaixo da cama? — digo a ele.

O alívio me deixou impaciente.

A LUZ NA ESCURIDÃO   179

Max fica mais tempo do que planejava, para o caso do oficial Berdecki ou seu amigo estarem vigiando a casa. Eu mando Helena ir brincar no pátio, esperando que seus amigos a ajudem a esquecer o susto, e, então, dou uma volta no quarteirão. Não vejo nada. Nenhum policial nem ninguém me aborda, então digo a Max que está na hora. Mas ele fica parado, sentado na beira da cama, os cotovelos apoiados nos joelhos.

Ele diz:

— Você não me contou do seu emprego, Fusia.

Eu não tinha tido chance.

— Fiquei pensando, embaixo da cama. Eu venho pensando há um tempo. Você vai ter uma renda agora. Você pode pedir mais quartos.

— Você quer dizer o resto do seu apartamento? — Esse lugar sempre será de Max na minha cabeça.

— Não. Você não entende…

Eu vejo que ele está lutando. Com uma lembrança, ou uma indecisão, algo dentro dele que não conheço. Mas não gosto quando ele fica assim. Eu me sento ao seu lado. Ele passa uma das mãos pelo cabelo.

— Não sei como vai ser. Gestapo. Tifo. Cachorros, fome ou os trens, não sei. Mas eles não vão parar até não sobrar nenhum judeu. Henek não acredita nisso. Mas eu escutei. Vi o que eles fazem. Eles vão nos usar no *goulash*. Vão fazer sabão de nós. Couro de sapato…

Eu não quero ouvir nada disso.

— E nós só ficamos sentados, sentados na nossa gaiola, esperando pela morte. E eu não consigo mais ficar sentado. Então tenho pensado nisso há bastante tempo, a quem eu posso pedir? Quem vai me ajudar agora que eu sou um nada…

— Você não é um nada!

Max balança a cabeça.

— Quando você vê criancinhas sendo assassinadas enquanto você está escondido em um buraco no chão, com medo demais para sair, você sabe que é um nada. Quando países inteiros te querem morto, quando milhares aplaudem discursos sobre a sua destruição, quando os cachorros dos guardas são tratados melhor que você, então a questão não existe mais, Stefania. Você sabe que é um nada.

Aponto a porta com os olhos, porque a voz dele está alta demais. Ele faz uma careta.

— Sinto muito, Fusia. Mas estou olhando a morte nos olhos, e não gosto do que vejo.

Quero dizer a ele para parar. Que isso não é verdade. Para não falar assim. Que a guerra vai acabar. Algo vai mudar. E então me lembro dos primeiros bombardeios, como depois deles eu não acreditava nas histórias dos judeus fuzilados no cemitério. Eu não acreditava porque não queria. Talvez eu não seja tão diferente de Henek.

Max diz:

— Então eu pensei, até quem eu poderia ir? Meu antigo chefe, talvez. Um garoto que conheci na escola, mas ele tem mulher e filhos agora. Eu pensei em Elzbeta, ou a mãe dela…

— Quem é Elzbeta?

Ele ergue os olhos.

— Elzbeta. Minha namorada em Nizankowice.

— Sua namorada? Você nunca falou nada.

Ele dá de ombros.

— Ela é judia?

— Não.

Eu me perguntei o que minha *babcia* pensaria disso. Max e Izio com gentias. Eu me perguntei o que eu pensava disso. E então examino Max. Ele deve ter vinte e três ou vinte quatro anos agora. Mais ou menos a mesma idade do oficial Berdecki. Curioso eu não saber ao certo. Era fácil esquecer que ele era adulto mesmo antes da guerra, que ele tinha uma outra vida, fora de Przemyśl. Mas, por outro lado, acho que completei dezessete anos no ano passado e também não tinha notado.

— Eu pensei nela — Max continuou —, mas não tive nenhuma notícia sua desde o gueto. E não acho que terei. Ela nunca arriscaria, não como... — A mão dele passou pelo seu cabelo de novo. — Eu não tenho o direito de pedir. Mas estou pedindo. Não por uma noite. Eu estou pedindo que você me esconda, com meu irmão e Danuta, os Hirsch e os Schillinger. Sete de nós, até que morramos ou a guerra termine.

Ele pega minha mão de novo.

— Eu sei o que estou pedindo. Não é justo e você precisa pensar em Hela. Vou entender se você não quiser.

Não sei o que responder a ele. O pedido parece grande demais.

— Significaria procurar um apartamento onde poderemos construir um esconderijo. O velho Hirsch ainda tem algum dinheiro. Ele está disposto a financiar. É por isso que ele está dentro, mas, ainda assim, será difícil alimentar nove pessoas com o que ele tem e seu salário. Seria mais fácil, talvez, para dois. Se houvesse duas pessoas juntas, trabalhando. Para poder comprar comida.

Ergo os olhos.

— Eu estava pensando que talvez sua amiga Emilika...

— Emilika? Não sei...

— Você acha que ela percebeu que Danuta era judia? Porque achei que talvez ela soubesse. Que ela espalhou aqueles rumores para protegê-la. E ela tem um trabalho que paga bem.

Eu não estava certa disso.

— Você acha que seria seguro perguntar a ela? Ver o que ela vai dizer?

Eu não sei. Não sei de nada disso. Max aperta minha mão.

— Você quer que eu volte para baixo da cama?

Sacudo a cabeça.

— Eu poderia passar a guerra ali.

Mordo o lábio.

— Talvez você precise de sete camas.

E esse comentário lhe dá o que ele quer. Eu sorrio. Max tem uma sobrancelha que se ergue um pouco mais que a outra. Um ponto de graça que me diz quando ele está brincando. Ele estava brincando. Mas só um pouco.

— Eu preciso de tempo para pensar — digo.

— Eu sei.

Nós vamos até o gueto de braços dados, conversando como se não tivéssemos preocupações neste mundo tão, tão sombrio. Max toma cuidado com os policiais, já que tem um que não vai esquecer seu rosto. Eu tomo cuidado com policiais por causa do oficial Berdecki. Nós damos a volta pela cerca do gueto até chegar a um novo lugar, perto de uma pequena janela de porão. Quando não há ninguém por perto, Max beija minha bochecha e então passa por baixo do arame farpado e direto para a janela destrancada.

Preciso pensar.

Naquela noite, observo Helena dormindo, mas o que vejo é a pistola do SS descontrolado apontada para o sr. Schwarzer. Apontada para a menina de olhos azuis que não era muito diferente de mim. Apontada para as crianças. Eu vejo o fogo saindo da pistola.

E não sei o que fazer. Não sei como equilibrar a vida de Max — e de mais seis — e a vida da minha irmã.

Então pergunto a Deus.

Mas o céu está silencioso sobre a minha cabeça.

14.

Março, 1943

Às cinco e meia da manhã eu caminho para o meu novo trabalho sob o azul profundo e brilhante da escuridão do fim do inverno. O mundo se esqueceu da primavera. Mas eu mal noto a neve, as ruas ou as vitrines vazias do que costumavam ser lojas de judeus. Estou preocupada com Helena e como ela vai se virar sozinha o dia inteiro. Preocupada com trabalhar em uma fábrica sobre a qual nada sei. E preocupada com Max.

Eu não sei como fazer o que ele me pediu.

E também não sei como não fazer.

Vejo a neblina antes de ver o prédio. Colunas de fumaça soltando nuvens que podem ser provadas com a língua. Cruzo uma ponte de metal sobre uma ravina de trilhos de trem, vejo as paredes de tijolos se erguendo andares acima de mim, vou até um conjunto de portas duplas e entro na fábrica.

Quando cheguei em Przemyśl, este lugar fazia brinquedos mecânicos. Carrinhos, palhaços e cachorrinhos de dar corda. Eu sempre pensei nele como um lugar feliz. Agora o pequeno escritório no qual estou é mal-arrumado e tem cheiro de metal quente. Há mais quinze ou dezesseis pessoas ali comigo, homens e mulheres parecendo tão perdidos quanto eu, reunidos em torno de uma escrivaninha onde está o inevitável alemão e a inevitável pilha de pastas e formulários. Eu desamarro a echarpe de lã em volta da minha cabeça, dobro-a para esconder que está furada nas pontas e entrego a ele meus documentos. Ele risca meu nome na lista.

E assim comecei minha vida como operária de fábrica.

— A fábrica Minerwa — diz Herr Braun, nosso diretor, suando em seu terno e de pé em cima de um caixote — é um sistema de regras e regulamentos no qual nós, os funcionários, somos valorizados desde que não façamos interferência no sistema, nas regras ou no regulamento. Temos sorte de termos recebido esse trabalho. Temos sorte porque esse trabalho irá nos impedir de morrer de fome. Nós somos facilmente substituíveis, e os que chegarem atrasados, forem ineficientes, estúpidos ou estiverem cansados serão substituídos. Imediatamente.

Claro e direto ao ponto.

Meu trabalho é operar seis máquinas que fazem parafusos. O mecânico me mostra como fazer, porque, embora o trabalho seja fácil, no geral as máquinas são delicadas e têm a tendência de quebrar, e ele não pode vir do outro lado da fábrica para me ajudar o tempo todo. Ou pelo menos é o que ele diz. Minha cota é de trinta mil parafusos por turno, e a diferença será retirada do meu pagamento.

O lugar é barulhento. Incrivelmente barulhento, com motores e roldanas correndo até o teto e através dele. Minhas máquinas são quentes, rápidas e perigosas se eu não manti-ver meus dedos fora do caminho. Dou a elas bastões de metal, indo de um lado para o outro, e no meio do dia já aprendi a consertar a bomba d'água. No intervalo, um homem jovem sorri para mim por trás de seu cigarro. Ele tem cabelo loiro e olhos azuis, mas não se parece em nada com o policial Berdecki. Ele ainda é um garoto. Eu o ignoro. Já ganhei sorrisos o suficiente. Uma garota chamada Januka me dá um pedaço do seu sanduíche.

No caminho de volta para casa, com os pés e os ombros doendo e os ouvidos tinindo por causa do barulho, o sol já nasceu e se pôs. Agora o frio preto-azulado é limpo e cristalino, reconfortante depois da fumaça. Assim que entro no prédio, Emilika tira a cabeça para fora da sua porta.

—Aí está você! Hela acabou de sair daqui. Eu dei um pouco de chá a ela. Parece que você também precisa de chá.

Abro a boca para recusar, estou cansada demais, mas Emilika ergue seu açucareiro.

— Você tem açúcar?

Eu nego com a cabeça.

— Então é melhor entrar.

Emilika coloca água quente em um bule e me senta na mesa da cozinha, falando sem parar sobre seu namorado — não o antigo, um novo, mais bonito! E de um SS alemão que foi até a loja para tirar fotos. Tão vaidoso!

Eu olho em volta. Emilika é só uma garota sozinha, mas ela tem um apartamento inteiro, com um sofá e um abajur, um quarto separado e louças que combinam. Cortinas pesadas cobrem suas janelas para bloquear as luzes perigosas, em vez de tapetes.

— E um veio buscar as fotos dele — Emilika está dizendo — e os retratos ficaram bons, mas ele não quer pagar porque diz que o nariz está largo demais. Não o rosto todo. Só o nariz.

Me diga, Fusia, como uma câmera pode mudar o formato do nariz de um homem? E agora o sr. Markowski me culpa por distribuir retratos de graça, só que o sr. Markowski também não negaria tirar a foto de um oficial da SS, negaria? Se ele quer que eu ataque a Gestapo, é melhor me dar a munição, é o que digo.

Ela apoia sua xícara e suspira.

— Sabe do que eu sinto falta? Música. Lembra daquela pequena banda do restaurante do outro lado da rua que costumava tocar do lado de fora no verão? E quando havia casamentos no clube? Nós costumávamos dançar a noite inteira...

Por um momento estou lá em cima, dançando com Izio em frente à janela aberta do apartamento escuro enquanto a orquestra toca. Então olho curiosa para Emilika.

— Você morava aqui antes? Não me lembro de te ver.

— Ah, não. Eu vivia na Cracóvia. Mas vinha visitar no verão, com a irmã da minha avó. Ela morava neste apartamento. Mas ela foi embora. Para um campo em algum lugar. Ela se casou com um judeu.

Apesar de toda sua tagarelice, Emilika nunca tinha contado isso para mim. Eu me pergunto se ela entende que "um campo" provavelmente significa que a irmã da sua avó está morta.

— É terrível — digo com cuidado — o que os nazistas estão fazendo.

— Eu sei. Não acho que Przemyśl vai voltar a ser como antes. Eles me dão nojo, os nazistas.

Eu me inclino para a frente.

— Você já pensou em conseguir um apartamento novo, Emilika?

— Um apartamento novo? Por quê?

— Um lugar maior. Talvez para compartilhar com… mais pessoas.

Emilika inclina a cabeça para mais perto.

— Que tipo de plano você tem na cabeça, Fusia?

Eu mordo o lábio, tentando decidir como dizer o que eu quero. Como enrolar uma garota como Emilika.

— Você se lembra do garoto que eu queria ver? Quando você tirou minha foto?

Ela faz que sim.

— Ele me pediu para me casar com ele. E eles o mataram. No campo de trabalho em Lviv. Ele era judeu.

As sobrancelhas de Emilika sobem e então descem. Então ela estica a mão pela mesa e dá um tapinha na minha mão.

— Eu achei que fosse algo assim. Ah, sinto muito. De verdade.

— E agora, os irmãos dele… — As palavras saem com lentidão e dificuldade, como se o segredo quisesse ficar na minha boca. —Agora os irmãos dele correm o mesmo perigo. No gueto. E eu… estou pensando em fazer algo a respeito.

— Fazer algo? Fazer o quê?

— Quero conseguir um apartamento maior com alguém… alguém como você, talvez, e… quero escondê-los.

Respiro fundo. Pronto. Eu disse.

Emilika se reclina na sua cadeira, seus lábios vermelhos abertos. Ela me encara por um minuto muito, muito longo.

— Do que você está falando — ela diz lentamente —, sua garotinha muito, muito estúpida? Você quer morrer? Você acha que já viveu o suficiente? Bom, eu não. Espero ainda estar por aqui por muitos anos e não vou jogar minha vida fora por um judeu de quem eu nunca ouvi falar! Você podia estar me pedindo para me jogar da janela. E você pode pular dela também. Talvez seja mais rápido que levar um tiro.

Há um relógio em algum lugar da bonita cozinha de Emilika. *Tic, tic, tic.* Minhas mãos estão tremendo. Eu confiei nela. Acabei de colocar minha vida em suas mãos.

Talvez eu tenha nos matado.

Empurro minha cadeira para trás e Emilika diz:

— Espere. Fusia, espere. — Ela suspira e baixa a voz. — A polícia secreta está por toda parte. Você sabe disso, não sabe? Fingindo ser mendigos, comerciantes, operários, qualquer um. Eles oferecem ajuda a judeus, ou para ajudar outra pessoa a ajudar judeus, e, quando a pessoa diz *sim,* eles prendem a pessoa e os judeus que ela estava tentando ajudar. Você não pode confiar em ninguém...

— Você acha que estou espionando para os alemães?

Emilika sorri. Ela quase ri.

— Não, Stefania Podgórska, não acho que você seja uma espiã alemã. Mas como você sabe que eu não sou?

Eu acho que não sei.

— Você é?

— Não. O que quer dizer que você deu muita sorte. — Ela se inclina para a frente. — O que você está sugerindo é uma chance em um milhão, e isso significa que existem novecentas e noventa e nove mil outras chances de morrermos.

— Mas não é zero — digo.

— O quê?

— Não é zero em um milhão. Pode dar certo.

— É suicídio. E Hela?

Eu não tenho resposta para isso.

— Essas pessoas, Fusia. É horrível. É triste. Mas você não fez essas coisas acontecerem e não é algo que você possa consertar. Eles não são sua responsabilidade. Hela é sua responsabilidade. Se você não for pensar em você, pense nela.

Dessa vez ela me deixa empurrar a cadeira para trás. Deixo minha xícara ainda pela metade na mesa.

— Desculpe. Foi uma ideia idiota.

Ela acena com a mão e sorri.

— Você está triste pelo seu garoto, é isso. Eu entendo.

— Espero que você não mencione essa... nossa conversa para ninguém.

— O quê? Que conversa? Eu nem sei do que você está falando. Devo ter amnésia...

Subo as escadas lentamente enquanto a porta de Emilika se fecha atrás de mim. Eu me sinto dolorida por dentro. E a dor, noto, é de decepção.

Não são minha responsabilidade, nem dela. De quem é a responsabilidade então, Emilika?

Helena me abraça forte e me traz torrada com manteiga. Eu caio na cama enquanto ainda estou mastigando o último pedaço e ela tira meus sapatos e se acomoda ao meu lado. Antes que note, já estou dormindo e sonhando.

Com uma floresta escura, onde as árvores são altas como prédios. O musgo e as folhas estão duros como cimento embaixo dos meus pés, a lua grande e baixa, seus raios como luzes de busca. Abro caminho por galhos que arranham meu rosto como vidro quebrado, cada vez mais rápido, porque consigo ouvir gritos. Um homem, uma avó, um bebê, tantas pessoas, centenas delas, um balbucio de diferentes palavras que são todas iguais porque elas todas significam a mesma coisa. Misericórdia. Misericórdia.

E então os tiros começam. Eu corro e corro, deixando que os galhos cortem meu rosto porque preciso parar o tiroteio. Mas quanto mais rápido corro, mais baixo fica o barulho, mais lentos os tiros, até que não tem mais nenhum som e nenhuma pessoa e nenhuma árvore e continuo correndo no escuro, um vazio que parece a morte...

Abro os olhos, ofegante, puxando ar como se eu realmente estivesse correndo. Mas só estou na cama com Helena, ainda usando meu vestido, o fogão estalando de leve enquanto esfria. Como o relógio de Emilika. Helena dá um tapinha na minha mão.

—Alguém atirou na rua — ela sussurra sonolenta. — Mas acabou agora...

Eu fecho os olhos e Max está na floresta comigo.

—Vá — ele diz. — Fuja! — Mas ele não está falando comigo, está falando com Henek e Danuta. Ele pega os dois pela mão, forçando-os a ir contra a vontade deles, arrastando-os em um caminho sinuoso pelas árvores que agora são feitas de tijolo e pedra. Aviões assobiam como pássaros acima das nossas cabeças. Eu corro atrás deles, uma dor aguda na lateral do meu corpo, e outras pessoas estão conosco, pequenas sombras acelerando à minha direita, à minha esquerda e à frente. Elas tropeçam, caem, mas não se levantam, e, quando baixo os olhos, a dor que sinto não é a de estar correndo. Tem sangue jorrando por entre meus dedos.

— Eu levei um tiro — digo. Max para e se vira. Os olhos de Danuta se arregalam. As sombras passam por nós, nos deixando para trás. — Corram! — Grito. — Salvem-se!

Só que é a voz de Izio que sai da minha boca. Não a minha. Max começa a andar, mas na direção errada. Ele deixou Henek e Danuta. Ele está andando na minha direção.

E então Helena está me sacudindo, me dizendo que os sinos da catedral tocaram. Já passa de cinco da manhã.

A caminho da fábrica, vejo dois corpos pendurados na cerca do gueto, rígidos e congelados. *Mortos*, diz a placa, *por fazerem negócios com os judeus.* Vou trabalhar e faço 28.208 parafusos. O inspetor, que é polonês, anota 30.208. Passo no mercado no caminho de volta para casa, compro o que eles ainda têm por lá, e durmo. E tenho pesadelos. Eu tenho pesadelos todas as noites naquela semana.

— Max veio hoje — Helena diz na sexta à noite. — Ele deu a batida especial, então eu abri. Ele queria saber se você tinha algo a dizer a ele, mas eu não sabia. Dei a ele o resto do pão. Então veio o policial, mas ele eu não deixei entrar. Falei para ele ir embora…

— O que tinha vindo antes?

Helena faz que sim.

— Ele veio quando Max estava aqui?

Ela sacode a cabeça, negando.

Mas e se tivesse vindo? Eu imagino Max e o oficial Berdecki, ambos parados na minha porta, e meu estômago se embrulha. Max não deveria sair do gueto. Ele precisa parar de se arriscar. O outro policial, o que ele estrangulou, pode encontrá-lo. Ou um dos vizinhos. Ou Emilika.

Ou talvez Max nunca tenha voltado para o gueto. Talvez Max já esteja morto.

Talvez eu não tenha nenhuma decisão a tomar.

— Fusia, qual o problema? — Helena pergunta, puxando minha saia.

Tento sorrir, encobrir meu medo, mas estou suando frio. E então eu digo:

— Você me chamou de Fusia.

— Eu sei — Helena diz. — Eu desisti.

Na manhã de sábado, meus olhos estão ardendo e estou tão lenta por causa da falta de descanso que esqueço de ignorar o garoto no trabalho. Sorrio distraída quando ele me cumprimenta e cambaleio pelo meu turno, mal prestando atenção, um bom jeito de perder uma mão.

— Stefania! Stefi!

Ergo os olhos, assustada por ouvir meu nome no meio daquele barulho. É o mecânico, e tem fumaça subindo das lâminas da minha máquina. A bomba d'água parou de funcionar.

— Qual o problema com você? — o mecânico grita. Ele desliga a máquina. — Sua cabeça está nas nuvens hoje! Você está doente ou apaixonada?

Se esse homem soubesse dos meus amores, ele correria cem quilômetros na direção oposta.

— Eu não sei o que fazer — digo, e então me lembro com quem estou falando. — Quero dizer... eu não me sinto bem. Estou tonta...

— Por que você não disse nada? — o homem pergunta. Ele dá uma olhada em mim. — Certo, venha comigo.

Ele me leva para a área de consertos, onde uma grande mesa de madeira está coberta com ferramentas, peças, pedaços de metal e manchas de óleo. O homem aponta para baixo dela e, quando me inclino para olhar, a mesa tem uma prateleira, do tamanho de uma pessoa, a apenas uns centímetros do chão. Alguém deixou um travesseiro ali.

— Entre aí e tire um cochilo — ele diz. — Vou consertar suas máquinas e te acordar em meia hora.

Acho que agradeço o homem, mas estou tão cansada que não tenho certeza de ter realmente dito as palavras. Eu me arrasto para a prateleira e acomodo minha cabeça no travesseiro.

Sob o barulho da fábrica, eu sonho.

Nós estamos na floresta de novo, só que agora as árvores são quadradas, os galhos crescem em meio a janelas nos troncos. Max está correndo de mãos dadas com Henek e Danuta e estou com Helena em um dos lados e Dziusia Schillinger do outro. As folhas que chutamos fazem o barulho de latas de metal.

E sei que tem algo atrás de nós. Cada vez mais perto. Consigo sentir a coisa se aproximando como o tigre que vi em um dos livros do meu *tata* quando era pequena.

— Estamos quase lá — Max diz. E então eu vejo para onde estamos correndo. Um buraco no chão. Um *bunker* subterrâneo. Um abrigo dos nazistas.

Eles não vão nos encontrar lá.

— Vá, Dziusia — sussurro, soltando a mão dela e a empurrando na direção do buraco. Ela desliza atrás de Max, Henek e Danuta, então Helena puxa meu braço. Eu me viro e dois soldados estão atrás de nós, as caveiras sorrindo em seus quepes. As caveiras têm bigodinhos, assim como os homens.

— *Vu zenen zey gegangen?* — diz uma das caveiras. E penso como é estranho um chapéu da SS falando ídiche. Então ele diz em polonês: — Para onde eles foram?

Ah, penso. Assim está melhor.

— Para onde eles foram? — a caveira exige saber. — Onde estão os judeus? — E agora estou com medo. Helena ergue o braço e aponta. Na direção oposta.

— Eles estão ali — ela diz.

— Sim — digo —, mas é ali. — Eu aponto para outro lugar, apenas um pouco mais à esquerda, longe do abrigo subterrâneo. As caveiras parecem confusas, não sei como. Mas os homens embaixo delas não parecem confusos. Eu vejo um dos bigodes tremer. Eles sabem que estou mentindo.

Eles sabem que estou mentindo, eles sabem que estou mentindo, eles sabem que estou mentindo...

O que está mais perto de mim ergue a mão. Sua mão é uma arma. Ele a aponta para mim e então a abaixa, bem para baixo. Ele vai atirar dentro do buraco. Vai atirar em Max.

E eu grito.

E então acordo na fábrica de ferramentas e sei que acabei de gritar, mas ninguém me ouviu no meio do barulho. Fico enroscada embaixo da mesa até o mecânico voltar e me dizer gentilmente que estou imprestável, que ele não vai dizer nada e que eu deveria ir para casa.

Não vou direto para casa. Caminho por Przemyśl até meus pés encontrarem a catedral. Abro as portas pesadas, faço o sinal da cruz, acendo uma vela e me sento em um banco, o Cristo morto se erguendo acima da minha cabeça.

A morte não é tão terrível assim, penso. Perder a chance de viver que é triste. Como eu fiz com Izio. Izio morreu porque não cheguei a tempo de salvá-lo. Mas e se eu nunca tivesse tentado ir?

Se eu sobreviver a essa guerra, posso viver sabendo que não fiz nada, ou minha vida vai ser envenenada pelo arrependimento?

Como vou contar a Helena que descobrirmos que Max está morto?

Como vou contar para minha mãe que minhas escolhas mataram Helena?

Eu nem teria a chance. Porque também estaria morta.

Mas quem mais pode salvá-los, senão eu?

Ah, bom Deus. Nossa Senhora. Me deem a resposta.

O ar acima de mim fica em silêncio.

Saio da catedral e agora meus pés me levam ao que um dia foi uma rua judaica, não muito longe da nossa. Os prédios estão vazios, fileiras e mais fileiras deles, as janelas quebradas, as portas desaparecidas — provavelmente foram queimadas como lenha —, e, quando enfio minha cabeça para dentro, até mesmo as tábuas do chão foram arrancadas. Esses apartamentos teriam sido bem parecidos com o meu. Típicos. Todo mundo conhece seu desenho. Todo mundo sabe quantos quartos eles têm e de que tamanho. Você jamais poderia construir um esconderijo em um apartamento assim. Como o meu. A diferença seria notada imediatamente.

Eu teria que colocar sete pessoas embaixo da cama.

O sol já quase baixou, o céu está laranja e flamejante de um lado, azul e luminoso do outro. Meus sapatos batem nos paralelepípedos, o vento geme pelas janelas que faltam. O vazio é perturbador. Assustador. Aperto meu casaco para me proteger do frio e penso que esse vai ser o som do gueto algum dia. Ecos e vento. Paro de andar e fico apenas parada. Então fecho os olhos.

E lá está o silêncio. Como se eu fosse a única pessoa em Przemyśl.

Só que o silêncio não é vazio.

Sinto um pequeno empurrão nas minhas costas.

Abro os olhos e tropeço para a frente, quase perdendo o equilíbrio. Duas mulheres viraram a esquina com vassouras nas mãos. Elas estão limpando a calçada abandonada.

Talvez elas saibam de um apartamento vazio. Pergunte a elas.

A outra parte da minha mente diz que isso é algo ridículo de se fazer. Por que elas saberiam de um apartamento vazio?

Perguntar não ofende.

Eu deveria ir até o departamento de moradias.

Pergunte a elas!

Meus pés se movem e as duas mulheres erguem os olhos da pilha de detritos que estão recolhendo. Elas observam enquanto me aproximo.

— Com licença — digo. — Alguma de vocês sabe de um apartamento vazio?

— Hum? — diz uma delas, apertando os olhos para mim.

— Vocês sabem de algum apartamento que possa estar disponível?

Passo meu peso de um pé para o outro. Eu me sinto tola.

— Sei de um — a outra mulher diz, se apoiando em sua vassoura. Ela tem o rosto enrugado e cansado, seu nariz vermelho de frio ou vodca, o cabelo grisalho arrepiado embaixo de sua echarpe. — Tem um lugar vazio na Tatarska 3. Mas não é um apartamento. É uma casa, quase...

— Um chalé — a outra diz.

Eu olho para seus rostos sujos e enrugados e pergunto:

— Onde fica a rua Tatarska?

15.

Março, 1943

Ando ao redor da parte externa da casa na Tatarska 3. As mulheres estavam certas. São mais chalés que compartilham paredes do que apartamentos, dois andares com um telhado inclinado e pontudo feito de zinco. É uma rua curtinha, subindo uma colina com poucas casas. Um prédio vazio da faculdade fica bem do outro lado da rua, tem um convento fechado no sopé da colina e consigo ver o topo de duas catedrais e outras luzes descendo na direção da praça do mercado. O prédio forma um grande L, e a parte vazia é a que está escura nos fundos, em meio à terra congelada. Tem um poço de um lado e uma cabana comprida e fedida que só pode ser uma latrina.

Eu não vi pessoas, mas consigo farejá-las.

Quase me dá saudades da fazenda.

Vou até a lateral e bato na porta descrita pela varredora de rua. Imediatamente uma fresta se abre. Alguém estava espiando por trás da cortina.

— Sim — uma mulher diz, apertando os olhos no escuro.

— Você é a responsável pelo número 3? Ainda está vazio?

A mulher faz que sim para as duas perguntas.

— Eu posso vê-lo? E pode ser agora?

Ela resmunga e assente, desaparece por um momento e volta com um jogo de chaves e uma lanterna acesa.

— Não é nada sofisticado — ela diz. Ela é uma mulher baixa e atarracada com cabelo limpo e um avental que parece ter manchas de beterraba. Ela me leva para uma porta de madeira perto das latrinas e coloca a chave na fechadura. Precisa de um esforço, mas se abre, e ela entra primeiro com a lanterna.

Estamos em uma pequena cozinha combinada com sala de estar, uma adição posterior ao chalé, com paredes de madeira e um chão de tábuas ásperas, um fogão, uma pia com ralo, mas nenhuma torneira, e um balde para o poço pendurado em um prego. Sem eletricidade. Há mais duas portas. A primeira se abre para um quarto, com outro quarto logo em seguida. A porta seguinte, em frente à pia e ao fogão, leva até um pequeno corredor com chão de terra e uma escada.

— O que tem ali em cima? — pergunto.

— Sótão — a mulher diz.

Eu volto e fico parada na cozinha, caminhando em um grande círculo enquanto a mulher me observa.

— Não é nada sofisticado — ela diz de novo. Como se eu a tivesse acusado de algo. Mas só consigo sorrir. Eu sorrio como não sorri a semana toda.

— Não é sofisticado — respondi. — É perfeito.

O nome da responsável é sra. Krajewska, e ela simpatiza comigo no minuto que nota que não me assusto com os baldes de água ou os banheiros externos. Ela me diz para ir até o departamento de habitação e preencher um formulário, além de ressaltar o quanto ela gostaria de ter uma boa menina como sua vizinha. Como vai ser bom para seus dois garotinhos terem minha irmã para brincar. Corro de volta para o apartamento, como se estivesse patinando no gelo, como se tivesse as asas de um caça, entrando tão rápido que Helena dá um gritinho. Max está ali.

Ele se levanta.

— O que aconteceu?

— Eu acho que encontrei um lugar.

— Você encontrou um lugar para esconder Max? — Helena pergunta. — Sabia que você ia encontrar.

Ela sabia que eu ia encontrar. Eu não sabia que eu ia. E não tinha mencionado nada a Helena a respeito de esconder Max.

— Como você sabia? — pergunto.

— Porque pedi a Deus. *Mama* sempre dizia que é isso que você faz quando quer algo. Então eu fiz.

Sim, *mama* dizia isso.

— Mas como você sabia que eu queria esconder Max?

— Porque você sempre esconde o Max!

Ela tinha um ponto.

— E é isso que você quer. Foi isso que você pediu a Deus?

Ela inclina a cabeça e me dá um olhar engraçado.

— Claro! Você não queria?

Max está parado ali, ouvindo nossa conversa. Ergo os olhos e encontro os dele. Eu já sabia que ele estava olhando para mim.

— Sim — digo.

Ele pisca.

— Sim, Hela. Foi isso que eu pedi.

Ainda estou olhando para Max.

Ele não fala. Nós só nos olhamos por mais um longo momento e então Max assente. É como se tivéssemos assinado um contrato.

— Que horas são? — ele sussurra.

— Eu não sei... — olho ao redor como se meu quarto pudesse fazer brotar um relógio. — Antes das sete — digo.

— Então vamos vê-lo.

— Agora?

Ele sorri.

— Sim. Agora.

Nós andamos de braços dados na rua, como um casal que saiu para dar um passeio, Max com meu velho cachecol de lã enrolado em volta de metade de seu rosto, como se ele só estivesse com frio. Helena ficou desapontada de ser deixada para trás. Eu nem sabia ainda se podíamos ter o apartamento, disse a ela. Pensei que ela fosse bater o pé. E, acrescentei, nós não queríamos chamar atenção. Ela cedeu.

Nesse momento, eu nem estou com medo.

— Onde fica a Tatarska? — Max sussurra através do cachecol. — Eu não conheço essa rua.

— Fica em frente à faculdade, aquela que eles fecharam. Não tem mais o que conhecer. Não há nada ali.

— Isso é bom. Isso é muito bom...

— Beco — digo, empurrando Max abruptamente para a esquerda. Um policial alemão em patrulha virou a rua e estava andando na nossa direção. Nós nos esgueiramos rapidamente pela pequena passagem entre os prédios antes que ele nos alcance, damos a volta, esperamos, e saímos na rua bem atrás do alemão, como se nunca tivéssemos parado de andar. Max sorri e passa um braço em volta de mim.

Ele gosta de enganar os nazistas mais do que eu tinha notado.

Quando chegamos na rua Tatarska, Max olha cuidadosamente para a direita, para a esquerda e para o outro lado da rua, espichando o pescoço na direção do teto enquanto nós damos a volta no pátio.

— Fique aqui — digo, deixando-o ao lado da porta do número 3. Eu bato outra vez na porta da sra. Krajewska.

— Ah — ela diz, abrindo totalmente a porta. — Você voltou?

— Sra. Krajewska, sinto incomodá-la, mas você foi gentil mais cedo e meu irmão mais velho está aqui. Ele quer ver a casa antes que eu faça o requerimento. Você não se importaria de abri-la mais uma vez, não é?

Ela suspira.

— Vou pegar uma luz.

Quando voltamos até Max, ele ainda está parado no frio ao lado da porta. Ela ergue a luz e o examina de uma forma que seria assustadora se ela não tivesse feito a mesma coisa comigo uma hora atrás.

— Olá — Max diz. Suas mãos estão enfiadas nos bolsos, e, de repente, eu me pergunto se ele enfiou alguma arma ali.

A sra. Krajewska resmunga e abre a porta.

— Não é nada sofisticado — ela diz quando entramos.

Eu deixo Max explorar. Ele pega a luminária e vai para os quartos, sobe a escada para o sótão, até mesmo faz uma pausa para examinar as latrinas.

A LUZ NA ESCURIDÃO **203**

— Você mencionou uma irmã — a sra. Krajewska diz. — Seu irmão vai ficar com você também?

—Ah, não, ele mora na Cracóvia — eu minto. — Ele apenas se preocupa comigo, até demais. Mas ele é um bom irmão...

Max volta para dentro e enfia sua cabeça no fogão, tentando olhar pela chaminé. O rosto da sra. Krajewska se derrete como chocolate.

— Oras, como isso é bom — ela diz. — Vou deixar a luminária aqui enquanto vocês conversam e depois vocês a levam de volta quando terminarem, pode ser?

— Obrigada, sra. Krajewska.

Quando a porta se fecha, Max se aproxima de mim. Nós sussurramos, caso a sra. Krajewska esteja ouvindo.

— Eu me preocupo com os vizinhos — Max diz. — As paredes do quarto não são muito grossas, e tem outro chalé do outro lado. E todo mundo vai ter que passar pela janela e pela porta dos fundos para ir ao banheiro. Vai ser difícil fazer silêncio...

— Talvez você prefira que eu encontre um apartamento em um deserto? Ou no Himalaia?

— Não seja engraçadinha, Fusia — mas ele está sorrindo. — Esse lugar foi feito para nós. Tem terra só um ou dois centímetros abaixo do piso. Nós podemos cavar um *bunker*, talvez, embaixo das tábuas, para quando chegar alguém.

Nós olhamos em volta da sala de novo e de repente vejo a limpeza que precisa ser feita. A água que precisa ser carregada. A comida que vai precisar ser comprada e carregada colina acima. A minha caminhada duas vezes mais longa para o trabalho. Nove pessoas em três quartos e a falta de privacidade.

Max diz:

— Você tem certeza?

Faço que sim com a cabeça.

— Sim. Eu tenho certeza.

Nós voltamos para Helena de braços dados de novo, como se fôssemos um casal. Faz muito tempo desde a última vez que vi Max parecer tão vivo.

Max fica no apartamento porque está perto demais do toque de recolher para que ele volte em segurança até a cerca. Não que a cerca seja segura. Ele conhecia os homens que foram enforcados ali, assassinados por terem saído do gueto para fazer compras do lado de fora.

Me incomoda que ele saiba disso e tenha saído mesmo assim.

Ele está calçando os sapatos na manhã seguinte quando ouço uma batida na porta. Seca. Oficial.

Nós congelamos e, então, Max cai no chão e desliza para baixo da cama, levando seus sapatos consigo. Helena vai guardar a xícara de chá dele, mas sacudo a cabeça com um dedo sobre os lábios. Caminho pé ante pé até o corredor e espero. A batida soa mais três vezes e já estou suando quando ouço o rangido revelador da tábua, o que significa que alguém acabou de pisar no segundo degrau. Descendo as escadas. Eu me arrasto de volta para o quarto, dedo sobre os lábios de novo, e espio pela lateral do tapete pregado na janela. Tomando cuidado para não o mover.

E lá vai o oficial Berdecki, olhando para minha janela antes de descer a rua.

— Você pode sair — digo, mas Max já está se arrastando para fora.

— É aquele policial? — ele pergunta.

— O que te faz pensar isso?

— O quê? Você tem outros namorados batendo na sua porta às seis e meia da manhã?

— Não — respondo com doçura. — Em geral eles passam a noite comigo. — Eu vejo a ponta de sua sobrancelha se erguer, seu sorriso se abrindo. Max não liga de ser provocado, porque ele está feliz. Ele está feliz que encontramos a rua Tatarska.

— Mas, Fusia, ninguém passa a noite aqui além de Max!

— Helena diz. — E você não está atrasada pro trabalho?

— Preciso ir ao departamento de habitação — digo. — Eu paguei o menino dos Szymczak para levar um bilhete até a Minerwa. — Eles não vão gostar, mas os horários do departamento de habitação e do meu turno são quase iguais.

— Eu também preciso ir — Max diz, já desanimado. — Antes que os soldados diurnos cheguem para trabalhar e enquanto os da noite ainda estão cansados.

— Max — digo, e agora eu também estou séria. — Você não deve voltar aqui. Você deve ficar no gueto até...

Até ser a hora de arriscar sair dele para sempre.

— Eu vou precisar saber se você conseguiu a casa — ele diz. — Não quero contar a Henek ou Danuta ou a qualquer um deles até eu saber como serão as coisas. E vamos precisar de tempo para nos prepararmos.

— As cartas ainda são lidas?

— Tudo que chega, sim.

Nós pensamos nisso por um minuto. Então Helena diz:

— Eu posso te levar uma carta, Max.

Nós dois nos viramos para a mesa, onde Helena está empilhando pratos para lavar. Uma função dela, agora que eu trabalho.

— Eu posso levar uma carta até a cerca — ela diz.

Eu coloco meu casaco.

— Não, Hela.

— Mas eu posso! Já brinquei lá outras vezes e os guardas não prestam atenção nas crianças. Mesmo quando chegamos bem perto da cerca.

— Quando você esteve na cerca?

— Semana passada. Procurando Max.

— Ela está certa — Max diz. — Eles não ligam para as crianças.

— Vamos pensar em outra coisa — digo. — Hela, lave a louça e tome cuidado. E a mesma coisa para você — digo a Max. — Salvo pela parte da louça.

— Vamos lá — ouço Max dizer enquanto eu saio correndo pelo corredor. — Eu te ajudo a secar antes de ir…

No departamento de habitação, não sou atendida por uma pessoa de óculos com aro de metal. Uma simpática secretária polonesa me dá os documentos para preencher e aplicar para ser inquilina da Tatarska 3. Suas sobrancelhas se erguem quando percebe que não fui embora e ela me observa indo para um canto preenchê-los, mastigando a ponta da caneta. Eu os devolvo a ela.

— Quanto tempo? — pergunto.

— Dois dias — ela responde.

— E você tem certeza de que ainda está vazio? Que mais ninguém pediu?

A mulher sorriu.

— Eu acho que não, borboletinha. Você vai receber uma carta.

Saio dali apressada e corro por toda Przemyśl até chegar à fábrica. Quando entro, acelerada, Herr Braun está me esperando. Ele para as máquinas e grita comigo em alemão e polonês. Bilhetes não são suficientes, assim como desculpas. Sou uma menina estúpida e preguiçosa que não deve considerar chegar atrasada nunca mais. Eu vou chegar cinco minutos mais cedo. Eu vou superar as minhas cotas. Se não superar as minhas cotas, vou ficar feliz e grata de continuar trabalhando até conseguir.

Às vezes é melhor só assentir.

Trabalho durante o intervalo e, quando ergo os olhos, o menino loiro está parado do outro lado das minhas máquinas. Lubek é o nome dele, ou assim diz Januka, a menina que às vezes divide o sanduíche comigo.

— Avise se precisar de ajuda — ele diz e vai embora.

No dia seguinte eu de fato preciso de ajuda e Lubek me traz mais metal para colocar nas máquinas, assim não preciso perder tempo indo buscá-lo. Eu supero a minha cota. Por pouco. E assim que a supero no outro dia, saio correndo da fábrica, enfiando os braços dentro do casaco enquanto corro pela ponte de metal, a echarpe na minha mão em vez de na minha cabeça, porque não quero esperar por uma carta. Tenho vinte e três minutos para chegar no departamento de habitação.

Eu entro com tudo pela porta. A pequena sala de espera está cheia de gente. Ela tem um cheiro abafado, quente e suado depois da minha corrida pelo frio límpido. A secretária ergue os olhos da sua mesa. Suas sobrancelhas erguidas. Então ela pega uma pilha de papéis e a sacode na minha direção.

— Eu consegui? — pergunto por cima do mar de gente.

Ela faz que sim.

Abro caminho pela multidão, agarro o rosto da secretária e lhe dou um beijo estalado na bochecha.

— Pare com isso — ela diz, rindo, e me entrega os papéis. E um molho de chaves.

— Se te der um beijo eu consigo um apartamento também? — um homem grita.

— Dê um beijo em mim! — outro diz. Agora a sala toda está rindo.

Caminho de volta para o apartamento sob um céu pesado de estrelas, e quando eu conto as novidades a Helena, ela dá pulinhos de alegria. Vou dormir pensando em como transportar uma cama.

E não sonho com nada.

Na manhã seguinte, saio cedo e passo perto da cerca. Quem sabe consigo ver Max. Eu não quero conseguir vê-lo, porque tenho medo do que pode acontecer se ele chamar a atenção dos alemães. Ou da polícia polonesa. Mas preciso ver Max para lhe contar da casa. A área atrás da cerca, normalmente cheia de pessoas desesperadas negociando, está vazia. Nada além do *tap*, *tap*, *tap* das botas da patrulha da SS. Dou a volta até o lugar onde o arame farpado está frouxo, só que ele não está mais frouxo. Algumas placas de madeira foram pregadas na abertura, e quando vou para a janela de porão por onde Max entrou na última vez, também não tem ninguém ali. Preciso correr para o trabalho. Então descubro que graças a Herr Braun eu agora estou em um turno da noite. Só preciso estar no trabalho dali a doze horas.

A LUZ NA ESCURIDÃO **209**

Volto para o apartamento e Helena se assusta tanto que quase chora, porque ela acha que eu perdi meu trabalho. Ela está na frente da pia da cozinha, com meu avental na cintura, lavando a louça com a água que ela aqueceu no fogão. Beijo sua cabeça e a ajudo a terminar.

— Olha o que encontrei — ela diz. Então puxa o velho baú de madeira que a sra. Diamant me deu de seu cantinho atrás da cama. É onde ela agora guarda suas coisas, as revistas para recortar e o barbante, bolinhas de gude, botões e o que mais ela encontrar na rua. Agora ela puxa uma bola murcha.

— O sr. Szymczak me contou ontem que ele tem uma bomba para colocar ar em pneus e que ele pode colocar ar na minha bola — ela diz.

— Você não acha que ela provavelmente tem um buraco em algum lugar e é por isso que ela está sem ar?

— Tudo bem. Não precisa ficar cheia de ar por muito tempo. Só o suficiente para chutá-la para a cerca do gueto.

Eu fico alerta.

— O que você quer dizer?

— Quero dizer que vou para perto da cerca, brincar com a minha bola, e vou gritar coisas como "Maxi! Maxi! Carta Fusia!", e o guarda não vai saber o que isso significa, mas Max vai, e ele vai sair e vou chutar a bola por baixo da cerca quando o guarda não estiver olhando. Então Max vai me devolver e, quando ele fizer, eu lhe dou a carta. Eu já joguei bola com os guardas duas vezes para ver se funciona, e funciona, então é fácil.

Eu olho para minha irmãzinha. Que joga bola com a SS.

— Eu consigo — ela diz.

Nós fazemos um trato. Ela pode tentar, mas vou com ela, observar da esquina. Se Max não aparecer em cinco minutos, ela para. Se alguma coisa parecer remotamente que vai dar errado, eu vou fazer parar.

Assumo meu posto atrás de uma pequena barraca perto do trilho do trem, onde costumavam vender sorvete, enquanto Helena começa a chutar a bola na qual o sr. Szymczak colocou ar. Ela tem um pedaço de papel no casaco que diz "Conseguimos. Janela. Dois dias." Que quer dizer que conseguimos a Tatarska e Max deve me encontrar na janela do porão — que parece o lugar mais seguro — em dois dias.

Meu coração está batendo tão forte que acho que vou passar mal.

Porque sou a pior irmã que já existiu.

Helena chuta a bola contra a parede de um prédio, pegando-a quando ela volta.

— Maxi! Carta Fusia! — ela grita. Ela chuta a bola novamente e grita. Como se fosse um jogo. Eu vejo o homem da SS observá-la por um momento enquanto ele caminha pela cerca. Então ela se vira e a chuta na direção dele. Ele se abaixa e pega a bola, jogando-a de volta para ela. Ela ri e chuta de novo.

Ah, Helena é boa nisso.

O homem da SS sorri e joga a bola de volta para ela, apontando para a parede de tijolos do prédio. Helena grita, chuta a bola na parede, e pega. Grita e chuta e pega.

E lá está Max, aparecendo como uma sombra na porta de um prédio do lado de dentro da cerca.

Eu acho que Helena não o viu. Ela chuta a bola enquanto Max se aproxima e, então, quando o homem da SS está de costas para ela, a alguns passos de fazer a volta, Helena chuta a bola com força na direção da cerca.

A LUZ NA ESCURIDÃO   211

Ela rola por baixo. Max corre atrás da bola enquanto Helena espera, seu nariz espiando por entre a cerca, e quando ele rola a bola por baixo do arame, vejo o papel amassado deslizar da mão dela para a dele. E na outra mão um pedaço de papel vai dele para ela.

Por isso eu não esperava.

Tudo acaba em segundos. Max derrete no ar e Helena joga a bola de volta na direção da parede e vai atrás dela. O guarda se vira e recomeça sua caminhada pela cerca. Ela brinca por mais um ou dois minutos e então corre até a esquina. Sorrindo.

— Aqui — ela diz, me entregando o papel. Pego sua mão e nós andamos rápido, até estarmos a duas ruas de distância e paradas na fila que começou a se formar na padaria.

— Vamos comprar pãezinhos? — Helena pergunta.

— Você vai ganhar um biscoito — digo. — Por ser a menina mais esperta que eu conheço.

Acho que o sorriso dela vai partir seu rosto ao meio. E então abro o bilhete de Max.

Tifo. Comida e remédios.

E me pergunto quem estaria morrendo.

Quem quer que seja, vai ter que esperar pelo meu primeiro salário, que recebo amanhã.

Levo Helena para a rua Tatarska em seguida, uma de nós carregando uma vassoura e a outra, um esfregão e um pano de prato velho. Helena corre de quarto em quarto, batendo as portas, subindo a escada, fazendo círculos com os braços abertos na cozinha.

— É tão grande! — ela grita.

Para ela, deve parecer que passou uma eternidade desde a casa da fazenda.

Acendo o fogão com alguns pedaços de madeira que encontramos atrás da escada no pequeno corredor. E começamos a trabalhar, esfregando as paredes e limpando o chão, incomodando mais camundongos do que eu queria ter visto. Helena aprende a usar a bomba e puxa água do poço, enchendo baldes e mais baldes e afastando os dois meninos Krajewska ao mesmo tempo. No final, estamos mais sujas que a Tatarska 3.

Corro para casa no longo crepúsculo, me limpo e corro de volta para o trabalho, chegando pouco antes do meu horário. Não há ninguém que eu conheça ali e ninguém para me ajudar a cumprir minha cota. Sou pequena, mas o inspetor olha para meu rosto cansado e fica com pena. Quando estou indo embora, o alemão na mesa me dá um envelope com meu nome escrito. Meu salário. Eu me viro e o enfio no meu sutiã.

Então corro para as lojas na luz do amanhecer e entro na farmácia no segundo em que ela abre a porta. A aspirina custa metade do meu salário, o que é assustador. Eu me acalmo pensando que mais salários virão e vou para o mercado. A esposa do fazendeiro com quem normalmente negocio está montando sua barraca e reclama que eu tenho comprado em outro lugar. Digo a ela que não, é só que agora eu tenho um emprego e preciso entrar cedo no trabalho. Compro ovos, queijo, manteiga e metade de um frango. Doença exige proteína. Ou era isso que *mama* costumava dizer sobre as mães que acabavam de parir, e eu acho que deve ser mais ou menos a mesma coisa.

Entro tropeçando no apartamento, digo a Helena que ela pode comer uma fatia de pão e um ovo, durmo por três horas e então embrulho a comida para Max. Ainda não se passaram dois dias, mas eu não sabia do tifo. Espero que ele entenda isso. Faço um embrulho com papel pardo e meu avental e pego o caminho dos fundos, circulando a cerca do gueto até a janela do porão, evitando o portão vigiado.

A viela estreita está vazia, salvo por algumas pilhas de detrito e pelas manchas congeladas da água de lavar louça de alguém. As janelas acima de mim parecem olhos. Eu fico recuada, encostada contra um prédio, o embrulho firme nas minhas mãos. Está frio. Um frio profundo. Se eu fosse a Gestapo, penso, colocaria um homem em algum desses apartamentos para observar a cerca, invisível lá em cima. Pensar nisso me dá um arrepio. Nada acontece por um bom tempo, então jogo uma pedrinha na janela do porão.

E erro. Jogo outra e consigo fazer algum barulho. Mais alguns segundos e a janela se abre e a cabeça de Max aparece. E então ouço passos, altos, vindo pela cerca. Max desaparece, a janela se fecha sem fazer barulho e eu me enfio pela porta de uma loja abandonada. Observo a abertura da cerca através vitrine da loja e um policial polonês passa com o quepe bem abaixado.

Eu me arrasto de volta pela cerca e Max tira a cabeça para fora da janela de novo, atento. Eu corro até lá, me ajoelho e enfio o embrulho pelo arame farpado. Ele o puxa pela janela.

— Quem está doente? — pergunto, sussurrando.

— Henek e o dr. Schillinger.

Por favor, não permita que Max perca outro irmão.

— Tem aspirina — digo.

— Eu contei a eles da casa — Max diz. — Tenho um plano para...

Os passos novamente. Max desaparece, a janela se fecha e eu me levanto. As botas amassam o cascalho entre os paralelepípedos, aceleradas. Corro pelo beco, mas não dá tempo de desaparecer por uma porta. Eu me apoio na parede, como se estivesse entediada.

Um lampejo azul e um policial polonês passa correndo. Então ele para, volta e encara o beco.

É o oficial Berdecki.

Seus olhos azuis piscam e nós olhamos um para o outro. O rosto dele está corado.

Ele é realmente bonito. Como uma foto de revista.

Eu pareço estar ganhando tempo, esperando por alguém na cerca do gueto.

Ele deveria me prender.

Mas vai embora. Sacudindo a cabeça.

Eu me pergunto o que posso ter feito para que esse homem goste de mim o suficiente para me liberar. De novo.

Ou como vou pagar por isso mais tarde. Ele sabe onde eu moro.

Corro para casa, entro com tudo e digo:

— Hela, vamos nos mudar. Hoje.

Leva três horas para empacotarmos tudo que temos, e isso porque passei uma hora procurando alguém que me alugasse uma carroça. Duas das caixas nós mesmas carregamos para a Tatarska, e deixo Helena com elas enquanto volto para guardar a louça, a cabeceira e o colchão. Quero ser rápida com isso, antes que o oficial Berdecki termine seu turno e antes que Emilika chegue em casa. Tenho medo de ela olhar no meu rosto e imediatamente saber o que eu estou fazendo. Melhor deixá-la confusa.

Empurro com dificuldade o colchão pelas escadas, o equilibro no topo da carroça lotada, pago ao menino dos Szymczak para cuidar dela para mim e, então, corro de volta para cima para ter certeza de que não estou esquecendo nada.

Olho para o quarto vazio, com sujeira e pó que eu juraria que não existiam antes por todo o chão nu, e então caminho por cada centímetro do apartamento, ouvindo seu eco. A lembrança das coisas como eram e a visão das coisas como são se chocam na minha mente como tangos em chaves diferentes. Eu deveria ter varrido, penso. A sra. Diamant gostaria que eu fizesse isso. Ela sempre mantinha o chão limpo, especialmente na loja.

E então eu penso que não. Minha *babcia* gostaria que eu salvasse os filhos dela.

Deixo a chave na lareira, fecho a porta e empurro a carroça precária por toda a Przemyśl até a Tatarska 3.

16.

Março, 1943

Estou tão cansada nesta noite no trabalho que tenho sorte de chegar até a meia-noite com todos os dedos. O mecânico da noite se aproxima e me dá um tapinha no ombro, apontando a mesa de reparos com a cabeça. Eu durmo por uma hora, então volto a trabalhar.

Quando chego em casa, na rua Tatarska, Helena está no chão, deitada no colchão nu, tremendo enquanto dorme porque está frio demais e ela sabe que não pode acender o fogo. Mas ela pendurou nossas roupas nos ganchos do quarto, colocou os tapetes feios que tampavam as janelas do apartamento no chão e empilhou as louças na prateleira ao lado da pia. Eu coloco meu casaco em cima dela, acendo o fogo e monto a cama. Temos dois ovos e meio copo de leite para o café da manhã. Preciso ir ao mercado. E preciso mandar uma mensagem para Max. Se ele for procurar por nós no apartamento, não vai haver ninguém lá para escondê-lo.

Escrevo três palavras em um pedaço de papel pardo do açougue. *Mudei. Doente? Quando?* E assim que Helena abre os olhos, eu digo:

— Você trouxe sua bola?

Uma hora depois, Helena está em frente ao portão do gueto brincando com sua bola, o bilhete em seu bolso, e estou no meu posto ao lado da antiga barraca de sorvete. Só que dessa vez ela vai esperar e brincar mais depois de ter passado o bilhete para Max, para ver se consegue uma resposta. Espero que ele me diga quem está vivo, quem ainda está doente e quando eles podem ir para a Tatarska. Helena chuta a bola, que quica contra a parede de tijolos de um prédio de apartamentos.

— Maxi! Maxi! Carta Fusia! — ela grita.

Há outras crianças perto da cerca hoje. Algumas tentam brincar com Helena, mas ela as ignora. Perto da fonte seca, na praça abandonada, um grupo de quatro meninos, adolescentes jovens com penugem acima dos lábios, está de pé em um círculo bem fechado passando um cigarro. Helena joga a bola na direção do guarda — um homem da SS, mas não o mesmo — e ele berra com ela, gritando algo hostil, embora seja difícil de ouvir porque um carro está buzinando. Ela joga seu jogo e grita, mas fica longe do guarda.

Boa menina, Hela.

E então vejo Max andando do outro lado da cerca, bem longe do arame. Helena joga a bola com força, erra o chute e deixa que ela role por baixo da cerca. O guarda está de costas. Max para a bola e dá uma corridinha para devolvê-la. Mas não consigo ver se Helena lhe dá o bilhete.

— Stefania Podgórska, o que você está fazendo parada nessa rua?

Eu dou um salto como se alguém tivesse me beliscado. A sra. Wojcik está ao meu lado, segurando seu cachorrinho. Tento colocar um sorriso no rosto.

— Só esperando alguém.

— Quem? — ela pergunta.

Eu realmente não gosto dessa mulher. E o que ela está fazendo desse lado dos trilhos, aliás? Olho para Helena. Ela está brincando muito perto da cerca. Não consigo ver Max.

— É o seu policial? — a sra. Wojcik pergunta. — É ele, não é? Ele já causou problemas, não foi? Você não me engana. Fui casada por trinta e quatro anos, criei dois filhos e espero em breve ter um marido de novo. — Ela para de falar, obviamente esperando que eu pergunte algo. — Então você não pode discutir comigo, porque eu conheço os homens.

Estou cansada demais para isso.

— Sra. Wojcik, eu só tenho uma coisa a dizer sobre isso. — Ela se inclina para a frente, cheia de expectativa. — E a coisa que tenho a dizer é *geyn in drerd!*

Tenho certeza de que a sra. Wojcik não tem ideia de que acabei de mandá-la para o inferno em ídiche, mas, pela cara dela, acho que meu sentimento ficou claro.

O cachorrinho late enquanto ela bufa e vai embora marchando. Quando volto a olhar para a cerca, as crianças estão brincando e o guarda está parado na frente do portão, falando com um dos meninos com o cigarro. A bola de Helena ainda está rolando perto da cerca.

Mas Helena não está lá.

Saio de trás da barraca.

— Hela? — chamo. — Helena?

Avanço para o espaço vazio da calçada.

— Helena! — grito, andando em círculo. E então vejo Max atrás da cerca, apontando com gestos rápidos para a minha direita. O guarda da SS para sua conversa para me olhar. Eu aponto e digo sem fazer som:

— Por ali?

O guarda ergue a arma, mas, com o aceno de Max, corro na direção que ele me mostrou, antes que o guarda possa gritar algo.

— Helena!

As pessoas se viram e observam enquanto corro para a próxima esquina, deslizando até parar para olhar para os dois lados. Não consigo vê-la. Os trilhos do trem significam que só há uma direção para seguir. Mas qual bloco?

— Você viu uma garotinha correndo por aqui? — pergunto para um homem apoiado em um poste de iluminação. Ele resmunga e aponta para a esquerda. Eu corro nessa direção, ao longo da cerca do gueto, no sentido de um conjunto de apartamentos. Ali, algumas meninas estão desenhando quadrados para pular amarelinha na calçada.

— Vocês viram uma garotinha correndo por aqui? — pergunto a elas, ofegante. A menina com o cabelo preso em maria-chiquinha me observa com os olhos apertados e sacode a cabeça.

— Mas uns meninos viram — ela diz. — E um soldado.

Lembro dos meninos que fumavam perto da cerca. No que estava falando com o guarda. Ah, não.

Não, não, não.

O que Max deu para ela?

— Para onde eles foram? — pergunto a elas, ofegante. — Para que lado? Que tipo de soldado?

Mas a menina não sabe.

Observo a calçada. Consigo ver pelo menos quatro ruas nas quais Helena pode ter entrado. Mas para quem quisesse chegar na passarela que cruza os trilhos, despistar um bando de garotos e um membro da Gestapo e voltar para a rua Tatarska, essa rua, que tem vários becos saindo dela, não seria uma má escolha.

Corro pela rua, por todos os caminhos que acho que Helena pode ter feito, mas não vejo nada nem ninguém. Eu viro na direção de casa, voando por cima da ponte, cruzando o mercado e subindo a colina até que meus pés chegam na terra congelada do pátio da Tatarska 3. Destranco a porta. Talvez ela tenha entrado pela janela.

— Hela? — grito. Eu até chamo na direção do sótão. Mas consigo sentir que não tem ninguém ali. Corro de volta para o pátio. — Helena!

A sra. Krajewska põe a cabeça para fora da porta.

— Qual o problema?

— Você viu minha irmã?

— Ela não está logo atrás de você?

Eu me viro e lá está Helena, subindo a colina como quem vem dos quintais, não da rua. Seu lábio está sangrando e lágrimas escorrem pelo seu rosto.

— Desculpa incomodar! — digo por cima do ombro para a sra. Krajewska e ponho Helena para dentro. Assim que a porta se fecha, caio de joelhos e a abraço com força. As costas dela sobem e descem com soluços agudos.

— Os meninos… — ela diz. — Eles estavam vendo. Eles estavam… tentando pegar pessoas que ajudassem judeus e eles viram… um deles viu… Max… me dar o bilhete.

Olho Helena nos olhos, limpando o sangue da sua boca com a manga, tentando não demonstrar o medo que estou sentindo. Porque já apalpei os bolsos do seu casaco. Eles estão vazios e não vejo um bilhete em sua mão.

Nós talvez tenhamos que fugir. Agora.

— O maior... — Helena soluça. — Ele disse para dar a ele o que o judeu tinha me dado, e, quando fugi, ele chamou o soldado com o quepe preto e eles foram atrás de mim. Por um tempão, e eu não conseguia... mal conseguia... correr, e então eles me pegaram...

Olho pela janela, mas a rua ainda está vazia.

— Hela, o que o bilhete dizia?

— Eu não sei! Eu não olhei! Eu não sei todas as palavras...

Se Max usou nossos nomes ou nossos endereços, qualquer coisa que possa nos denunciar, então nenhum lugar é seguro para eles agora. Ou para nós.

— O que os meninos fizeram quando pegaram o bilhete?

Helena franze a testa para mim.

— Quem pegou o bilhete, os meninos ou o soldado? O que eles disseram? Eles leram?

— Não — Helena diz, secando as lágrimas. — Eles não conseguiram.

— Por quê?

— Porque eu comi.

Eu me sento nos calcanhares.

— Você comeu o bilhete de Max?

— Me desculpa, Stefi! Mas estava com medo de que tivesse algo importante nele, então eu rasguei e... coloquei na boca, só que eu estava correndo e... era difícil engolir... eu estava me engasgando, e então eles me pegaram e o menino me bateu e ele... desceu!

Olho para ela mais um segundo antes de abraçá-la de novo. Com mais força.

— E então o soldado com o quepe preto veio...

Eu me inclino para trás para olhá-la de novo.

— Ele ia me levar embora e... e...

Seguro o rosto dela entre as mãos.

— E então eu dei um chute nele e ele me fez cair, e então dei uma mordida!

— Você mordeu nele?

— Na perna! Você está brava? — ela pergunta e, então, pergunta de novo. — Você está brava? — Só que dessa vez sua voz está abafada pelo meu cabelo.

Sacudo a cabeça.

— Mas talvez dissesse algo importante...

— E é exatamente por isso que você o comeu, sua garotinha esperta. E você é mais corajosa que todo o exército polonês, porque aposto que nenhum deles já mordeu um nazista na perna. Nenhuma vez.

— Mesmo?

— Mesmo.

Dou um beijo na testa e nas bochechas dela e, então, na testa de novo. Antes que eu termine, as lágrimas de Helena estão secando e um sorriso começa a surgir em seu lábio cortado. Sinto que vou explodir de orgulho.

E também estou determinada que ela nunca mais precise ser tão esperta ou tão corajosa.

O que quer dizer que amanhã eu vou entrar escondida no gueto.

Decido ir de manhã, logo cedo, depois do trabalho. É a hora que Max sempre prefere, porque ele diz que os guardas da noite estão praticamente dormindo em pé. A forma mais fácil, eu decidi, é pela janela do porão. Se ela estiver destrancada. E se não tiver um policial polonês observando cada movimento meu.

Não sei o que fazer se isso acontecer.

Pego o caminho dos fundos em volta da cerca, circulando em ziguezague por becos e por trás dos prédios, até que chego na porta recuada da loja deserta. De lá eu observo, como já fiz antes, através das vitrines vazias. Fico ali por um bom tempo. Nenhuma patrulha passa, o que quer dizer que ou não há nenhuma ou que passarão a qualquer segundo. Eu espero mais, então ando até a ponta do beco e me inclino para baixo, como se estivesse amarrando o sapato. Olho para os dois lados da cerca. Ninguém.

Corro para a frente e me arrasto por baixo do arame farpado. A janela está tão perto que preciso puxá-la quando ainda estou metade para fora da cerca. Mas ela se abre e eu rastejo para dentro, me virando de um jeito esquisito para passar meus pés para a frente até deslizar para o porão e aterrissar com força, o que faz as solas dos meus pés doerem. Eu não sabia que o chão ficava tão longe. A janela se fecha com mais força do que deveria, e agora há uma rachadura no vidro, um vidro tão sujo que não deixa quase nenhuma luz entrar.

Estou no escuro.

E então alguma coisa se move. Uma sombra que é maior que um rato e está subitamente de pé. Preciso de toda força que tenho para engolir um grito, até que ouço:

— Fusia?

— Max! — sussurro. — É você?

Ele tem algum tipo de bastão para manter a janela aberta, e, quando ele o coloca, eu consigo ver onde seus olhos deveriam estar e sua forma na penumbra, mas não muita coisa mais.

— O que você está fazendo aqui?

— Esperando para ver se você viria até a cerca, para te dizer para não vir. Eu achei que você tinha jogado uma pedra. O que aconteceu com o bilhete?

— Hela o comeu enquanto corria, mas ela não sabia o que estava escrito. Como está Henek? E o sr. Schillinger?

— Eles vão sobreviver. O tifo é comum. Você precisa tomar cuidado quando vier aqui. Schillinger estava tão fraco que a Gestapo quase atirou nele.

— O que você quer dizer com quase atiraram nele?

— Eles estão atirando em todo mundo que está doente demais para sair da cama. Nós colocamos Henek no *bunker* do porão, mas precisei empurrar Schillinger para debaixo da cama. Dziusia se sentou em cima, com os pés para baixo...

Eu acho que sei de onde ele tirou essa ideia. E então me ocorre o quão casualmente estamos discutindo o assassinato a sangue-frio dos doentes.

— Você realmente não devia ter vindo — ele diz. — O gueto está perigoso nesse momento. Para entrar e sair.

Embora tenha notado que ele parecia saber que eu viria.

— Eu tenho um plano para nos tirar daqui, mas preciso de alguns dias para conseguir as roupas certas, as coisas que precisamos. Siunek Hirsch e eu vamos primeiro. Daqui a uma semana. Nos encontre na estação, na plataforma, assim, se você se atrasar, podemos fingir estar esperando o trem. Então você começa a andar na frente e nós vamos atrás, e, se tiver algum policial, você vai distraí-los e eu vou levar Siunek até a Tatarska.

— Que horas?

— Seis da manhã, fim do turno da noite.

— Se eu estiver no turno da noite, não consigo chegar antes das seis e meia. Se eu estiver no do dia, terei que te encontrar às cinco.

— Caminhe pela cerca no dia antes e erga cinco ou seis dedos, assim eu vou saber.

— Farei isso.

Os braços de Max estão em volta de mim e ele me puxa para um abraço. Ele está quente, sujo do chão do porão. E muito magro.

— Obrigado, Fusia — ele diz.

Ele me solta.

— Você precisa correr — ele diz. — Tudo está sendo vigiado. A janela do porão também. Eu não sei como você não foi pega...

Eu me pergunto se é porque a janela está sendo vigiada pelo meu policial polonês.

— Saia pelo caminho antigo. Fica um quarteirão virando à esquerda, saindo da porta e cortando direto para a viela seguinte. Soltei os arames de novo, acho que eles ainda não notaram. E, aqui. Leve isso.

Max se vira e mexe no escuro em volta dos seus pés, então ele enfia um embrulho nas minhas mãos.

— Eu queria poder ir com você, mas nós dois juntos... se você perceber os guardas trocando turnos, ou se perceber qualquer coisa errada, se esconda. Sente-se ou deite no chão. Como se estivesse cansada. E se ouvir gritos chamando "Schwammberger", só corra. O mais rápido que puder. Promete?

— Quem é Schwammberger?

— O oficial responsável pelo gueto. Ele gosta de atirar nas pessoas enquanto anda. Se ouvir o nome dele, você corre. Promete?

— Prometo.

— Daqui a cinco dias, ande pela cerca. Em seis dias, eu estarei na estação de trem.

E então ele estará na Tatarska. Pelo bem. Ou pelo mal.

Max me conduz até os degraus que dão para fora do porão, por duas portas de correr que levam direto para a rua. Eu estou empurrando as portas quando ele sibila:

— Fusia!

Eu me viro.

— Compre uma pá!

E me arrasto para as ruas do gueto como se bombas estivessem prestes a cair.

Está muito pior do que da última vez que estive lá. Pessoas reunidas em pequenos grupos, ou sozinhas, só sentadas no frio. E então percebo que muitas delas estão mortas, ou tão perto de estar mortas que é quase a mesma coisa. Tifo. E fome. E quem sabe o que mais além disso. Eu corto pela viela, como Max disse, agarrando o embrulho dele junto ao peito, tentando não ver.

E então ouço uma ordem.

— Pare!

A voz está atrás de mim. Eu olho por cima do ombro.

— Você aí. Pare!

Um homem está vindo rápido pela viela, vestido com um macacão sujo como o de um operário, um quepe bem enfiado na cabeça. Suas botas fazem um barulho alto.

— O que você está fazendo aqui? — Ele exige saber. — O que você tem aí?

Ele está limpo demais para ser um operário. Assim como estou limpa demais para ser do gueto.

Algo fica lento dentro de mim e minha mente acelera. Eu baixo os olhos e descubro que estou segurando um embrulho com duas camisas e o que parece ser uma cortina.

— Comprando cortinas — digo. — Só isso.

— Você sabe que não deve comprar aqui. Ou vender.

Eu tento sorrir.

— Mas tenho uma irmã para alimentar e preciso...

— Venha comigo — ele diz, agarrando meu braço. — Agora! — Ele acrescenta quando eu resisto. — Ou devo chamar a SS?

Ele me leva pela viela e então pela rua, passando por vivos e mortos, até entrarmos em um prédio que parece ser de escritórios, embora as pessoas estejam dormindo ali também. Camas de armar estão enfileiradas ao longo de uma parede. Puxo meu braço e dou um passo para trás.

— Quem é você?

— *Judenrat* — o homem diz.

— A polícia judaica? Onde está seu uniforme?

Ele não responde, só me leva até uma sala com uma escrivaninha e me faz sentar. Mais dois homens entram, *Ordners*, dessa vez usando uniformes, e há uma conversa longa e sussurrada que eu não consigo ouvir. Então eles pegam meu embrulho e o examinam, sacudindo as duas camisas e os dois conjuntos de cortinas. Eu não sei onde Max conseguiu essas cortinas, mas o material é escuro e grosso, com lírios brancos estampados, e eu sei imediatamente para o que elas servem. Bloquear a visão dos olhos que podem tentar espiar pelas janelas da Tatarska 3.

Eles deixam o tecido em uma pilha na escrivaninha. O homem que me prendeu vai embora e é substituído por outro, que também não está de uniforme. Esse se senta atrás da mesa, os outros dois *Ordners* em posição de sentido atrás dele. O homem parece bem-alimentado, mas exausto. E determinado.

— Documentos, por favor — ele diz.

Eu dou a ele meus documentos e decido não mencionar que meu endereço está errado.

— Podgórska — ele diz, seus olhos passando pela minha foto. Ele ergue os olhos. — Nós sabemos quem você é.

— Meu nome está nos meus documentos.

Ele sorri.

— Talvez eu deva dizer que sabemos o que você é. E que sabemos o que você está fazendo.

— Você sabe que estou comprando cortinas no gueto?

Ele sorri sem humor.

— Nós sabemos, srta. Podgórska, que você quer esconder judeus.

Se eu tivesse erguido os olhos e encontrado Hitler sentado naquela escrivaninha, não teria ficado mais surpresa. Como eu posso ter sido pega? Agora? Quando nem fiz a coisa ainda? Eu me encosto na cadeira.

— Não estou escondendo judeus. Eu só comprei cortinas baratas de pessoas que não precisam mais delas.

O homem baixa meus papéis e abre uma pasta amarela.

— Você foi observada, srta. Podgórska, entrando e saindo do gueto. Nós te vimos passar produtos pela cerca. Nós vimos sua irmã na cerca...

Isso me causa um arrepio. Ele folheia o arquivo, lendo.

— ... e nós sabemos que você planeja esconder... dr. Schillinger e sua filha. Siunek Hirsch e seu pai, o dr. Leon Hirsch. Henek Diamant e Danuta Karfiol.

Você se esqueceu de Max, penso.

— Veja, srta. Podgórska, você não pode mentir. Nós sabemos.

Eu não tenho nada a dizer a respeito do que esse homem sabe. Tudo que quero saber é: como ele pode saber disso? E existe a possibilidade de eu sair dessa? Dou a ele um pequeno sorriso.

— Existe um problema com a sua informação. Ela está incorreta.

— Você está escondendo judeus, srta. Podgórska. Ou estará muito em breve.

Um dos *Ordners* sorri, arrogante. Eles parecem pensar que o negócio deles comigo está fechado como um embrulho das lojas. O homem arruma meus papéis cuidadosamente dentro do arquivo e o coloca na mesa.

— Como exigido pela lei, você será levada para o escritório da Gestapo, onde poderá se explicar e responder por suas atividades. Meu oficial aqui vai...

— Que lei? — pergunto.

Ele ergue os olhos, surpreso.

— A lei alemã, é claro.

— Vocês são judeus — digo —, e vão me entregar para os alemães... por salvar judeus.

Uma careta torce o rosto do homem.

— Nós também estamos tentando salvar judeus, srta. Podgórska. Você precisa entender. Se todo mundo seguir as regras, então não vai haver reprimendas. Mas se um judeu que seja for pego cometendo um crime, então a SS garante que centenas de judeus serão punidos. Você foi cúmplice da atividade criminosa de sete judeus, srta. Podgórska. Isso pode custar milhares de vidas. Se alguém for sobreviver a isso, precisamos ter ordem. Nós precisamos proteger os inocentes...

— Mas os nazistas estão matando os inocentes! Seu próprio povo! E enquanto isso vocês mantêm a "ordem" para que esses monstros possam ter um gueto inteiro de vítimas mais fáceis de matar.

O homem pisca para mim.

— Você sabe que estou falando a verdade. — Eu fuzilo com o olhar os outros dois homens na sala. Eles não estão mais sorrindo. — Não sabem? Não sabem? Ou ninguém ousou dizer isso na sua cara?

— Nós vamos salvar o máximo que pudermos — o homem na mesa diz.

— Ficando sentados enquanto eles são assassinados e morrem de fome? Colocando as pessoas em trens que vão... — Olho para os homens me olhando como se eu estivesse louca. — Espero que vocês me levem para a Gestapo — digo. — Assim posso dizer a eles o que vou dizer a vocês. Que vocês são covardes. E idiotas. Claro que quero esconder judeus. Eu admito. É a verdade. Eu quero esconder e salvar judeus até que alguém decida acabar com essa guerra. E enquanto isso não acontece, vou lutar pelos que posso, mesmo que vocês não façam isso, e não vou arranjar desculpas para isso também.

Eu me levanto. Como se estivesse pronta para ir embora. Minhas pernas são dois pedaços de borracha macia e gelatinosa.

— Então me levem para a Gestapo. Vão em frente. E quando eles matarem a mim e a todos aqueles que eu poderia ter salvado, espero que Deus perdoe vocês. Embora não veja como ele poderia.

— Saiam — o homem atrás da escrivaninha diz. Mas ele está falando com os *Ordners*. Eles saem e a porta se fecha com um clique.

— Sente-se.

Eu fico parada.

— Eu disse para você se sentar!

Eu me sento.

— Você acha que eu gosto da minha posição, srta. Podgórska? Eu me pergunto que tipo de escolhas você acha que eu tenho. Talvez você ache que eu escolhi estar aqui. Que a SS não pode entrar na minha casa e atirar na minha família a hora que quiser.

Ele abre uma gaveta e começa a rabiscar um pequeno pedaço de papel que ele arranca de um bloco.

— Nós realmente tentamos salvá-los — ele diz. — Dando listas erradas, atrasando deportações. Limitando as reprimendas causadas por pessoas como você, para que alguém, em algum lugar, possa ser salvo. Se você tiver outras sugestões do que posso fazer para proteger o meu povo, por favor, me dê. — Ele baixa sua caneta, esperando pela minha resposta. — Não? Então pegue suas coisas e venha comigo.

Eu faço o que ele diz, dobro as cortinas e as camisas, minha explosão esvaziando como a água que escapa por um furo. Quando eles me matarem, o que vai acontecer com Max? Com todos eles?

O que vai acontecer com Helena?

Eu devia ter feito mais por Helena.

Pego meus documentos, agarro o tecido dobrado junto ao peito e o homem abre a porta. Eu o sigo por um corredor comprido e escuro, me afastando da frente do prédio por onde entrei, nosso caminho passando por mais fileiras de camas de armar, algumas com homens dormindo.

Tento pensar no que fazer.

Lutar? Não tenho com o que lutar, exceto uma cortina e unhas.

Chorar? Talvez eu faça isso, de qualquer forma.

Empurrar esse homem, chutá-lo com toda minha força e correr como se minha vida dependesse disso?

Eu não conseguiria sair do gueto.

Nós chegamos em uma salinha no final do corredor, uma cozinha improvisada que está quente com o vapor de repolho cozinhando. O homem abre uma porta dos fundos.

— Pegue isso — ele diz, me dando o papel que ele puxou do bloco. — Vá para o portão da frente e dê isso ao guarda.

Eu ergo os olhos do papel.

— E então o quê?

— Vá para casa, srta. Podgórska.

Eu olho para o papel de novo. Eu não compreendo.

— Vá para casa — ele diz — e não volte. E... — Preciso me esforçar para ouvir suas últimas palavras. — E se for fazer alguma coisa, é melhor fazer logo. Você entende o que quero dizer?

Eu faço que sim e saio rapidamente pela porta.

— Espere — digo, me virando. — Como você sabia?

— Conversas — ele responde.

— Conversa de quem?

— As pessoas gostam de conversar.

— E quem mais gosta de escutar?

Ele ergue um ombro e uma sobrancelha.

— Eu não sei a resposta para isso, srta. Podgórska. E que Deus perdoe todos nós.

Ele dá um passo para trás e fecha a porta, e eu fico ali, encarando, chocada demais para sentir meu próprio alívio, escutando o sofrimento do gueto.

A LUZ NA ESCURIDÃO   233

Penso no que ele falou sobre a família dele. Em Izio, morrendo num campo porque o *Judenrat* fez uma lista. No *Ordner* que ameaçou jogar uma granada no esconderijo de Max e os denunciou.

Eles deveriam ter organizado um exército, não trens da morte nazista. Eles deveriam ter lutado.

Homens como Max teriam lutado.

É isso que eu devia ter falado para ele. É assim que ele deveria ter protegido sua gente.

Ou talvez, como o resto de nós, ele não sabia o que estava por vir. Talvez eles não soubessem o que estava por vir até ser tarde demais.

Ele nem me disse seu nome.

Eu corro para o portão, mostro meu bilhete para o guarda e, para a minha surpresa, ele me deixa sair. E quando minha porta na rua Tatarska está fechada e trancada, o lampião aceso e Helena está fazendo meu chá, tudo que consigo pensar são nessas "conversas" e quanto tempo vai levar para a Gestapo ouvi-las.

17.

Abril, 1943

Eu passo os dias seguintes suando na fábrica e suando na Tatarska 3. Alguém contou os nossos planos e não sei quem fez isso, ou por que, ou com quem. Talvez eu já tenha sido denunciada. Talvez a Gestapo chegue no meio da noite e me arranque das máquinas. Talvez ela chegue no meio do dia e arrombe minha porta. Ou talvez esteja apenas esperando.

Que Max e Siunek saiam.

E eu não tenho como avisá-los.

Não consigo dormir. Não consigo comer. Digo para mim mesma que, se a Gestapo sabe, também já sabe os nomes dos judeus. E que vai tirá-los do gueto em vez de procurar por eles entre as pessoas na rua. A SS nunca se preocupou com detalhes como provas e evidências, então por que esperar por elas?

Se a Gestapo soubesse, digo para mim mesma, já teria me procurado.

É mais fácil dizer coisas do que realmente acreditar nelas.

Eu não posso esperar que, toda vez que eu for detida, serei liberada.

Cinco dias depois, passo pela cerca no caminho para o trabalho. Vejo Max ali, sentado em um banquinho, fora do alcance da patrulha. Fico tão aliviada de ver que ele não foi preso que sorrio. Como se fosse Páscoa e também meu aniversário.

Ele sorri de volta.

Eu ergo seis dedos enquanto ando.

Max assente.

Vou para casa e penduro as cortinas.

E às seis e vinte da manhã passo pela estação de trem enquanto volto para casa do trabalho. Dois homens estão sentados em um banco na plataforma. Eles estão usando quepes bem enfiados na cabeça, graxa no rosto, mochilas volumosas que poderiam estar cheias de ferramentas nas costas, e um deles segura uma garrafa térmica com alça. O que está com a garrafa térmica é Max, e o outro deve ser Siunek, e não tenho certeza de que tipo de operário eles deveriam ser. Mas, o que quer que sejam, eles se levantam do banco e começam a andar na minha direção.

Seguro meu casaco com força, para impedir minhas mãos de tremerem, embora não esteja tão frio, e ando em passos rotineiros na direção da Tatarska 3. Acelero o passo. Um policial está vindo por uma rua lateral, virando uma esquina na minha direção.

Não ouso olhar para trás. Eu deveria distrair o policial. É para isso que estou ali. Para manter a atenção do policial em mim e não nos operários que não são operários, caminhando a alguns passos atrás.

Mas meu cérebro não tem nenhuma ideia de como fazer isso.

E então ouço uma voz dizer:

— Stefania?

Eu congelo. É ele. O oficial Berdecki. Oficial Markus Berdecki da polícia polonesa, com olhos azuis, uma covinha, um queixo marcado. O homem que está em todos os lugares que não quero que esteja.

Distração feita.

Ele tira o chapéu.

—Andei procurando você, Stefania. Você está saindo do trabalho?

— Sim — respondo, dizendo aos meus pés para recomeçarem a andar. — E preciso correr para casa. Minha irmã está sozinha e…

O oficial Berdecki começa a andar junto a mim.

— Você quer dizer sua nova casa, certo?

Olho para a covinha dele. Dois operários com graxa no rosto passam por nós, subindo a rua.

— Sabe, eu venho acompanhando você — ele diz. — Sei que você se mudou, mas nenhum dos seus vizinhos parece saber para onde. Onde é seu novo apartamento? Posso te acompanhar até em casa agora?

— Não, obrigada. — Digo.

— Stefania — ele diz, me fazendo parar. Sua voz perdeu um pouco do tom meloso. — Por que você me trata tão mal quando tudo que eu quero é ser seu amigo?

Abro minha boca e não consigo pensar em nada para dizer. O que esse homem realmente fez contra mim? Me liberou em vez de me prender, me convidou para um café e é um pouco consciente demais do quanto é bonito. Não é culpa dele que sempre tenho judeus embaixo da cama ou me seguindo pela rua, ou que estou sempre com medo ou

A LUZ NA ESCURIDÃO **237**

preocupada demais para aproveitar um segundo que seja da minha vida. E ele não mencionou ter me visto na cerca do gueto. De novo.

— Me desculpe — respondo. Ele parece surpreso. — Mesmo. Eu só estou preocupada com a minha irmã.

— Helena?

Ele se lembrou do nome dela.

— Então me deixe chamar um carro e te levar para casa rápido...

— Não! — Ele parece surpreso mais uma vez. Olho rua acima e Max e Siunek são só uma sombra. — Quero dizer, não, obrigada. Só tornaria as coisas piores. A questão é que minha irmã tem medo de homens de uniformes. Muito medo. Ela ficou tão perturbada depois que você foi embora da última vez que levei um tempão para acalmá-la. Eu tenho certeza de que ela vai superar isso, mas...

— Fico feliz por você me contar isso. Então não vou andar o caminho todo com você e você pode me dizer onde parar, pode ser?

Não consigo pensar em um motivo para ele não fazer isso. Então nós andamos.

— Tem um motivo, você sabe, Stefania, para eu ter procurado por você em seu antigo apartamento.

— Mesmo?

— Sim.

Não consigo ver Max e Siunek agora. Eles estão sozinhos. Meu estômago se revira. Nós cruzamos a praça do mercado e começamos a subir a colina. Mas não a colina que leva até a Tatarska.

— Tem uma coisa muito séria que quero discutir com você. Mas não é algo que se possa mencionar no meio da rua...

Eu espero que Max se lembre do caminho. Que Helena se lembre de destrancar a porta.

E se Helena não se lembrar de destrancar a porta?

E se a sra. Krajewska estiver olhando pela janela, como sempre faz, e vir o homem que deveria ser meu irmão se esgueirando como um ladrão para dentro da minha casa? Ela pode chamar a polícia. Ela pode chamar a Gestapo.

— Sabe, eu sei um segredo seu, Stefania Podgórska.

Agora eu paro de andar e olho em seus olhos muito azuis. Ele para ao meu lado.

— Eu não tenho segredos — sussurro.

Ele sorri.

— Você sabe que isso não é verdade. Você tem um segredo muito especial, não é, Stefania?

Eu encaro o oficial Berdecki. Ele sabe.

Ele sabe. Ele sabe. Ele sabe.

— Mas, como eu disse — ele sussurra, olhando em volta da rua vazia —, este não é o lugar para falar de coisas sérias. Vá até a minha casa no domingo, quando você não trabalha. Nós podemos conversar lá. Aqui está o meu endereço...

Ele puxa um papel e um lápis do bolso e usa a mureta baixa da Igreja Ortodoxa para escrever.

Olho de volta para as colinas na direção da Tatarska. Se houvesse tiros, eu conseguiria ouvir daqui? Ou vou ser presa no domingo, em vez disso?

Eu me sinto enjoada.

— Quatro da tarde? — ele pergunta.

Pego o pedaço de papel com o endereço e faço que sim.

— Você se lembra de que eu disse que quero ajudá-la? Da forma que puder?

Faço que sim novamente.

— É isso que eu planejo fazer agora. Você acredita em mim?

Assinto uma terceira vez. Ele é como um ator de cinema. Uma perfeição que nenhum humano deveria alcançar.

— Você é uma menina tão séria, Stefania. — Ele estende a mão e arruma a lapela do meu casaco. — Vamos conversar mais no domingo. Às quatro.

Ele volta pela rua, suas covinhas aparecendo nas duas bochechas, e toca o chapéu num cumprimento. Ele demora um bom tempo para descer a colina, anda olhando para trás e acenando. Ergo a mão. E, finalmente, ele vira a esquina na direção do mercado.

Talvez ele não vá me denunciar, eu penso. Talvez só vá me chantagear antes. Tirar tudo que eu tenho e então entregar Helena, Max, Siunek e a mim para a SS.

A menos que Max e Siunek nunca tenham chegado lá.

A menos que a Gestapo esteja lá agora, esperando por eles.

Eu me viro e olho para os degraus da catedral e a rua íngreme que leva à Tatarska. E então eu corro.

Quando chego correndo pela curva da rua e vejo a casa, sozinha no topo da colina, o sol já nasceu por completo. E a sra. Krajewska vai estar acordada preparando seu café. Espiando pelas janelas.

O que ela já viu?

Pelo menos a Gestapo não está aqui.

A menos que ela já tenha ido embora. E levado Max e Siunek.

Helena.

Não consigo respirar direito. Minhas pernas e braços formigam. Sinto uma dor aguda atrás do meu olho esquerdo e meu peito parece que vai explodir. Eu quero gritar. Mas diminuo o passo, me faço caminhar pelo poço e para o pátio com os ombros curvados, como quem teve uma noite longa no trabalho. Contorno os fundos devagar e, assim que estou fora da vista da janela da sra. Krajewska, corro até a porta e a esmurro com o punho.

A fechadura estala e a porta se abre tão rápido que eu quase caio para dentro, tropeçando para a cozinha. Eu me endireito, ofegante.

Um homem jovem e corpulento com pesadas sobrancelhas escuras e graxa no rosto está vestindo meu avental e cortando pão na mesa enquanto Helena chuta uma cadeira e toma um copo de leite. Ela está com a bola no colo. Aquela que deixamos rolando ao lado da cerca. Não sei como Max conseguiu essa bola. Não acredito que ele a carregou por toda Przemyśl. Os três me olham surpresos e, então, a porta fecha atrás de mim.

— Tem algo errado? — Max diz enquanto gira a fechadura. — Fusia?

Eu começo a chorar.

Ele passa um braço em volta de mim e me deixa chorar com o rosto apoiado em seu pescoço.

— Qual o problema? Aconteceu alguma coisa com aquele policial?

O policial. Oficial Berdecki e suas adoráveis covinhas. Que sabe do nosso segredo.

Porque alguém falou.

Se eu não me recompor, todos nós seremos mortos.

— Max. — Dou um passo para trás, limpando as lágrimas do meu rosto. — Posso falar com você?

Ele assente.

— Siunek, você fica de olho na janela?

O jovem limpa as mãos no meu avental e vai para a janela com cortina no meu quarto, de onde há uma vista completa da rua e de qualquer um que se aproxime do pátio. Max puxa uma cadeira para mim, como se estivéssemos em um restaurante, ou no clube.

— Hela — ele diz. — Você pode pegar um pouco de água? Acho que sua irmã pode querer um chá. — Ele olha para mim. — Você tem chá?

Faço que sim, ainda secando meu rosto, e Helena pega o balde e sai sem discutir ou fazer qualquer barulho. Ela está feliz, acho, por Max estar conosco.

E então conto tudo a Max. O que aconteceu com o *Judenrat*, o que eles disseram e como me deixaram ir embora. Sobre o oficial Berdecki. Quando termino de contar, estou mais calma, mas Max está esfregando a testa com tanta força que tenho medo de que ele arranque os cabelos.

— Eu não acredito nisso — ele diz. — Não acredito. Nós ficamos juntos. Schillinger, os Hirsch, Henek e Danuta, e juramos por Deus que nunca falaríamos disso com ninguém que não estivesse naquele quarto. Eles sabiam o que isso significaria, falar...

— E Dziusia?

Max sacode a cabeça.

— Ela não estava lá.

— Onde então? — eu pergunto. — Onde vocês se encontraram?

— No *bunker*. O de antes. Não havia ninguém... ninguém mais que conhecesse o lugar... todos eles já se foram. E o lugar fica embaixo da terra.

Eu baixo a voz.

— Você confia em Siunek?

— Eu apostaria minha vida.

Ele já apostou.

— E quando estávamos no porão? — ele pergunta. — Será que tinha mais alguém lá?

Sacudo a cabeça, negando. Isso não explicaria como eles sabiam os nomes. Os nomes já estavam anotados no arquivo.

Helena entra devagar com um pesado balde de água e tranca a porta sem que a gente precise pedir.

— O que eu penso é o seguinte — Max diz. — O *Judenrat* tem gente por todo o gueto, como o homem que te prendeu. Talvez algumas das nossas pessoas tenham falado umas com as outras e tenham sido ouvidas. Mas se a Gestapo soubesse, não acho que teria deixado chegar tão longe…

Pensei nisso também.

— A SS teria nos impedido. Atirado na gente enquanto dormíamos. E você já estaria presa. Nós não vimos nada fora do normal no caminho para cá, além do seu policial. Ninguém mais olhou para nós. E viemos pelos fundos, passando pelo muro, então não passamos por nenhuma das janelas.

Isso é um alívio.

— E o policial? — pergunto. — Ele sabe de algo.

Max sacode a cabeça.

— Fusia. Ele não sabe de nada. Você não sabe quando um homem está flertando com você?

Isso dói vindo dele. Como se eu fosse uma menininha.

— Você não o ouviu falar…

— Eu o ouvi falar da última vez e já foi o suficiente. Ele não vai te pedir dinheiro. Ele sabe que você não tem nenhum. E se ele não fosse te pedir alguma coisa, por que falar com você? Nós já teríamos levado um tiro ou estaríamos com a Gestapo. Eles pagam bem rápido, ouvi falar, e a palavra do seu policial seria o suficiente.

Notei a ênfase no "seu".

— Então, você não acha que esse é mais um motivo para eu tentar descobrir o que ele sabe?

Os olhos grandes de Max se apertam só um pouco.

— Você quer ir até lá descobrir o que ele sabe?

— Não. — E se uma partezinha de mim discorda disso, não vou dizer a Max. — Mas se eu não for, vamos deixar muita coisa para o acaso. É uma questão de vida ou...

Helena coloca uma xícara de chá na minha frente.

— De vida ou... não. — Eu não quero falar essas coisas na frente dela.

— Dziusia deve vir em dois dias — Max diz.

Eu não sabia disso.

— E Schillinger e o velho Hirsch alguns dias depois disso. Não posso impedi-los agora. Não sem um de nós voltar no gueto, e não quero que seja você.

É perigoso para nós dois. Bebo meu chá, que está perfeito.

— Fusia, você precisa dizer agora. Você quer que a gente volte? Você pode acabar com isso, se for o que você quer.

Penso em viver sem o medo que acabei de experimentar e, por um segundo horrível, fico tentada.

— Não, Max! — Helena diz. Nós dois esquecemos que ela estava ali.

E então olho para Max e me lembro das alternativas.

— Não, Max — digo, como Helena fez.

Ele sorri, mas é um sorriso triste. E então diz:

— Aquele policial sabe onde você mora agora?

Eu nego com a cabeça.

— Bom. Porque se ele vier aqui, eu terei que matá-lo. — Sua sobrancelha pontuda se levanta, como se ele estivesse brincando.

Talvez a sobrancelha esteja mentindo.

Não acho que Max Diamant esteja vendo com muita clareza a questão do oficial Berdecki.

A última coisa que quero fazer é falar do oficial Berdecki com Max.

— Estou cansada — murmuro. E é verdade. Meus olhos estão fechando sozinhos.

— Vá para a cama — Max diz.

— Beba meu chá — digo a ele.

— Eu te acordo antes do trabalho.

Eu me levanto, vou para o outro quarto e caio na cama de roupa mesmo.

Esqueci que tem um homem sentado na janela, observando a rua e o pátio pela fresta nas cortinas.

— Sou Siunek — ele diz, ainda vestindo meu avental.

— Stefania — eu murmuro. — Mas pode me chamar de Fusia.

— Eu já chamo. Sua irmã mordeu mesmo a perna de um oficial da SS?

Eu pego no sono antes de responder.

E então Max está me sacudindo. O sol se foi como se alguém tivesse soprado uma vela.

— Fusia — Max sussurra. — Fusia!

Forço meus olhos a abrirem.

— Você comprou a pá?

Dou a pá a ele antes de ir trabalhar, e toda vez que as facas da minha máquina cortam a curva de um parafuso, eu me pergunto o que Max está fazendo. E o que Helena está fazendo. E Siunek. Se eles estão seguros. Ou se foram pegos e vou chegar em casa e encontrá-los mortos. Eu faço minha cota e, quando coloco minha chave na porta da Tatarska 3, meu estômago está doendo de nervoso. Não tem ninguém na cozinha.

— Olá? — chamo.

Sem resposta.

Entro pela porta do quarto e Siunek está na janela de novo, com o dedo nos lábios, enquanto Max está dentro de um buraco que vai até seu joelho, no espaço onde minha cama costumava ficar, sem camisa, suado e coberto de sujeira. As tábuas estão empilhadas cuidadosamente contra a parede. Max enfia a pá no chão e salta do buraco leve como um gato.

— O que você está fazendo? — pergunto. — Onde está Helena? — Olho para a outra porta, a que leva para o segundo quarto vazio.

— Eu não entraria ali — Max diz, dando uma olhada na porta. — Nós estamos usando o quarto como banheiro. Em um balde! — Ele diz, respondendo ao que deve ter sido uma expressão de nojo no meu rosto. — E não é o balde de água. O que você acha que eu sou?

— Shhh! — Siunek avisa. Max me leva de volta para a cozinha.

— Nós percebemos que conseguimos ouvir sua vizinha do quarto — Max diz, sua voz ainda baixa. — A que eu conheci na noite em que olhamos o apartamento. O segundo andar dela fica bem acima de nós, e isso significa que ela também consegue nos ouvir. Achei que seria melhor se ela não ouvisse homens no seu apartamento o dia todo. — Ele começa a limpar o suor e a sujeira do peito com uma toalha de banho, me observando pensar em tudo isso. Me observando checar que o balde de água está no lugar. — Bom, o que você achou que faríamos, Fusia? Segurar até o fim da guerra? Nós não podemos dar um passeio até as latrinas.

Eu não sei por que isso nunca me ocorreu, mas não me ocorreu.

— Onde está Hela? — pergunto mais uma vez.

— Eu disse que ela podia ir brincar. Tudo bem, não?

— E o que você está fazendo?

— Construindo um *bunker*. Para podermos nos esconder quando alguém bater na porta. Por enquanto só temos o sótão, e, se alguém for até lá, seremos pegos.

Eu também não tinha pensado nisso.

— Você está com sono, Fusia — ele comenta.

Estou. Até meus ossos. E ele está cheio de energia, como um passarinho que constrói seu ninho.

— Mas… o que você vai fazer com toda a sujeira?

Max sorri.

— Venha ver.

Ele abre a porta para o pequeno corredor, onde está a escada que sobe para o sótão. Esse quarto nunca teve um chão de madeira, só terra batida e lisa. Só que agora a terra está vários centímetros mais alta do que era, em um montinho atrás da escada.

E quem, eu me pergunto, disse que ele podia fazer isso? Se a sra. Krajewska vir o chão, ela vai saber que algo está errado. Ela pode registrar uma queixa. E me expulsar do apartamento.

— Hela ficou pisando na terra o dia todo, para compactar — Max diz, ainda me observando com cuidado. — E pensei

A LUZ NA ESCURIDÃO **247**

que talvez você pudesse recolher um pouco de lixo ou tralhas para cobrir o fundo, para que não apareça...

Então, agora, penso, eles precisam que eu saia e colete lixo. Ou tralhas. E, enquanto faço isso, posso ir ao mercado e gastar metade do meu salário e o resto do meu dia carregando comida colina acima. Então posso varrer o chão, limpar a camada de poeira do buraco de Max que cobriu o fogão, cozinhar o jantar e lavar tudo de novo, então dormir algumas horas, menos do que preciso, em uma casa com cheiro de homens suados e uma cova aberta — uma casa em que é perigoso demais abrir uma janela — antes que eu acorde para fazer tudo isso de novo e passar mais doze horas fabricando parafusos.

E o balde no segundo quarto provavelmente precisa ser esvaziado.

— Você está brava — Max diz, suas sobrancelhas baixando.

— Não estou brava — minto.

Estou com medo.

Faço a maior parte das coisas na minha lista. Só que, quando chego do mercado, sem fôlego por causa das sacolas pesadas, o chão já foi varrido, o fogão está limpo e Siunek pega as sacolas e diz que ele vai fazer algo para o jantar.

Eu ainda preciso esvaziar o balde.

Quando me deito, estou tão cansada que dói. Durmo com minha cama do lado errado do quarto, mas sempre com Max ou Siunek na janela, e quando sonho é com Izio e todas as coisas que o guarda me disse que tinham feito com ele. Quando eu abro os olhos, estou enjoada e suando, o sol da tarde entrando pela borda das cortinas e da forma pesada de Siunek.

248   SHARON CAMERON

E o primeiro pensamento na minha cabeça é que não sei onde Helena está, e, se não sei onde ela está, então ela pode estar morta. Meu pensamento seguinte é que Max e Siunek têm um *bunker*, mas não sei para onde eu vou correr se a Gestapo vier. Quando a Gestapo vier.

Morte aos judeus. Eu ouço a voz do homem na minha cabeça. Conto os tiros. Um, dois, três…

Pare, Fusia.

Só pare.

Sento-me na cama e Siunek acena para mim como se tivéssemos acabado de nos esbarrar no parque.

Então me lembro de que é domingo. Eu coloco os pés no chão.

Max está errado a respeito do oficial Berdecki. E, mesmo que esteja certo, ele está errado porque não consigo viver com essa incerteza.

Saio da cama, peço para Siunek me dar alguns minutos e fecho a porta atrás dele. Tiro meu vestido amassado, enfio um pano na tigela lascada que usamos para nos lavar e esfrego tudo que alcanço até arder. Penteio meu cabelo e faço uma trança — não tenho tempo para fazer cachos — que prendo suavemente de uma forma que me favorece. Quando termino, vou pé ante pé até a cama, enfio minha mão embaixo do cobertor e pego uma blusa macia e azul-clara cuidadosamente dobrada, com uma costura soltando que não vai aparecer. Eu a comprei ontem no mercado com o dinheiro que deveria ser para ovos.

Sempre posso revender depois.

Enfio a blusa na única outra coisa decente que tenho, uma saia de lã marrom, e do fundo da minha bolsa pego o pequenino estojo de *rouge* que um dia foi de Marysia. Só tem um pouco nas bordas e eu hesito, me perguntando se devo. Mas quando saio do quarto, meus lábios estão vermelho-vivos.

Siunek está sentado à mesa, observando o quintal o melhor que pode dessa janela, e Max está com Helena no colo contando a ela uma história que acho que deve ser sobre o oceano, já que eu o escuto dizendo a palavra "tubarão". Ele ergue os olhos. E me encara.

— Fusia! Você está bonita! — Helena diz. — Você comprou uma blusa nova.

— Não comprei — digo. — É uma blusa velha. Uma que nunca uso.

Minha irmã é esperta o suficiente para não dizer mais nada.

— Aonde você vai? — Max pergunta. A voz dele é baixa.

— Umas meninas do trabalho estão dando uma festa.

Soa ridículo quando digo. Perigoso e irresponsável.

Especialmente por ser mentira.

— Divirta-se — ele diz. Mas seus olhos estão colados nos meus.

Helena passa um braço em volta do pescoço dele.

E então saio pela porta da frente e a escuto sendo trancada atrás de mim.

Culpada. Eu me sinto tão, tão culpada. Mas preciso saber o que o policial sabe.

Desço a rua e viro a esquina da rua Tatarska.

18.

Abril, 1943

A casa do oficial Berdecki fica do outro lado do rio San, onde Przemyśl era alemã quando nós ainda éramos russos. Eu não preciso realmente encontrar o endereço, porque ele está lá, esperando por mim, perto da ponte. Caso me perdesse, talvez, ou mudasse de ideia.

— Stefania — ele diz, vindo rapidamente beijar a minha mão. — Você está muito bonita.

E ele também está. Eu nunca o tinha visto sem uniforme. Ele parece forte, saudável e recém-barbeado. Noto que estou o encarando.

— Venha — ele diz — e iremos conversar. — Ele passa meu braço pelo dele e me leva pela rua até virarmos a esquina para uma fileira de apartamentos de pedra que são mais como chalés, como os da Tatarska, mas com telhados, pintura e janelas novos. Ele me observa olhá-los de cima a baixo. — Esse lugar foi alvejado pela artilharia russa quando a guerra começou — ele diz —, mas agora estão como novos. Vários policiais poloneses moram aqui.

A LUZ NA ESCURIDÃO **251**

O oficial Berdecki sorri, destranca a porta e me pergunto se fui enganada e ele está me prendendo, mas não tem mais nenhum policial lá dentro. A casa é simples. Confortável. Com um cheiro bom. E é muito silenciosa.

— Você mora sozinho? — pergunto, surpresa.

— É claro.

Não sei por que o tinha imaginado com uma mãe, uma irmã, quatro ou cinco irmãos. O que alguém faria com uma casa inteira só para si?

Talvez ele se sinta solitário.

— Deixe-me guardar seu casaco — ele diz. — Espero que você não se importe, mas eu preparei uma refeição. Essa é minha hora habitual de comer, então...

— Oficial Berdecki...

— Por favor. É Markus.

— Você disse ontem que sabia algo a meu respeito.

— Sim — ele disse. E agora seu rosto bonito fica sério.

— Nós de fato precisamos conversar. Por favor, sente-se.

Estou de pé ao lado da mesa posta com uma toalha, cristais e porcelana que combina. O oficial Berdecki está puxando uma cadeira para mim. Parece rude negar.

— Você está certa em ir direto à questão — ele diz. Ele risca um fósforo e acende uma vela, embora o sol ainda não tenha se posto. — Mas, como disse, eu costumo comer a essa hora, e a comida está quente. Você se importa?

— Mas você disse que sabia de um...

— Jantar primeiro. — A covinha aparece, seu cabelo brilhando sob a luz da vela.

Torço minhas mãos no colo, me sentindo inapropriada, como se tivesse cinco anos de idade.

Ele traz dois pratos com fatias de presunto e calda de açúcar — presunto de verdade, vindo de uma fazenda —, batatas fritas no óleo e sal, queijo com bolachinhas, uma salada de cenouras em conserva e, o mais impressionante, um prato com peras em calda. Onde ele conseguiu peras em calda? O vinho tem um brilho roxo na minha taça e é doce e delicioso. Esse não deve ser o jantar normal dele. Ele deve ter arranjado tudo isso para mim.

Parece Natal. O de antes da guerra.

Markus fala de pequenas coisas, coisas insignificantes, e faz piadas que não são nada engraçadas, mas rio mesmo assim. Eu rio e então me pergunto por quê. Minhas bochechas estão coradas.

Ele serve mais vinho. Eu como todo o meu presunto. Eu como tudo, e quando ele vê o quanto gosto das peras, ele me dá as dele. Ele é realmente muito gentil.

Markus nunca tira os olhos de mim. Ele me elogia. E não me pede para fazer nada difícil, perigoso ou desagradável. Eu me sinto acolhida, feliz. Especial. E um pouco tonta. Eu me lembro de que tem algo que quero saber.

— Nós jantamos — digo. É um pouco difícil de articular as palavras. — E você disse… que você sabia um segredo…

Em algum lugar da minha mente, sei que isso é importante. As covinhas.

— Eu sei mesmo algo sobre você. Mais vinho?

Sacudo a cabeça. Ele serve mais um pouco mesmo assim, inclinando a garrafa.

Isso, é isso. Eu tenho guardado um segredo.

— Venha se sentar no sofá — ele diz.

Markus sabe o meu segredo? É isso que preciso descobrir.

— Venha se sentar comigo — Markus diz de novo — e nós podemos conversar sobre o que eu sei. — Ele me pega pela mão e segura minha taça com a outra.

O sol se pôs e a sala fica à meia-luz com as velas na mesa. O sofá é macio. Aconchegante. Eu inclino a cabeça para trás.

— Me diga o que você sabe.

Acho que deveria estar com medo, mas parece que não consigo sentir isso.

— Um beijo — Markus sussurra — e eu te contarei.

Ele me beija e, quando o faz, acho bem que ele poderia fazer de novo. Eu me sinto bonita, ele é bonito. O peso dele me prende no sofá, mas não quero me mexer. Minhas tranças estão se soltando. E aquele mesmo cantinho da minha mente se lembra.

— E nossa... questão? — Eu consigo dizer, enquanto os lábios dele estão no meu pescoço. — Que segredo... você sabe?

— Segredo? — ele murmura. Seu rosto flutua acima do meu. — O segredo que sei, minha Stefania, é que você precisa ser beijada.

E ele me beija de novo. E estou pensando, pensando, me lembrando através da neblina roxa do vinho. Ele acha que eu preciso ser beijada. Esse é o meu segredo.

Ele não sabe de Max. Ou dos outros. Ele nunca soube deles.

Ele me fez pensar que sabia de algo. Queria que eu tivesse medo.

Ele só me queria no seu sofá.

De repente, levanto uma perna e viro de lado com toda força que posso. O oficial Berdecki rola para fora do sofá e cai no chão com um baque.

— Ei, ei! — Ele se esforça para se levantar enquanto também o faço. — Por que isso?

— Você me pergunta por que isso? Você ousa me perguntar isso? Eu deveria te cortar em pedacinhos, sua cobra. Seu... cachorro! — Arrumo minha blusa, procurando freneticamente pelos meus sapatos. — Cachorro! — Eu digo de novo.

— Qual o seu problema? Você está doida? — As palavras são duras, ainda mais porque seu tom suave e bajulador se foi. — Pare de agir como uma menininha, Stefania. Você é mais crescida que isso.

Eu sou?

— Você e sua prima...

Minha prima? Ele está falando de Danuta. Minha prima depravada de Bircza. O que a sra. Wojcik falou para ele?

— Não banque a inocente. Você sabe por que eu te convidei!

Só que eu não sabia. Eu deveria saber. Max me avisou. Quase. Sou a garota mais idiota de Przemyśl, mas eu não sabia.

— Eu vim porque você disse que sabia algo sobre mim. Mas você estava mentindo!

— Isso era um jogo!

— Não para mim!

Agarro a garrafa vazia e atiro nele. Ela erra a cabeça dele por um fio de cabelo. A garrafa explode em pequenos fragmentos verdes e deixa uma pequena mancha roxa na parede.

— Você é doida — ele diz, e ele nem é mais bonito. Seu cabelo está bagunçado, suas roupas, amarrotadas, e tem batom no rosto dele. Mas não é isso que o está deixando feio.

A LUZ NA ESCURIDÃO   **255**

A feiura está no azul frio dos seus olhos. — Posso tornar sua vida difícil. A sua e a da sua irmãzinha. Eu ainda posso te prender. É isso que você quer?

Nós nos olhamos e ele sorri. Não é um sorriso bonito.

— Eu achei que não — ele diz. — Agora volte aqui e você e sua irmã poderão dormir seguras à noite. — As covinhas dele se aprofundam. — Não é como se você não fosse gostar.

Estou com tanta raiva que a sala gira como a minha cabeça.

Eu dou dois passos para a frente e agarro meu casaco da cadeira.

— Eu acho melhor você me prender, oficial. Faça isso e, quando for presa, vou contar ao seu comandante que você gosta de liberar criminosas quando acha que existe a possibilidade de levá-las até sua casa para... jantar.

A ameaça funciona.

— Nunca mais chegue perto de mim — digo. E agora não estou gritando. Minha voz é baixa e suave. — Não fale comigo. Se você me vir na rua, você vai se virar e andar pro outro lado. Desapareça. Ou vou até o seu superior. Talvez eu faça isso de qualquer forma.

Cruzo a sala enquanto ele fica lá parado e abro a porta com tudo.

— E se você ousar *olhar* para a minha irmã, eu vou te cortar em pedacinhos, seu porco mentiroso, imundo e fedido.

E bato a porta do homem.

Ando o mais rápido que posso pela rua. O ar está gelado, mas não paro para vestir o meu casaco. Mas paro para amarrar os sapatos e cambaleio, porque ainda estou tonta. Uma mulher passa com suas compras e lança um longo olhar para mim e para minhas tranças desfeitas.

Eu me pergunto se tenho batom no rosto. Como ele.

Não. Só tenho lágrimas escorrendo pelas bochechas.

Por que eu fui lá? Foi mesmo porque eu estava com medo? Foi. Em grande parte.

Mas também tinha sido bom, não tinha? Imaginar que um policial bonito podia estar interessado em mim. Imaginar que havia possibilidades depois de Izio e dessa guerra, mesmo que fossem possibilidades que eu não queria de verdade. Tinha sido... bom.

Odeio o quanto isso faz eu me sentir estúpida.

Paro bem antes da rua Tatarska e refaço minhas tranças, usando de espelho a vitrine escura de uma loja, sob a luz de um poste. Não consigo ver nenhum batom. Checo se estou arrumada e abotoada e subo a colina. Um deles, eu sei, vai me ver chegar. E então sinto a familiar onda de medo de que não sobrou ninguém para me ver chegar e tenho medo de perder todo o vinho que bebi.

Eu não o perco. Entro no pátio.

Eu os salvarei, penso. Pelo tempo que puder.

Quando abro a porta da rua Tatarska, posso ouvir o barulho da pá no quarto. Alguém está cavando com força. Tem uma luz acesa na cozinha. Não vejo muito a cozinha iluminada e ela parece mais suave, mais bonita que de dia. Eu deveria comprar uns móveis, penso. Quando eu estiver comprando e revendendo. Algo barato que possa ser pintado ou consertado. Talvez uma estante para guardar a comida e a louça, um armário para o quarto. Uma mesa inteira e um sofá.

Talvez não um sofá. Vou comprar uma poltrona macia.

Ou um banco.

O som da pá para e Max sai do quarto. Ele está sem camisa de novo, manchado de suor e sujeira preta, carregando dois baldes de terra.

— Você voltou — ele diz. — Como foi sua festa?

Tenho uma boa certeza de que Max sabe que eu não estava em uma festa.

— Boa — respondo.

— Você não ficou muito.

— Não era uma festa tão boa.

— Ah. — E vejo algo passar pelo rosto dele, mas não sei bem o quê.

— Hela está dormindo?

— Sim.

— Vocês todos comeram?

— Siunek cozinhou.

— E como vai o *bunker*?

— Pronto. Exceto pelas tábuas.

Ele deve ter cavado durante cada segundo desde que eu saí. Abro a porta para o sótão e o chão no fundo do pequeno corredor está pelo menos uns sessenta centímetros mais alto do que deveria estar. Realmente vou precisar dar um jeito de esconder isso.

— Hela levou os últimos baldes e jogou atrás dos banheiros — Max diz. — Estava escuro. Ninguém viu.

Ele está tomando cuidado comigo. Não posso culpá-lo.

— Vá se limpar e me dê suas roupas — digo a ele. — Vou lavá-las.

— Você não precisa fazer isso.

— Não me importo. Não vou conseguir dormir, mesmo. Estou no horário invertido.

Coloco a maior panela que tenho no fogo e começo a virar nela o conteúdo do balde de água.

— Mesmo, você não precisa — ele diz.

— Suas roupas estão sujas.

— Fusia, não tenho outra coisa para vestir.

Ele ainda está parado na porta do quarto ao lado dos baldes, sujo, com a barba por fazer e precisando de um corte de cabelo.

— Tem cobertores ali. Ou você tem medo de que eu veja sua pele?

Acho que ele vai rir, já que ele está sem camisa de qualquer forma. E porque nós morávamos na mesma casa e nenhum dos meninos Diamant nunca foi modesto. Eu era sempre a irmãzinha. Izio era a exceção. Mas Max não ri.

— Eu gosto da sua blusa — ele diz.

— Eu vou vendê-la.

— Não deveria. Essa cor fica boa em você.

Jogo outro pedaço de carvão no fogo, dou um pouco da água morna para Max se limpar, esquento mais água e lavo suas roupas. Ele pega no sono no chão, enrolado em um cobertor, enquanto coloco suas roupas para secar e começo a lavar as de Siunek. Não faria mal procurar algumas roupas masculinas também, para evitar garotos nus tremendo pela casa toda vez que eu for lavar roupa. E precisamos de mais uma cama também. E mais sabão. E eu acho que Helena comeu toda a manteiga.

Talvez eu não me importe. De nunca ter uma vida.

Fico acordada enquanto a casa está quieta, secando as roupas perto do fogo e remendando um rasgo na saia de Helena, onde não costurei muito bem da primeira vez. Siunek está na janela, mas está perdido em pensamentos. Como eu.

Eu me pergunto o que ele perdeu por causa da guerra.

Provavelmente mais do que eu.

Acordo Max antes de sair para o trabalho, para que ele possa vigiar a janela e deixar que Siunek durma um pouco.

Ele dormiu quase o dia todo. Max esfrega os olhos e se senta no cobertor, então esfrega os braços. Entre dormir no chão e cavar, sei que ele deve estar dolorido.

— Não se esqueça — ele diz. — Dziusia vem amanhã.

Eu não tinha esquecido.

— Como vão tirá-la de lá?

— Vão empurrá-la por um buraco que Schillinger fez nos tijolos, nos fundos do gueto, onde não tem cerca, onde são só prédios com as janelas bloqueadas. Vão fazer isso às cinco e você deve encontrá-la na passarela por cima dos trilhos do trem antes de ir para o trabalho. Quando ela estiver segura, caminhe pela cerca até ver o dr. Schillinger e espirre. Isso vai significar que estamos com ela.

Pequena Dziusia, com seus cachos volumosos.

Não consigo acreditar que vão mandá-la sozinha.

— Eles não vão prestar atenção numa criança — Max diz, como se lesse meus pensamentos.

Foi o que pensamos de Helena.

Consigo sentir os olhos de Max em mim enquanto desço a rua Tatarska.

Trabalho um turno inteiro durante o qual cumpro exatamente a minha cota e estou sentindo o sono que não dormi durante o dia. Às quinze para as seis da manhã estou com meus pés doendo e meus ombros duros de lavar roupa e fazer parafusos. Herr Braun entra na fábrica e me informa que eu fui transferida para o turno do dia.

Neste momento.

Eu posso trabalhar. Ou perder meu emprego.

Esse homem realmente não gosta de mim.

Volto para as máquinas e começo o trote ágil que é necessário para mantê-las alimentadas de metal. Para manter as bombas d'água funcionando. Em duas horas estou dormindo em pé e mais uma vez correndo o risco de perder uma das mãos. As facas gemem e os motores apitam ritmados.

Dziusia. Dziusia. Dziusia.

Eles vão empurrá-la pela parede às cinco. Eu não posso sair daqui antes das seis. Herr Braun caminha de um lado para o outro, me vendo trabalhar. Talvez eu perca meu emprego.

Talvez nós morramos de fome.

Herr Braun me observa o dia inteiro. No intervalo, vou até a ponte de ferro, dando tapas no meu próprio rosto para acordar. Estou enjoada de preocupação, tão cansada que não consigo pensar, e ninguém na rua Tatarska sabe onde estou. Januka me traz uma xícara de café forte.

— Presente do mecânico — ela diz, e me dá um pedaço do seu sanduíche. O menino loiro se junta a nós e acende um cigarro. Exceto pelo cigarro, o ar tem cheiro de novo. De primavera.

— Braun não gosta de você — o menino loiro comenta.

— O que te faz dizer isso? — Januka ri.

Esfrego os olhos.

— Que horas ele vai embora? Herr Braun?

— Às cinco. Normalmente — Januka diz.

Cinco. Deve ser o suficiente.

— Eu preciso de um favor. Vocês acham que juntos podem terminar o meu turno?

Januka franze a testa.

— Eu tenho um compromisso — digo.

Januka diz:

— Você não pode faltar e marcar para outro dia?

O menino loiro sopra uma nuvem de fumaça.

— O que é tão importante?

— É... — Meu cérebro lento entra em ação. — É com a polícia. Os alemães. Eu preciso ir lá, e... vocês sabem que eles não se importam com o trabalho.

— Você está com algum problema? — Januka pergunta. Ela parece preocupada.

— Um problema com meus documentos. Eu consigo resolver. Mas não posso faltar hoje.

— Não sei...

— Nós conseguimos — o menino loiro diz. — Desde que Herr Braun tenha ido embora. O inspetor não vai se importar. Ele sabe que você trabalhou dois turnos.

— Mesmo? — pergunto. — Vocês acham?

Ele dá de ombros e meu estômago se desembrulha só um pouco. Engulo meu café.

— Obrigada. Eu devolvo o favor quando puder.

— É Lubek, aliás — o menino loiro diz. — Esse é o meu nome, caso você esteja se perguntando.

— Eu sei! — respondo. Mas eu tinha esquecido.

Januka ri de novo. Ela sempre ri. E então beija Lubek na boca e volta para a cortadora de pregos.

Eu não sabia que Lubek era namorado dela.

Lubek joga a bituca do cigarro por cima da ponte e estende o braço, me convidando a passar pela porta primeiro. O cabelo dele não é brilhante como o do oficial Berdecki, parece mais trigo seco do que ouro. E o sorriso que ele me dá é mais amigável do que eu quero que seja.

Desconfio de sorrisos.

Volto para o zumbido das máquinas. Se eu sair às cinco e correr, talvez eu consiga chegar na passarela antes de Dziusia.

Mas não consigo sair às cinco. Porque Herr Braun está caminhando pela fábrica. E às cinco e quinze ele ainda está fazendo isso.

Acho que o odeio.

Ele não vai embora até cinco e vinte. Lubek assume minhas máquinas e corro como se pastores alemães estivessem atrás de mim.

Chego na passarela às cinco e meia, e lá estão pastores alemães. Com homens da SS, nas duas pontas da passarela. Agora a passarela é vigiada. Eles não estão deixando ninguém cruzá-la para sair do gueto.

Ah, não.

Não. Não. Não.

Eu me apoio em um poste de rua, como se estivesse esperando o ônibus, e observo a ponte. Dez minutos depois, lá vem Dziusia Schillinger. Consigo ver seu cabelo. Eles a vestiram como uma ucraniana e ela está chutando uma lata pela rua.

Ela para quando vê os guardas, pega sua lata e vai para o outro lado.

Eu espero, meu peito apertando o ar para fora dos pulmões.

Dziusia volta.

E vai embora de novo.

Ela volta. E, dessa vez, lentamente, relutante, sobe os degraus da ponte.

E não tem nada que eu possa fazer para ajudá-la.

Ela passa chutando a lata pelo primeiro guarda. Acho que o cachorro vira a cabeça. Mas o guarda, não. Dziusia chuta a lata até o segundo guarda e um trem passa por baixo dela com uma coluna de fumaça. Quando consigo vê-la de novo, ela deixou sua lata para trás e está descendo as escadas, olhando de um lado para o outro sob o barulho ensurdecedor do trem. Saio na direção da ponte e passo por ela, esperando que ela me siga.

Ela não me reconhece.

Dziusia caminha na direção do pequeno mercado perto dos trilhos, a peixaria, e tento segui-la sem parecer que estou seguindo. Fingindo fazer compras enquanto fico de olho nela. Mas ela está sempre cercada de gente. Tem a mulher de quem compro roupas usadas. E uma das mulheres das vilas passa, a que me faz um bom preço para o leite. Vejo Dziusia puxar a manga de um estranho e fazer uma pergunta. Eles a ignoram. Ela parece prestes a chorar. Mas não consigo fazer com que me veja. Não consigo chamar a atenção dela.

Cuidado, Dziusia. Cuidado.

Agora ela está em frente à catedral, a que costumo ir rezar, perto da Na Bramie. Há um par de mulheres com lenços em volta da cabeça subindo os degraus vindas das portas rebaixadas. Ela vai até elas.

Sim, Dziusia. Essa é uma escolha melhor.

Eu a observo pará-las e quase consigo ver sua boca dizendo "Tatarska". Uma das mulheres se abaixa. Ela aponta na direção certa e sigo Dziusia pelas barracas e lojas da grande praça do mercado. Colina acima. Quanto mais alto vamos, menos pessoas estão ao redor, e quando a rua está vazia, eu acelero e passo por ela.

— Dziusia — sussurro. — Me siga.

Eu a ouço dar um pequeno soluço.

O sol está baixando, mas não está baixo o suficiente para eliminar o risco de a sra. Krajewska estar olhando pela janela Espero que ela ache que é uma amiga de Helena que veio brincar. Quando passamos pelo pátio e damos a volta, a porta se abre. Empurro Dziusia para dentro e Max a tranca atrás de nós.

— O que aconteceu? — Max diz. — Achamos que você tinha levado um tiro.

— Eles me fizeram trabalhar dois turnos.

— Vinte e quatro horas?

Dziusia corre para Siunek e joga os braços em volta dele. Seus olhos estão secos. Mas a respiração dela sai em engasgos, como se estivesse chorando. Siunek dá tapinhas no cabelo dela.

— Ela está molhada — ele sussurra, apontando. Eu baixo os olhos e é verdade. Os sapatos e saia de Dziusia estão encharcados.

— Tinha cachorros — ela sussurra.

— A ponte agora está sendo vigiada — informo. — Homens da SS com cachorros. Nas duas pontas. — Então vejo Helena no canto, observando. — Hela, essa é Dziusia.

Alguém avisou Helena que outra criança viria? Espero que Max tenha contado.

— Você pode mostrar a ela onde está a água para se lavar e emprestar seu outro vestido enquanto lavo as roupas dela?

Helena faz que sim, insegura. Dziusia é uns dois, talvez três anos mais velha que ela. Mas Helena pega a mão dela e a leva para o quarto.

— Vou pegar água para lavar — começo a dizer, mas Max sacode a cabeça.

— Eu lavo. Você precisa voltar para o gueto. Por favor. O pai dela. O dr. Schillinger está lá esperando.

Olho para seus enormes olhos castanhos. Seu rosto pálido. Então coloco meu casaco e saio de casa mais uma vez.

Ele estava tão preocupado.

A LUZ NA ESCURIDÃO **265**

E eu estou tão cansada.

Agora não tem mais um bom jeito de cruzar os trilhos além de ficar fora da vista da SS e escolher bem o momento, que é o que faço. Então circulo pelo gueto inteiro, caminhando na direção do portão como se eu estivesse vindo da outra direção, do prédio da Minerwa. Do outro lado da cerca, na esquina de um bloco de apartamentos, um homem está parado nas sombras. Onde o guarda não consegue vê-lo. Rígido. Ereto.

Acho que é o dr. Schillinger. Se for, ele está muito mais magro. Provavelmente por causa do tifo. Ou porque desde que Max e Siunek saíram eu não levei mais nenhuma comida.

Eu me aproximo um pouco mais do portão e ergo os olhos de repente, como se tivesse me perdido. O guarda me dá um olhar feio e enviesado. Eu me viro para seguir na outra direção, de volta para o dr. Schillinger, e, a dez passos de mim, rígido e imóvel como uma múmia egípcia, está o oficial Berdecki.

Nós nos encaramos. Estou atordoada. Exausta. Não durmo desde que o vi pela última vez. Já lavei a roupa e a casa, fui ao mercado, trabalhei dois turnos e ajudei a tirar uma garotinha do gueto. E se ele não sair do meu caminho agora mesmo, vou até lá dar um chute nele.

Ele parece não notar. Ele se vira e faz exatamente o que eu disse na sala da sua casa. Ele desaparece. Eu me dou exatamente dois segundos para me sentir satisfeita. Então me curvo e espirro. Alto.

E a sombra do homem atrás da cerca do gueto se senta na porta e chora.

19.

Maio, 1943

Demora uma semana para acertar meu sono até que eu não esteja exausta no turno do dia. Quando chego em casa no sábado à noite, ansiosa por um dia de folga, descubro que a casa está cheia de galinhas.

Max parece culpado.

Olho bem para ele e ele explica que a sra. Krajewska perguntou a Helena se tínhamos um gato, porque ela estava ouvindo barulhos no apartamento quando Helena não estava lá dentro. Helena disse que tínhamos, sim, um gato, toda sorrisos, mas Max considerou que seria impossível eles conseguirem ser mais silenciosos. As paredes eram finas demais. Então, neste momento oportuno, Helena mencionou que a mulher de um fazendeiro estava vendendo todo seu lote de galinhas no mercado. Siunek ainda tinha algum dinheiro, então, seguindo a ordem natural das coisas, agora eu moro com galinhas.

De novo.

Vou dormir com os cacarejos. Quando acordo, as galinhas ainda estão cacarejando. É irritante e me deixa nervosa. Pelo menos Helena teve o bom senso de só comprar fêmeas.

As galinhas estão me distraindo do fato de que todos nós podemos morrer hoje. É domingo de novo, e estamos esperando a chegada do Velho Hirsch e do dr. Schillinger. Comprei um sofá, apesar de tudo. E um armário. Vieram em troca da blusa de seda azul no início da semana. É um sofá terrível. Tenho medo do tipo de substâncias que ele contém, ainda mais depois de uma noite com as galinhas. O armário parece ter sido atingido por uma bomba. Mas Max apertou as dobradiças, então o buraco fica encostado na parede e não aparece quando as portas estão fechadas.

Nós precisamos manter as portas fechadas para que as galinhas não façam um ninho no armário.

Ponho Helena e Dziusia para trabalhar, arrumando o feno e criando um ninho no pequeno corredor com a escada, o que também ajuda a esconder o desnível no chão. Max e eu desmontamos o sofá, arrancamos o estofamento e lavamos o tecido verde-escuro com três molhos de sabão e água quente. A cor dele fica parecendo a de um limão artificial. Ele também encolhe. Rimos enquanto Max e eu seguramos uma das pontas e Dziusia e Helena puxam com toda a força que têm na outra, todos nós fazendo esforço para tentar encaixar o tecido de volta. Max até sobe numa cadeira e segura Helena numa ponta do sofá enquanto ela dá gritinhos, uma técnica que funciona melhor do que eu imaginaria.

Isso também nos distrai do fato de que todos nós podemos morrer hoje.

Não dissemos a Dziusia que seu pai está vindo, para o caso de ele não vir. E também não contei a Helena, para o caso dela contar a Dziusia. Mas Siunek está fora de si de preocupação e não sai da janela, roendo as unhas até sangrarem. O plano feito pelo dr. Schillinger envolve a participação do carteiro, um homem que ele conhecia de antes da guerra. O Velho Hirsch vai tirar a barba e os dois vão se vestir de trabalhadores, como Max fez. Então vão sair do gueto com bolsas de carteiro e descerão da carroça no meio do itinerário em algum lugar perto do mercado, e dali vão se dirigir para a rua Tatarska.

Max me garante que o carteiro não sabe meu nome ou endereço. Que ele só está sendo pago para deixar que dois judeus peguem carona na sua carroça. Digo a Max que o correio não funciona no domingo. Ele diz que no gueto funciona, que é quando toda a correspondência sai para ser inspecionada pelos nazistas. Digo que as fábricas não funcionam aos domingos, então se vestirem como trabalhadores não faz sentido. Ele diz que os homens que trabalham nas cafeterias, nos hotéis e nas pensões alemães trabalham todos os dias, e é com eles que Hirsch e Schillinger vão se parecer.

Não gosto do plano. Parecia ter pontas soltas demais.

Não há nada que eu possa fazer.

Eles devem chegar em algum momento depois das três da tarde. Às duas e vinte, Siunek corre para a cozinha.

— Polícia! — ele sussurra. Nós olhamos para ele. — A polícia está aqui!

Max solta o martelo e os pregos. Ainda estou segurando o estofamento que ele estava pregando.

— Entrem no *bunker* — Max diz. — Rápido!

Nós corremos, mas fazemos isso em silêncio. Max move as tábuas para o lado, desliza de barriga por baixo da cama e para dentro do buraco e Siunek vai depois, embora ele demore um pouco mais. Arranco Dziusia de um jogo de amarelinha que ela e Helena desenharam no chão do segundo quarto e a entrego para ele. Então passo as tábuas para que Max as coloque no lugar e olho em volta. Tem um pincel e uma lâmina de barbear no batente da janela. Eu as enfio embaixo do travesseiro. Helena me passa os sapatos de Siunek sem dizer uma palavra, eu os coloco no armário e fecho a porta.

— Lave a louça — sussurro para ela. Ela faz que sim. Há xícaras demais por aí. Então vou até a janela e espio pela borda da cortina.

Meu coração desliza até os pés. Dois policiais estão parados na frente da Tatarska 3, com os cassetetes na mão, olhando para os dois lados da rua enquanto se balançam sobre os calcanhares. Por que vir aqui? Agora? De todos os momentos?

Porque eles sabem.

Porque alguém falou. Alguém tem falado esse tempo todo.

A qualquer minuto, Schillinger e Hirsch vão subir a colina.

Nós realmente vamos morrer hoje.

E eu me lembrei do quanto não quero que isso seja verdade. Quero tanto que isso não seja verdade que me deixa irritada.

Alguém deveria descobrir o que esses policiais querem.

Sento-me na cama para amarrar os sapatos.

— O que está acontecendo? — Max sussurra.

— Nada nesse momento.

Ele deve estar vendo meus sapatos.

— Fique aqui dentro, Fusia.

— Não — respondo.

E então solto um "já volto, Hela!", pego o balde de coletar água e saio pela porta.

Certo, Deus, penso. Agora é o momento em que vou saber se você está do meu lado ou não.

Talvez devesse ter pegado o terço.

Talvez eu devesse parar de desafiar Deus.

Eu paro ao lado do poço.

— Olá! — grito. Os policiais se viram. — Não estamos prestes a ser sequestrados pelos russos, estamos?

Os dois riem, e meu sorriso é tão brilhante e falso quanto tinta amarela.

— São os americanos, então?

— Nós podemos cuidar deles — um deles diz.

— Ok, foi algum roubo, então? Assalto? — Eu me aproximo com meu balde. — Vamos lá, não sei mais o que chutar. Por que estão aqui?

Eles olham um para o outro. Os dois são jovens, mas não tão jovens. Poloneses.

Pelo menos nenhum deles é o oficial Berdecki.

— Você mora aqui, senhorita? — um deles pergunta.

— Sim. Ali nos fundos. Por quê?

— Porque temos informações de que alguém está escondendo judeus.

Deixo uma curiosidade explícita no meu rosto. Por dentro, estou com raiva de Deus.

— Judeus? Onde?

— Rua Tatarska, algum lugar entre o 1 e o 5.

E eles estão parados em frente ao 3. Acertaram bem na mosca.

— Dois judeus ricos devem vir para cá nessa tarde, mas talvez nossa informação não esteja correta. Talvez seja só conversa.

— Deve ser só conversa mesmo — digo rapidamente.

— Moro aqui já tem um tempo e nunca vi nenhum judeu. Eu entro na casa de todos os meus vizinhos. Onde eles os esconderiam?

Nunca entrei na casa de nenhum vizinho, mas encho meu sorriso de uma inocência alegre, e o policial sorri de volta.

— Não se preocupe — ele diz. — Se os encontrarmos, será bom para nós, mas não tem nada a ver com você.

Ou, eu penso, tem tudo a ver comigo. Porque lá está o dr. Schillinger subindo a rua.

E então a sra. Krajewska sai de sua casa.

— O que está acontecendo?

— É a polícia — respondo. — Estão procurando judeus.

— Judeus? — a sra. Krajewska diz.

— Ei! — uma voz atrás de mim diz. — Você! Srta. Podgórska!

Eu me viro lentamente. É o dr. Schillinger, ainda subindo a colina.

Acho que meu coração parou.

— Por que você não foi trabalhar ontem? — ele grita.

Minha boca se abre.

— Estou perguntando! Por que você não foi trabalhar ontem? Tivemos de cobrir seu turno!

— Devia ter ido trabalhar — um dos policiais murmura. Eles riem.

— Agora, você, pare com isso! — a sra. Krajewska diz, saindo na rua para apontar um dedo para o dr. Schillinger. — A srta. Podgórska é uma boa menina!

— Se ela é tão boa, devia ter ido trabalhar! — o dr. Schillinger diz. Ele está andando rápido, com o rosto vermelho, balançando os braços. Ele realmente parece ter vindo do edifício Minerwa. Eu me recomponho.

— Desculpe. Minha irmã estava doente.

— Viu! A irmã dela estava doente! — O dedo da sra. Krajewska sacode. — Ela não pode deixar a irmã doente sozinha!

— Então ela devia ter mandado um bilhete! — o dr. Schillinger grita.

— Agora, seja educado... — a sra. Krajewska começa.

O outro policial resmunga:

— Vamos subir a rua.

— Mas eu mandei um bilhete! — choramingo. — Eu paguei o menino do mercado. Vocês não receberam?

A sra. Krajewska está reunindo seu fôlego para me defender.

— Venha tomar um chá — digo rapidamente. — E me deixe explicar...

O dr. Schillinger para na nossa frente enquanto os policiais caminham rua acima. Nenhum sinal do Velho Hirsch.

— É claro que quero ouvir o que você tem a dizer — Schillinger diz. — Eu quero ser justo. Mas você causou um problema...

Eu o pego pelo braço, levando-o na direção da porta. Quando olho para trás e digo "obrigada" para a sra. Krajewska, ela me manda um beijo. Nós viramos a esquina, o dr. Schillinger ainda brigando comigo, e entramos pela porta da frente da Tatarska 3.

Giro a fechadura e Max já devia estar fora do *bunker*, observando pela janela, porque ele vem direto e me dá um beijo na bochecha. Então ele está apertando a mão do dr. Schillinger. Ele deveria mesmo. O dr. Schillinger acabou de nos salvar. Deslizo pela parede, me sento no chão e uma

A LUZ NA ESCURIDÃO **273**

galinha sobe no meu colo. E então Dziusia está dando gritinhos nos braços do pai enquanto todos tentam fazê-la ficar quieta.

Eu pensei que ia morrer. Realmente pensei que ia morrer.

— Se acalme, Dziusia — o dr. Schillinger diz, sentando-a ao seu lado no sofá desmontado. Ela parece desapontada. Ele parece que precisa superar o susto.

E, então, Siunek diz:

— Cadê o meu pai?

O dr. Schillinger tira seu quepe e o encara, então sacode a cabeça.

— Foi o carteiro — ele diz. — A carroça foi revistada e ele disse que estávamos ajudando com a correspondência, que tínhamos permissão, e um *Ordner* que deve ter sido pago veio e disse à Gestapo que era verdade e então eles nos deixaram passar. Só que, depois disso, ele perdeu a cabeça. Ele circulou com a carroça por toda a cidade, como se estivesse sendo perseguido, e nos deixou no lugar errado. Nós não sabíamos onde estávamos, especialmente Hirsch…

Hirsch não é de Przemyśl, eu me lembro. Ele é de Dobromil.

— Ele devia ficar alguns passos atrás de mim, para não parecer que estávamos juntos — Schillinger diz enquanto cruza as pernas, o que parece estranho com seu macacão. Dziusia o segura pelo braço. — Mas quando olhei para trás, ele tinha sumido. — Ele olha para Siunek. — Será que ele voltou para o gueto?

Siunek sacode a cabeça.

— Ele sabe o endereço? — Max pergunta.

Schillinger faz que sim. E Max olha para mim. Nós olhamos um para o outro. Isso pode ser bom, porque ele pode

274 SHARON CAMERON

chegar aqui em segurança. Pode ser ruim, porque ele pode nos denunciar. Vejo a pergunta no rosto de Max.

— Os policiais tinham a informação de que alguém estava escondendo judeus na Tatarska — digo a ele. — Em algum lugar entre o número 1 e 5. Eles ouviram "conversas", mas não tinham certeza se era verdade.

Max assente, e ele está bravo. Ele olha para Siunek e Schillinger e sei que vai perguntar se eles falaram. E então Helena vem correndo.

— Tem um homem velho vindo pelo pátio!

Helena, evidentemente, é a única que se lembrou de ficar vigiando a janela.

Nós corremos de novo. Schillinger nem sabe onde fica o *bunker*. Mas não há tempo para se esconder. Ainda estou me levantando quando Siunek olha pela janela e grita:

— Meu pai! Meu pai!

Ele abre a porta com tudo e só consigo pensar que ainda bem que ninguém está passando pelos banheiros, porque poderiam olhar para trás e ver uma multidão de judeus na minha casa.

O Velho Hirsch tropeça para dentro, sem barba, e Siunek tenta abraçá-lo.

— Estamos mortos. Estamos mortos — o Velho Hirsch balbucia. — Estamos todos mortos!

Fecho a porta e a tranco e Hirsch começa a correr de uma ponta do quarto para a outra.

— Fomos descobertos! Eles estão vindo! Estamos mortos! Estamos todos mortos!

E então ele vomita no chão.

* * *

Demora bastante tempo para que o Velho Hirsch se acalme minimamente para falar e para que a sala fique silenciosa o suficiente para nossa segurança. Foi preciso mandar Helena buscar dois baldes de água para limpar o chão, e só posso torcer para que a sra. Krajewska pense que eu e meu supervisor estamos bebendo xícaras e mais xícaras de chá. Quando o chão está limpo, deixo que Helena e Dziusia peguem uma galinha cada para irem brincar de seu novo jogo favorito no quarto dos fundos: amarelinha silenciosa com galinhas.

Ou pelo menos podem jogar seu jogo favorito até que alguém precise fazer necessidades no balde.

Lavo as mãos e coloco o resto das galinhas no pequeno corredor enquanto os homens se reúnem em volta de Hirsch. Ele não se perdeu. Não se separou de Schillinger. Ele foi roubado.

— O ladrão me puxou para o beco e disse "Rá! Eu sei que você é um judeu rico saindo do gueto e vou pegar o seu dinheiro", e eu respondi "que dinheiro?", então ele colocou a mão no meu pescoço e apalpou meus bolsos até achar dez mil *zloty.*

— Dez mil? — Siunek diz. — Por que você estava com tanto dinheiro?

— Porque dez mil foi o quanto eu separei.

Siunek franze a testa.

— Separou para quê?

— Para ser roubado!

— Você sabia que seria roubado? — Max pergunta.

— Eu não sabia. Eu estava preparado! Porque... o mundo é assim.

Sacudo a cabeça enquanto seco as mãos. Se ele não tivesse acabado de vomitar de medo, diria que o Velho Hirsch está gostando disso. E que ladrão não ficaria feliz mesmo se fossem mil *zloty?* Penso em quantos pães mais de nove mil *zloty* comprariam.

— Ele encontrou o dinheiro que estava separado para dar, mas não achou o que não estava separado para dar, então achei que estivesse morto… afinal, por que ele não iria atrás da recompensa da Gestapo? Mas ele disse: "sou um ladrão, sr. judeu, mas sou um ladrão de honra. Não sou um assassino. Agora venha comigo que vou vigiar a rua e te dizer quando a polícia for embora."

— Então o ladrão sabia para onde você estava indo? — Max diz.

— Sim! E é por isso que digo que estamos todos mortos!

Max sacode a cabeça e sua raiva volta. Alguém podia muito bem ter feito um cartaz e pregado no gueto: Quartos para judeus na rua Tatarska.

— Quando me reuni com todos vocês no *bunker* da Kopernika — Max diz baixo —, nós fizemos um pacto e um juramento perante Deus: ninguém mencionaria o nome de Stefania, seu endereço ou que estamos sendo escondidos. Era o segredo mais profundo que poderíamos ter. A promessa mais solene que eu poderia ter pedido, porque essa promessa representava nossas vidas. Nossas e a dela e de sua irmã. Se alguém aqui quebrou esse juramento, estou pedindo que me diga. Tenha sido por acidente ou de propósito. Para que possamos saber o que fazer e nos salvarmos se pudermos. Se não pudermos, então precisamos dar a Stefania e sua irmã a chance de escapar. Agora.

Max olha para mim. Os outros três homens olham para mim. Então eles todos olham um para o outro. O silêncio cai sobre a cozinha da Tatarska 3. E então uma batida na porta quase me mata do coração.

Por que estamos esquecendo de vigiar a janela?

O Velho Hirsch ergue as mãos, pronto para gritar, e Siunek cobre a boca dele. Max se levanta devagar, sem fazer barulho, e faz sinal para que os outros o sigam até o quarto. Quando eles já saíram de fininho e fecharam a porta, a batida soa de novo e espio pela janela menor ao lado da porta.

Não é a polícia ou a Gestapo. São dois menininhos.

Abro um pouco a porta.

— Sim?

— Uma senhora me deu um bilhete para você — um menino diz. Ele não deve ter mais de dez anos de idade.

— Que senhora?

— Uma senhora — diz o menor. — Ela disse para voltarmos para pegar uma resposta daqui a uma hora.

— Tchau — o mais velho diz, e eles saem correndo.

Fecho a porta e a tranco, e então abro o quarto.

— Podem sair — sussurro. Os homens voltam em fila até a sala. Eles não tiveram nem tempo de tirar as tábuas do *bunker*. Acho que Dziusia e Helena ainda estão brincando de amarelinha. Eu abro o bilhete e leio. E leio de novo. E de novo.

— O que diz? — Max pergunta.

— Estamos sendo chantageados. É isso. — Eu me sento em uma cadeira.

— Chantageados?

— Essa mulher diz que, se eu não esconder ela e seus dois filhos, em três dias ela vai nos denunciar para os nazistas.

— O quê? — Max arranca o bilhete da minha mão. — Quem é a sra. Bessermann?

— Eu não sei! Eu nunca nem ouvi...

— Bessermann? — Siunek diz. — Malwina Bessermann? — Ele gira seu grande corpo pela sala pequena e finalmente encontra o Velho Hirsch se acomodando de volta no sofá pela metade. Ele parece chocado. — Pai, essa não é sua namorada?

— Namorada? — Max pergunta.

Schillinger sacode a cabeça.

O Velho Hirsch parece encurralado.

A namorada dele.

Acho que muitas, muitas coisas acabaram de ser explicadas.

— Me mandem embora — o Velho Hirsch diz. — Eu sinto muito! Foi tolice de um velho!

Mas ele não parece sentir tanto assim, agora que se acalmou. Ele se encosta no sofá e acende um cigarro. Não acho que ele acha que vamos realmente mandá-lo embora.

O Velho Hirsch, estou começando a aprender, sempre tem um truque na manga.

Ele aponta para mim com o cigarro.

— Se os homens vão conversar — ele diz —, então a menina deve sair.

Ah, ótimo. Que ótimo.

— Você está sentado na casa dela — Max diz. Ele parece prestes a bater nele. Mas consigo ver que o velho está tentando distrai-los. Desviar a conversa do problema real.

— Pai — Siunek diz —, você notou que causou a prisão dessa menina?

— Ela não parece presa.

— Você devia ter contado!

— O que eu devia ter contado?

— Que você quebrou seu juramento e contou a Malwina Bessermann onde ia se esconder!

— E para quem eu deveria ter contado isso?

— Seu filho! — Siunek grita.

— Hirsch — Schillinger diz. Sua voz carrega mais autoridade que a de Siunek. — Pare de brincar com a gente. Sete vidas estão em jogo. Para quem mais você disse?

O Velho Hirsch suspira e sopra fumaça. Ele parece mais velho, de alguma maneira, sem a barba.

— Eu juro para vocês agora que não contei para mais ninguém. Só para Malwina, pelo bem dos seus filhos. Mas não sei dizer para quem ela contou.

Qualquer um pode saber o que estou fazendo nessa casa. Absolutamente qualquer um.

Leio o bilhete de Malwina Bessermann de novo, o bilhete explícito que ela mandou por estranhos pelas ruas. Devo mandar uma resposta, demonstrando que o bilhete dela foi recebido e, então, tenho dois dias para decidir. Se ela não tiver o meu sim no terceiro, a Gestapo vai saber de todos nós. Pelo nome.

É uma forma horrível de pedir a alguém para arriscar a vida por você. Baixa. Egoísta. Nojenta. A situação toda me deixa com raiva. E com uma certeza. Não vamos sobreviver a isso. Não todos nós. Eu me lembro do que Izio me disse na última noite antes de ele ir para o campo.

E, ainda assim, se eu fosse mãe e estivesse no gueto, se tivesse perdido meu marido, meus pais e irmãos para os trens — e é isso que Siunek diz que aconteceu com a sra. Bessermann —, o que eu faria para tirar minhas crianças de lá? Para salvá-las do mesmo destino? O que eu faria por Helena?

Qualquer coisa. É isso que eu faria.

Eu trapacearia, mentiria e seria tão mesquinha e egoísta quanto fosse necessário.

Pego um pedaço de papel pardo, pego minha caneta e, quando termino de escrever a resposta, dobro o papel duas vezes e saio, como se fosse ao banheiro. Na verdade, fico esperando no pátio, procurando pelos meninos. Quando eles chegam, entrego o bilhete e volto para dentro, onde os homens ainda estão discutindo.

Mais tarde, quando as meninas já estão dormindo aninhadas na minha cama e o Velho Hirsch está cumprindo sua penitência assumindo o primeiro turno da janela, vou até a cozinha em busca de água e passo por figuras enroladas em cobertores, respirando suavemente no chão, e pelo casaco do Velho Hirsch, que ficou perto da janela. Reviro os bolsos dele até encontrar sua braçadeira.

Realmente achei que não precisaria mais entrar escondida no gueto.

E então dou um salto quando Max sussurra atrás de mim:

— Fusia, o que você está fazendo?

20.

Maio, 1943

As regras do gueto parecem estar sempre mudando. Maior. Menor. Sem comércio na cerca. Parte reservada para os trabalhadores. Parte reservada para os não trabalhadores. Circule por onde quiser. Circule pelo lado errado e vamos te matar. Hoje vamos fingir que não vimos você fazer negócios na cerca. Pode ser difícil se localizar. Neste momento, tem muita vigilância no portão, dificultando cruzar a passarela. Mas uma vez que estiver dentro, não vão prestar muita atenção em você.

De qualquer forma, tomo bastante cuidado. Baguncei meu cabelo, sujei meu rosto, escondi minha bolsa e tenho uma braçadeira real no meu casaco, em vez daquela que só servia para enganar uma olhada rápida. Max me implorou para não vir e eu entendo por quê. Se algo acontecer comigo, eles todos morrem. Mas acho que preciso dar uma olhada na sra. Bessermann.

Pode ser uma armadilha. Mas não sei por que seria.

Vou para o nosso lugar, aonde sempre íamos, onde Max afrouxava o arame farpado. Ainda está frouxo. E de lá é só uma caminhada curta até a rua Kopernika. Deslizo para dentro do número 5 sem atrair atenção, depois vou para o fundo do corredor, onde há uma chaminé de tijolos que sobe desde o porão, aquecendo os diferentes cômodos, e depois disso uma porta para um armário embaixo da escada. Só que não é um armário de verdade. É uma parede falsa. E quando você move uma tábua e entra, lá está a porta para o porão.

Max foi esperto em como construiu isso. Ele é sempre esperto.

Desço os degraus e uma lanterna já está acesa, Henek e uma mulher com cabelo escuro e liso estão sentados em caixotes, um de cada lado da luz. Exatamente como meu bilhete pediu para que fizessem. Eu não tinha pensado no quanto eu detestaria esse lugar. É escuro, úmido e não gosto do cheiro dele.

Ou talvez seja só porque me lembro de Max, lágrimas escorrendo pela pele ferida do seu rosto, me contando o que aconteceu ali.

Henek se levanta e beija meu rosto, mas não sorri. Eu me sento, ele se senta e nós encaramos a sra. Bessermann.

Ela é uma mulher linda, de trinta e tantos anos, talvez uns quarenta. Jovem demais para o Velho Hirsch. Eu me pergunto o que o Velho Hirsch prometeu a ela. Eu me pergunto o que ela prometeu a ele. Ela está sentada de forma bem composta. Perfeitamente ereta.

— Por que, sra. Bessermann, em vez de me pedir ajuda, você decidiu ameaçar minha vida, a vida de mais cinco pessoas e da minha irmã de sete anos?

— Se uma estranha tivesse pedido com educação, srta. Podgórska, tenho certeza de que você teria ajudado. — O sarcasmo dela é afiado o suficiente para descascar uma batata.

— É o que os outros fizeram, sra. Bessermann.

Ela aperta os lábios. Cruza e descruza os braços. A água pinga. Então se endireita ainda mais, elegante em um caixote no porão sujo onde pessoas perderam as vidas.

— Então estou te pedindo, srta. Podgórska. Estou implorando pela sua ajuda. Por mim e meus dois filhos.

Henek ergue as sobrancelhas. Eu olho para minhas mãos.

— Já tenho sete pessoas para alimentar em um espaço bem pequeno. Nove quando Henek e Danuta chegarem. — Consigo ouvir a respiração dela no escuro. — Então, a essa altura, mais três não fará muita diferença.

Ela fica completamente imóvel, absorvendo as minhas palavras. Então seu rosto suave desmonta e ela começa a corar.

Nós ficamos sentados em silêncio, escutando seus soluços.

Quem mais se importaria, penso, senão eu?

Henek me puxa de lado antes que eu saia do porão, olhando de volta para a sra. Bessermann.

— Você tem certeza, Fusia?

— Tristeza pode virar crueldade — sussurro, pensando na minha *babcia*. Henek sacode a cabeça.

— Isso é um erro — ele diz.

— Eu não acho que seja um erro.

— Você tem certeza? Porque um erro pode te matar. E ao meu irmão.

Olho Henek de perto. É a primeira vez que o ouço admitir que está em perigo. Ele está magro, é claro, como todo mundo. Mas parece forte o suficiente, mesmo depois do tifo. Ele aparou o bigode.

— Quando você e Danuta vão para lá?

— Ainda não estamos prontos. Estamos trabalhando. Estamos bem.

Esse é o Henek que eu conheço.

— Vocês deveriam ir logo. O *Judenrat* me disse que precisa ser em breve. — Vejo que isso o deixa confuso, mas não temos tempo para explicações e ele sabe disso.

— Temos bastante tempo para ficar sentados no seu *bunker*, Fusia. Se houver perigo, as pessoas no gueto são as primeiras a saber.

— Mas vocês vão logo? — pergunto de novo.

— Logo — ele responde.

— Isso é um erro — Max sussurra quando conto a ele. — Não acho que ela seja confiável.

— Ela disse que foi ela quem cometeu o erro. Não sabia mais o que fazer. Acho que ela está desesperada. Ela tem dois filhos.

— Ah, Fusia — ele suspira.

Dou a ele uma fatia de pão e, quando ele acha que não estou olhando, corta uma ponta e a esmigalha no chão para as galinhas. Dou um tapa no braço dele e o Velho Hirsch se encosta no sofá, observando enquanto fuma.

No dia seguinte, depois do trabalho, vou ao pequeno mercado perto dos trilhos, à peixaria onde Cesia Bessermann, de quinze anos, e seu irmão Janek, de dez, estão esperando por uma jovem com um lenço vermelho-vivo comprando batatas. Eles me seguem até a Tatarska 3.

E tenho certeza de que aquilo não é um erro.

Dois dias depois, Max me chama na janela e cubro a boca para abafar meu som de horror. A sra. Bessermann está no pátio, bem-vestida e com uma mala em um dos braços, tendo uma conversa amigável com a sra. Krajewska.

— O combinado era ela vir só daqui a uma semana! — sussurro.

Max sacode a cabeça quando a sra. Krajewska acena um tchau e a sra. Bessermann entra alegremente pela minha porta.

Ele não precisa dizer. Acho que isso foi um erro.

Duas semanas depois, estou virando um balde de água na panela para aquecê-la e lavar a louça quando o dr. Schillinger sai de sua vigília na janela e sussurra:

— Gente no pátio.

Ninguém fala. Eles se movem em um silêncio perfeito para o *bunker*, porque ninguém pode usar sapatos e porque Max os fez treinar centenas de vezes. Cada pessoa é responsável pelos seus próprios pertences. Nada de bitucas de cigarro, casacos ou pentes — especialmente masculinos — sendo deixados para trás. Quem estiver comendo deve levar a comida junto. Max remove as tábuas, e as crianças — Cesia, Janek e Dziusia —, junto com Schillinger, o Velho Hirsch e Max, segundo o revezamento de hoje, entram no *bunker*. Quando as tábuas estão no lugar, a sra. Bessermann desliza para baixo da cama enquanto Siunek se enfia embaixo da nova cama que comprei em um ferro velho cinco dias atrás. Eu cuido de guardar a comida. Helena checa a casa em busca de erros, e as pessoas desaparecem em menos de um minuto.

Nem vi quem está vindo. Há uma batida e uma voz profunda do outro lado.

— Srta. Podgórska!

É uma falsa voz profunda.

— Você tem um homem aí?

Abro a porta um pouco.

— Surpresa! — Januka diz. — Te encontramos! E é seu dia de folga!

Ela está segurando uma garrafa de vodca e um maço de cigarros. A ração extra que ganhamos por trabalhar na fábrica.

— Stefi! Você não vai nos deixar entrar?

Abro mais a porta e lá está Lubek, três garotas que não sei quem são, mas reconheço da fábrica, e mais dois casais que nunca vi na vida. Eles se espalham pela minha sala de estar e cozinha.

— Esperem... o que vocês estão fazendo aqui? — pergunto.

— Nós sempre nos reunimos aos domingos depois de recebermos as rações, você sabe disso!

Alguém está colocando uma vitrola na minha mesa cortada, ao lado de um prato de biscoitos.

— Mas como vocês...

— Nós estávamos indo para a casa de Anna... — Lubek diz.

Eu não sei quem é Anna.

— ...e Januka te viu no poço.

— Não é adorável? — Januka diz, enfiando a cabeça para dentro dos quartos. — Que cortinas bonitas!

Sei que minhas pessoas estão escondidas, mas quero correr e bater a porta mesmo assim.

Januka está animada. Um pouco corada. Acho que já abriram a vodca.

— Ahhhh — ela dá um gritinho. — Olhem, todos! Galinhas!

Se faz um alvoroço por causa do meu corredor cheio de galinhas. Como se eu gostasse de tê-las como animais de estimação. Helena acha que sim. Eu a encontro em um canto, de olhos arregalados e trêmula.

— É a sua irmã? — pergunta uma estranha. Seus lábios são vermelho-vivos.

— Hela — digo, e estendo minha mão. Ela vem até mim e me abaixo para sussurrar. Então o disco começa a tocar e eu preciso falar mais alto.

— Por que você não sai para brincar? Não precisa ficar por perto... — Caso algo dê errado. — Só até eu me livrar deles.

— Você vai mandá-los embora? — ela sussurra, olhando para o quarto.

— Sim. Mas talvez demore alguns minutos, tudo bem?

Ela faz que sim quando me levanto e corre para a porta como uma mola que se solta.

— Ela é tímida?

Ergo os olhos e lá está Lubek com seu cigarro.

— Muito — digo, e deixo por isso mesmo. Mas não gosto da forma como ele estava nos observando.

Os casais trocam o disco e começam a dançar em frente ao sofá. Januka me passa um dos meus próprios copos, cheio até a boca com vodca.

— Não é uma surpresa maravilhosa? — ela diz. — Deve ser tão bom morar sozinha. Sem pais!

Muito bom, penso. Ter a responsabilidade em cima de mim.

Ela não faz nem ideia.

Mas, se eu fosse Januka, com um emprego e algum dinheiro, sem irmã e com um lugar só meu, talvez achasse que essa é uma surpresa agradável. Eu beberia vodca e assaria biscoitos, passaria os cigarros e dançaria se um garoto me convidasse.

Mas não sou Januka.

Preciso pensar em alguma forma de tirar essas pessoas da minha casa.

Encontro a garrafa de vodca e vou até a pia para virar o conteúdo do meu copo de volta nela. Detesto gastar a ração dos outros. Sempre vendo a minha.

— Então você também não bebe vodca? — Lubek diz.

Você precisa encontrar Januka, penso. Começo a lavar o copo vazio.

— Há quanto tempo você mora aqui? — ele pergunta.

—Algumas semanas.

— É um bom lugar. Mas você poderia ter vizinhos melhores.

Ergo os olhos. Lubek é muito alto.

— O que você quer dizer?

— O homem da SS que vi entrando lá na frente. Eu não gostaria de ser vizinho dele.

Um homem da SS. Na casa da sra. Krajewska. O que ele pode estar fazendo lá?

— Ele está lá agora?

— Sim.

Sinto uma pontada tão forte atrás do meu olho esquerdo que faço uma careta.

— Eu estive no gueto — Lubek diz. — Com meu tio. Ele queria se casar e tinha um ourives que ele conhece. Meu tio pensou que talvez ele ainda pudesse lhe fazer uma aliança. Você não acreditaria no que a SS faz lá.

Eu acreditaria.

Tem um homem da SS na casa ao lado. Um homem da SS na casa ao lado...

— Eu ouvi dizer que não vai mais ter gueto.

— Onde você ouviu isso?

— A polícia estava dizendo. Na cerca.

— Nada de gueto?

— Mais ninguém. *Judenfrei*. Eles dizem que estão movendo os judeus para outro lugar, mas não acho que isso seja verdade.

— O que você acha que eles vão fazer?

— Trancar os portões e queimar tudo. Porque esse é o tipo de cretinos que eles são.

Sacudo a cabeça.

— Não. Eles não vão usar fogo. Vão atirar em todo mundo. Em cada um deles.

Henek. Danuta. Vocês precisam sair.

— Eles vão matá-los de qualquer forma — Lubek concorda. — Depois vão começar a vir atrás de nós. — Suas sobrancelhas estão contraídas. Pensativas. Então ele diz: — Acho que esse copo já está limpo.

Eu baixo os olhos. Ainda estou lavando o copo.

— Por que você não me mostra o resto da casa? — ele diz.

— Não há mais nada para ver. Só quartos.

— Então você pode me mostrar eles.

Eu quase sorrio. Não, Lubek, você não precisa ver meu quarto ou o que está escondido lá. E o outro nós usamos como banheiro.

É uma pena não poder dizer tudo que estou pensando.

Prefiro dizer:

— Eu não mostro meu quarto para garotos.

— Mesmo? — Agora ele está sorrindo. — Qual o problema deles?

Eu me viro e um dos casais está dançando na direção do quarto, carregando a vitrola com eles.

— Esperem — digo. — Esperem. Vocês precisam ficar fora...

Corro para o quarto. O som está tão alto que me dói os ouvidos. Um casal está dançando pelo chão, o outro está sentado na cama em cima do *bunker*, se beijando. E tem um barulho vindo de sob a cama, como o som de alguém cuspindo, abafado, e então um baque. Som de madeira caindo.

O que pode estar acontecendo ali?

Meu peito se aperta até virar uma bola minúscula e pulsante.

— Stefi! — A menina que estava beijando diz, se afastando do seu garoto. Eu não faço ideia de quem ela seja. O som de madeira de novo. — O que é isso? Você tem um gato embaixo da cama? Eu amo gatos.

Ela se solta dos braços do namorado e cai de joelhos.

— Aqui, gatinho...

— Pare! — grito. — Não olhe aí.

O casal para de dançar e a menina no chão e seu namorado me encaram. Não sei onde Januka e as outras garotas estão, mas consigo sentir a presença de Lubek em algum lugar atrás de mim. Caio de joelhos ao lado da menina ajoelhada, para poder atacá-la se precisar. Consigo sentir o quarto todo esperando.

— É um gato bravo — digo. — Ele vai arranhar seu rosto.

— Ah! — A menina ergue a mão até a bochecha.

— Deixe-me ver...

Espio embaixo da cama e vejo um relance do cabelo bagunçado e olhos apavorados da sra. Bessermann. E acho que alguém está tossindo embaixo das tábuas.

— Sim, é só o gato. Mas ele está ronronando. É melhor deixarmos ele em paz...

— Srta. Podgórska! O que está acontecendo aqui?

Eu me levanto e agora a sra. Krajewska está no quarto, Januka bem atrás dela, dizendo "desculpa". Ela deve tê-la deixado entrar.

Por que todo mundo que eu conheço está dentro desse quarto?

— Você sabe como a música está alta? — A sra. Krajewska grita por cima do som. — E é domingo de tarde!

— Ela está segurando seu terço, pendurado para fora de um punho fechado apoiado na cintura de seu vestido estampado, e isso parece ter algum peso com meus festeiros. A agulha é arrancada do disco e eu queria que isso não tivesse acontecido. O silêncio cai e alguém está tossindo baixo embaixo do chão.

— Me desculpe, sra. Krajewska — digo alto, ajudando a garota ao meu lado a se levantar. — Não vai acontecer de novo. Hora de ir embora, pessoal!

— Bom, eu...

Acho que a sra. Krajewska só ia pedir aos meus amigos para fazerem menos barulho, não para irem embora. Mas não vou deixá-la ficar só nisso.

— Não mesmo, sra. Krajewska. Eu sei que é contra as regras. Sinto muito.

A sra. Krajewska parece satisfeita, um pouco confusa e aliviada por as pessoas estarem recolhendo as bebidas e a música. Eu os levo para fora, fecho a porta do quarto e, em alguns minutos, os pratos, garrafas e sacolas foram recolhidos e as pessoas saem uma por uma pela porta.

— Tchau, Stefi! — Januka diz com tristeza, me dando um pequeno aceno. Lubek sorri para mim uma vez e fecha a porta atrás de si. A sra. Krajewska olha em volta.

— Você está arrumando bem esse lugar, srta. Podgórska. Agora, você sabe que não tem nenhuma regra te proibindo de receber amigos, mas...

— Eles que se convidaram. Eu já estava querendo que eles fossem embora.

A sra. Krajewska sorri.

— Você é uma menina tão sensata. Você tem chá?

E então a sra. Krajewska puxa uma cadeira da minha mesa pela metade e se senta. Coloco a panela de água quente de volta no fogo e encontro duas xícaras limpas. A dor está pulsando atrás do meu olho de novo.

— Você sabe que ando preocupada com você — a sra. Krajewska diz. — Uma menina nova com uma irmã. Sozinha para tudo. E tendo faltado ao trabalho naquele dia...

— Nós só tivemos uma bagunça nos turnos — digo. — Foi tudo resolvido.

— Achei seu supervisor muito mal-educado. Qual o nome dele?

— Ele não está mais nessa função — digo, em vez de responder. — Estourado demais.

A sra. Krajewska faz que sim.

— Eu não fico surpresa, depois do jeito que ele apareceu na sua casa. Como vai sua mãe?

— O quê? — digo.

— A carta da sua mãe. Como ela está?

A sra. Bessermann disse à sra. Krajewska que era uma amiga da minha mãe entregando uma carta porque ela não sabia meu novo endereço.

— Ela diz que está bem. Ela ainda está em Salzburg, mas viu uma das minhas irmãs lá.

Estou ficando boa em mentir.

Mas, pensando bem, talvez sempre tenha sido boa.

Coloco a água fervendo no bule. Há um barulho alto vindo do quarto, como se uma das tábuas tivesse caído ou tivesse sido posta de volta no lugar, e os olhos da sra. Krajewska correm para a porta.

— Tem um gato lá — digo.

Ela volta sua atenção para o chá, erguendo a tampa do bule para verificar a cor. Meu olho dói tanto que preciso esfregá-lo. E então digo:

— Você tem algum hóspede, sra. Krajewska?

— Sim, eu esqueci de dizer! Meu sobrinho está aqui, o filho da irmã do meu primeiro marido. Ele é do exército, como imagino que você tenha notado.

— Do exército alemão.

— Sim, mas ele é um bom menino! — a sra. Krajewska diz com o exato tom que ela usou para me defender do dr. Schillinger. — Não como os outros SS, tenho certeza.

— Claro que não — digo. Eu sirvo o chá.

Nós temos um SS morando ao lado. Nós temos um SS morando ao lado...

— Quanto tempo ele vai ficar com a senhora?

— Ele não disse. — Ela faz uma pausa. — Ele é muito bonito.

— Tenho certeza de que sim.

— Na verdade, se você quiser que eu apresente vocês, eu poderia fazer isso. Um marido seria uma boa ajuda.

— Obrigada. Mas acho que a guerra é um tempo um pouco incerto para maridos. Ou namorados. Vou esperar até que tudo se assente.

— Tão sensata. Mas não espere demais! Você não quer ficar velha e perder suas chances.

Vou levar isso em consideração, sra. Krajewska. Você não precisa rezar seu terço?

Eu preciso morder a língua para evitar que essas palavras saiam da minha boca.

Ela beberica seu chá. Engulo o meu. Acho que consigo ouvir uma tosse vinda do *bunker*, mas a sra. Krajewska está ocupada demais falando.

— Mas tem uma coisa, no entanto, srta. Podgórska, sobre a qual eu gostaria de falar com você. Algo que notei em você. Algo que vem me incomodando há um tempo já.

A dor atrás do meu olho esquerdo se espalha pela minha testa.

Talvez hoje seja mesmo o dia, no fim das contas. Se não for por Januka, o homem da SS ou a sra. Krajewska, vai ser porque meu cérebro vai explodir.

— Eu tenho ficado muito preocupada com o que estou vendo porque significa que você não tem ido à missa.

Termino meu chá. A sra. Krajewska bebe o seu lentamente, escutando enquanto explico que vou à catedral na Na Bramie para rezar duas vezes na semana. Se ela soubesse exatamente com quanta frequência eu rezei — e o quanto rezei só nos últimos cinco minutos —, ela ficaria surpresa.

Então ela diz que se preocupa com o meu gato, por causa das galinhas. E Helena, porque ela tem passado muito tempo sozinha e não parece querer brincar com seus meninos. Quem poderia culpar Helena, já que os meninos da sra. Krajewska são pestes de cinco e sete anos e Helena não fica tão sozinha quanto a sra. Krajewska pensa? A última metade da xícara ela passa me dizendo o que eu deveria ou não deveria

A LUZ NA ESCURIDÃO **295**

fazer com a minha casa, meu dinheiro, minha religião, meu futuro marido e outras coisas que eu eventualmente paro de escutar.

Quando ela está falando, não consigo ouvir o barulho que vem de sob o chão, então a deixo falar.

A sra. Krajewska finalmente esgota seus conselhos e vai embora. Eu tranco a porta e corro para a janela para vê-la entrando em casa antes de sussurrar:

— Ela foi embora.

Siunek e a sra. Bessermann saem de debaixo das camas. A sra. Bessermann está irritada. Ela lança as tábuas para longe quando Max as empurra.

— Cesia! Janek!

Mas é o Velho Hirsch quem sai primeiro do buraco. Ele está sujo e muito molhado — ensopado como se tivesse caído em um lago —, e seu rosto está cinzento. Ele cospe um lenço no chão — enfiado na sua boca, presumo, para mantê-lo quieto — e então tosse e tosse como se nunca fosse respirar de novo, ainda deitado de barriga para baixo. Eu trago água para ele enquanto Max está recolocando as tábuas e a sra. Bessermann tirando os pedaços de sujeira do cabelo de Cesia. Dziusia e Janek estão quase socando um ao outro enquanto o dr. Schillinger e Siunek estão ajoelhados tentando ajudar Hirsch.

— Ele precisa ir para o outro quarto — sussurro. — Rápido! — A sra. Krajewska e seu sobrinho da SS não vão achar que essa tosse é minha. — E quem está vigiando a janela?

Eles começam a se mover, mas lentamente. Preciso de Max. Mas ele não está ali.

— Me escutem! — Aponto e quase não faço som quando digo as seguintes palavras: — Tem um homem da SS do outro lado dessa parede!

Isso chama a atenção de todos. O Velho Hirsch é carregado para o outro quarto. Cesia vai até a janela. A sra. Bessermann acaba com a confusão entre Janek e Dziusia. E, quando chego na cozinha, as galinhas estão por toda parte. Alguém abriu a porta do corredor e, como ele está vazio, elas devem ter subido a escada.

Eu subo e Max está parado sob a luz empoeirada que vem da janela, olhando para o sótão com os braços cruzados. Precisamos ficar em silêncio. A sra. Krajewska tem quartos no segundo andar e as paredes são mais finas que embaixo. Fico ao lado dele.

— Isso não está funcionando — ele sussurra.

Eu sei.

— Já temos gente demais para o *bunker*, e eu não acho que consigo aumentá-lo, não sem prejudicar a casa ou cair no porão.

Que pertence a sra. Krajewska.

— E o que vamos fazer quando Henek e Danuta chegarem?

— Mais camas? — sugiro.

Ele sorri. E então arqueia a sobrancelha e diz:

— Ah, Fusia. O gato.

— Ele vai arranhar seu rosto.

Nós dois rimos, o mais silenciosamente que podemos. Embora não seja engraçado de verdade. Acho que nós dois só estamos aliviados por estarmos vivos.

Nós chegamos tão perto de não estar.

— Você ouviu sobre o SS? — pergunto.

— Um pouco. Entre as tosses. Você não quer sair com ele também, quer?

Sacudo a cabeça. Sei pela sobrancelha dele que ele está me provocando. Mas não gosto de como usa a palavra "também". Eu acho que ele ainda está chateado por causa do oficial Berdecki.

— Você precisa tomar cuidado. Com Lubek.

— Como você sabe o nome dele?

— Você ficaria espantada com o que consigo saber quando estou abaixo do chão. Ele te fez muitas perguntas.

Mas não consigo saber se Max acha que a curiosidade de Lubek é só comigo ou com minhas atividades ilegais. Ele anda de um lado para o outro. De meias. Então volta a se aproximar. Para podermos conversar.

— Estou pensando em uma parede. Bem aqui. — Ele dá alguns passos para a frente, agitando os braços, me mostrando uma linha que diminuiria o sótão comprido e estreito. — Se conseguirmos madeira, claro — Max sussurra. — Madeira velha, nada novo. Eu poderia construir uma parede falsa bem aqui e deixar um espaço para a gente atrás dela. Ficaria apertado, mas é melhor do que ficar esmagado abaixo do chão. Você não consegue imaginar como dói ficar na posição certa, nem quanto frio faz. É assustador para as crianças, difícil para o Velho Hirsch e até mesmo para o dr. Schillinger entrar debaixo da cama rapidamente. Eles todos vão ficar melhor com uma escada.

Inclino meu queixo, tentando imaginar o que ele quer fazer.

— Você consegue — digo.

Ele vira a cabeça.

— Você acha?

— O que você fez na Kopernika ficou muito bom.

Agora ele franze a testa.

— O que você foi fazer lá embaixo?

— Foi onde eu encontrei Henek e a sra. Bessermann.

— Eu preferia que você não tivesse ido até lá — ele diz.

— Eu sei. Me desculpe.

Nós dois olhamos para a parede. Ou a parede que Max quer construir.

— Não vai acontecer aqui — digo a ele. Ele sabe que estou falando do porão na Kopernika. — Não vamos deixar acontecer aqui.

Ele assente.

— Vou dar um jeito de fazer isso funcionar.

Sacudo um pouco a poeira de seu cabelo bagunçado.

Eu acho que ele vai.

21.

Julho, 1943

Por mais de três semanas, procurei, mas não encontrei um tipo de madeira que pudesse passar desapercebida no nosso sótão. Então, no início da manhã, quando estou a caminho do trabalho, noto um homem empurrando um carrinho na direção da praça do mercado com um monte de tábuas velhas empilhadas quase até a altura do seu queixo. Ele demoliu uma casa, é o que ele me conta, que ficou arruinada depois da luta entre russos e alemães, mas essa madeira ainda está boa e o que eu iria querer com um monte de madeira velha, aliás? Lenha, minto, e corro de volta para a Tatarska para pegar dinheiro e avisar todos na casa que um homem vai entregar madeira nos fundos.

Deixo Helena encarregada dessa tarefa, explico para a sra. Krajewska que alguém me deu um punhado de madeira velha para usar como lenha, para que ela não ache que eu comprei, e, quando desço voando a colina e cruzo a ponte de metal para chegar na Minerwa, já estou atrasada. Mas Herr Braun não notou ainda, porque Lubek ligou minhas máquinas.

Januka, Lubek e eu passamos quase todos os nossos intervalos juntos, e não consigo entender exatamente qual o arranjo entre eles. Mas não aconteceram mais festas. Eles parecem ter entendido que nem eu nem a responsável pelo meu apartamento apreciamos a visita inesperada.

O nome do sobrinho da sra. Krajewska é Ernst. Ele é da SS, está em algum tipo de licença e eu o acho desprezível. Ele fica quase o tempo todo dentro de casa, bebendo, imagino, porque nas vezes em que o vejo ele está bêbado. Contudo, ele faz meus oito judeus escondidos terem que sussurrar e andar na ponta dos pés, mesmo com as galinhas fazendo barulho, e isso os deixa irritados. Especialmente as crianças. Helena escapa quando pode. Eu nem sei para onde ela vai. E a vigília da janela é trocada a cada três horas. Noite e dia.

Quando chego em casa naquela noite, Max está com várias tábuas de madeira na sala, porque convenceu Helena a arrastá-las para dentro de casa. Ele está arrancando os pregos enferrujados para reutilizar, erguendo as tábuas e baixando-as de volta como se fossem de vidro, planejando em silêncio sua parede. Ele sorri quando entro, passando a mão pela madeira áspera e envelhecida.

— Perfeita — ele sussurra. — Exatamente o que precisávamos!

E porque não pode dizer muito mais, segura meu rosto e beija minhas duas bochechas, como seu pai teria feito. Ou talvez não. A sra. Bessermann bufa, mas Max não nota. Ele só está feliz.

Três dias depois disso, na minha folga, vou até a sra. Krajewska perguntar se ela tem um martelo. Eu digo a ela que estou lavando todos os meus cobertores e lençóis e quero pregar um varal para pendurá-los no sótão, assim eles não ficarão sujos de novo, nem molhados se chover. Ela não apenas me dá um martelo e pregos como traz uma corda extra também, caso a que eu tenho não seja suficiente. Então preciso pegar água e realmente lavar os lençóis. Helena leva as galinhas para o pátio, um dos meninos Krajewska vem correr atrás delas e Max cria uma cadeia de mãos para passar a madeira escada acima.

Ele toma cuidado, martelando o mínimo possível, e, quando termina, não consigo dizer que a parede que ele fez não é a parede do nosso sótão. Não até ele deslizar duas das tábuas verticais, expondo o espaço por trás. Ele até pendurou um varal.

— Eu vou trazer algumas das bugigangas do segundo quarto — digo a ele. — Para fazer parecer um depósito.

— Vamos precisar de um balde — ele diz — caso, você sabe...

Olho para o espaço atrás da parede. O teto se inclina na direção de duas janelas baixas de um lado, deixando entrar alguma luz. A maior parte deles não vai conseguir ficar de pé, não vai haver nenhuma privacidade e sob o sol de verão e o teto de zinco fica quente como o forno do diabo lá em cima. Mas o que importa quando é sua vida que está em jogo?

— Nós também precisamos de algo para cobrir as janelas — Max diz. — Você sabia que os meninos Krajewska sobem no telhado?

Não. Mas aposto que Helena sabia.

— Eles te viram?

— Quase.

— Vou arranjar cortinas. — Mas não sei como. Vou precisar começar a olhar as pilhas de lixo de novo. Nós estamos alimentando dez pessoas com dois cartões de racionamento, meu salário e as contribuições de Hirsch, e isso não é o suficiente. A sra. Bessermann não entende por que eu não compro um pão melhor. O Velho Hirsch quer saber onde estão os seus cigarros.

Não ouso dizer a ele que estou vendendo minha ração de cigarros.

— Você teve notícias de Henek ou Danuta? — Max pergunta.

Sacudo a cabeça, negando. Eles deveriam ter deixado um papel em branco embaixo de uma pedra do lado de fora do ponto frouxo da cerca para mostrar que estavam prontos para fugir. Eu deveria deixar um grampo de cabelo embaixo da pedra sinalizando que recebi o papel e que eles poderiam vir.

— Ele vai esperar demais — Max diz. — Ele é o único irmão que ainda tenho. E vai esperar demais.

Em agosto, checo o ponto da cerca todos os dias. E, no início do mesmo mês, Lubek começa a aparecer. Com frequência.

— Namorado da Fusia! — sussurra quem quer que esteja de vigília na janela, o que eu não aprecio. Então dez pessoas precisam desaparecer para o sótão bem protegido e se deitar imóveis no chão, em completo silêncio, sofrendo e suando enquanto Lubek fala e fuma cigarros na minha mesa cortada ao meio da cozinha.

Isso não está trazendo harmonia para o meu lar.

Mas Lubek é interessante. Seu primo entrega peixe enrolado em jornais estrangeiros e ele fica sabendo que os alemães não estão indo bem na guerra contra a Rússia. Que os britânicos estão lutando, especialmente com a ajuda dos americanos, embora os norte-americanos também estejam lutando contra o Japão. A Alemanha tem dois frontes gigantes.

A LUZ NA ESCURIDÃO   303

Eles podem perder, Lubek diz. Talvez percam antes de conseguirem matar todo mundo, e Przemyśl vai ser parte da Polônia de novo.

Lubek está pensativo. Ele é atraente. Menos moleque do que pensei. Eu nunca o vi perder a paciência. Ele é sempre gentil. Exceto, talvez, com Januka, porque acho que ela não sabe que ele tem me visitado.

Lubek deixa Max irritado, o que diverte a sra. Bessermann. Eu proponho encontrar Lubek em outro lugar, para que eles não precisem ficar no sótão. Mas Max não gosta dessa ideia também. O que também diverte a sra. Bessermann.

A sra. Bessermann fica irritada porque Siunek presta atenção demais em Cesia. Cesia tem quinze anos, mas não parece, e estamos em um espaço pequeno. Dziusia briga com Janek regularmente porque ele a atormenta e o dr. Schillinger encara o vazio em vez de defender sua filha, o que quer dizer que Max ou eu precisamos fazê-lo. O Velho Hirsch fica sentado, remoendo pensamentos e farejando o cheiro dos cigarros de Lubek.

Não culpo Helena por desaparecer todo dia. Talvez seja mais seguro para ela. Talvez seja mais sadio também.

Mas fico preocupada.

Então, depois de um dia em que Dziusia precisou usar o balde do sótão e brigou com Janek porque ele disse que tinha espiado, o que me obrigou a dizer para Lubek que o gato estava lá em cima perseguindo ratos, eu me deito na cama ao lado de Helena. A lua está clara, brilhando prateada pelas frestas das cortinas floridas. Puxo as cobertas por cima das nossas cabeças e Helena coloca sua cabeça no meu peito. Ela tem o cheiro de ar livre e juventude.

— Hela, o que você faz quando estou trabalhando?

—Alimento as galinhas, pego água e levo o balde sujo para fora. Você sabe disso.

— Sim. E o que mais?

Ela pensa.

— Brigo com os meninos Krajewska. Quando eles não querem me dar água.

Eu gostaria de poder estar olhando para ela.

— Como assim?

— Eles sempre dizem que o poço é da mãe deles. Mas se não pegar água, nossa gente fica com sede, porque eles não podem sair. E então preciso bater neles. Nos meninos. E às vezes eles tentam entrar e preciso bater neles também.

— Entendi. — Vou falar com a sra. Krajewska sobre o assunto. — E quando você termina de fazer isso, para onde vai?

— Vários lugares.

— Como onde?

Ela pensa de novo.

— Tem uma casa de pedra quebrada subindo a colina. Como um castelo. Às vezes brinco lá. Como se fosse uma casa de verdade. E vou ao convento, porque às vezes as freiras me dão biscoitos, e vou à catedral…

— Você vai?

Ela faz que sim.

— O cheiro é bom.

— Em algum momento você brinca com mais alguém? Outros meninos ou meninas?

— Claro que não!

Seria difícil ter um segredo como o dela e estar junto de outras crianças. Não temos um segredo que vai durar somente uma ou duas noites. Não é como na Mickiewicza 7.

A LUZ NA ESCURIDÃO **305**

— Às vezes — Helena diz —, eu finjo na minha cabeça que *mama* volta e ela me faz um vestido e os homens do campo trazem um monte de comida para casa...

Fico surpresa por Helena se lembrar dos homens que costumavam trabalhar nos nossos campos.

— E durante o dia, enquanto *mama* trabalha, vou para a escola, para saber todas as palavras nas lojas. Eu sei várias delas, mas não todas.

— Eu posso te ensinar a ler, Hela.

Só que quem diz isso é uma voz de fora das cobertas. Abaixo o cobertor, o que bagunça nossos cabelos, e Max está de vigia na janela, inclinando a cadeira para trás nas pernas traseiras.

— Você quer? — ele pergunta.

Helena abre um sorriso que cresce em seu rosto. Quando chego do trabalho na noite seguinte, a cabeça castanha dela está ao lado da cabeça escura de Max, ambos debruçados sobre um livro de odontologia. Helena não se importa com o assunto. Ela só está sedenta pelas palavras.

Eu não tinha percebido que ela estava tão solitária.

E então Cesia entra e diz:

— Namorado da Fusia!

Eles se movem com silêncio e precisão, agarrando todos os pertences e desaparecendo escada acima sem perturbar as galinhas. Checo a louça e Helena suspira quando Max leva embora o livro. Mas noto Max hesitando. E, no último segundo, em vez de subir, ele desliza para dentro do quarto.

O outro *bunker*. Onde ele consegue me ouvir conversar com Lubek.

Eu fico irritada.

Lubek bate e tenta ir entrando, o que não consegue fazer, porque a porta está trancada.

Realmente não é bom ele se sentir tão à vontade.

Abro a porta e Lubek sorri, empurrando uma galinha que está ciscando perto dos seus pés, e vai direto para a panela fazer uma xícara de chá para si mesmo.

Ele fala sobre o incêndio que tivemos na fábrica, que foi pequeno, mas fez todo mundo parar as máquinas por algum tempo, e o quanto a fumaça foi feia. Eu digo a ele que isso é engraçado, considerando quanta fumaça ele engole o tempo todo. Ele diz que é diferente.

Quase consigo sentir as orelhas de Max se esticando na nossa direção.

Então digo com clareza:

— Qual sua opinião sobre ouvir as conversas dos outros?

Ele ergue as sobrancelhas.

— A mesma de todo mundo, acho. Ninguém quer que suas conversas privadas sejam ouvidas. Quem vem... espere. Onde está seu açúcar?

— O quê? Ah. Desculpa. Não tenho açúcar.

— Mas você tinha antes de ontem. Você tinha um saco de meio quilo.

A sra. Bessermann e Cesia fizeram um doce, o que deixou Max bravo, porque o que iríamos dizer à sra. Krajewska e ao homem desprezível da SS quando eles vissem a fumaça na chaminé? Quando sentissem o cheiro? Diríamos que Helena estava assando uma *babka*?

— Eu acho que não tinha — digo.

— Sim — ele insiste. — Você tinha.

— Eu comi — Helena diz do sofá. Eu me viro para olhá-la. Tinha me esquecido de que ela estava ali.

— Você comeu meio quilo de açúcar? — Lubek pergunta. — Você sabe quanto isso custa? — Minha irmã faz uma expressão teimosa enquanto ele sacode sua cabeça cor de trigo. — Você vai precisar puni-la, Stefi.

Não me diga como lidar com a minha irmã, penso. Especialmente porque ela é maravilhosa.

— Por que você não leva essa galinha lá fora? — digo firme para Helena. — E vamos falar disso mais tarde.

Quando ela está pegando a galinha, eu me viro de costas para Lubek e mando um beijo para ela. Ela sorri, manda outro, o que provavelmente parece insolente do ponto de vista de Lubek, e corre porta afora.

— Eu não gostaria de ter que criar uma irmãzinha — ele diz. — O que mais você acha que ela come?

Além da eventual mordida na manteiga, não sei o que ele quer dizer com isso.

— Vocês consomem comida demais. Eu vejo o saco de *kasha* esvaziando toda vez que venho aqui. Vocês não podem estar comendo tanto assim. O que você faz com tudo isso?

Lubek é observador até demais.

— Eu vendo — respondo. — Revendo para tirar um lucro. Mando dinheiro para minha mãe.

Ele assente e acende um cigarro.

— Isso é a sua cara. — Ele não diz mais nada por alguns minutos, e espero que Max esteja com câimbras na perna.

— Eu me pergunto o que você pensa — Lubek diz de repente. — A respeito do que vai querer fazer depois da guerra. Você tem alguma ideia?

Encontrar minha família. Mas, além disso, não sei. Eu dou de ombros.

— Quero que você pense nisso.

— Por quê?

— Porque quero que você pense em fazer isso comigo. Eu quero fazer planos. Vagos. Mas quero fazer planos. Com você.

E isso é tudo que ele tem a dizer a respeito. Ele termina seu chá, me diz para ser firme com Helena e me deixa com meus pensamentos.

Eu queria muito, muito mesmo, que Max não tivesse ouvido isso.

Acho que Max concorda. Quando ele sai do *bunker* com sujeira no cabelo, não me olha nos olhos. Ele só diz:

— Se ele continuar a vir aqui, seremos descobertos.

Eu sei disso. Mas, naquela noite, aninhada ao lado de Helena, parte de mim se pergunta se Lubek guardaria o meu segredo. Se ele talvez me ajudaria. Então eu me lembro do que Emilika disse a respeito dos espiões alemães. O que Lubek está fazendo seria uma forma excelente de revelar judeus.

Eu o evito um pouco no dia seguinte e fico conversando com Januka até ele ir para casa. Ela me acompanha até a ponte de ferro e mantenho meus passos lentos, assim, se Lubek for até minha casa, não vou estar lá para deixá-lo entrar.

Eu sei que Helena não vai deixá-lo entrar.

Não falo nada disso para Januka. Mas digo a ela que preciso passar no vendedor de carvão para comprar alguns quilos para o fogão. Ela diz que seu estoque também está baixo. Ela vai comigo. O carvoeiro não fica tão fora do seu caminho.

Nós compramos cinco quilos cada, em sacos de amarrar. E então Januka começa a flertar com o vendedor de carvão. Na verdade, ela faz gato e sapato do carvoeiro. Eu fico impressionada. E não me sinto tão mal por Lubek. Então noto que o vendedor tem um relógio de pulso.

— Já são oito e vinte?

Januka inclina a cabeça para olhar o pulso sujo do homem e diz:

— Oh!

O toque de recolher é só às nove, mas tenho quase meia hora de caminhada, e Januka tem ainda mais. Precisamos correr.

Nós saímos do pátio de carvão sem dizer uma palavra e caminhamos rapidamente pela calçada. O sol já entrou atrás das colinas e o crepúsculo está baixando, as ruas esvaziando. O sentimento de segurança da multidão se foi. Nós andamos mais rápido, o carvão está ficando mais pesado, e então chegamos na esquina que Januka precisa virar e preciso ir reto para a Tatarska. Nós paramos, damos um tchau rápido e então dois soldados alemães atravessam a rua, um deles acenando. Para nós.

— *Halt! Wer ist da?*

Januka e eu nos olhamos. Ainda não são nove horas.

O primeiro soldado é jovem. Talvez não mais velho do que eu, com uma metralhadora presa às suas costas e uma pistola ao lado. Ele estende a mão, pedindo os documentos de Januka. Ela apoia seu carvão no chão e começa a procurar na bolsa. O segundo soldado vem até mim. Seu cabelo é castanho-escuro e ele tem um bigodinho. Como o de Hitler. Eu entrego meus papéis.

Eles só passam o olho nas nossas informações e então começam a conversar entre eles. Eles não parecem falar polonês. E não devolvem nossos documentos.

O relógio no pulso do primeiro soldado diz oito e quarenta e sete. Eu espero, batendo o pé, encarando o buraco onde a sinagoga costumava ficar. Os dois soldados riem de uma piada entre eles. Mas pego uma palavra que entendo. *Neun.*

Nove. Eles vão nos segurar até as nove. Para poderem nos prender.

Olho para Januka e os olhos dela encontram os meus.

Estamos encrencadas.

Os soldados alemães continuam conversando, e agora é obviamente sobre nós. O mais jovem passa os dedos pelo cabelo de Januka, e quando digo a eles que é quase nove horas, adeus, e tento ir embora sem meus documentos, o de bigode grita comigo e me puxa pelo braço. Januka fica congelada, petrificada. E então os sinos da catedral tocam.

O soldado mais jovem ri e eles nos devolvem nossos documentos. Penso que vão nos liberar e pegamos nosso carvão. Mas então eles pegam cada uma de nós pelo braço e nos levam rua abaixo. Pelo caminho que viemos.

Estamos muito encrencadas.

E meus sentidos estão afiados como facas.

Eu sei em que rua estamos. Eles estão nos levando bem pelo meio dela, porque a calçada está esburacada pelas bombas. Há uma pensão alemã no final, onde os soldados ficam, no geral os que fazem parte da polícia. Mas antes da pensão há prédios de apartamentos. Do lado direito e esquerdo da rua.

Meu soldado não está mais brincando. Ele está me ignorando, os lábios apertados, seus olhos fixos em frente. Ele segura meu braço com força, machucando. De propósito. O de Januka está tocando o cabelo dela de novo, enfiando sua cara no pescoço dela, cheirando-a enquanto eles andam. Ela faz uma careta e meu soldado berra algo áspero que deve estar dizendo a ele para parar.

Ou para esperar.

— Acho que eles não falam polonês — digo baixo para Januka. Nós duas esperamos uma reação, mas, além deles nos observando, nada acontece.

— Sorria — digo. E nós sorrimos. — Ria — digo a ela, e nós rimos.

Com certeza, mesmo um nazista não poderia ter pensado que aquilo era real. Mas a mão no meu braço relaxa só um pouco.

— Tem alguns prédios ali na frente — digo em um tom agradável. — Apartamentos com portas na frente e atrás, um corredor no meio. Você entende? Ria agora, Januka.

Ela ri e faz que não com a cabeça ao mesmo tempo.

— Quando eu contar até três, vamos acertar a cara deles com o carvão. Vou correr para a direita, você corre para a esquerda, pela porta da frente do prédio, e sai pelos fundos. Corra como o diabo. Você consegue? Ria agora.

Ela ri. Alto. E faz que sim. Eu rio com ela. Meu soldado tem uma expressão convencida.

Januka precisa dar tudo de si, ou não vai funcionar.

— Com toda sua força?

Ela faz que sim, mas não ri. Seus olhos estão arregalados e assustados.

Olho para os prédios à frente, escolhendo. E acho que vejo dois que servem. Nossos pés ressoam ao mesmo tempo na rua vazia e silenciosa. Os prédios que quero estão chegando.

— Um — digo, sorrindo para Januka. Então olho para a frente. — Dois. E três...

Agarro minha sacola de carvão repentinamente com as duas mãos e uso todo meu corpo para erguê-la. A sacola acerta meu soldado bem no bigode e ele cai de costas nos paralelepípedos. Paro por um momento, chocada por ele ter realmente caído, e então ouço Januka gritar:

— Corra!

O homem dela caiu antes do meu.

Eu corro. Como um coelho. Como o vento. Como nunca corri antes. E meu cérebro em alerta me mostra a maçaneta da porta um segundo antes de eu ter que girá-la. Bato a porta sem parar de correr pelo corredor escuro e para a próxima porta. Ela abre e fecha sem eu perder um segundo. Desço os degraus para um beco. Viro à direita e depois rapidamente à esquerda. Espero que não dê em uma rua sem saída. E ouço tiros nas ruas. De pistola. Gritos em alemão.

Ah, Januka, penso. Por favor, esteja bem.

Mas não posso parar. Fico nas ruas menores, virando esquinas e dando voltas até ter que subir a colina até a Tatarska. Agora só fico nas sombras. Eu não sei se tem alguém atrás de mim. Não consigo ouvir ninguém.

Acho que se tivesse alguém me perseguindo eu já teria levado um tiro.

Eu voo para o pátio, dou a volta pelos fundos, no escuro, e se a sra. Krajewska me vê, provavelmente não enxerga mais que um borrão. Soco a porta e Max a abre com tudo, me puxa para dentro e gira a fechadura. Ele devia estar de vigia na janela.

— O que foi? O que aconteceu?

Eu me apoio na porta e ofego. E ofego. Eu não tenho ar.

Mas tenho um saco de carvão. Eu o jogo no chão.

— Seu rapaz passou aqui — a sra. Bessermann diz.

— Pegue água para ela — Schillinger ordena, e Dziusia vai pegar um copo. Siunek e Cesia estão vindo do outro quarto, o Velho Hirsch parece francamente curioso no sofá. Eu

A LUZ NA ESCURIDÃO **313**

vejo Helena sentada no canto, encolhendo seu corpo para caber no espaço. Estendo a mão e ela se aproxima, passando os braços em volta da minha cintura.

Eles devem ter ficado apavorados quando não voltei antes do toque de recolher.

Quando recupero meu fôlego, conto a Max dos soldados e de Januka, que talvez esteja morta. Pensar nisso me dá um calafrio. Me faz lacrimejar.

Max range os dentes enquanto eu falo. Ele esfrega a cabeça. E então soca a porta da frente atrás de si. Helena pula nos meus braços.

— Certo — ele diz. — Chega. Eu vou te ensinar boxe. Agora mesmo.

Acho interessante que Max tenha se tornado o líder dos escondidos. O dr. Schillinger é mais velho, e, na clínica dentária, ele era o chefe de Max. Hirsch é mais velho que Schillinger. A sra. Bessermann é uma mãe acostumada a mandar nos outros, e Siunek tem o dobro do tamanho de Max. Mas quando uma decisão precisa ser tomada, todos se voltam para Max. Se Max diz que eu preciso aprender a bater num nazista — ou em qualquer outra pessoa que mereça apanhar —, eles abrem espaço e presumem que vou aprender a bater num nazista.

Max e eu ficamos de pé em meio a um círculo de pessoas ansiosas e até Helena se senta para assistir, os ombros curvados de ansiedade. Para além do perigo diário de sermos descobertos por Ernst, o homem da SS, essa é provavelmente a coisa mais interessante que acontece desde que duas galinhas foram perseguidas por um cachorro.

Helena deve estar procurando algumas dicas para usar com os meninos Krajewska.

Eu me sinto ridícula. E cansada. E nervosa com a adrenalina. É uma combinação desagradável. Então imagino o que teria acontecido comigo se eu não tivesse um saco de carvão naquela hora e decido que talvez isso não seja perda de tempo. Pode ser até bom bater em algo. Ergo meus pulsos.

— A primeira coisa que você precisa lembrar — Max sussurra para que os vizinhos não ouçam — é estar na defensiva antes de partir para a ofensiva.

— Onde você aprendeu a lutar? — pergunto.

— No ginásio — ele diz. — Você não deve ter notado meus olhos roxos. Agora deixe os pés leves, fique pronta para desviar...

— Você não pode bater se já apanhou, menina! — o Velho Hirsch diz. Ele está gostando disso.

— Vamos lá, Fusia — Max diz. — Movimente os pés.

Eu me movimento. Só um pouco. Já estou me sentindo ridícula novamente.

— Não, nessa parte do seu pé. Assim. Pronta para se mover.

Eu me equilibro na parte certa do meu pé e Max me faz praticar me esquivando dos seus golpes. Sou bem boa nisso. Helena bate palmas. Acho que Janek ia preferir se Max me acertasse, mas não acho que Max esteja tentando de verdade. Então ele me mostra como dar um soco.

— Dedão aqui — ele ajusta meu pulso —, e coloque seu corpo assim. Mantenha a boca fechada. Use seu peso...

Sei o que ele quer dizer. Como eu fiz com o saco de carvão. Eu puxo, uso meu peso e bato com força no nariz de Max.

Eu não queria fazer isso. Eu estava pensando no saco de carvão.

Vejo o choque no rosto dele. Sinto o choque no meu. Helena põe as mãos sobre a boca. Então a sra. Bessermann diz:

— Bom para você!

Janek bate palmas e o Velho Hirsch cai na risada sem pensar no barulho enquanto Max deixa sua camisa toda suja de sangue.

Fico atrás de Max, com uma das mãos em seu pescoço inclinado enquanto a outra segura um pano molhado em seu nariz. Estou esperando o sangramento parar. E Siunek ter misericórdia e parar de provocar Max. Max leva com bom humor. No geral. Quando Siunek se cansa, termino de limpar o rosto de Max e me sento ao lado dele à mesa. Ele aponta alegre para seu nariz. Está um pouco inchado. Ele ergue a sobrancelha.

— Acho que decidi que você não precisa de aulas.

— Me desculpa. Eu perdi a cabeça.

— É meu castigo por ficar escutando. Eu aceito.

A menção a Lubek faz a conversa parar.

— Você gosta dele, Fusia?

— Sim.

Max franze a testa.

— Como amigo — acrescento.

— Você não disse isso a ele quando ele te pediu em casamento.

— Eu não acho que isso é exatamente o que ele estava...

— Sim, é isso que ele estava fazendo.

Eu não queria admitir isso.

— Se você estiver falando sério, você vai ter que fazer uma escolha. Se ele continuar vindo aqui, você vai precisar confiar nosso segredo a ele. Você acha que pode confiar nele?

Eu não sei.

— O que você quer, Max?

— Ah, Fusia — ele diz, apalpando o nariz. — Essa não é uma boa hora para me perguntar o que eu quero. Não acho que você iria gostar. Só... lembre-se do que está em jogo.

Não preciso que Max me lembre do que está em jogo. No entanto, fico acordada na cama ao lado de Helena pensando no que está em jogo. E ainda estou acordada quando Schillinger assume o lugar da sra. Bessermann na janela.

Na manhã seguinte, a caminho do trabalho, vejo um homem ser enforcado. Na praça do mercado, com uma guarda de homens da SS, soldados alemães e metade de Przemyśl ali para vê-lo morrer.

Ele foi enforcado por esconder judeus.

Eu corro para a fábrica. E lá está Januka, vindo pela ponte de ferro para me abraçar. Eles atiraram nela e ela correu tão rápido que deu de cara com a parede dos fundos do prédio em vez de passar pela porta. Mas escapou.

Ela diz que não sabe o que fazer se encontrarmos aqueles soldados novamente.

Fico vendo as pernas do homem morto ondulando com a brisa.

E sei que nunca poderei contar meu segredo a Lubek.

Eu mal consigo me concentrar. Deixo a bomba d'água de uma das minhas máquinas secar. Não atinjo a cota quase nenhum dia daquela semana.

Lubek passa os intervalos comigo na ponte de metal e nada parece ter mudado. Exceto que ele me observa ainda mais de perto. Na sexta, quando Januka se afasta, ele diz:

— Você pensou no que quer fazer depois da guerra?

Mordo o lábio.

— Este não é um bom momento para fazer planos.

— Nunca é um momento ruim para se fazer planos. A menos que você não queira.

— Lubek — digo. — Eu não quero. Não agora. Não com você.

Ele assente e acende um cigarro.

— Demore o tempo que precisar — ele diz. — Eu já tomei uma decisão. E nunca mudo de ideia.

E então ouvimos uma saraivada de tiros ao longe. Estão vindo do gueto. Nós olhamos naquela direção. Ouvimos gritos se erguendo e ecoando por entre os prédios, entre o apito dos trens. Três minutos depois, outra saraivada. E mais outra.

— Você estava certa — Lubek diz. Ele faz o final do seu cigarro brilhar. — Estão atirando neles.

Nós escutamos saraivada após saraivada, cada uma com uns três minutos de diferença.

Ah, Henek, penso. Não me importo se você é um *Dummkopf* ou um *yutz*. Não quero que você morra. Danuta, por que você o deixou esperar tanto? Por que não o forçou a vir? Por que vocês não vieram?

Quando nosso intervalo termina e nós voltamos para dentro da fábrica, os tiros ainda estão soando, saraivada após saraivada. O barulho das máquinas afoga as mortes.

E não deixo que Lubek veja as minhas lágrimas.

22.

Setembro, 1943

Depois dos tiros, uma fumaça escura paira no céu por dois dias. Os alemães estão queimando os corpos. Pilhas deles. O cheiro é horrível. E há uma película de sujeira gordurosa por cima da estação de trem. Mas ainda há um guarda no portão do gueto, então ainda deve ter alguém vivo. Verifico nosso ponto na cerca, só por garantia, mas não há nada embaixo da pedra.

Max anda sombrio. Silencioso. Seus olhos estão vermelhos.

Ele é o único Diamant que restou.

Lubek vai me visitar duas noites seguidas. Eu tento impedi-lo de entrar. Tento dizer que preciso ir ao mercado. Mas ele só se vira e começa a caminhar comigo; não posso comprar o que preciso, porque ele repara as quantidades. No terceiro dia, peço ao inspetor que ele vá primeiro na minha estação para contar meus parafusos e depois saio da fábrica de fininho, antes que Lubek e Januka estejam liberados. Amarro um lenço na cabeça por causa da chuva fria e corro pelas ruas molhadas até ver a porta que preciso. Eu hesito, respiro fundo e entro no estúdio de fotografia.

Emilika está no balcão, ajudando um homem com um chapéu molhado. Seus olhos se arregalam quando ela me vê, mas ela continua a atender o homem. Eu espero. Me sentindo nervosa. Suja e malvestida em meio a retratos sorridentes e latas de filme. O homem ergue o colarinho para sair na chuva, a porta bate e Emilika apoia os cotovelos no balcão.

— Bem. Stefania Podgórska. Eu pensei que você tinha fugido para a Rússia ou coisa assim.

Sacudo a cabeça.

— Só um apartamento novo. Foi... uma oportunidade.

— Você não se despediu.

Eu ia dar uma desculpa, uma justificativa na qual eu tinha pensado toda a tarde enquanto trabalhava nas máquinas, mas em vez disso lhe digo a verdade.

— Me desculpe. Eu não devia ter feito isso. É só que... achei que você estivesse brava comigo, por causa da nossa... conversa.

— Que conversa? — ela diz casualmente. — Não me lembro.

Eu sorrio.

— Como está Hela? — ela pergunta. — Como é seu novo apartamento? Onde é?

— Hela está bem. — Eu desvio da pergunta sobre o apartamento. — Mas tenho um pequeno problema.

— Ah?

— Tem um garoto.

— Mesmo? — Ela está toda interessada. Eu sabia que ficaria.

— Tem um garoto... que eu não quero. E ele é muito...
hum...

— Persistente?

— Insistente.

— Indiretas não adiantam?

Eu nego, balançando a cabeça.

— E dizer não?

— Até agora não adiantou.

— Então como posso ajudar?

— Eu estava pensando se talvez você não poderia me dar uma foto. De um homem da SS.

Malícia floresce por todo seu rosto. Mesmo com todos os defeitos, senti falta de Emilika.

— Eu tenho a solução perfeita! — Ela se move para trás da cortina que cobre os fundos da loja. — Terminei essas hoje de manhã — ela diz. — Ele é um sonho! E você é muito sortuda, porque o sr. Markowski não está aqui hoje...

A voz dela volta a ficar mais alta do meu lado da cortina.

— ... e uma leva das revelações ficou manchada. Papel ruim. É difícil conseguir papel bom hoje em dia. Todo mundo acha que balas são mais necessárias. Mas eu acho que isso pode resolver! O que você acha? — Ela coloca uma foto no balcão e a gira na minha direção.

É um homem lindo. Com cabelos e olhos claros e um perfil que deixaria qualquer nórdico orgulhoso. Até os dentes dele são perfeitos. Ele está sem quepe, mas há dois raios em sua gola. Eu pego a foto.

— Ah, sim — digo a Emilika. — Isso vai servir.

Inclino a cabeça para observar melhor a foto. Eu acho que prefiro cabelo escuro.

E Lubek vai me odiar. Muito.

Ainda estou com a foto na mão quando a porta da loja abre. Eu não vejo a expressão de Emilika. Não até ser tarde demais.

— *Gutten Abend, Fräulein* — a voz diz.

Quando me viro para olhar, é o homem bonito da SS. O da foto. E ele me vê. Segurando seu retrato.

A boca dele se abre.

Ele pode ser bonito, mas pessoalmente parece ser um pouco estúpido.

Há dois outros oficiais atrás dele, lotando a loja. Eles riem e apontam quando veem o que estou segurando, dando uma cotovelada nas costelas do amigo. Ele franze a testa e se vira para Emilika, diz algo em alemão e então troca para um péssimo polonês.

— Você está... vendendo a... *Fotografieren?*

— Ah, não! — Emilika diz. — Só olhando. — Ela dá um sorriso luminoso para ele. — Bonito. — Ela estica a mão disfarçadamente pelo balcão e belisca meu braço.

— Bonito — digo.

— *Gut aussehend* — um dos outros traduz, dando outra cotovelada nele, e o rosto do oficial se acende.

— Você... gosta? — ele pergunta.

Eu faço que sim, porque não sei o que mais fazer.

Algumas coisas são iguais por toda parte, acho, porque mesmo em alemão é fácil notar que o SS bonitão está sendo provocado pelos amigos. Eles estão rindo e me olhando e cutucando uns aos outros. Emilika belisca meu braço de novo. Seus lábios mal se movem.

— Corra — ela diz sem som. — Sai daqui!

Eu coloco a fotografia no balcão.

— Bom dia — digo, e começo a me mover, mas o homem da SS estica um braço.

— *Nein, nein, Fräulein!* — Então ele pensa na palavra e diz, erguendo um dedo: — Espere.

Há um monte de conversa entre ele e os amigos. Então ele é empurrado um pouco para a frente. Ele pega a foto, a empurra para o meu peito e estica seu rosto.

Um beijo. Eu posso ficar com a foto em troca de um beijo.

Beijo a bochecha dele, porque preciso da foto.

Eu me pergunto se ele atirou em Henek. Ou Danuta.

E então beijo a outra bochecha que ele apresenta, porque o que aconteceria se eu me recusasse? E, enquanto faço isso, eu me pergunto se esse homem é responsável por aquela fumaça horrorosa.

Os outros dois SS comemoram e batem palmas, dando um tapa nas costas do amigo. Emilika enfia a mão embaixo do balcão.

— Aqui — ela diz e me dá um envelope grande e amarelo. Enfio a foto dentro dele e embaixo do meu casaco.

— Obrigada — digo baixo.

— *Auf Wiedersehen, Fräulein!* — o bonitão diz enquanto acena.

Fecho a porta da loja e fico parada entre as vitrines, recuperando o fôlego antes de sair na chuva. É a segunda vez que precisei beijar um soldado alemão. E gostei ainda menos que da primeira.

E não acho que vou contar sobre isso a Max.

Quando subo a colina da rua Tatarska na escuridão molhada e fria, sinto o arrepio familiar do medo. Como se um pássaro tivesse levantado voo no meu peito. Eu vou encontrar a porta arrombada. Vou encontrar a casa e os *bunkers* vazios. Vou ver todo mundo morto. E, nessa noite, quando giro a maçaneta, a porta está destrancada.

Acho que vou levar um tiro no segundo que a abro.

Eu fico na chuva, a fotografia em segurança dentro do meu casaco.

O arrepio se torna um aperto dolorido.

Abro a porta, lentamente, e vejo Helena sentada numa cadeira, balançando os pés. Seus olhos estão arregalados. E no sofá está sentada uma mulher de costas eretas com um chapéu de pele e um casaco marrom-escuro. Uma mulher que nunca vi. Estou tão feliz por não ser a Gestapo que entro e fecho a porta. Está tudo quieto, exceto pelos pingos que caem da minha roupa.

Todo mundo deve estar no sótão.

Espero que eles estejam no sótão.

A mulher se levanta.

— Srta. Podgórska?

— Sim?

— Meu nome é sra. Krawiecka.

Coloco o envelope com a foto perto da lata de açúcar e penduro meu casaco ensopado ao lado da porta.

— Posso te ajudar com alguma coisa, sra. Krawiecka?

— Sim, sim, você pode. Você pode esconder um judeu para mim.

Encaro a mulher, o lenço ainda na metade na minha cabeça.

— O que você disse?

— Preciso que você esconda um judeu para mim. Eu não posso ser mais franca do que isso.

Eu penduro o lenço, puxo uma cadeira da cozinha e me sento nela. A mulher se acomoda de volta no sofá. Helena olha de uma para a outra.

— Por que você me pediria algo assim? — pergunto.

— Por favor. Estou sendo honesta com você. Tenha a cortesia de ser honesta comigo. Tem um judeu, Jan Dorlich, que gostaria de ficar escondido aqui.

— Eu não conheço nenhum Jan Dorlich.

— Mesmo? Você se faz de menina ingênua muito bem. Porque ele te conhece. O sr. Dorlich escapou do gueto ontem, antes dos trens chegarem. Você sabia que ontem vieram mais trens? As cercas estão sendo retiradas. O gueto está vazio.

Não, eu não sabia disso. Meu peito se aperta de novo. Com força.

— O sr. Dorlich foi até a minha casa, e eu não posso deixá-lo ficar. Não é seguro. Ele sabe que você está escondendo judeus. Hirsch, Diamant e Bessermann. Então eu realmente acho que seria melhor para todo mundo se você escondesse mais um.

Melhor. Melhor para quem? Para todos nós? Para que ela não nos denuncie? E imagino que ela não vai voltar atrás de dinheiro também. Essa mulher não é nada além de uma chantageadora. Mais uma.

Eu vou matar o Velho Hirsch.

— Sra. Krawiecka, acho que você veio na casa errada. Eu não te conheço. Não conheço um Jan Dorlich. E não estou escondendo judeus. Eu trabalho, cuido dessa casa e alimento minha irmãzinha. Como eu teria tempo de cuidar de todas essas outras pessoas? Nunca nem ouvi falar dessas pessoas.

— Pare de joguinhos, garota. Você não está em posição de recusar.

— Ou o quê? Você vai entregar a mim e a minha irmã para a Gestapo e vai deixar que eles nos torturem até conseguir uma confissão? É isso que você quer? Ter acabado de beijar um membro da Gestapo me deixa a ponto de explodir. Essa chantageadora escolheu o dia errado.

— Você precisa ter certeza das coisas antes de entrar na casa de alguém fazendo acusações desse tipo. Por que eu esconderia judeus? Eu odeio judeus!

Eu vejo Helena fazer uma careta.

— Mas... — A mulher leva as mãos ao pescoço.

— Talvez eu deva ir a Gestapo dizer a eles que você tem um judeu.

— Não! Quer dizer, ele estava tão certo...

— Você vê algum judeu por aqui, sra. Krawiecka? Por favor, inspecione a casa. Olhe em todos os cantos!

Ela decide fazer isso. Ela anda pela sala de estar e a cozinha. Examinando tudo. Entra no meu quarto e espia atrás das cortinas e embaixo da cama. Vai para o segundo quarto. E sai dele. Ela volta para a cozinha, abre a portinha e espia as galinhas. Ela coloca o pé na escada.

— Sim — digo alto. — Procure no sótão. Por favor!

Ela sobe o suficiente para enfiar a cabeça pelo piso do sótão e ver as tralhas que guardei lá. Ela volta rapidamente, pisando em cima das galinhas, marcha até a lata de açúcar e pega meu envelope.

E encontra a foto de um oficial da SS.

Helena está cobrindo a boca. Ela parece achar a frustração da sra. Krawiecka engraçada. Ou minha irritação.

— Bem — a mulher diz, soltando a fotografia na mesa.

— Me deram informações falsas. Eu saberei o que fazer. Me desculpe por tomar seu tempo.

Eu tranco a porta atrás dela e me sento na mesa. Helena vai até a janela e depois de um minuto ou dois diz:

— Ela foi embora! — Estico a mão sem me levantar e abro a porta do sótão.

As galinhas saem. E lá vêm os meus judeus, um por um descendo a escada. Eles escutaram a maior parte da conversa. E estão atordoados.

— Me desculpem! Me desculpem! — o Velho Hirsch diz. Sua barba está crescendo de volta. — Eu peço mil desculpas!

Max cai na cadeira ao lado da minha, esfregando a cabeça.

— Fusia, você conhece, sim, Jan Dorlich.

Eu levanto os olhos. Meu rosto estava enterrado nas minhas mãos.

— O quê?

— Era o nosso carteiro. Na Mickiewicza.

O sr. Dorlich. Eu tinha esquecido. Não consigo acreditar que esqueci, embora não tenha certeza de já ter ouvido seu primeiro nome. E não me impressiona que ele saiba. Ele provavelmente conhecia o outro carteiro que Schillinger e Hirsch pagaram para sair do gueto. Olho para Max.

— O que fazemos?

— Eu não sei. Só espero que ele esteja bem.

Agora, além de assustada, estou me sentindo culpada.

Então Max pega a foto do homem da SS.

— Ah — ele diz. — Sim, acho que isso vai funcionar. Acho que isso vai ser ótimo.

Ele sabe para o que é. E está feliz com isso. Eu fico irritada.

— Lubek está vindo! — Helena diz.

E oito pessoas precisam correr de volta para o sótão. Exceto Max. Ele olha para a escada. Ele me olha nos olhos. E vai para o quarto. Escutar. Helena o segue e fecha a porta. Ela colocou o livro de odontologia embaixo do nosso travesseiro. Eu não queria ter que fazer isso essa noite.

Lubek tenta entrar, mas a porta está trancada.

— Espere um minuto! — Eu checo a casa para ver se há pertences jogados, fecho a porta que dá na escada e coloco a fotografia de pé ao lado da lata de açúcar. Então abro a porta.

— Você saiu cedo do trabalho — Lubek diz, saindo da chuva. — Nem mesmo se despediu.

— Eu precisava ir a um lugar.

— Você sempre parece ter que ir a algum lugar. — Ele sacode o casaco do lado de fora e então o pendura e fecha a porta, deixando a chuva do outro lado. — Você não está me evitando, está?

— Não.

Eu me sento à mesa pela metade. A qualquer minuto ele vai fazer chá e pegar o açúcar.

Sei que estou fazendo a coisa certa. Escolhi as sete vidas acima de mim e a que está embaixo do chão. Mas temo o momento que ele vir a fotografia.

Lubek sorri.

— Acho que você não quer falar sobre o que eu quero falar.

Uma das coisas que gosto em Lubek é que ele vai direto ao ponto, sem joguinhos. E nesse momento ele está sentado numa posição que o permite me olhar no rosto. De costas para a foto. Eu decido ser direta.

— Lubek, você tem sido um bom amigo para mim. Mas não sou a garota certa para você.

— Por quê?

Porque minto para todo mundo o tempo todo. Até mesmo para você. Porque posso ser assassinada qualquer dia desses. Porque amei um menino e ele foi assassinado e tenho medo de que isso aconteça comigo de novo.

Eu ainda não tinha notado essa última parte.

— Porque eu gosto de você — digo bem alto. — Mas não te amo.

Pronto, Max. Espero que você tenha gostado disso.

Lubek franze a testa. Estou surpresa por ele ainda não ter puxado um cigarro.

— Isso poderia mudar.

Talvez. Mas não vai.

Sacudo a cabeça para ele. Lubek empurra a cadeira para trás, se levanta e vira. Para fazer o chá.

E ele vê a foto.

Ele fica imóvel como uma estátua.

Eu cruzo os braços. Sei o que preciso fazer.

— Quem é esse? — ele pergunta.

— Só um rapaz com quem ando saindo.

— Você anda saindo… com um deles?

— Ele é bem legal — digo, pensando em quão idiota ele pareceu no estúdio de fotografia. — Ele é… de Salzburg.

Lubek encara o SS bonito, paralisado.

— É isso que você tem feito depois do trabalho?

— Às vezes.

— E depois você se senta comigo nessa mesa.

Sendo justa, eu nunca convidei Lubek para tomar chá nessa mesa comigo. Mas também não me importei.

Lubek finalmente olha para mim. E ele está com tanta raiva.

— Eu imagino que ele tenha dinheiro.

— Algum — sussurro.

— Não achei que você fosse tão barata.

Eu pisco, mas não deixo que ele me veja hesitar.

— Achei que você fosse melhor que isso. Melhor do que Januka e aquelas outras meninas. Achei que você tivesse um cérebro dentro da cabeça. E agora descubro que você está à venda, como todas elas.

Ele vai até a porta e pega seu casaco.

— Eu te disse que nunca mudaria de ideia. Eu estava errado. Eu mudei. — Ele abre a porta e olha para trás. — Você me dá nojo.

E a porta bate com tanta força que as paredes sacodem.

Eu me levanto da mesa, ando até a porta e tranco a fechadura. Então me apoio nela.

Isso doeu. Muito.

Foi um dia horrível.

Quando abro meus olhos, Max está voltando para a sala com a camisa para fora e os pés descalços. Tenho certeza de que ele ouviu Lubek indo embora. Ainda não dei o sinal para os outros no sótão, e ele também não dá. Ele só vem e passa os braços em volta de mim. Eu choro no seu ombro.

— Eu sinto muito — ele diz. — Sinto muito.

— Ele me chamou de barata — sussurro.

— Eu sei. — Ele acaricia meu cabelo. — Você não é barata. Você é a melhor pessoa que eu conheço.

É tão bom ser abraçada. Max segura minha cabeça e beija minha testa. Como o pai dele costumava fazer.

Só que não é nada como o pai dele.

A sensação da pele dele encostando na minha faz minha respiração parar.

E tudo muda.

Nós paramos, a mão dele nos meus cabelos. Eu acho que Max vai me beijar. Me beijar de verdade.

Mas ele não beija. Porque atravessei a sala para limpar meu rosto e guardar a chaleira. Ele fica parado na porta, onde o deixei.

E meu coração está batendo como se tivesse terminado uma corrida.

— Eu vou avisar que eles podem descer — Max diz.

— Espere — digo.

Ele para. Congelado.

— Você está com sujeira no cabelo.

Ele passa uma mão pelo cabelo enquanto faço algo desnecessário com a chaleira. E logo as pessoas estão descendo a escada e a sala está cheia e ele está lembrando a todos de fazer silêncio pela milionésima vez porque tem um SS na casa ao lado.

Pego a fotografia e a enfio embaixo do colchão.

Naquela noite, deitada na cama, penso em cada conversa, cada minuto de tempo que eu me lembro de ter passado com Max. Ele realmente quis me beijar ou eu só estava chateada? Talvez eu tenha inventado isso. Eu quis beijá-lo? O que Izio pensaria se Max tivesse me beijado?

Eu não quero amar ninguém. Não durante uma guerra.

O amor vai me fazer sofrer.

Então Siunek me acorda de um sono profundo que nem sabia que tinha caído. Meu pescoço dói. Eu estava dormindo em cima do livro. E o medo acorda, flutua pelo meu peito, salta para a minha garganta. Eu me endireito na cama.

— O que aconteceu?

— Eles estão vindo — Siunek diz. — Henek e Danuta!

— Chame Max — eu digo, e jogo as cobertas para o lado.

Eu beijei o rosto de Henek, abracei Danuta e agora eles estão com Max, suas três cabeças juntas, falando baixo. Max está apertando as duas mãos do irmão. E ele está chorando. Quero tirar a sujeira do seu cabelo. Henek esperou demais. Foi por pouco. Esconderam-se até que os últimos trens partissem. Depois a SS começou a esvaziar os prédios. Atirar em todo mundo que havia sobrado. Mas Danuta estava pronta. Ela guardou alguma comida. Roupas que passariam desapercebidas nas ruas movimentadas.

E então eles decidiram sair escondidos pela cidade depois do toque de recolher, dando aos alemães todas as chances de vê-los em lugares que não deveriam estar.

Estou apenas feliz por eles estarem vivos. Especialmente por causa de Max.

Mas agora somos doze. E existem pessoas que sabem onde estamos.

Eu me pergunto quanto tempo vamos durar.

A dor atrás dos meus olhos pulsa o dia inteiro, e, no trabalho, Lubek me trata como se eu já estivesse morta.

Vou direto para o mercado depois do trabalho na fábrica e compro o que restou, que é um saco de cinco quilos de batatas pequenas, algumas cenouras e quatro cebolas. Carrego o peso colina acima para a Tatarska, lidando com meu habitual tremor de medo. Talvez hoje seja o dia que a sra. Krawiecka tenha ido à Gestapo. Ou que os oficiais do *Judenrat* contaram o que sabem, se eles ainda estiverem vivos. Ou talvez Ernst, o SS, tenha parado de beber tempo o suficiente para entender o que está acontecendo do outro lado da parede.

Eu me pergunto se hoje é o dia que deveria fazer sopa.

Quando tranco a porta atrás de mim, cansada, dolorida, preocupada e assustada, Max e Siunek estão se movendo em volta da mesa. Levando a louça para a pia. Me olhando. Olhando um para o outro. Arrastando os pés.

Culpados.

Eu largo o saco de batatas.

— Certo. Quem comeu a manteiga? Porque eu vinha culpando Helena.

Eles não respondem.

— Foi o açúcar, então? — Eu caio na cadeira.

— Você quer uma xícara de chá? — Siunek pergunta.

Decido aceitar. Minha cabeça está explodindo. Ele já tem a água quente.

— Há algo errado com Henek? — pergunto. — Ou Danuta?

Max se senta na minha frente e sacode a cabeça.

— Dziusia?

— Não, é…

— Hela? — Eu quase salto da cadeira.

— Não, não. — Max esfrega a cabeça. — Eu preciso te fazer uma pergunta.

Eu queria que ele fizesse.

— Queria saber o que você acha de… esconder mais um.

— Mais um? Quem?

— Jan Dorlich.

Eu me encosto na cadeira. Siunek está fazendo chá, mas me observa cuidadosamente. Aperto minha têmpora dolorida e suspiro.

— Se ele precisa de ajuda... então ele precisa de ajuda. E não acho que aquela mulher vai dar a ele. Não por muito tempo.

— Então... — Siunek diz. — Você o aceita?

— Vou ser enforcada igual por onze ou por dez, acho. — Olho para Max. — Devo ir até aquela mulher?

— Não precisa — ele diz.

— O que você quer dizer com não precisa?

— Quero dizer — Max diz — que ele está no sótão.

Olho para Max e Siunek.

— O carteiro está no sótão?

Eles sinalizam que sim. Siunek coloca o chá na minha frente. Eu o sopro e dou um grande gole.

— Então digam a ele que vamos comer alguma coisa assim que eu beber meu chá.

Max se inclina para trás na cadeira.

— Você estava certo — Siunek diz, como se Max tivesse ganhado uma aposta.

Max ergue os olhos. Olha nos meus. Sorri. Quase tímido. Então vai para o quarto com Siunek.

Acho que ele está tentando não ficar sozinho comigo.

No dia seguinte, depois do trabalho, vou ao mercado, porque estamos sem comida mais uma vez. Uso o resto do dinheiro de Hirsch para essa semana e compro o que encontro. Rabanetes e *kasha*. Eu me arrasto pela colina para a rua Tatarska, me perguntando se hoje é o dia. Se vou abrir a porta e a casa será uma cova.

Talvez eu coloque os rabanetes no resto da sopa. Para render mais.

Chego em casa e tranco a porta atrás de mim. Minhas costas estão cansadas e tenho um corte na mão por causa de uma das máquinas de fazer parafusos. Max e Siunek estão parados na cozinha. Arrastando os pés. Eles parecem os meninos da sra. Krajewska pegos com um maço de cigarro.

Tiro meu casaco e me sento à mesa. Max se senta na minha frente. Siunek serve uma xícara de chá.

— Quem está no sótão? — pergunto.

— Monek e Sala — Max responde.

É como se estivesse chovendo judeus.

— Eles estavam se escondendo no porão sem nada para comer desde que o gueto foi fechado — Siunek diz. — Eles não tinham mais para onde ir...

— Mas como eles sabiam que deviam vir para cá?

Mais culpa.

— Esperem. Qual o sobrenome deles?

Max hesita.

— Hirsch.

— Me desculpe! — o Velho Hirsch diz da escada.

Eu sopro meu chá e dou um gole.

Treze, penso. Treze judeus no sótão.

Não é como se os nazistas pudessem me matar mais.

23.

Dezembro, 1943

A Tatarska 3 está cheia. Nós precisamos começar a usar o segundo quarto, criando um canto separado com um lençol. Mas um balde não é o suficiente e Helena precisa esvaziá-lo várias vezes ao dia só para lidarmos melhor com o cheiro. E leva mais tempo para chegar do sótão de lá e mais tempo para subir as escadas. Preciso pedir para quem vai me visitar — a sra. Krajewska ou, ocasionalmente, uma das meninas do trabalho — para esperar um pouco porque estou me vestindo enquanto treze pessoas pegam suas coisas, fazem fila e sobem a escada uma a uma. E se a pessoa que me visita é alguém que já vi naquele dia, realmente preciso me trocar para que esteja vestindo algo diferente da última vez que me viram. A sra. Krajewska, penso, decidiu que sou fútil. Mas a maior dificuldade é manter o silêncio quando treze pessoas estão discutindo ao mesmo tempo.

Monek Hirsch é sobrinho do Velho Hirsch, primo de Siunek, mas isso não significa que eles se dão bem. Não tenho certeza se eles se davam antes da guerra. Sala é a esposa de Monek, e ela e Danuta trabalham juntas contra a sra. Bessermann, que fica do lado de Janek contra Dziusia. Jan Dorlich sempre concorda com Schillinger, para quem ele costumava entregar a correspondência, e Cesia sempre fica com Siunek. E Max defende Henek até a morte, mesmo quando Henek está sendo pouco razoável. A menos que ele esteja tendo uma discussão acalorada com Siunek, com ou sem Ernst ao lado, sobre a forma correta de cortar cenouras para a sopa.

Helena foge sempre que pode.

E tem a roupa suja. As roupas e cobertores de cada um precisam ser lavados uma vez por semana ou temos mais discussões por causa do cheiro do que aquelas causadas pelo balde. Mas é difícil trazer água o suficiente sem chamar a atenção da sra. Krajewska, já que o poço fica bem em frente à janela dela. Se duas lavagens por dia forem feitas, sugeri, incluindo a minha e a de Helena, então todo mundo terá lavado a roupa na semana e o ciclo pode começar de novo. Oito dias disso e Max vem me procurar depois do trabalho.

— Então, o Velho Hirsch tentou pagar a sra. Bessermann para lavar a roupa dele com o dinheiro da comida e agora a sra. Bessermann está brava porque ela não foi paga, embora ela tenha feito Cesia lavar sua parte. E agora Cesia não quer ir de novo e Siunek diz que ela não deveria, e é a vez de Danuta também, mas Henek diz que ela é frágil demais e não quer lavar ele mesmo.

Solto as sacolas que carreguei ladeira acima.

— Max — digo —, acabei de fazer 31 mil parafusos em doze horas e andei dez quilômetros para conseguir nosso jantar. Esse problema é seu.

E fazer as compras é meu. A mulher do fazendeiro que me vende leite perguntou como duas meninas podem beber tanto, e recebi quase a mesma pergunta do merceeiro que me vende ovos. E esses comentários foram para compras que duram metade da semana, porque nos outros dias eu compro em diferentes mercados para evitar justamente esse problema. A sra. Krajewska mencionou que me vê chegando com sacolas todos os dias e até mesmo Lubek tinha percebido o saco de *kasha*.

Então criei um negócio. Falso. Eu agora compro comida dos fazendeiros e faço Helena revender no mercado enquanto estou no trabalho. Porque nossa mãe precisa de dinheiro na Alemanha. Exatamente como disse para Lubek. Quase.

Isso significa que Helena sobe a colina de noite com duas sacolas pesadas de mantimentos da lista que dei a ela e toda manhã ela desce a colina com duas sacolas que parecem cheias, mas não estão, porque Max conseguiu deixá-las assim. Ele prendeu dois pedaços de madeira dentro, para mantê-las abertas, uma tábua cruzando o topo onde um filão de pão ou outras coisas podem se equilibrar. Sacolas cheias. Helena pratica andar curvada, como se estivesse carregando algo pesado, e se a sra. Krajewska lhe pergunta por que as sacolas ainda estão cheias, ela diz que não vendeu muito naquele dia e vai tentar de novo amanhã.

As sacolas da noite realmente são pesadas demais para ela carregar colina acima, e, além disso, o vento é cortante, mesmo sem neve. Estamos com pouco carvão. E então o Velho Hirsch esconde o dinheiro da comida porque me recuso a levar cigarros para casa.

Por dois dias nós comemos repolho e batatas, e no segundo dia não há nem isso. As galinhas correm perigo. E, então, com ou sem Ernst, acontece uma briga. Max, Schillinger, Henek e Danuta contra o Velho Hirsch, Monek, Sala e a sra. Bessermann. Mas Siunek encontra o dinheiro. No buraco em cima de uma das vigas do telhado. Max assume as contas e faz um controle cuidadoso na parede, onde o Velho Hirsch consegue ver, e quando levo peixe e maçãs secas para casa e as galinhas se salvam produzindo quatro ovos, nossa pequena guerra termina.

Precisamos de mais dinheiro para comida.

Então no meu próximo pagamento volto para casa do mercado com um investimento. Quatro suéteres velhos, feios e cheios de buracos, e cinco pares de agulhas de tricô. As crianças desfazem cuidadosamente os suéteres; Danuta guarda a água do cozimento das beterrabas e tinge a lã novamente. Quando a lã seca, todo mundo aprende a tricotar. As mulheres que sabem ensinam aos homens que não sabem. Meus treze judeus ficam ocupados e Siunek é um talento surpresa, capaz de terminar uma manga em algumas horas. Vendo o primeiro suéter para uma das meninas no trabalho e em alguns dias tenho encomenda para mais cinco.

Nem o Velho Hirsch consegue pensar em cigarros quando do está contando pontos.

Usei um quarto do dinheiro do suéter para comprar mais suéteres velhos. O quarto seguinte do dinheiro do suéter uso para algo bom, como frango ou queijo ou, em um dia memorável, cinco potes de picles. Mas guardo o restante do dinheiro do suéter. Em segredo. Porque é quase Natal. E porque o dia de Natal cairá em um sábado e terei sexta, sábado e domingo de folga. E, judeus ou não, meus treze precisam de um presente.

Nós precisamos de uma comemoração.

A LUZ NA ESCURIDÃO   **339**

Eu estou cheia de segredos.

No domingo anterior, acordo cedo. Cesia está de vigia na janela, embora não tenha certeza de que ela não pegou no sono, porque se assusta quando passo as pernas para fora da cama. Arrumo os cobertores em volta de Helena, visto meus sapatos e casaco e finjo que vou ao banheiro. Mas tranco a porta, em silêncio, enrolo um lenço em volta da minha cabeça e saio pela rua Tatarska enquanto os sinos da catedral tocam. O toque de recolher acabou e o dinheiro do suéter está bem guardado dentro do meu casaco.

Uma das mulheres mais velhas da fábrica me falou de um homem oito quilômetros fora de Przemyśl e longe da estrada, em uma velha casa na floresta. Um homem que tem coisas para vender. Todo tipo de coisas. Coisas que você não consegue nos mercados da cidade. Coisas que é melhor não perguntar de onde vieram. E, se tiver sorte, ele negocia com você.

Vou tentar a minha.

Caminho rápido na semiescuridão, minha respiração soltando fumaça, e, quando encontro a saída da estrada principal, o sol está só começando a descongelar o ar. Meu corpo está quente do exercício. Suando até. Mas meus dedos estão dormentes, meu nariz e dedos dos pés formigando. Uma casa aparece por entre as árvores. Não é muito mais que uma cabana. Está escura. Sem luzes. Mas há um celeiro de um lado, com uma lanterna na janela. A porta do celeiro abre com um rangido e surge a cabeça de um homem.

— O que você quer?

Eu paro de repente.

— Fazer... compras? — Talvez seja a casa errada.

Ele me examina, um gorro preto de tricô enfiado por cima das suas orelhas, e abre a porta um pouco mais.

— Rápido, menina — ele diz. — Você está deixando o calor sair.

Corro para dentro, e o celeiro é um depósito. Garrafas, latas e caixas forram prateleiras ao longo de uma parede, e as baias dos cavalos são como barracas de mercados, com mercadorias empilhadas. Algumas vacas circulam pelo celeiro, ajudando a gerar calor. Talvez elas sejam parte da mercadoria à venda.

Dou uma boa olhada no que está sendo oferecido. Cinco dúzias de meias do exército. Uma caixa de feijões enlatados. Meias de seda. Perfume. Um batom. Vodca. Aspirina. Papel higiênico do exército e latas e mais latas de peras em calda. Eu me pergunto se o oficial Berdecki faz compras aqui.

Em quinze minutos já recolhi tudo que quero. Sei quanto posso pagar. Não sei se ele vai me fazer esse preço.

E então vejo uma caixa enfiada em um canto. Bugigangas que já foram da casa de alguém, talvez. E, jogada em um canto, está uma boneca. Não uma boneca bebê. Uma menina, com tranças loiras, olhos pintados de azul e lábios vermelhos. Ela tem serragem vazando de uma das pernas e manchas nas roupas. Eu hesito, mas coloco a boneca junto dos outros itens da caixa e levo tudo para o homem com o gorro de tricô.

Ele olha os itens, faz umas contas na sua cabeça e dá seu preço. Sacudo a cabeça e ofereço a ele o que tenho. Ele sacode sua cabeça.

— Eu não estou dando essas coisas de presente, anjo.

— Se eu fosse o anjo de alguém — respondo —, teria mais dinheiro do que tenho.

Ele sorri e fala outro preço. Ainda muito alto. Digo que vou tirar metade do açúcar. É mais barato comprar com ele, mas posso conseguir na cidade. Ele dá de ombros. Tiro duas latas de pera em calda. Ele dá de ombros de novo. Eu hesito e tiro um dos sacos de um quilo de farinha fina — do tipo que eu não vejo fora de uma padaria desde 1941 — e um frasco de aspirina. Hesito de novo, tiro a boneca e pego a aspirina de volta. Gastei metade do meu salário com aspirina quando Henek teve tifo. O homem me observa deixar a boneca de lado.

— O dia de São Nicolau veio e se foi — ele diz.

— Eu sei. — Eu tinha dito para Helena que São Nicolau teria dificuldades para chegar a Przemyśl naquele ano. Ele teria que passar pelo meio de uma guerra. O que não significou muita coisa, já que ele conseguiu achar os meninos Krajewska.

— Certo — o homem diz. — Vou conseguir um saco para você.

Não sei por que fico tão decepcionada por causa da boneca. Não era prático. E poderia ter causado problemas com Dziusia e Janek. Não que essas crianças esperem comemorar o dia de São Nicolau. Embora com certeza se lembrem bem dos presentes de Chanucá.

Pago a ele e ele embala os itens em um saco que pode ser preso nas minhas costas. É pesado, muito pesado. Oito quilômetros de volta para a cidade me deixam cheia de dores. Mas estou satisfeita. Meus treze vão ficar muito surpresos. Passo no mercado no caminho para casa, embora só algumas barracas vendam no domingo, e compro alguns repolhos e mais batatas para dar uma desculpa pela minha ausência. Então carrego tudo de volta para Tatarska de uma vez, para que Helena não precise fazer isso.

Eu não sei quem está na janela me vendo chegar, mas tento segurar a caixa na minha frente enquanto subo a rua, assim eles não conseguem ver o saco nas minhas costas. E então a sra. Krajewska está saindo pela porta e acena para mim.

— Srta. Podgórska! Aí está você. Vendendo pela sua irmã hoje, vejo. Você não deveria fazer isso no domingo.

Paro na frente do poço.

— Mas entendo que tem sua mãe. Eu bati na sua porta, mas ninguém abriu...

Meus olhos voam para a janela com cortina no quarto, onde sei que há alguém vigiando. Helena deve ter saído.

— ... e eu queria te dizer que você precisa tomar cuidado com esse gato.

— O quê? Ah, o gato. Sim. Por quê?

— Porque está perseguindo suas galinhas! Eu o ouvi saltando pela casa enquanto elas cacarejavam...

Isso parece Siunek descendo a escada e calçando meias. A sra. Krajewska ficaria surpresa ao descobrir que meu gato tem um metro e oitenta, tricota e não faz a barba.

— ... E também queria te dizer que vou viajar no Natal, vou para a casa da minha irmã. Então você pode cuidar da casa?

— E seu sobrinho?

— Ernst? Ele vai conosco e de lá vai voltar para seu regimento em Berlim. É uma pena que vocês nunca tenham passado um tempo juntos...

Ela fala por mais algum tempo e, quando digo que meus braços estão doendo, ela finalmente informa as datas e horários da viagem. Eu dou a volta por trás da casa até os banheiros, deixo meu saco com itens ilegais atrás do prédio e, naquela noite, quando todo mundo está dormindo, levo o saco para dentro da casa enrolado em um cobertor. Enquanto a sra. Bessermann está olhando pela janela, o enfio embaixo da minha cama sob uma Helena adormecida.

— O que você está fazendo? — a sra. Bessermann sussurra, se virando por causa do barulho.

A LUZ NA ESCURIDÃO 343

—Achei que tinha ouvido um rato.

Enfio o saco bem fundo embaixo da cama, mas algo sai de dentro dele.

É a boneca.

Eu sorrio.

Naquela semana, trabalho com vontade, cantando para passar o tempo. Cumpro minha cota todos os dias. Nos intervalos, trabalho na boneca. Eu costuro seus buracos, lavo suas roupas, Januka refaz suas tranças e até me traz uns pedacinhos de fita para amarrar nas pontas. Uso uma caneta tinteiro para consertar algumas falhas nas sobrancelhas e cílios, onde a tinta descascou, e, quando termino, ela parece quase nova. Ou nova o suficiente. Ela está bonita.

—Sua irmã vai ficar tão contente! — Januka diz. — Eu queria ter uma irmãzinha.

Lubek nos assiste trabalhar em silêncio, fumando e esperando que Januka termine. Atualmente ele vai embora da fábrica com ela.

Enrolo a boneca em papel pardo e a escondo no depósito ao lado dos banheiros. Naquela noite, não consigo dormir. Fico me revirando na cama. Max se vira de sua cadeira ao lado da janela.

—O que você está aprontando? — ele sussurra.

É a primeira vez que ele conversa a sós comigo desde a noite que beijou minha testa. Ele tem me evitado e tenho medo do que isso significa. Não sei o que quero que signifique. Nessa noite, eu não ligo. Caminho pé ante pé pelo chão frio, de camisola, e me sento no chão.

—Então, Fusia — ele diz. — De volta à janela.

Ele está observando pela fresta da cortina a pequena piscina de luz na rua Tatarska. Seus braços estão cruzados e ele equilibra a cadeira sobre as pernas traseiras. Ele me olha de lado.

— Você vai me contar o que está acontecendo?

Eu nego, balançando a cabeça. Escondendo meu sorriso.

— Não há nada para contar.

— Você é uma péssima mentirosa.

— Na verdade, sou uma ótima mentirosa. Mas só com as pessoas certas.

— Então eu não sou uma das pessoas certas?

— Se você quer que mintam para você, não.

Ele parece ficar ofendido com isso, mas não consigo imaginar a razão.

—Achei que talvez você estivesse tão feliz porque está apaixonada.

— Por quem?

— Como eu posso saber dos seus amores?

Há raiva nessas palavras, e isso dói. Tenho certeza de que inventei o sentimento do beijo na testa.

Então ele sussurra:

— Desculpe.

Observo sua cabeça e seus olhos escuros enquanto ele encara o pouco de luz lá fora. Antes ele arriscava levar um tiro só para sair da prisão do gueto. Agora não pode sair desse espaço com três quartos e um sótão.

Ele deve estar enlouquecendo.

— Eu estava pensando em *mame* — ele diz. — Em acender as velas. E em chalá. Em como ela estava sempre cozinhando e cozinhando e costumava me mandar para a rua no último minuto para comprar as coisinhas que ela tinha esquecido. Eu corria rápido pela calçada porque ela dizia que se eu não comprasse geleia, não teríamos os *donuts* de geleia. Mas, na verdade, eu só gostava do vento no meu cabelo.

Consigo imaginar isso. O pequeno Max deslizando como um peixe pela corrente da Mickiewicza.

— Que dia de Chanucá é hoje? — pergunto.

— É o segundo.

Eu só passei uma noite de Chanucá com os Diamant, já que, normalmente, a essa altura, eu já teria ido para a fazenda para o Advento e o Natal. Mas eu me lembro dos *donuts*. E das velas.

— Tenho pensado em biscoitos de gengibre — digo. — Essa semana toda, *mama* teria feito biscoitos de gengibre e todas as sobremesas da véspera de Natal.

— Mais do que uma sobremesa?

— São doze pratos, pelos doze apóstolos, então metade deles normalmente são sobremesas. Mas eu amava biscoitos de gengibre. *Mama* sempre fazia um em forma de estrela para cada um de nós.

Max olha pela janela.

— Nós nunca os teremos de volta — ele diz. — Mesmo que a guerra termine. Eu não sabia que estava vivendo dias que nunca mais se repetiriam.

Eu queria poder dá-los a ele. Embrulhados em papel de presente e amarrados com fita.

— Nós estamos sempre vivendo dias que nunca teremos de volta — digo. — Faremos novos. É isso.

— Estamos conversando? — Dziusia resmunga do seu cobertor. Em um esforço para fazê-la dormir quieta, seu pai lhe disse que as pessoas não falam a noite. Max sorri para a forma cacheada de Dziusia e, então, sorri para mim.

Eu não sei quem estende o braço primeiro. Talvez nós dois. Mas, de repente, Max está com a minha mão entre as dele.

— Você fica comigo, Fusia? Enquanto vigio?

Eu fico. Fico com ele até começar a amanhecer, meus olhos começarem a fechar e Schillinger assumir a janela.

De manhã, quando Schillinger ainda está na janela e todos os outros estão dormindo, acordo Helena suavemente. Seus olhos levam alguns segundos para focar. Então sussurro no seu ouvido, cobrindo com as mãos. Ela faz que sim e se arrasta para fora da cama. Sonolenta. Como se fosse para o banheiro. Mas vejo quando Schillinger a vê correndo pelo pátio na geada. As costas dele enrijecem.

— O que ela está fazendo? — ele resmunga. Chego devagar por trás dele e observo pela cortina. Eu queria que ela tivesse colocado o casaco. E sapatos. Ela bate na porta da sra. Krajewska. Ela olha pelas janelas. E então volta correndo para o nosso lado da Tatarska.

— Ela não está! — Helena grita. O mais alto que pode.

Siunek, Janek e Jan Dorlich se levantam do chão da sala. O Velho Hirsch, que fica com o sofá, ainda luta um tempo para se livrar das almofadas. A sra. Bessermann aparece na porta com Cesia e Dziusia, e até vejo Monek e Sala e o rosto sonolento de Danuta vindo atrás de Henek do segundo quarto. Max está de pé desde que Helena saiu correndo da casa. A boca dele está apertada. Ele está com medo.

— Você quer contar a eles? — pergunto.

Helena faz que sim. Ela está dando saltinhos. Pronta para estourar.

— A sra. Krajewska — ela anuncia — foi viajar!

Vejo rostos sem expressão a minha volta. O Velho Hirsch acena com a mão e se deita de volta no sofá.

— E ela levou o marido, os filhos e o horroroso da SS com ela! E o horroroso da SS não vai voltar!

O Velho Hirsch se senta de novo.

— Então, por uma semana — Helena diz —, nós podemos fazer barulho. Assim! — E ela dá pulinhos para cima e para baixo, acenando os braços e gritando de alegria.

Por um momento, meus treze não sabem o que fazer.

Então Janek diz:

— Eu quero fazer barulho! — Ele corre para o quarto, rápido, caso alguém tente impedi-lo, girando e saltando com Helena. A sra. Bessermann ri. Jan Dorlich ri, alto, então Danuta pega Dziusia pela mão e faz círculos com ela, cantando uma marchinha antiga:

Ei! Quem for polonês, às baionetas!
Ou ganhamos, ou nos preparamos
Para construir uma barreira de mortos
Para frear o gigante e suas correntes para o mundo
Ei! Quem for polonês, às baionetas!

A canção é talvez um pouco violenta para o Natal, mas as crianças estão gostando. Monek e Sala, que se casaram na semana antes de saírem do gueto, dançam uma valsa, e Siunek faz Cesia se juntar a ele, passando por cima de Helena e Janek, que agora estão rolando pelo chão. Max está rindo.

É como um dia nublado nas montanhas, quando a água está opaca como o metal de um tanque e o sol sai e faz tudo brilhar.

Nós corremos o risco de quebrar nossos móveis.

Abro caminho pelo meio do caos e vou até o quarto pegar meu saco debaixo da cama, levando-o até a cozinha enquanto todo mundo está ocupado. Aumento o fogo. Eu já tinha colocado a água para ferver, e, então, pego uma lata do meu saco.

A sra. Bessermann, que está sempre de olho em tudo, vem direto do outro lado da sala.

— Isso não é... — Ela pega a lata das minhas mãos. — Café!

— Surpresa!

Isso faz o Velho Hirsch sair do sofá para supervisionar o café. O cheiro é tão relaxante, tão uma memória de casa, que a sala se acomoda em um burburinho alegre de conversas. Fatio o resto do pão, sirvo com um pouco de manteiga para as crianças e chamo as mulheres na cozinha. Max se junta a elas, porque está curiosa, e esvazio o saco com um gesto dramático. Uma guerreira com seus troféus. Sala estende a mão e toca a farinha como se não pudesse acreditar no que está vendo. Max arqueia a sobrancelha.

— Agora — pergunto —, quem sabe fazer chalá?

Cozinhar e assar se torna um trabalho em equipe, com a ajuda de Siunek e Max, e até mesmo de Schillinger em alguns momentos, já que ele sempre descascou as batatas para a esposa. A sra. Bessermann não deixa ninguém ajudar com o chalá. Eu deixo Max picando beterrabas e vou com Helena até o depósito, onde não podemos ser vistas por quem quer que esteja de vigia na janela. Eu desembrulho a boneca.

— Ah — Helena diz. — Ah, ah.

— São Nicolau chegou meio atrasado.

— Tudo bem — ela sussurra.

— Eu pensei que ela poderia te fazer companhia enquanto estou no trabalho.

Helena faz que sim. Ela toca as tranças, os lábios vermelhos e move os braços da boneca. Então ela ergue os olhos para mim. Preocupada.

— Mas e Dziusia e Janek?

— Eles não celebram o dia de São Nicolau como nós — digo, me sentindo culpada. — Mas talvez seja melhor guardá-la aqui, por enquanto.

Helena assente, beija a boneca e a embrulha de volta. Nós entramos e, enquanto estou abrindo a massa dos biscoitos e Monek Hirsch está contando em voz alta uma história sobre um peixe que ele pescou certa vez — com importantes correções de seu tio —, ouço um barulho no quarto. Helena apresentou a sua bola para Dziusia e Janek, aquela que o sr. Szymczak arrumou e que Max carregou para a Tatarska enquanto tentava não levar um tiro. Os três criam um jogo que envolve chutar a bola por uma porta ou outra, e nós temos sorte de ela não cair no balde de sujeira ou na sopa.

A Tatarska 3 cheira a Natal o dia inteiro.

Quando o sol está se pondo, levo nossos três lampiões para a mesa, para o terceiro dia de Chanucá. O Velho Hirsch polvilha sal no chalá e nós comemos *borscht*, *latkes*, peras em calda e uma das galinhas, que foi sacrificada enquanto Helena estava longe jogando bola. Temos biscoitos no formato de estrela, bem tortas, porque não temos um cortador. E depois que comemos até cansar, as louças estão empilhadas e as crianças com sono, junto todos na sala e revelo minha última surpresa.

Vodca. E um maço inteiro de cigarros. Minha ração não vendida. O Velho Hirsch beija minhas duas bochechas, Monek vai correndo pegar copos e metade da sala se ilumina.

Nós jogamos "Quem sou eu", e Jan Dorlich, nós descobrimos, é um ator demoníaco. Mas depois de a vodca ter circulado, a coisa toda acaba com Max com uma panela de sopa na cabeça, falando quando ele deveria ficar quieto, provocando Hitler no que imagino que deveria ser um sotaque britânico, só que não é. Ele obviamente é Churchill, mas ninguém diz isso, só para deixá-lo continuar. Eu rio a ponto de chorar, e quando Henek, que não tem senso de humor, finalmente grita: "Churchill! Churchill! Que Deus nos proteja!", eu rio ainda mais, e Siunek acaba rolando no chão.

Max tira a panela da cabeça e se senta ao meu lado no sofá.

— Eu fui bem, hein?

— Não foi, não! — Eu rio. Ele sorri e passa um braço em volta de mim.

E o sofá é quente e aconchegante e eu amo todos eles.

A sensação boa dura por bastante tempo. Enquanto as crianças jogam bola no quarto e Helena dorme abraçada com a sua boneca, eu me sento com Max nas noites em que ele está na janela. Mesmo quando a sra. Krajewska volta e precisamos fazer silêncio de novo. Mesmo quando os cigarros acabam e os suéteres precisam ser tricotados e a roupa está suja e voltamos a comer repolhos. E quando o clima fica cruel e vou trabalhar na neve e Helena arrasta os sacos de comida colina acima e não há dinheiro para comprar carvão o suficiente.

Até o dia em que Sala Hirsch dá um aviso da janela e meus treze desaparecem no sótão. Abro a porta e dou de cara com a Gestapo.

O homem da SS olha sua lista e diz:

— *Fräulein,* nós estamos requisitando sua casa.

24.

Janeiro, 1944

Eu encaro o homem da SS. Ele tem mais dois Gestapos atrás dele. Eles parecem irritados. Entediados. E só consigo dizer:

— O quê?

As sobrancelhas do homem aparecem por baixo do quepe.

— Nós estamos requisitando a sua casa — ele repete, em um polonês muito claro, com sotaque alemão. Como se eu fosse estúpida. E então ele me empurra para entrar e os dois outros oficiais o seguem.

Eles caminham pelos quartos vazios. Eles olham nos cantos e o primeiro oficial toma notas em sua lista. E meus nervos estão vibrando, prontos para explodir pela minha pele.

Eles querem a minha casa. Os nazistas querem a minha casa.

Por favor, Helena. Não venha para casa.

Então o oficial abre a porta que dá na escada, entrando e fazendo um som de nojo para as galinhas. Ele olha para mim.

— Onde dá essa escada?

Minha garganta está seca. Fechada.

— Onde dá essa escada? — ele grita.

— Sótão — sussurro. Observo suas botas brilhantes pisarem em um degrau de cada vez. Ele vai até em cima. Suas botas desaparecem. Os outros dois oficiais me observam de perto, a imagem da Virgem com o Cristo logo atrás deles enquanto as botas fazem o teto ranger acima da minha cabeça.

Por favor, Deus. Por favor, Deus. Por favor, Deus.

O sótão está silencioso. O céu está silencioso. O homem desce a escada e anota algo em sua prancheta. Ele diz:

— O prédio vazio do outro lado da rua vai ser um hospital alemão…

Eu tinha visto operários entrando na velha faculdade na semana passada, fazendo reparos. Eu não tinha adivinhado o que isso poderia significar.

— … e a equipe precisa de alojamento. Os novos moradores vão chegar em duas horas. Pegue seus pertences pessoais e deixe os móveis.

Duas horas. Os nazistas querem minha casa em duas horas.

— Mas… não posso arrumar as coisas…

Definitivamente não posso sair daqui.

— Saia, ou vamos atirar em você — o homem diz.

Eu o encaro.

— Se você estiver aqui, vai levar um tiro. Entendeu, Fraülein?

Eu entendi. Bem até demais.

— Vamos voltar em duas horas — o homem da SS diz. Ele marca sua lista e os outros Gestapo o seguem porta afora.

A LUZ NA ESCURIDÃO **353**

Eu me apoio na cadeira e dou uma inspiração longa e ofegante. E então salto por cima das galinhas e corro escada acima, afastando as tábuas soltas e rastejando pela pequena porta.

Danuta solta um gritinho, mas, além disso, está tudo em silêncio. Mesmo o choro. Não consigo imaginar o que eles sentiram quando souberam que a Gestapo estava subindo a escada.

Ou talvez eu consiga.

Max está ajoelhado, uma grossa tábua de madeira nas mãos. Eu acho que era para esmagar a minha cabeça.

— Fusia! — ele rosna. — Avise da próxima vez! O que...

— Eles querem a casa — digo. — Os nazistas vão pegar a casa em duas horas. Fiquem onde estão. Eu vou encontrar um lugar para irmos.

Mas para onde eu vou levar treze judeus? Agora?

Eu não sei.

Max agarra meu braço.

— Quando eles chegarem, nós vamos lutar. Isso já está decidido.

— Vou encontrar alguma coisa.

— Pegue Hela — Max diz. — E não volte aqui.

— Se ela voltar, diga a ela para se esconder nas ruínas do seu castelo...

— Fusia, pegue Helena e não volte aqui!

— Diga que depois eu a encontro lá — continuo, e desço as escadas como se ele não tivesse dito nada.

Corro pelo vento cortante da Tatarska e meus olhos estão procurando, procurando. Para onde posso levá-los? Um porão. Uma garagem. Como vamos nos locomover em plena luz do dia? Eles estão esfarrapados. Cabelos compridos. Barbudos. Pálidos. Eles parecem gente escondida em um sótão. Para onde podemos ir?

Corro para dentro do departamento de habitação, causando revolta quando empurro os homens e mulheres da fila. A mulher que me ajudou a conseguir a casa da Tatarska está sentada na sua mesa.

— Eu preciso de um apartamento — digo. — Agora. Os alemães vão pegar a casa e minha irmã e eu não temos para onde ir...

— Cinco dias, no mínimo, para conseguir um apartamento — a mulher diz. Dessa vez ela não me chama de borboletinha ou ratinha ou nada assim. Provavelmente porque estou sendo mal-educada.

— Está mais para duas semanas! — um homem no fundo grita.

— Você não tem nada agora? — pergunto.

— Claro que não!

Depois disso, corro sem rumo pelas ruas, porque não sei o que mais fazer. Em busca de qualquer coisa vazia, onde possa colocar treze pessoas por um ou dois dias. Duas semanas para conseguir um apartamento novo. Mas esse apartamento vai ter um lugar em que eu possa escondê-los? Bato em duas portas com placas nas janelas, mas ninguém quer me deixar mudar antes da documentação. Corro para dentro da catedral, molho meus dedos frios na água benta, me ajoelho e faço o sinal da cruz tão rápido que faço duas mulheres pararem de rezar e virarem as cabeças para me olhar.

Eu peço. Eu imploro. Os arcos do teto parecem vazios acima de mim.

Os sinos tocam.

Tenho meia hora.

Preciso tomar uma decisão.

Saio correndo da catedral, deixando as pesadas portas de carvalho baterem com um estrondo, e não paro de correr até chegar na Tatarska 3.

Helena está lá. E Max. Todos os meus treze, parados na sala. Max está com a sua tábua. A sra. Bessermann com uma faca de cozinha. Siunek com um martelo.

Temos quinze minutos.

A porta nem está trancada.

Max baixa a tábua e vai até mim. Ele pega meu rosto entre as mãos e me olha nos olhos.

— Me escute — ele diz. — Você fez o suficiente. Pegue Helena e fuja. Você entendeu?

Seus olhos estão escuros, raivosos e desesperados.

— Vá, Fusia — Siunek diz.

— Fuja — Jan Dorlich pede, assim como Sala e a sra. Bessermann. Eles me tocam onde conseguem.

— Vá agora, menina — o Velho Hirsch insiste.

— Corra — o dr. Schillinger faz coro.

Dziusia passa os braços em volta da minha cintura. Estou olhando para Max e estou chorando.

Porque não consigo fugir.

— Helena — sussurro. — Vá para a casa de Emilika. Fique lá até *mama* voltar.

Minha irmãzinha sacode a cabeça. Ela passa seus braços em torno de mim e Dziusia.

Nós temos dez minutos.

— Stefania — Max diz. Ele ainda está segurando minha cabeça enquanto choro. Ele está chorando também. — Pegue Helena e vá. Agora!

Mas eu não poderia viver com isso. Eu quero viver, mas não posso viver com isso.

Sacudo a cabeça.

— Eu vou te obrigar! — Max diz.

— Fusia — Henek diz. — Fuja! Agora.

Danuta ainda está chorando. Ela coloca a mão no meu ombro.

Eu não sei o que fazer. O que podemos fazer? Helena precisa ir. Meu coração bate forte. Eu não consigo ver Max chorar. Fecho meus olhos molhados.

E uma calma toma conta de mim. Quente. Macia. Como na noite em que encontrei as peles. Como na noite em que encontrei a rua Tatarska. E, como naquela noite, tenho uma conversa com alguma outra parte de mim.

Mande-os para sótão. Abra as janelas. Finja que você não está com medo. Limpe o segundo quarto.

Isso é ridículo. Por que eu faria isso quando estou prestes a levar um tiro?

Porque eles não vão atirar em você.

Mas a Gestapo disse que ia atirar em mim. E, depois disso, os guardas encontrarão os outros.

Eles não vão atirar em ninguém. Eles só querem um quarto. Você pode dar um quarto a eles.

Eles vão atirar em Helena.

Não, eles só precisam do quarto. Finja que você não está com medo. Dê o quarto a eles.

Mas…

Dê o quarto a eles. Faça isso agora. Eles estão vindo.

Abro os olhos. E Max está me sacudindo. Ele deve ter dado um tapinha no meu rosto.

Eles vão me achar doida. Estou arriscando a vida de Helena. Pode não funcionar. Minha cabeça diz que não vai funcionar.

Mas, dentro de mim, eu sei. Estou calma. E não estou sozinha.

— Subam para o sótão — ordeno. — Todos vocês!

— Por favor — Max sussurra para mim. — Não faça isso.

— Vão! — Eu me afasto das mãos dele, das mãos de todos eles, e tranco a porta.

— Vão — Max diz, sua voz baixa. — E não façam nenhum ruído.

E eles vão. Como fantasmas, escada acima, levando suas armas consigo. Eles vão lutar, quando a hora chegar. Mas a hora ainda não chegou. Max pega seu pedaço de madeira, me olha mais uma vez e sobe a escada. Agora seus olhos estão apenas tristes. Mais do que tristes. Ele parece perdido.

Ele acha que não vai me ver de novo.

— Hela — digo. — Rápido. Esvazie o balde do quarto e deixe-o do lado de fora. Depois coloque as galinhas para fora e fique com elas. Vou trancar a porta atrás de você.

Ela não diz uma palavra. Só coloca seu casaco e faz o que eu disse enquanto tiro o lençol que separava a área do balde e o jogo embaixo da minha cama. Afasto as cortinas e abro a janela. Respiro o ar limpo. Eu tinha me esquecido de como era esse quarto com a luz entrando. E então eu varro. Cantarolando. O espaço escondido do sótão fica bem acima da minha cabeça.

Eu sei que Max acha que enlouqueci.

Talvez eu tenha enlouquecido.

Se for isso, eu prefiro.

A campainha toca. E ouço uma batida na porta.

Não corro para abrir. Também não demoro. Me aproximo da porta carregando a vassoura. E vou abri-la quando chegar nela.

Então saberei se vou sobreviver.

Ou se vou morrer.

Eu abro a porta.

É um homem da SS. Um outro homem da SS. Com aparência rígida. Com um nariz vermelho do frio e uma pistola. Ele está sozinho.

— Srta... Podgórska? — ele diz, checando sua lista. — Estou aqui por causa do alojamento.

Polonês decente outra vez. Eu respiro fundo.

— Sim, me disseram que você viria. Estava apenas varrendo o quarto para você.

— Posso olhar, por favor?

Eu não sabia que a Gestapo sabia pedir permissão. Abro mais a porta e sorrio para Helena, que está tremendo em seu casaco, espiando pela lateral de um dos banheiros. O oficial da SS acha que estou sorrindo para ele.

Ele caminha pelo quarto dos fundos, toma algumas notas e, quando passa pela minha cama, ele para e pega um envelope. É a carta da minha mãe. Helena a estava lendo de novo na noite passada. Subitamente, seu rosto fica muito menos rígido.

— Salzburg? — ele diz. — Eu sou de Salzburg!

— Minha mãe e meu irmão estão em um campo de trabalho lá. É por isso que estou cuidando da minha irmãzinha.

— A que está lá fora? Ela é muito bonita. Bem tímida. — Ele sorri.

Ele não parece estar prestes a atirar em mim.

Ele se senta comigo à mesa. Diz que só tem mais duas enfermeiras que faltam serem instaladas, e ele não vê por que cada uma precisaria de um quarto. Elas podem dividi-lo enquanto minha irmã e eu ficamos no nosso quarto atual. Isso seria aceitável? Foi ótimo não termos saído da casa, porque funciona perfeitamente nós duas ficarmos. Soldados chegarão em alguns minutos para entregar duas camas. E ele poderia levar uma carta para mim, para minha mãe, quando voltasse a Salzburg.

Eu o agradeço e fecho a porta.

Ele tinha uma arma, mas não a usou.

Estou viva. Helena está viva. Estamos todos vivos.

Então preciso abrir a porta de novo porque os soldados já chegaram, carregando camas de ferro pintado. Eles as instalam no quarto dos fundos e a conversa em alemão e as batidas são altas. Eu me pergunto o que meus treze estão pensando. No meio disso tudo, as duas enfermeiras chegam. Karin e Ilse. Jovens. Uns vinte e poucos anos, com unhas pintadas e cabelos arrumados em cachos. Elas não parecem satisfeitas com a situação. Não pretendiam dividir um quarto. Elas não podem viver sem eletricidade. Ou uma cozinha decente. E os banheiros, ficam onde?

Eu entendo tudo isso pela reação dos soldados que estão montando as camas, porque as duas mulheres não falam nada de polonês.

Talvez elas queiram tanto ir embora que deem um jeito de fazer isso acontecer.

Enquanto elas estão se acomodando, digo que vou tirar algumas coisas do caminho delas. Faço isso apontando em várias direções, deixando-as confusas. Elas parecem tão enojadas comigo quanto com o resto de sua nova casa. Helena está sentada à mesa, pronta para assobiar se houver problemas — como as enfermeiras tentando subir as escadas ou mais nazistas vindo morar conosco —, enquanto subo para o sótão com o balde sujo e o limpo cheio de água. Não acho que essas mulheres vão embora tão cedo.

Max já está abrindo a parede falsa. Ele está meio para dentro, meio para fora da porta quando ajoelho. Ele agarra minha cabeça, a encosta na sua e diz em um sussurro quase inaudível:

— Você é uma idiota.

Eu faço que sim, minha testa roçando na dele. Eu sei.

Deixo os baldes e desço.

Mais tarde naquele dia, Ilse vai até mim e diz:

— *Ratte. Ratten!* — Ela está apontando para cima. Para o sótão. Percebo que está me dizendo que temos ratos.

Eu acho que ela está me dizendo que consegue ouvir algo no sótão.

— Ah — digo, compreensão surgindo no meu rosto. — Ratos, sim. Desculpa.

E dou de ombros. Ela parece enojada.

Preciso avisar Max, mas não posso.

As enfermeiras ficam à vontade para se servirem da minha despensa. Como se minha comida fosse do exército alemão. Elas comem todo o pão, a manteiga da semana e metade dos ovos. Não sobra nada que possa passar para o sótão. Não sem cozinhar antes. Elas ficam um tempo sentadas no sofá, conversando uma com a outra. Parecem mais animadas. Ilse ajuda Karin com seu batom. Então ela abre a porta quando alguém bate. Como se eu nem estivesse ali.

São dois soldados alemães. Um deles da SS. Eles se cumprimentam e se beijam.

Todos se dirigem para o quarto dos fundos.

Eles não parecem se importar que há uma criança na casa.

Naquela noite, Helena e eu dormimos no sofá. Ou pelo menos ela dorme. Eu fico parada, de olhos abertos, esperando o melhor momento para subir para o sótão. Quando faço isso, Max quase não move as tábuas, para evitar o barulho. Ele fez um pequeno buraco nas tábuas, para ver quem está vindo.

— Elas conseguem ouvir vocês — sussurro.

— Nós conseguimos ouvi-las — Max diz.

Eu sei.

— Você precisa manter todo mundo em silêncio.

— As crianças estão com fome.

— Helena vai subir assim que elas forem trabalhar. Mas todos precisam ficar quietos.

Max faz que sim, mas acho que ele não tem certeza se consegue mantê-los parados o suficiente.

Nem eu, na verdade. Alguns dos nossos treze são difíceis. Alguns são só novos demais.

Quando me deito no sofá ao lado de Helena e a casa finalmente fica em silêncio, o velho medo volta. Ele nunca sumiu. Só ficou cozinhando, espreitando por baixo da tampa de falsa segurança que eu coloquei por cima dele. Mas agora minha segurança se foi. É difícil respirar, difícil pensar, e a dor atrás dos meus olhos é tão afiada que vejo luzes. Quero agarrar Helena e fugir. Como eles me disseram para fazer.

Fui tão idiota de não fugir. Eu só adiei o dia. Fiz todos eles sofrerem.

E então me lembro da minha certeza.

Tem que haver um motivo.

Tem que haver alguma chance de eles sobreviverem a tudo isso. Eu me agarro a essa ideia como na minha crença em Deus.

Há quatro nazistas dormindo no quarto.

Há treze judeus no sótão em cima das suas cabeças.

Helena e eu estamos entre eles.

Acho que todos nós estamos prestes a reinventar nossas noções de inferno.

25.

Fevereiro, 1944

É impossível alimentá-los.
Eu saio para o trabalho antes das enfermeiras. E chego
em casa mais ou menos na mesma hora que elas. Seus namorados chegam logo depois disso. Como o hospital fica bem do
outro lado da rua, não é problema para elas correrem em casa
para trocar os sapatos. Para buscar um suéter esquecido. Para
esquentar feijões e salsicha para o almoço enquanto minha
gente está imóvel no sótão sentindo o cheiro. Seus dias de
folga mudam durante a semana, e, quando não vão trabalhar,
elas dormem até tarde. Em alguns dias, não saem para nada.

Eu fico acordada à noite. Me assustando com qualquer
barulho.

Helena está fazendo o que pode. Ela desce o balde sujo
escondido e sobe o balde de água todo dia, assim que Karin e
Ilse saem. Então faz compras para o dia seguinte, arrastando
as sacolas falsas de um lado para o outro enquanto dois dos
meus treze descem escondidos para se lavar, esticar as pernas e preparar comida para os outros. No dia de Danuta, ela

coloca treze ovos para cozinhar, mas precisa subir as escadas rapidamente com Henek, porque Karin voltou para pegar o chapéu do seu namorado da SS. Quando Helena volta para a Tatarska, exausta por subir com as sacolas de comida colina acima, leva um tapa na cara de Karin por ter acendido o fogão e saído.

Nós discutimos por causa disso, Karin e eu. Palavras acidentadas em alemão e polonês. Mas acho que deixei minha mensagem clara. Bata na minha irmã de novo e você mesma vai apanhar, não importa quem seja o seu namorado.

Vou trabalhar no dia seguinte e imploro a Herr Braun para me trocar para o turno da noite. Eu o elogio. Barganho. E ele diz que não vai fazer isso. Fico enjoada no trabalho, doente de medo do que pode estar acontecendo em casa. E Karin nos observa como uma águia nazista. Especialmente quando estamos comendo.

Eu sempre preciso esconder a comida. Se as enfermeiras acham, elas comem.

Duas semanas da minha nova vida como dona de uma pensão nazista e chego em casa do trabalho com uma cesta de beterrabas. Eu as descasco, corto, coloco na panela de sopa e Ilse começa a farejar o ar enquanto pinta suas unhas no meu sofá. Ela está esperando pelo namorado. Karin se junta a ela e elas observam meus movimentos, conversando entre si. Mas as escuto dizer *borscht*. E quando Karin finalmente perde a paciência, ela caminha até o fogão com uma colher e ergue a tampa da panela. Faz cara de nojo, solta a tampa e reclama alto para Ilse.

E depois que os namorados chegaram e todos se trancaram no quarto, levanto a tampa da panela e tiro a bola de lã do *borscht*, que não é assim tão diferente de tintura para lã, de qualquer forma, e então subo escondida com a panela. A lã estava limpa e Max disse que os fiapos só deram mais sustância.

Se realmente achasse que eles poderiam comer lã, eu daria a eles. Max está muito magro. Quando é domingo, as duas enfermeiras estão trabalhando e é o dia dele de descer, descubro que ele está com pulgas. Nós realmente temos ratos por causa da comida no sótão. E os ratos trouxeram pulgas. Todos estão mordidos. Por todas as partes. Deixo que ele se lave no quarto enquanto Siunek vigia a janela e lembro do Natal, quando Max passou o braço em volta de mim no sofá. E da noite antes dessa, na janela, quando pensei que ele devia se sentir muito preso.

Agora sua prisão encolheu ainda mais.

Eu quero que Max sobreviva. Acho que decidi que quero que Max sobreviva mais do que eu não quero ser fuzilada.

Sacrifico outra galinha e uso o resto das batatas para fazer um ensopado que eles podem levar para cima, e, enquanto está no fogo, tento tirar as pulgas do cabelo de Max. Eu não tenho certeza se estou ajudando, mas ser penteado o ajuda a relaxar. O cabelo dele está tão comprido. E sua barba também. Eu devia cortar o cabelo dele, mas sei que iria estragá-lo. Ele escorre escuro por entre meus dedos.

— Estamos acabados, não estamos, Fusia? — ele diz, os olhos fechados.

Estamos vivos, prefiro pensar.

Enquanto Siunek leva a sopa, pego o bicarbonato e entrego a Max.

— Espalhe um pouco no chão. Passe o restante na pele de todos — digo. Ele faz que sim.

Quero chorar enquanto acompanho Max subindo lentamente as escadas.

Mas ele me deixou um presente ao lado da lata de açúcar, onde a foto do oficial da SS ficava. É um pedaço de papel com um simples desenho a lápis. De mim. *Fusia*, está escrito, meu cabelo caindo pelos dois lados do meu rosto. Helena está identificada também, sorrindo ao meu lado. Mas, em vez de braços, Max nos desenhou com asas de anjo que vão de uma ponta a outra do papel, e, sob nossas asas, estão treze rostos. Max, dr. Schillinger, Dziusia. Siunek e o Velho Hirsch. Malwina Bessermann com Cesia e Janek. Monek e Sala, Henek e Danuta e Jan Dorlich.

Eu toco no que está identificado como Max, e, quando ouço a voz de Ilse do outro lado da porta, corro para o meu quarto e guardo o desenho em segurança embaixo do meu colchão. Junto com todo o resto.

No dia seguinte, durante o intervalo do trabalho, Januka conta uma história sobre uma mulher do outro lado de Przemyśl, na outra margem do San, que estava escondendo judeus no seu sótão. O marido tinha criado um sistema, um cano extra descia pela lateral da casa, e ali as pessoas do sótão podiam fazer... você sabe, só que o cano tinha vazado e a mulher que morava no andar de baixo ficava com as janelas horrivelmente sujas. Então o marido da mulher resolveu dar uma olhada no cano, percebeu que ele não deveria estar ali e não entendia o que ele significava e chamou a Gestapo. A Gestapo encontrou quatro judeus e atirou neles, bem ali no pátio, e também na mulher que os estava escondendo, no marido e nos seus dois filhos. O vizinho de baixo se sentiu tão mal que entrou em casa e se matou, e agora sua mulher ficou louca com a dor de tudo isso.

A LUZ NA ESCURIDÃO   **367**

Januka contou como se fosse uma história de terror, do tipo que você conta para assustar os amigos no meio da noite.

Mas é bem real para mim. Real até demais. Sinto a dor atrás dos meus olhos.

Lubek me observa enquanto fuma.

Corro para casa, pensando na história que Januka contou. Pensando que hoje pode ser o dia que as enfermeiras subirão a escada. Quebrarão a parede falsa, procurando pelos ratos. E então sou parada na rua pela sra. Krajewska.

— Como você conseguiu? — ela diz, suas compras penduradas em um braço. — Venho tentando há tempos, mas essas meninas alemãs só estalaram os dedos e puf!

— Do que você está falando, sra. Krajewska? — Eu quero ir para casa. Quero saber quem está vivo.

— Eletricidade! — ela diz. — Eles estavam se preparando para passar os fios quando eu saí uns minutos atrás. Acho que você vai gostar de ter eletricidade...

— Passar os fios? — pergunto. — Passar os fios por onde?

— Pelo sótão, eu imagino...

Eu saio correndo. Voo. Deslizo pela rua. Mesmo que seja só para chegar lá a tempo de tomar um tiro.

Quando chego no topo da colina, estou tão sem fôlego que não consigo falar, e sinto uma pontada do lado do corpo que me faz mancar. É bem como a sra. Krajewska disse. Dois homens trabalhando no meu telhado, bem em cima do *bunker* do sótão, e uma pequena multidão de vizinhos no quintal, assistindo o espetáculo. Incluindo minhas duas enfermeiras, sorrindo satisfeitas. Incluindo o sr. Krajewska, que nunca vejo sair da casa para nada. Eu corro até ele.

— O que está acontecendo? — pergunto, ofegante.

— Eles vão colocar um poste passando pelo sótão para prender os fios — ele diz. — Vão cortar um buraco no teto. Eles vão acabar com as paredes, é o que eu acho. A alvenaria é velha...

— Colocar um poste no meio? — pergunto.

— Sim. No meio do sótão...

Não. Não. Não. Eles não podem fazer isso.

— ... depois eles vão entrar e prender por dentro...

Não. Não. Não. Eles não podem entrar.

— ... e passar os fios por lá.

Eles vão fazer esse buraco e dar de cara com treze judeus. O homem está puxando uma serra, pronto para cortar.

Não. Ele não pode. Ele não pode...

— Espere! — grito em direção ao telhado. — Você não devia fazer assim!

O homem no telhado para. Meu pequeno público de enfermeiras e vizinhos espera para ver o que vou fazer agora.

— Nós só precisamos da eletricidade em um quarto — grito. — E está congelando e vai escurecer logo. Não é mais fácil só entrar pela janela?

— Ela está certa — o sr. Krajewska diz. — Você vai acabar com as paredes.

O homem no telhado considera e então baixa sua serra.

— Descendo — ele diz.

Tenho um segundo de alívio antes de pensar no que deve estar acontecendo no sótão. Eles devem ter ouvido todos os vizinhos lá fora e o homem pronto para furar bem em cima deles. Mas precisam ficar quietos.

Corro para dentro de casa. Helena está no canto da sala, se encolhendo no canto do sofá.

A LUZ NA ESCURIDÃO 369

— Eu os impedi — digo a ela. — Saia um pouco, vou para o sótão contar o que está acontecendo.

Eu voo escada acima — as galinhas estão lá fora —, corro para dentro do depósito e pela porta secreta, tomando o cuidado de colocar as tábuas de volta no lugar caso alguém venha atrás de mim. Quando me viro para olhar, meus treze estão encolhidos num canto, como Helena estava. Só que eles estão seminus, selvagens, com feno em seus cabelos e bicarbonato na pele, e Schillinger está com a mão sobre a boca de Dziusia, abafando o som dos seus soluços. Max se agacha na frente deles e estende a mão, lhes dizendo para ficarem quietos.

Eu sei qual é a sensação do medo. Agora sei sua aparência.

— Eles não vão passar pelo telhado — sussurro. — Nem pelo sótão. Eles vão passar pela parede embaixo de vocês. Sem barulho!

Checo pelo buraco e então saio pela porta falsa, recoloco as tábuas e corro de volta escada abaixo.

E quando abro a porta, Ilse está lá, me observando. Nós nos encaramos e sorrio, embora meu estômago esteja ameaçando devolver o pedaço do sanduíche que Januka me deu.

— O telhado está bem — digo, apontando para cima. — Eles não estragaram nada.

Não sei se ela consegue entender algo do meu polonês. Mas mais tarde a vejo abrindo a porta e olhando escada acima. A dor atrás dos meus olhos vai de um lado para o outro.

Quando os namorados chegam para a visita, descubro por que a eletricidade era tão importante. Eles têm um rádio. Eu me sento na cama e penteio o cabelo de Helena enquanto ela brinca com sua boneca, tentando escutar enquanto eles procuram uma estação.

É engraçado, penso, como ficamos preocupados com Ernst, o SS do outro lado da parede. Agora tem um no quarto ao lado e estou penteando o cabelo de Helena, torcendo para ouvir as notícias.

Não consigo ouvi-las. O que quer que eles estejam escutando, é um ruído de estática por baixo de conversas que não consigo entender. Mas sei que Ilse está falando, com ajuda de Karin, e de vez em quando há uma resposta dos homens. Escuto uma palavra que reconheço. *Ratten.*

Eu me deito com a dor atrás dos meus olhos. Não gosto da forma como Ilse estava olhando para a escada. Não gosto da sensação no meu estômago.

No dia seguinte, digo que estou doente e fico em casa.

Não estou doente.

Estou com medo.

Assim que Karin e Ilse saem, Helena vai ao poço. E briga com os meninos Krajewska. Eu achei que isso tinha acabado. A mãe deles devia ter acabado com isso. Eu queria que Helena tivesse me contado. Mas ela ganha. E ela pega a água. E a leva escada acima. E desce o balde sujo. Degrau por degrau. Por cima das galinhas cacarejantes. Sem fazer bagunça e com um cheiro que viraria o estômago de qualquer um.

Eu exijo muito de Helena.

Fico de camisola. Assim, se uma das enfermeiras voltar, posso me fingir de doente. Começo a fazer mingau. Uma grande panela de mingau. E então Max desce.

— Hela disse que você ia ficar em casa. Você está doente?

Eu não sei como explicar todas as coisas que me preocupam a respeito das enfermeiras. Me preocupam o suficiente para justificar perder um dia de trabalho.

— Só fingindo — digo.

— Bom — ele diz. — Eu quero te contar uma coisa.

Ele me faz sorrir. Ele está com mais energia que da última vez que o vi. Suas picadas sararam, seu rosto está iluminado como as lanternas de Chanucá que colocamos na mesa. Helena volta para devolver o balde limpo e Max se inclina automaticamente, deixa que ela bagunce seu cabelo comprido e coce sua barba enquanto faz barulhos como um cachorro bem treinado. Helena ri e diz:

— Bom dia.

— Bom dia.

Esse é algum tipo de ritual do sótão que não conhecia.

— O que você está fazendo aqui embaixo, Max? — Helena pergunta.

— Me comportando mal.

— Tudo bem. — Ela ri de novo e põe as galinhas para fora.

— É a vez de Monek e Sala, então só tenho um minuto, mas queria te mostrar. Venha. — Ele ergue um estetoscópio.

— Você teve um infarto?

— Não ainda. Mas eu consigo... — ele faz uma pausa dramática — ... escutar através do chão. — Ele sacode o estetoscópio.

Escutar através do chão. O rádio.

— O que você escutou?

— Pedaços aqui e ali. Eles só deixaram a tradução em polonês de vez em quando. Mas você consegue juntar as coisas.

Não está bom para eles. Em lugar nenhum. Os russos estão reconquistando a Ucrânia. Os alemães estão recuando.

— Os russos estão perto.

— Se eles avançarem para o oeste...

— Eles podem chegar até aqui.

— E, se chegarem, estamos livres — Max diz.

A esperança é uma coisa linda de se ver no rosto dele.

E então ouvimos vozes do lado de fora. No pátio.

Ninguém estava vigiando a janela.

Max desaparece escada acima. Mas a porta do pequeno corredor ainda está aberta quando Karen e Ilse entram. Com o namorado de Karin.

O oficial da SS.

Minhas mãos sobem para a gola da minha camisola, fechando-a e me fazendo me curvar um pouco. O que, sem querer, me faz parecer um pouco doente.

Ou talvez seja apenas o medo.

— Você não está bem, *Fraülein?* — o homem da SS pergunta.

Então ele fala polonês. É bom saber.

Sacudo a cabeça em resposta, agarrando minha camisola, a colher imersa no mingau. Karin diz algo, apontando, mandando-o me perguntar.

Ele diz:

— Onde está sua irmã?

Meu medo aumenta tanto que mal consigo segurar a colher. Helena não voltou depois que pôs as galinhas para fora. Ela provavelmente foi brincar.

Corra, Hela, corra.

— Minha irmã foi ao mercado — digo. — Por quê?

A LUZ NA ESCURIDÃO   373

— Essas moças estão me dizendo que tem algo errado com a sua casa.

Olho para minhas duas enfermeiras.

— O que você está dizendo?

— Elas querem que eu examine o sótão.

O homem está com os ombros para trás, a cabeça erguida, reto quase como uma tábua. Sem expressão. E, ainda assim, ele parece desconfortável. Elas o convenceram a fazer isso.

Elas estão tentando me matar. E Helena. Uma criancinha.

E talvez isso seja bom, porque afasta meu medo. Bem, bem para longe, para algum lugar profundo onde coloquei Izio e minha *babcia* e todas essas pessoas que eu conhecia, os rostos no gueto que entraram no trem e não voltaram. Um lugar profundo no qual eu não preciso pensar agora. Com o qual posso lidar mais tarde.

Agora só estou com raiva.

— Certo — digo. — Vá olhar o meu sótão. — E me viro e mexo o mingau.

O mingau que estou fazendo para quinze pessoas.

Eu não consigo ver a reação deles. Mas consigo ouvir os cochichos.

Ah, por favor, Max. Por favor, tenha posto as tábuas no lugar. Por favor, Deus, ajude as crianças a ficarem quietas.

Ouço botas caminhando pela cozinha. E começarem a subir as escadas. Eu coloco a tampa no mingau e vou vê-lo subir.

— Cuidado! — digo a ele. Alto. Para que Max possa ouvir. — Acho que temos ratos.

Ele sobe os degraus mais rapidamente quando digo isso. Provavelmente para passar sua cabeça pelo buraco, para longe do chão.

Esse membro da Gestapo, noto, tem medo de ratos.

— Você vê algum? — pergunto. — Tenho colocado ratoeiras.

As botas dele pararam no segundo degrau antes do fim da escada. Vejo seu corpo se torcendo para olhar em volta.

— É um sótão bem pequeno — ele diz.

— O resto é da casa ao lado — informo.

Karin diz algo em alemão e ele responde, olha por mais alguns segundos e então diz:

— *Wat ist das?*

Ele está fazendo uma pergunta. Como se tivesse visto algo que não esperava. Meu coração bate com tanta força que acho que as enfermeiras vão conseguir vê-lo pela minha camisola. Cruzo os braços, olho para além delas, como se não me importasse. Mas estou encarando minha imagem do Cristo com a Virgem.

Por favor, Deus. Por favor.

Então o homem da SS desce a escada de novo, rápido, espanando sua jaqueta e sacudindo a cabeça.

— *Ratten* — ele diz.

Acho que ele realmente viu um rato.

Karin parece surpresa. Ilse, decepcionada.

— Já examinou o suficiente? — pergunto.

— *Ja.* Sim. Obrigado, *Fraülein.*

— Posso te pedir um favor, enquanto você está aqui? Já que você fala polonês?

O homem da SS faz que sim, ainda arrumando sua jaqueta. Ele parece um pouco irritado.

Não tão irritado quanto eu.

— Você pode dizer a elas que meu pai morreu, minha mãe e meu irmão estão em um campo de trabalho na Alemanha e que preciso cuidar da minha irmãzinha?

Ele faz isso, com as sobrancelhas baixas.

— E você pode dizer a elas que meu salário não é o bastante?

Ele faz isso. Ele está perdendo a paciência.

— E, portanto, quando elas pegam minha comida e comem sem pedir, elas estão fazendo minha irmãzinha passar fome.

Ele faz uma pausa, então traduz. Karin começa a dizer algo, mas a corto.

— E também diga a elas que acho muita falta de educação trazer visitas para a casa sem pedir. Passando pelo meu quarto. E ficar com essas pessoas no quarto quando a minha irmãzinha está aqui.

Ele parece desconfortável de novo, mas repete as palavras.

— E Karin talvez já tenha entendido isso, mas se ela bater na minha irmã de novo, sou eu quem vai chamar a Gestapo.

Agora ele não traduz, só grita com Karin e Karin grita de volta, assim como Ilse. Eu espero. E, finalmente, eles levam a discussão para fora da casa.

Tiro o mingau do fogo. A enorme panela de mingau para quinze pessoas que nenhum deles nem notou. E sei que vou pagar por isso mais tarde. Mesmo que Karin e Ilse nunca voltem.

Porque sei que o medo vai voltar.

Przemyśl me ensinou há muito tempo a não separar as pessoas pelo seu país, sua religião ou mesmo sua posição política. A cidade me ensinou como colocar as pessoas no lugar certo do mapa.

E sei exatamente onde colocar minhas enfermeiras.

26.

Março, 1944

Alguém está me seguindo no caminho para o trabalho. Eu noto pela primeira vez de manhã, com a neblina de primavera se levantando das colinas em volta de Przemyśl, o sol nascendo cada vez mais cedo em um céu aquoso. Tem um homem lendo jornal perto das barracas do mercado que estão sendo montadas na praça. Seu rosto é fino e as sobrancelhas pesadas se tornaram quase uma só. E, mais tarde, quando estou me preparando para cruzar a ponte de ferro em direção à fábrica, há um homem parado perto dos trilhos logo abaixo, com uma sobrancelha pesada e um jornal dobrado embaixo do braço. Quando troco de turno com o trabalhador da noite, ele está apoiado em um poste de madeira de fios de telefone.

Não olho para trás. E não faço nada de diferente. Mas passo no mercado quando ele está quase fechando. Eu paro, olho as mercadorias, seguro algumas nas mãos e me viro como se precisasse observá-las melhor sob a luz fraca. E, todas as vezes, em algum lugar da multidão que diminui, lá está ele.

E é a mesma coisa no dia seguinte.

Estou com medo de sair de casa.

Estou com medo de não sair.

Por outro lado, as enfermeiras são mais gentis comigo agora. Pouco tempo depois do incidente com o namorado da SS, Ilse consegue me perguntar quantos anos eu tenho. Eu mostro dezoito dedos. Talvez eu tenha dezenove, não me lembro. Ela parece surpresa, e me ocorre que talvez tenham pensado que Helena não era minha irmã. Ou talvez elas só tenham medo da SS também. Mas agora elas dizem "obrigada" e não comem mais nossa comida. Elas ainda trazem os namorados para casa, embora o de Karin agora seja um homem diferente. Mas, pelo menos, são mais educadas quanto a isso também.

Ou talvez elas estejam mais educadas porque ainda desconfiam de mim e mandaram alguém me seguir.

No dia depois de notar o homem, falto dois dias no trabalho e ajudo Danuta, Siunek e Sala a tricotar suéteres para compensar o pagamento que não vou receber. Trancamos todas as portas e deixamos todo mundo sair um pouco do sótão antes que fiquem loucos.

Alguns dos meus treze estão irreconhecíveis. Cabelos rebeldes. Sem cor. Rugas que não deviam existir. Schillinger está fraco. As pernas de Jan Dorlich parecem barras de uma cerca. E Dziusia aprendeu a escapar dentro da própria cabeça. Ela só se senta. E fica sentada. Janek está com dificuldade para andar. Eles estão empilhados lá em cima. Não podem se mexer, do contrário, as tábuas rangem bem em cima das enfermeiras. Não podem falar, ou alguém vai ouvir. Eles estão com fome e não podem gemer. Estão com raiva e não podem reagir. Eles não podem tossir. Não podem espirrar. Ou roncar. Eles deixam os ratos passarem por cima deles.

Acho que alguns deles me culpam.

Acho que alguns deles culpam Max.

Acho que precisam culpar alguém.

Parece que isso vai durar para sempre.

O SS anterior de Karin devia ser o que queria ouvir as notícias, porque agora a única coisa que dá para ouvir pelo estetoscópio são músicas dançantes. Nós não ouvimos nada da Rússia. Não sabemos nada da guerra. A sra. Krajewska levou seus filhos para visitar a irmã de novo, e, em certo momento, percebi que ela não voltou. Mas ainda conseguimos ouvir o sr. Krajewska. Max diz que ouve os passos dele de um lado para o outro além da parede. Não tem mais tanta comida no mercado, e o que tem é caro. A esperança, que era tão bonita no rosto de Max, secou e se foi.

Talvez os nazistas tenham mesmo dominado o mundo.

E quando vou trabalhar no dia seguinte, ainda com meu amigo de monocelha fielmente atrás de mim, descubro que vou ser deportada. Para a Alemanha.

Toda a fábrica Minerwa vai ser transferida para Berlim, assim como a equipe. Nós devemos partir no fim de abril.

Vou direto falar com Herr Braun, que me diz para ir conversar com o diretor e deixá-lo em paz.

Vou até o diretor, que está sentado atrás de uma escrivaninha usando os inevitáveis óculos com aro de metal. E ele me diz que sim, meu nome está na lista. Eu sei que meu nome está na lista, digo, é por isso que estou aqui. Porque tenho uma irmã menor que não pode ficar sozinha. E ele diz que isso não é problema, porque Berlim tem vários bons colégios internos para os quais ele ficará feliz de recomendá-la.

A LUZ NA ESCURIDÃO   **379**

Mas não sou qualificada para ir, porque não entendo meu trabalho, digo a ele.

Ele diz que sou praticamente uma mecânica, porque conserto todas as bombas d'água.

Eu suspiro. O verdadeiro motivo para não poder ir é porque estou doente.

Ele olha para os dias que faltei ao trabalho e nos quais escrevi a desculpa "problemas femininos". Ele afasta os papéis.

Isso não é uma doença.

Sim, é uma doença.

Não é uma doença. A menos que um médico diga que é.

Então eu tenho que ir, sim.

Se for para a Alemanha, meus treze morrem.

O homem da monocelha me segue até o médico. Depois de uma longa espera, o médico aperta minha barriga e lhe conto todo tipo de mentira sobre os meus sintomas. Mas não sei qual a coisa certa a dizer.

— Meninas da sua idade frequentemente têm pequenos problemas assim — ele diz, escrevendo em seu caderno. — É normal, e tudo vai se regular quando você ficar mais velha.

— Mas sinto dor — minto. — É difícil trabalhar.

— Sim. Eu tenho certeza de que deve ser difícil. Mas você vai precisar aprender a aguentar, se quiser ser mãe.

O que quero é chutá-lo. Mas, em vez disso, eu sorrio, como se quisesse muito que ele me comprasse um chocolate. O rosto dele se torna simpático. E então pareço preocupada.

— Eu tenho outro problema. Estou encarregada de uma irmãzinha. Ela tem oito anos e minha fábrica vai ser transferida para a Alemanha. Eles vão tirá-la de mim, colocá-la em uma escola e meu trabalho realmente é muito cansativo e não me sinto bem o suficiente para a viagem. Seria melhor se eu pudesse ter uma dispensa médica, um documento dizendo que estou doente demais para viajar, assim eu poderia manter minha irmã na Polônia e trabalhar aqui. Você não concorda que seria melhor?

O médico franze a testa e pigarreia.

— Eu não vou assinar uma dispensa para alguém que não está doente. Isso seria traição ao *Führer*. Saia da minha sala. E, da próxima vez, vá a outro médico.

Eu saio, mordendo o lábio, e deixo que o homem da monocelha me siga até o início da rua Tatarska. Ele nunca se dá ao trabalho de subir a colina.

Eu me pergunto quantos espiões os alemães já mandaram para o consultório daquele médico, tentando pegá-lo fazendo algo errado.

Eu me pergunto quão doente vou ter que ficar.

Quando chego no trabalho no dia seguinte, não preciso fingir que estou cansada e pálida, porque de fato não consegui dormir. Não preciso fingir minha dor de cabeça. Meu vestido está frouxo. Durante o intervalo, todo mundo corre para a ponte de ferro porque lá embaixo está jogada uma mulher morta. Congelada. Levou um tiro, Herr Braun nos informa, por esconder um judeu. Alguns dos meus colegas dizem que é horrível. Alguns dizem que ela mereceu. Lubek só fuma.

Durante o resto do dia fico tão distraída que não chego na minha cota. O inspetor aperta os lábios até formar uma linha. E então, enquanto o homem da monocelha me segue no caminho de casa, ouço um assovio. E um "pssst". E então:

— *Fräulein, Fräulein!*

Eu olho ao redor e vejo um oficial da SS com o quepe bem enfiado na cabeça, sozinho, do outro lado da rua, com a gola do casaco levantada e cobrindo as orelhas. Ele está acenando para que eu vá até ele. Sinto o arrepio familiar do medo, mas não dou atenção a isso. Já transbordei minha capacidade de sentir medo. Cruzo a rua e então noto.

É ele. O homem da SS da foto atrás da lata de açúcar.

Ele gesticula, acena e pensa, então aponta para si mesmo e diz:

— Bonito?

Ele está perguntando se me lembro dele. Eu faço que sim e ele parece aliviado. Ele ainda é bonito. Mas seu polonês não melhorou.

Eu me pergunto o que minha sombra acha de me ver falando com a SS. Talvez me deixe em paz.

O SS bonitão está pensando de novo, tentando lembrar as palavras. Ele esfrega as mãos, porque o vento está frio.

— Não... — ele diz, e, depois, a palavra "andar".

— Não andar?

— *Ja* — ele diz. — Não andar. Vá... — E ele me vira e me dá um empurrão simbólico na outra direção. Suas sobrancelhas estão baixas. Ele parece preocupado.

Eu só estou confusa.

Então ele me pega pelo braço, gentilmente, e me guia pela rua. Pela direção que estava andando de início. Nós paramos em uma esquina, ele espia e aponta.

Um grupo de soldados alemães está parado em volta de uma fogueira acesa em uma lata de lixo. Eles estão agitados. Falando alto. Como soldados fazem. O homem da SS aponta para eles e então para mim.

— Não andar — ele diz.

Eu me afasto da esquina. Ele está tentando me dizer que esses soldados estão esperando por mim? Aconteceu com outra garota da fábrica. Andando sozinha, ela foi pega na rua.

Ela foi substituída. Porque precisou ser. E não tenho um saco de carvão dessa vez. E são homens demais para socar.

Achei que era impossível sentir mais medo. Eu estava errada.

O SS bonitão percebe que eu compreendi. Ele me acompanha de volta para a calçada até eu estar em segurança na esquina seguinte, então me empurra de novo, só um pouco, me movendo na outra direção. Gesticulando para me apressar.

— Obrigada — digo. Ele assente, acena com a mão e saio correndo.

Dessa vez ele realmente merecia um beijo, mas eu não dou.

Ele ainda é da SS.

Tranco a porta da Tatarska 3 e checo todas as janelas. Tremo da cabeça aos pés e passo a noite em claro, pensando. Quando o sol nasce na manhã seguinte, não vou trabalhar.

E não vou no outro dia também. Ou no outro. Eu pago um menino da rua para levar um bilhete até a Minerwa dizendo que estou doente. Muito doente. Fico na cama enquanto as enfermeiras estão na casa, e Ilse vem, sente minha testa e pergunta qual é meu problema. Ou acho que é isso que ela pergunta. Eu aperto minha barriga.

Quando já estou há sete dias sem ir trabalhar e as enfermeiras estão em seus turnos, saio escondida para as lojas de segunda mão em busca de suéteres para refazer ou roupas para revender, para compensar o salário perdido. O tempo está esquentando um pouco e não vejo o homem da monocelha, nem vou além da praça. Eu digo a mim mesma que é porque não seria prudente, quando eu deveria estar em casa doente. A verdade é que estou tremendo só de estar na rua sozinha.

Eu odeio sentir medo.

A LUZ NA ESCURIDÃO **383**

Quando chego em casa, Helena está no sofá, lendo o livro de odontologia, e Januka está parada na sala, segurando a bolsa e batendo o pé.

— Aí está você! — ela diz. — Stefi, sua idiota! A polícia veio aqui. — Eu olho para Helena. Ela só está fingindo ler. Seu lábio está tremendo. Ela tem muito medo da polícia.

— Por que a polícia esteve aqui? — pergunto.

— Porque você parou de ir trabalhar! E é um emprego do governo, Stefi!

— Mas eu disse que estava doente.

— Eles não acreditam em você! E então eles mandaram um supervisor vir checar. Lubek os ouviu falando sobre isso. Só que você não estava em casa, e então eles mandaram a polícia, mas você não estava, e agora eles vão voltar a qualquer minuto para te prender!

Ela amarra a echarpe e joga a bolsa por cima do ombro.

— Eu preciso ir. Não posso perder esse emprego, ou meus irmãos ficarão sem comida.

Eu não sabia disso.

— É melhor você desaparecer esta noite, Stefi. E, amanhã, vá ao trabalho e reclame de ter estado doente para Herr Braun. Sei que eles preferem não te substituir, porque você consegue consertar aquelas bombas d'água. Então talvez você se safe.

— Obrigada, Januka — digo e beijo o rosto dela. Ela parece irritada e vai embora bem rápido.

Eu giro a fechadura. Não posso ser presa e não posso ir para a Alemanha. Meus treze serão pegos. Fuzilados. Ou vão morrer de fome.

— Hela, você está bem?

Ela faz que sim, ainda fingindo ler. Não tenho certeza de que esteja.

— O que você disse para as outras pessoas que vieram?

— Que você estava doente, mas estávamos sem comida, e que sou pequena demais para levar dinheiro ao mercado, então você achou um fazendeiro que te deu uma carona.

Ah. Ela é muito boa nisso.

— Isso é perfeito. Se eles voltarem, você acha que pode dizer a mesma coisa?

Ela faz que sim. Mas tenho medo de não ser verdade.

— Você consegue dizer a eles que minha barriga dói, o tempo todo, e eu fico na cama? E que você tem feito todo o trabalho?

— Mas nós precisamos comer, então você foi ao mercado — ela sussurra.

— Isso mesmo. Nós...

Alguém bate na porta. Com força.

Se me prenderem, eles morrem.

— Você consegue, Hela? — sussurro.

Ela faz que sim.

Eu corro escada acima como um dos meus fantasmas.

Max está esperando por mim. Ele ouviu. Nós dois rastejamos para o buraco no sótão e ele recoloca as tábuas.

Faz frio ali. E fede. Henek abraça Danuta, que está tremendo, e Dziusia e Janek estão cercados pelas costas dos outros, para mantê-los aquecidos. O restante está agachado em pequenos grupos, ou sozinhos. Eles estão sujos, fracos, ferozes, e parecem famintos, é como se eu tivesse entrado na toca de uma matilha selvagem e desesperada que tem Max como líder.

A única coisa separando-os da morte nesse momento é minha irmã de oito anos.

Max observa pelo buraco.

A LUZ NA ESCURIDÃO 385

Eu não sabia o quanto é possível ouvir dali. Não palavras, exatamente. Não da sala. Mas ouço as dobradiças das portas rangendo e consigo ouvir a voz de Helena e a de um homem lhe fazendo perguntas. Coisas curtas, acho, como "onde está sua irmã?".

Escuto Helena dando uma resposta. E então a voz do homem ressoa clara para o sótão.

— Mentirosa! — ele grita. Eu me assusto. As próximas palavras dele são incompreensíveis, exceto por "vista no mercado".

Alguém deve ter me visto no mercado. Talvez aquele homem terrível que me segue.

Helena está negando, ou dizendo que peguei uma carona, e então vem o som claro de um golpe. Pele contra pele. Helena dá um gritinho e diz:

— Eu não sei!

Ele acabou de bater nela. Ele bateu em Helena.

Eu me movo na direção da porta, mas Max estende a mão e sacode a cabeça. Eu tento empurrá-lo para o lado e ele sacode a cabeça com força e põe uma mão sobre a minha boca. Eu congelo. Se nos movermos, seremos ouvidos.

O homem grita com clareza:

— Onde está a sua irmã?

— Eu não sei!

Golpe. Golpe. Helena grita.

Eu me estico para a porta e Max me agarra, com a mão em cima da minha boca. Ele sobe em cima de mim, me segura e faz que não com a cabeça.

Tapa. Helena está gritando. Tapa. Algum móvel cai.

— Você vai me dizer onde ela está? — o policial grita.

Ela poderia dizer a ele onde estou. Mas ela não diz.

Golpe.

— Você vai me dizer?

Agora Helena está chorando demais para conseguir responder. Ela está gaguejando palavras que não fazem sentido. Eu me mexo de novo e Max me segura.

Golpe.

Golpe.

Golpe. Minha irmã grita a cada um. E eu estou chorando.

Golpe. Golpe. Max morde o lábio com tanta força que sangra. Ele afunda seu rosto no meu cabelo.

Golpe.

Esse homem vai matá-la.

Eu me mexo de novo, com força, e Max me empurra contra o chão, abafando meu barulho com seu pescoço. A sra. Bessermann se deita ao nosso lado, encarando, observando, sem fazer nenhum som.

Eu acho que todos nós vamos ficar loucos.

E então eu escuto a porta fechando em um estrondo. Helena está chorando, mas o resto é silêncio.

Max me deixa empurrá-lo, derrubo as tábuas que formam a pequena porta e quase caio pela escada para chegar lá embaixo. As galinhas que restaram estão correndo por toda a casa e Helena está enrolada em um dos tapetes feios da sala, com uma das cadeiras da cozinha caída por cima dela. Eu tiro a cadeira e caio de joelhos, puxando-a docemente para o meu colo.

Seu lábio está partido, boca e dentes cheios de sangue, seu olho está inchando e ela tem um galo na testa que deve ser de ter caído no chão. Ela não está mais chorando.

Ela está tremendo como um camundongo em uma nevasca.

Eu a nino. Como eu fazia quando ela era bebê.

Max está na sala também. Ele tranca a porta e diz, pelo amor de Deus, para alguém descer, olhar a janela e trazer Hirsch. O Velho Hirsch já tinha sido médico.

Max encontra um pano, o molha no balde de água e começa a limpar Helena enquanto eu a abraço. Suavemente. Ela não para de tremer. O Velho Hirsch cambaleia escada abaixo e dá uma olhada nela. Ele parece transparente. Uma sombra pálida. Eu não sei quão bem ele está enxergando. Mas ele diz que não tem nada quebrado. Nada grave.

Salvo pelo fato de que Helena ainda não parou de tremer. E não consigo soltar os braços dela do meu pescoço.

Depois da primeira vez, não tento mais. Eu só tento me levantar com ela agarrada, Max apoiando um pouco do peso dela e me ajudando a levá-la para o quarto.

Ela está muito maior do que quando a trouxe de Przemyśl. As pernas dela passam dos meus joelhos.

Nós nos deitamos juntas na cama, seus braços ainda em volta de mim, e Max nos cobre com o cobertor. Ela treme sem parar. E não disse uma palavra. Max se senta ao nosso lado, com uma das mãos sobre a cabeça dela enquanto Monek vigia a janela, torcendo os dedos, e o restante dos meus treze aproveita a oportunidade para esticar as pernas.

Aos poucos, Helena para de tremer. Porque ela pegou no sono.

E então eu choro. Choro sem parar, e Max se deita ao meu lado, cobrindo nós duas com um braço.

Choro porque é tão errado. Tudo está tão errado.

Choro porque nunca me senti tão impotente.

E choro porque eu nunca, jamais, quis tanto desistir.

27.

Abril, 1944

Quando acordo, Ilse está me sacudindo. Eu me assusto. Engasgo. E me sento. Mas Max desapareceu. Não tem ninguém na janela. Eles devem ter subido quando as enfermeiras voltaram para casa. E então me assusto de novo, porque Helena não está comigo e tem uma estranha ao lado da cama também. Uma mulher que nunca vi.

Ilse diz algo em alemão. A mulher assente e fala comigo em polonês.

— Meu nome é Edith — ela diz. — Eu sou enfermeira no hospital do outro lado da rua e meu polonês é… razoavelmente bom. — Ela sorri. — Sua irmã está na cama ao lado. Karin lhe deu… — ela procura uma palavra. — Algo… para ajudá-la a dormir.

Eu olho para Helena, calma e roxa na cama ao lado. Seu olho inchou até fechar.

Ilse fala de novo e Edith traduz:

— Elas querem saber o que aconteceu com a sua irmã.

Eu não consigo pensar em um motivo para não dizer.

— Eu estava doente demais para trabalhar e a fábrica mandou a polícia. Como Helena não sabia onde eu estava, eles bateram nela.

Edith franze a testa e conta isso a Ilse, e então Ilse franze a testa e sacode a cabeça. Ela parece lamentar. Mesmo que algumas semanas atrás ela quase tenha matado a minha irmã.

Todas nós ouvimos um rangido e um arranhão nas tábuas em cima. Edith ergue os olhos e Ilse diz:

— *Ratten.* — Elas têm uma rápida conversa, e então Edith se vira para mim.

— Ela quer saber se você foi ao médico.

Eu faço que sim.

— Ele não acreditou em mim.

Outra longa conversa acontece entre Edith e Ilse. Então Edith diz:

— Ilse quer pedir desculpas pelo que aconteceu antes. Karin é... ela é... a palavra, a palavra... — Ela pensa em outra forma de dizer. — Ela está preocupada com judeus.

Pobre Karin, então. Vivendo com treze deles bem em cima da sua cabeça. Eu faço que sim. Como se entendesse.

— Ela está dizendo que elas te causaram problemas e que, se você quiser ver um médico alemão, tem um no outro lado da rua que pode te ver agora, para você não ter problemas com o trabalho.

— Ele pode escrever no meu cartão médico me liberando do trabalho?

Edith traduz e Ilse dá de ombros e diz:

— *Ja.*

— Mas e... — Olho para Helena.

— Ela vai dormir por um bom tempo — Edith diz. — Karin ficará com ela. Ela é uma ótima enfermeira.

Eu não sei o que fazer. Não quero deixar Helena. Não quero deixar Karin sozinha com a casa toda. Mas, se não conseguir a dispensa, vou para a Alemanha ou vou ser presa, e, quando isso acontecer, meus treze morrem. E talvez eu. E Helena também.

Acho que ainda não desisti.

Porque estou tirando minhas pernas das cobertas.

Nós atravessamos a rua devagar no escuro e me pergunto quando o sol se pôs. Edith me segura de um lado e Ilse de outro, porque eu estou supostamente doente. E então entramos no hospital.

Cruzei o front. Estou em terreno inimigo.

Elas me levam por um longo corredor pintado de um branco ofuscante. E enfermeiras e médicos passam com seus jalecos. Tudo parece tão limpo. Estéril. Preciso. O mais diferente possível da Tatarska 3 e sua infestação de ratos. Então nós entramos em uma sala com uma mesa, um retrato de Hitler e uma área de espera com cadeiras. Edith diz *auf Wiedersehen,* o que não é bom, porque agora não sei mais o que ninguém está falando. Ilse fica sentada comigo, e então o médico vem e me leva para uma sala de exames.

O médico fala um pouco de polonês, e acho que ele basicamente entende o mesmo conjunto de mentiras que contei ao primeiro médico. Ele escuta meu coração. Verifica minha pressão. Me faz deitar de costas e pressiona lugares diferentes no meu abdômen. Eu pergunto se ele pode assinar um cartão médico me liberando do trabalho. Ele diz que acha que pode, mas precisa ter certeza. Ele me dá uma camisola de hospital e me diz para entrar atrás do biombo e tirar a roupa.

A LUZ NA ESCURIDÃO **391**

Então ele me deita na maca, coloca luvas e me examina. Cuidadosamente. Muito mais cuidadosamente que o primeiro médico. E enquanto ele está fazendo isso, o que é humilhante, quatro outros médicos entram na sala e ele começa a falar. Dando aula em alemão. Acho que ele ensinando algo a eles e me usando para isso. Eles escutam com atenção, espicham o pescoço para ver, tomam notas enquanto eu coro. E o médico não está sendo gentil. Ele aperta com força com a outra mão, empurrando meu abdômen. Faço uma careta. Começo a suar. Os olhares frios e clínicos me fazem querer correr e nunca mais parar. Ele está realmente me machucando.

E estou presa. Uma cobaia na maca.

O primeiro médico está dizendo aos outros algo a meu respeito. E um deles protesta. Contra alguma coisa. Eu não sei o quê. O médico discute com eles. Todos eles discutem. Eles brigam de um jeito que parece com as brigas que já vi na fábrica. Então o médico finalmente tira a mão. Solto um suspiro de alívio e Ilse está lá, com o cabelo coberto e usando uma máscara. Ela está segurando uma bandeja e uma seringa. Com uma agulha de uns dois centímetros. Eles ainda estão discutindo, e suor brota na minha testa.

O que estou tendo que fazer para conseguir essa dispensa médica?

Se eu conseguir, talvez possa manter Max e os outros vivos até que algo aconteça. Até que a guerra termine. Até que os russos cheguem. Se não conseguir, eles vão ficar sozinhos com Ilse e Karin, que odeia judeus.

Penso em Izio. E na sra. Diamant. O que eu teria feito para mantê-los vivos, se eu pudesse?

O que eu vou fazer pelos irmãos de Izio? Pelos filhos da minha *babcia*?

O que vou fazer por Max?

Eu sou a única coisa entre ele e os alemães. Assim como Helena estava entre nós e a polícia.

Se Helena consegue aguentar, então eu também aguento.

Ilse se aproxima e pega minhas mãos, ou talvez ela só esteja me segurando no lugar. O médico enfia a agulha em mim. Fundo. Arde e então queima. Horrivelmente. Eu grito, porque não consigo evitar. Então acaba. Os outros quatro médicos terminam suas notas e discutem entre eles enquanto sou mandada para trás do biombo para me trocar com as pernas trêmulas.

Em nenhum momento o médico disse o que ele achava que havia de errado comigo. E a pior parte é que não havia nada.

Eu vou embora muito mais devagar do que cheguei, porque agora realmente estou com dor e mal consigo me arrastar para atravessar a rua.

Mas seguro com força o bilhete do médico.

Helena e eu acordamos juntas naquela manhã. Ela está tensa e dolorida, só consegue enxergar com um olho e nem sabe que eu saí. Ela não fala, só se segura em mim, como no dia anterior. Ela quer ser carregada. E eu não consigo. Tenho um ponto estranho e inchado no meu baixo abdômen. Como se eu tivesse engolido uma laranja inteira. Não consigo ficar reta. É difícil de andar. Eu não consigo ir ao banheiro. Então nós ficamos na cama e a deixo abraçar sua boneca enquanto acaricio sua cabeça, mas ela está sempre segurando em algo de mim com uma das mãos. Um punhado do meu cabelo. Minha camisola.

Em algum momento, Ilse vem e checa o olho de Helena. Então puxa as cobertas para apertar minha barriga. Eu grito e ela faz um *tsc tsc* e traz para nós duas aspirinas e água.

A boa notícia é que estou realmente doente.

A má notícia é que não consigo levar meu bilhete para o departamento do trabalho para avisá-los.

A outra má notícia é que ninguém levou comida ou água para o sótão, e nós não alimentamos as galinhas.

Não tenho nada para dar às galinhas.

Não tenho muito para dar às pessoas.

Quando Ilse e Karin saem e Helena ainda está dormindo, eu me arrasto para fora da cama e subo dolorosamente as escadas. Max está observando, como sempre, então uma tábua se move e sua cabeça emaranhada surge.

— O que está acontecendo? — ele pergunta. — Como está Helena?

— Estamos doentes.

— O que aconteceu com você?

— Nada.

Não posso contar a ele. Talvez eu nunca conte.

— Desçam enquanto podem e façam o que precisam fazer — digo.

Não há muito o que fazer, porque quase não há comida. Mas eles pegam o que ainda tem.

Eu me pergunto quanto tempo vai levar até eles realmente começarem a morrer de fome.

O dia seguinte não é melhor, e cuido para que Helena tenha uma das mãos em mim antes de acordar. Ela ainda não está falando.

Eu não tenho salário. Não vendi nada. E não há nada para comer.

Eu tenho o dinheiro do Velho Hirsch.

— Hela — sussurro. — Nós precisamos de comida, não precisamos?

Ela faz que sim, sua mão no meu cabelo.

— Seria melhor te deixar aqui, aconchegada na cama, me esperando voltar ou seria melhor você ir comigo?

Ela dá de ombros, o que não é uma resposta.

— Você pode me dizer o que prefere?

Ela faz não com a cabeça. Certo, então a pergunta precisa ser de sim ou não.

— Você quer ficar aqui?

Ela sacode a cabeça.

— Você quer ir ao departamento do trabalho e ao mercado?

Ela sacode a cabeça, negando. Mas, em seguida, indica com a cabeça que sim.

Nós nos agasalhamos, porque, embora seja abril, parece que vai nevar, e o vento é como uma faca gelada e afiada que corta através das nossas roupas. Enrolo a cabeça de Helena na minha echarpe para mantê-la aquecida e para cobrir alguns dos seus hematomas, e ela segura minha mão enquanto descemos a rua como se eu tivesse cento e três anos de idade.

Sinto frio. Não consigo mover meu corpo rápido o suficiente para aquecer meu sangue. E quando nós finalmente chegamos ao pé da colina, vejo o homem da monocelha se abrigando na entrada coberta da catedral. Só que hoje ele está com um chapéu de pele.

Ah, só me siga, então, se você não tem nada melhor para fazer. Vai ser engraçado te ver pensando como vai me seguir se estou me movendo devagar assim.

Nós nos arrastamos por Przemyśl até o departamento do trabalho. Evitando soldados. E SS. E policiais. Qualquer um de uniforme. E minha sombra passa um bom tempo andando em círculos e encarando vitrines, fingindo olhar para dentro. Quando subimos as escadas e entramos no escritório certo, eu preciso esperar. Claro. Pelo alemão na mesa. Com sua pilha de papéis. Ele não está usando óculos, mas consigo vê-los jogados na mesa. A postos.

Eu explico minha situação. Entrego a ele o papel do médico.

O homem faz *tsc tsc*. Ele suspira. Coloca os óculos.

E diz que ele não pode aceitar minha dispensa.

Porque está assinada por um médico militar. De um hospital do exército. Isso não serve. E por que não serve? Porque a dispensa não veio do hospital municipal. Essas são as regras e não, ele não sabe por que essas são as regras, mas o trabalho dele é obedecer às regras, então *auf Wiedersehen* e aproveite a Alemanha.

Nós saímos do escritório e estou com tanta dor que quero me sentar na calçada e chorar.

Só que não temos tempo para isso. Todo mundo precisa comer.

Por parecer que vai nevar, o mercado foi armado no prédio coberto logo atrás, que não fica exatamente fechado, mas é mais quente do que ao ar livre. Eu procuro o que pode nos alimentar enquanto o homem da monocelha entra e sai da multidão. Encontro mingau e *kasha* por um quarto do nosso dinheiro. Helena carrega o saco de *kasha* e começamos nossa lenta subida até a Tatarska 3.

Eu paro no pé da colina, olhando para cima. Helena pega minha mão em silêncio, esperando que eu me mova, curvada embaixo do saco.

Eu me sinto cansada. Com frio. Quebrada e derrotada.

E, quando olho para baixo, estou sangrando na neve fresca.

Agora preciso lavar roupa.

E então uma voz diz:

— Posso te ajudar, senhorita?

E eu penso que é o homem da monocelha. Mas não é. É um policial parado numa esquina. Um policial polonês.

Helena se encolhe ao meu lado. Ela quase me derruba. Mas não é o homem que bateu nela. Eu sei pela voz. E também não é um policial que eu já tenha visto no gueto.

— Você é a srta. Podgórska? — ele pergunta.

Não há por que negar.

— Então é você que estou procurando. Vou ajudá-la a carregar isso.

Eu não sei o que meus treze pensam quando chego com o policial na Tatarska 3. Mas o nome desse policial é oficial Antoni. Ele carrega nossas compras e me deixa fechar a porta, me trocar e me deitar na cama. Helena não tira a mão do meu braço, mesmo enquanto tiro meu vestido. Ela se deita na cama comigo. E então o oficial Antoni bate na porta, traz uma cadeira e se senta ao nosso lado.

Ele está lá porque a fábrica Minerwa entrou em contato com a delegacia mais uma vez para ver por que eu não estou indo trabalhar. Eu explico que preciso de uma dispensa médica, mas ninguém quer me dar uma. Ele pergunta dos meus pais. Ele pergunta o que aconteceu com Helena e fica com raiva quando sabe do que se trata. Ele pede para ver a carta do hospital. Ele acha tudo isso ridículo. O médico disse que estou doente. É óbvio que estou doente. Eles deveriam estar ajudando meninas como eu, não despachando-as para outro país.

Ele diz que vai cuidar disso. Ele vai voltar ao departamento do trabalho. Ou falar com seus superiores.

— E, pobre cordeirinho — ele diz, tentando tocar o joelho de Helena. Ela não deixa. — Nem todos os policiais são ruins. Lembre-se disso.

— Mas como vou saber se consegui o cartão com a dispensa médica? — pergunto.

— Você vai receber uma carta.

Eu suspiro. Na minha experiência, essas cartas levam um bom tempo para chegar.

Uma semana depois, quando a comida já está quase acabando, Helena faz novamente a lenta viagem comigo até o mercado. Eu gasto um quarto do que sobrou do dinheiro do Velho Hirsch.

Nós comemos porções pequenas e às vezes eu não como. Ilse checa minha barriga, faz *tsc tsc* e se fecha no quarto para comer bolo com um oficial nazista da SS chamado Rolf enquanto meus treze passam fome em silêncio acima da cabeça dela.

Duas semanas depois disso, nós fazemos a viagem de novo, dessa vez um pouco mais rápido. Ainda não recebi uma carta. Mas nenhum policial foi me procurar e nenhuma fumaça está subindo das chaminés da Minerwa. Meu amigo da monocelha se junta a nós no mercado e gasto metade do que restou do dinheiro do Velho Hirsch. Faço um buraco novo no meu cinto para ajustar meu vestido.

Uma semana depois disso, nós gastamos a outra metade do dinheiro do Velho Hirsch, e depois de mais uma semana não posso ir ao mercado porque o dinheiro do Velho Hirsch acabou.

Mas eu estou melhor. O inchaço do meu abdômen diminuiu e às vezes consigo até carregar Helena quando ela pede. Outras vezes eu não consigo, e ela se agarra aos meus braços ou à minha cintura. Ou às minhas roupas. Ela ainda não fala, e faz uma careta toda vez que Rolf pisa duro pela casa com suas botas brilhantes. O tempo ficou quente e suave. Eu ainda me pergunto, toda vez que um uniforme chega, se vai ser para me levar para a Alemanha.

Não existe um único momento em que eu relaxo. À noite, quando tudo fica quieto, eu durmo na fronteira do medo.

Meu corpo sarou, mas estou cansada.

E então Max desce a escada.

— A sra. Bessermann está com tifo.

28.

Junho, 1944

Helena e eu não podemos chegar perto do sótão. Porque não podemos ficar doentes. Pelo menos não com tifo, embora não consiga evitar me perguntar se tifo teria me ajudado a conseguir a dispensa médica. Max desce quando pode, mantendo distância de nós, e me diz que é pior do que foi com Schillinger e Henek. A febre dela está alta. Muito alta. Ela está coberta de manchas. Talvez morra.

Se a sra. Bessermann morrer, o que vamos fazer com o corpo?

Mas talvez não seja necessário nos preocuparmos com isso. Porque a sra. Bessermann está delirando.

Ela não consegue ficar quieta.

Não consegue ficar parada.

E isso significa que todos nós vamos morrer.

Na primeira noite que a febre da sra. Bessermann ficou alta, Siunek se sentou sobre as pernas dela, para prendê-las, Henek se sentou sobre um braço, Jan Dorlich no outro, e Max, Schillinger e Cesia se revezaram cobrindo a boca dela com panos molhados e frios toda vez que ela fazia um som. Eu não sei como ela não sufocou. Ou se afogou.

Da segunda vez que ouço um barulho vindo do teto, bato na porta de Karin e pergunto em uma linguagem de sinais vívida se ela, por favor, poderia ligar o rádio e colocar uma música para ajudar Helena a dormir. Karin fica envergonhada. Rolf está lá. E Ilse. E um homem novo da SS que eu nunca tinha visto. Ela fica achando que quero esconder o barulho deles. O que realmente quero é esconder o barulho em cima da cabeça dela.

Vou para a cama e penso que esta é a noite. Parece uma forma triste de terminar a nossa luta.

Mas, de alguma forma, o sol nasce, os nazistas vão trabalhar e todos nós estamos vivos.

Não sei como isso é possível.

Assim que eles saem, Max desce a escada com um papel na mão. Ele o coloca na mesa e se afasta de mim. Para não me infectar. Ou para não infectar Helena, que está agarrada na minha saia. O papel é de um bloco de receitas e tem uma assinatura falsa. Do médico alemão que assinou a minha carta.

— Você é bem talentoso — digo.

— Tem alguma forma de conseguirmos isso?

Ele não está com humor para brincadeiras. Ele não dormiu. Ele está sem camisa. Nenhum deles está usando muita roupa, porque está calor agora e eles não podem abrir a janela — e o que isso importa, quando todos estão fazendo as necessidades no mesmo balde? Max está coberto de suor. Ele pode estar com tifo. Está perto de morrer de fome.

E está enlouquecendo por estar trancado naquele sótão.

— Eu vendi três camisas no mercado — digo. — E é isso o que temos para comer nessa semana.

— Se não conseguirmos algo para mantê-la quieta, não vamos precisar comer — ele estoura. E então pisca e sorri para Helena. Como se ele tivesse descido do sótão só para bater papo. — Você sonhou com a praia na noite passada, Hela?

Ela sacode a cabeça, dizendo não.

— Você devia sonhar com a praia — ele diz. — Antes de dormir, imagine o sol quente, a areia, a água salgada e os tubarões... — Ele faz um som de ataque com os dedos, como dentes mordendo. Ela sorri e se encosta em mim, e, quando olho nos olhos de Max, ele os desvia. Envergonhado.

Quero dizer a ele para erguer a cabeça. Ele disse uma vez que eu era a melhor pessoa que ele conhecia. Mas não é verdade. Ele é a melhor pessoa que eu conheço. Não sou nada comparada a ele. Não é o contrário. Eu quero dizer a ele para não ficar envergonhado. Porque ele é um sobrevivente.

Mas não sei como dizer isso a ele. Então olho para a receita falsa. Conseguir isso vai ser perigoso. Serei questionada. E nem contei a Max sobre o homem da monocelha. Às vezes estou tão pronta para a ideia de morrer que eu mal noto a sensação.

— Max — começo. Mas eu não consigo dizer nenhuma das coisas que quero.

Eles não vão me dar esse remédio. E, se derem, não poderemos comer. Nós estamos vivendo em um tempo roubado, porque a qualquer momento um dos nazistas vai ouvir alguma coisa. Ou ver alguma coisa. A sra. Bessermann vai acabar nos entregando.

Mas talvez Max saiba, de alguma forma, um pouco de todas essas coisas que eu não disse.

— Então nós vamos lutar, Fusia — ele diz. — Até o fim.

Eu movo a cabeça, concordando. Uma luta até o fim. E acho que ele já está chegando.

Coloco a receita falsa dentro do meu casaco e, pela primeira vez, Helena decide ficar em casa sem mim. Ela se deita na cama com sua boneca e se aninha em um canto. Eu digo a ela que vou trancar a porta. Que ela não precisa abrir, mesmo se for Karin ou Ilse. Deixo o livro de odontologia com ela e saio para ver se vou sobreviver a esse dia.

Tem chovido e as ruas estão sujas. Com muitas partes inundadas. Mas a chuva não ajudou em nada com o calor. Decido cruzar a ponte até o outro lado da cidade para ir a uma farmácia em que não me conhecem. O rio San corre rápido abaixo dos meus pés, com espuma acima das ondas, e o ar tem cheiro de escapamento de caminhão e vapor de chuva. O clima está tenso. Eu consigo sentir. Não há soldados nas esquinas, parados, sem nada para fazer. Os que vejo estão de cabeça baixa, andando rápido. Indo a algum lugar. Eu me lembro do dia em que aquela menina judia de olhos azuis levou um tiro. Um dia em que as pessoas não quiseram se olhar.

Acelero meus passos. E ali, refletido no vidro de um açougue há tempos fechado, está o homem da monocelha, mãos nos bolsos, fingindo olhar um cartaz horrível sobre judeus.

Estou cansada do homem da monocelha.

Acelero o passo um pouco mais, deixo que um caminhão de entregas passe por mim, faço um desvio rápido para a calçada oposta e volto por onde vim. O homem precisa parar, agir como se fosse entrar numa loja. Agir como se estivesse mudando de ideia, para poder se virar e andar na mesma direção que eu. Então faço isso mais uma vez. E outra. Estou conduzindo o homem por uma caçada louca por Przemyśl.

Nós subimos as colinas rapidamente e as descemos lentamente. Eu fico parada em um mesmo ponto em uma mercearia e olho para repolhos podres por quinze minutos enquanto ele decide o que fazer. Eu entro na catedral. E saio. Entro em outra catedral, e saio assim que ele me alcança. Então coloco as mãos nos bolsos e ando em um grande círculo, entrando e saindo do fluxo, mudando de calçadas até parar no exato lugar em que começamos.

E, quando ele está trotando para me alcançar, faço uma virada inesperada e entro pela porta de um prédio de apartamentos. E saio pelos fundos, virando à direita na viela e entrando pela porta dos fundos do próximo.

Fico parada no corredor do prédio ao lado, observando pelo vidro lateral o homem da monocelha sair pela porta que entrei primeiro, dando voltas pela rua, pensando para onde eu posso ter ido.

Todo esse tempo em Przemyśl e ele nem sabe que os prédios têm portas dos fundos. Que *dummkopf*.

Ele se senta em um banco de ônibus para esperar e me viro para sair pela porta de trás. Mas então volto e saio pela frente, desço os degraus e sigo para a calçada na direção dele. Meus sapatos estalam contra as pedras. Eu não sei quem esse homem é. Se ele é da polícia alemã. Da polícia secreta. Se é algum tipo de investigador particular da Minerwa. Eu não sei se ele é um nazista, se está caçando judeus ou se, talvez, o homem só queira um encontro. O que quer que seja, ele está me seguindo há meses e me cansei dele.

Vou até o banco. Ele está de costas para mim, abrindo um jornal.

— Com licença — digo.

Ele se assusta, vira e abre a boca, surpreso. E dou um soco no nariz dele. Bem como Max me ensinou.

O chapéu dele cai e ele tomba com força no chão, enquanto me viro e entro no prédio mais próximo e saio pela porta dos fundos em uma viela. Eu sorrio enquanto caminho, sacudindo o punho, e corro para encontrar uma farmácia para comprar os remédios da minha receita ilegal.

Encontro uma em uma parte de Przemyśl que quase nunca vou e, quando entro, percebo que cometi um erro. A loja está vazia. E o farmacêutico não tem nada para fazer além de me questionar. Qual é a doença? Para quem é o remédio? Por que tenho uma receita para um analgésico tão forte dada por um médico do exército alemão? Eu finjo estar olhando curativos antes de sair para outro lugar, mas então um grupo de soldados entra na farmácia, falando alto em alemão. Vou rapidamente para o balcão.

— Eu preciso disso aqui agora, por favor.

O farmacêutico dá uma olhada na receita. Mal me olha. Ele está preocupado com os soldados, porque às vezes soldados gostam de esquecer de pagar. Ele pega o frasco do fundo, conta os comprimidos bem no balcão, anota no seu livro e cobra alguns *zloty* pela compra, ainda de olho nos homens examinando os itens das prateleiras.

Ele não cobrou o suficiente. Não é nem perto do suficiente. Mas não sou eu que vou corrigi-lo. Eu lhe dou o dinheiro, enfio o frasco no meu bolso com o troco e saio correndo antes que ele note.

E me sinto bem. É o melhor que me sinto em semanas. Compro o saco de aveia para mingau mais barato que encontro no mercado e uma pequena esperança permeia minha alma, como o sol passando entre as nuvens. A chuva recomeça. Quando volto para a Tatarska 3, consigo ouvir a sra. Bessermann do pátio. Quase da rua.

Ela está pedindo queijo.

Hoje é o dia, então. Porque a sra. Bessermann quer queijo.

Coloco a chave na porta e a tranco atrás de mim.

Danuta praticamente desliza escada abaixo.

— Você conseguiu?

Eu dou os comprimidos para ela e ela corre de volta para cima. Corro para o quarto onde Helena ficou encolhida e espio o quarto das enfermeiras. As camas estão desfeitas, há roupas de baixo no chão, meias limpas penduradas para secar nos fios elétricos das janelas.

Eu sabia que elas não estavam lá. Porque a Gestapo não está.

O que não quer dizer que a Gestapo não esteja chegando.

Então entro no quarto delas. Porque tem um pedaço de papel verde debaixo do rádio. Eu olho para trás uma vez e o pego. Me sentindo culpada. Mas então não me sinto culpada, porque o papel tem meu nome nele.

É meu cartão médico com a dispensa. Me liberando do trabalho. O envelope no qual ele foi enviado está bem embaixo. Foi postado mais de um mês atrás.

O policial deve ter feito o que disse que ia fazer. Não me espanta que não tenham me levado para a Alemanha.

Eu me pergunto se as enfermeiras pegaram minha correspondência por engano.

Eu me pergunto se elas esconderam minha correspondência de propósito. Mas por quê? Elas pensaram que se eu fosse para a Alemanha elas teriam a casa só para elas?

Então a sra. Bessermann grita por ovos mexidos, e me pergunto se o sr. Krajewska está sentado do outro lado da parede.

Escondo o cartão médico no fundo do meu colchão, junto com a foto do SS e o desenho que Max fez de mim. O sótão fica em silêncio. A sra. Bessermann deve ter recebido o seu remédio.

Nós esperamos pela Gestapo o dia inteiro.

Max não pode descer, então Cesia desce com o balde sujo, chorando porque acha que sua mãe vai morrer. Helena observa da janela enquanto seco o rosto e os olhos de Cesia e cuidadosamente penteio seu cabelo, tirando os insetos. Tudo isso para eu ficar longe dos meus treze.

Mando dois baldes de água limpa, preparo uma panela de mingau sem gosto que pelo menos vai servir para mantê-los vivos e, então, Helena e eu fazemos faxina. Eu esfrego enquanto ela varre, de uma ponta a outra, e ela faz um bom trabalho com a vassoura. A chuva cai e fico grata. Uma das enfermeiras provavelmente vai terminar seu turno logo mais, e chuva sobre um teto de zinco faz muito barulho.

Eu me sento com Helena na cama e nós brincamos com o barbante, embora eu seja a única que canta. E então acontece uma comoção lá em cima. Grande. Gritos. Um baque. Correria. Os olhos de Helena se arregalam enquanto ela observa o teto. Acho que Max finalmente perdeu o controle. Então ouvimos um som como se alguém tivesse caído pela escada. Eu me levanto da cama. Nossas duas últimas galinhas cacarejam. A porta da frente se abre e puxo a cortina.

A sra. Bessermann está lá fora. No pátio. Na chuva. Gritando pela Gestapo.

O tempo para.

Algumas coisas estão nubladas. O céu. A cabana com os banheiros. A porta da frente dos Krajewska. As gotas de chuva que caem pelo vidro. Mas algumas estão bem claras, tão nítidas que ferem meus olhos. O carro seguindo lentamente pela Tatarska. Max no pátio com os braços estendidos. A sra. Bessermann com o cabelo bagunçado e a sujeira do seu rosto, pescoço, peito e mãos sendo limpa pela chuva.

— Eu quero pão! — ela grita para Max. — E queijo e ovos mexidos com raiz-forte! Não coloque as mãos em mim!

Ela cambaleia pela lama.

— Traga isso para mim ou vou chamar a polícia! Eu vou chamar a Gestapo!

— Stefi — diz uma voz atrás de mim. — Você precisa ir até lá agora.

A voz é pequena. Falha e seca. E é de Helena. Ela ainda está sentada na cama com sua boneca. Ela me olha. Eu olho para ela.

E me mexo. Como um relâmpago pela casa. O restante dos meus treze está agrupado em volta do sofá. Danuta está chorando. Monek está chorando. O Velho Hirsch está torcendo as mãos.

— Nós estamos mortos, estamos mortos, estamos mortos...

— Cesia! Janek! Venham comigo!

Eu os pego pela mão e os levo para a chuva, para o exterior imenso onde as pessoas têm ouvidos e olhos e não há onde se esconder.

Max ainda está com as mãos estendidas, seu cabelo comprido grudado na cabeça, tentando negociar com a sra. Bessermann.

— Nós podemos conseguir essas coisas — ele diz. — Só que não ainda, não...

— Eu quero agora! E não quero dividir! Eu não vou dividir! Eu não vou dividir nada com Hirsch!

— Você vai nos matar! — Max implora. — É isso que você quer?

Algumas pessoas do pátio do hospital estão olhando do outro lado da rua.

— Sim! — a sra. Bessermann diz. — A Gestapo pode vir! Morreremos e isso acaba! Polícia! — ela grita. — Judeus! Temos judeus! Polícia!

E então Cesia diz:

— *Mama*?

A sra. Bessermann para, cambaleante, e afasta a água do rosto para focar seus olhos em Cesia.

— *Mama*, eu não estou pronta para morrer. E, se você não entrar, você vai nos matar...

— Mas você vai morrer, meu doce — ela diz. — Você vai morrer... tão lentamente... Gestapo! — ela grita. — Eu quero meus ovos agora!

— Por favor, *mama*! — Janek grita. — Por favor, não chame a Gestapo! Não nos mate! — Ele corre para a mãe e joga os braços em volta dela. Suas calças estão pelo menos uns seis centímetros curtas demais. — Os trens não vieram. Não nos mate, *mama*, por favor!

— Vamos entrar — Cesia diz, pegando seu braço. — Não é como ele. Não é como *tata*. Os trens não estão aqui. Por favor, *mama*, entre e fique bem.

A sra. Bessermann parece confusa, mas ela deixa Cesia puxá-la, Janek chorando e se agarrando à cintura dela.

— Max, entre — digo, e corro para ficar atrás da sra. Bessermann para protegê-la dos olhares do hospital. Porque ela parece exatamente o que é. Uma mulher louca e doen-

A LUZ NA ESCURIDÃO **409**

te que foi trancada num sótão. Quando entramos, tranco a fechadura.

Alguém já chamou a polícia a essa altura. Eu só não sei quanto tempo vai levar para eles chegarem.

Não consigo acreditar que hoje é o dia.

— Max, leve-os para cima — digo. — Eu vou limpar a lama...

— Vocês não precisam fazer o que ela diz! — a sra. Bessermann grita, suas pupilas imensas girando pelo quarto até recaírem sobre Hirsch. — E eu não preciso fazer o que ele diz! Eu não preciso me casar com você... só porque você diz... só porque eu disse...

As sobrancelhas do velho estão baixas, mas seu rosto não registra nenhuma reação. A sra. Bessermann prometeu se casar com o Velho Hirsch? Foi esse o arranjo deles? Um casamento por um esconderijo?

— E eu não preciso fazer... o que eu disse — a sra. Bessermann balbucia. — E você... — ela vira a cabeça para Max. — Você não... precisa fazer do que ela diz... só porque está apaixonado por ela! Você... não precisa...

— *Mama*, venha conosco — Cesia diz, desviando os olhos do meu rosto chocado.

— Quando você ama, não... significa... que você precisa! — a sra. Bessermann grita. — Max! Lembre-se disso...

— Me ajude, Janek — Cesia diz. — Rápido, antes que a polícia venha...

— Você não precisa, Max! — A sra. Bessermann grita enquanto Siunek ajuda a empurrá-la pela escada.

Max não me olha nos olhos.

— Eu te diria para fugir, mas você não vai, vai?

Eu nego com a cabeça.

— Certo. Estaremos prontos quando eles chegarem. Mande-os para cima, se quiser. — Ele sorri, embora saiba que não é engraçado, e sobe a escada. E ele ainda não me olha.

Os outros sobem em uma fila lenta atrás de Max. Danuta ainda está chorando no sofá. Henek tem um braço em volta dela.

— A sra. Bessermann estava sempre resmungando sobre queijo e pão — ele diz. — Do tipo que se conseguia antes da guerra. Mesmo quando não deveríamos falar. Nos colocava em risco, deitava e mandava a empregada trazer o pão e o queijo sem parar. Eu não acredito que isso a deixou louca antes de mim.

— Ela só está doente — digo.

— Talvez — sussurra Danuta, secando os olhos. — Mas não foi diferente do que ela sempre diz. Que ela não vai se casar com Hirsch. Que ela vai nos denunciar, para morrermos todos e pararmos com tudo isso. Dessa vez ela só tentou de verdade.

— Ela fez mais do que tentar — Henek diz. Eles se levantam juntos e andam de mãos dadas para a escada. Eles parecem delicados. Frágeis. Danuta inclina o queixo para o buraco no teto e olha fixamente. Ela não quer subir.

— O que ela quis dizer? — pergunto rápido. — Aquilo que a sra. Bessermann disse a respeito de Max?

— Ela sempre fala de Max, como ele faz tudo que você diz, como se fosse só por causa disso e não porque Max está tentando nos salvar. Não é justo...

— Mas o que você quer dizer com "por causa disso"? Danuta olha para trás, com um pé na escada.

— Ah, Fusia. Por favor.

— Não seja uma *dummkopf* — Henek diz enquanto segue Danuta até o sótão.

Será que Henek, Danuta, a sra. Bessermann e todo mundo no sótão, todos eles acham que Max está apaixonado por mim?

Quando olho em volta, Helena está parada na porta do quarto.

— Você não acha que devíamos limpar a lama? — ela diz.

Eu dou um beijo nela, porque estou tão feliz de ouvi-la falar. Mesmo que estejamos prestes a morrer.

Ela me ajuda a limpar e, quando o chão está arrumado, os panos enxaguados e estou seca da chuva, nos deitamos na cama e esperamos a Gestapo chegar. A sra. Bessermann ficou quieta. Eu não sei se lhe deram mais comprimidos ou nenhum, mas está funcionando. E então penso em Max.

Eu sei que Max me ama. Eu o amo. Nós fomos como irmãos. Nós perdemos as mesmas pessoas e choramos o mesmo luto. Nós passamos os melhores e os piores momentos de nossas vidas juntos. Ele é meu melhor amigo. Mas isso é diferente do que a sra. Bessermann quis dizer. Apaixonado por mim é diferente.

— Todo mundo sabe que Max te ama, Stefi — Helena diz, acariciando o cabelo da sua boneca. — Mas ninguém sabe se você o ama.

— Por que você diz isso?

— Porque ele te olha engraçado, do jeito que o sr. Szymczak costumava olhar para a esposa. E porque ouvi Henek dizer isso.

Eu apoio minha cabeça no cotovelo.

— O que Henek disse?

— Que Max deveria deixar para lá porque você nunca vai esquecer o outro, Izio, e que Max não pode lutar com um fantasma. — Helena ergue os olhos. — Eu não sei o que essa parte significa. Lutar com um fantasma. Como você lutaria com um fantasma?

— Não sei, Hela — sussurro.

Lembro daquele beijo na testa. O que não era paternal. Ou fraternal. E que não me fez pensar em Izio.

Eu disse para mim mesma que não amaria mais. Não de novo. Não durante uma guerra. É difícil demais.

Mas talvez seja impossível evitar.

Então ouço uma batida na porta.

Beijo o topo da cabeça de Helena, um beijo longo que diz o quanto sempre vou amá-la, não importa o que aconteça. Fico de pé e vou até a porta.

Mas não é a polícia. Nem a Gestapo. São Karin e Ilse. Bravas, porque ficaram trancadas para fora na chuva.

Elas entram batendo o pé pela sala, pingando e sem falar comigo, nem sequer um olhar que diga "eu vi uma judia doida gritando no nosso pátio". E, pela primeira vez, nenhum namorado está com elas. Elas ligam o rádio, mas não com música. São as notícias. Tudo em alemão. Eu consigo ouvir as palavras "Hitler". E "americanos". E "Berlim". Elas escutam as notícias em um volume baixo por metade da noite.

Algo deve estar acontecendo com a guerra.

Enquanto visto minha camisola pela cabeça, me pergunto se elas vão notar que encontrei meu cartão médico. Eu me pergunto se Max está tentando escutar o rádio com seu estetoscópio. Se talvez ele tenha ouvido minha conversa com Helena com o estetoscópio. E então me pergunto por que a Gestapo não veio atrás de nós.

Talvez estejam ocupados.

Coloco o cobertor por cima de Helena e deixo que ela se aninhe ao meu lado. Temos duas camas, mas nesse momento dormimos em uma só. O rádio soa baixo no outro quarto. Está quieto acima de nós.

Mas eu sei que esse silêncio é cheio de respirações e pulsações. Pensamentos e sentimentos que não podem ser ditos. O silêncio acima de nós é cheio de vida, mesmo que a morte chegue nos próximos segundos.

Silêncio não quer dizer vazio. Nem sempre.

Não para mim.

E, de manhã, quando a chuva para e o sol de verão brilha quente, raios amarelos entram pela fresta das cortinas, o silêncio ainda é absoluto e me pergunto por que ainda estamos vivos.

Eu não sei por quê.

Mas estamos.

E então eu penso se Max seguiu o conselho de Henek e decidiu me esquecer.

29.

Julho, 1944

Eles mantêm a sra. Bessermann dormindo até que a febre dela quase suma. Ela acorda fraca, com metade do peso, mas viva. Como o resto de nós. Como um milagre. Porque mais ninguém pegou tifo.

E algo está acontecendo em Przemyśl. Soldados entram e saem com mochilas nas costas, tanques passam pela cidade e as prateleiras das lojas estão vazias. Não há nada para vender no mercado, exceto o que vem dos fazendeiros, e ainda é cedo demais para que eles tenham muita coisa. O que está à venda é caro. Mais do que caro. É absurdo. Nós comemos o restante das galinhas. Eu tento vender o sofá. A mesa pela metade. O armário quebrado. Eu ofereço trocá-los com um fazendeiro e até ofereço os sapatos que tenho nos pés. Mas ninguém precisa dos meus móveis e sapatos velhos. Ninguém tem dinheiro para nada além de comida.

Então finalmente chega o dia. O dia que estou tentando evitar desde o começo da guerra. E não é a vinda da Gestapo.

É o dia que não temos nada para comer. Nada de nada. E nenhuma forma de conseguir algo.

Acho que sobrevivemos só para morrer de fome.

Quando as enfermeiras saem para o hospital, chamo meus treze. Max nos coloca em um círculo na sala — exceto por Siunek, que está de vigia na janela —, e eles me lembram uma matilha de cães rosnando.

Eu devia ter planejado melhor.

Max devia ter planejado melhor.

Max não devia ter me escutado.

Eu devia ir ao mercado ver o que consigo roubar.

Eu devia ir até o quarto das enfermeiras ver se consigo encontrar o dinheiro delas.

Provavelmente tem comida do outro lado da rua, no hospital, se eu tiver coragem de entrar e pegar.

Ninguém está em seu melhor quando se está com fome.

E então Sala Hirsch diz:

— Deveríamos falar com a sra. Krawiecka.

Eles param de discutir. Max diz:

— Você a conhece bem?

— Eu a conhecia bem — Jan Dorlich diz. — Minha irmã trabalhava para ela. Ela foi boa até achar que eu tinha mentido para ela...

Me desculpe, Jan.

— Eu acho que ela teria me ajudado, se pudesse.

— Ela me conhece também — Sala diz. — O marido dela fazia negócios com meu pai. Ela me conhece desde que eu era pequena.

— Mas você acha que ela falaria com a Gestapo? — Schillinger pergunta. Dziusia está enrolada e silenciosa aos pés dele, sorrindo um pouco. Ela se perdeu dentro da própria cabeça.

Sala dá de ombros.

— Ela não falou da outra vez.

— Mas isso foi porque Fusia quase a matou de medo — Max diz. Ele dá um olhar de relance e me olha nos olhos talvez pela primeira vez desde o que aconteceu com a sra. Bessermann, e sua sobrancelha arqueia. Ele sorri. Eu sorrio de volta. Pelo jeito, o dia que perdi a paciência com a sra. Krawiecka se tornou uma memória agradável para ele. Danuta ergue uma sobrancelha para mim como quem diz "viu?".

Desvio os olhos dela.

— Eu não sei se ela vai me atender — digo. — Não depois de como eu a tratei.

— Então leve Sala com você — Max diz.

— Não — Monek diz.

— Pare de ser egoísta — a sra. Bessermann diz.

Sala coloca a mão no braço de Monek.

— Eu acho que preciso ir, se queremos convencê-la a nos ajudar.

— Temos outras ideias? — Max pergunta.

— Além de comermos uns aos outros? — o Velho Hirsch diz. — Começando por você? Essa é uma ideia.

É bom ouvir o velho sendo ele mesmo.

Decidimos ir naquela noite, no crepúsculo antes do anoitecer, quando a maior parte das pessoas está correndo para casa e as enfermeiras já estão no quarto. Significa arriscar voltar depois do toque de recolher e voltar enquanto Ilse e

Karin estão em casa, mas Sala não tem roupas decentes e estamos desesperados.

Sala desce com cuidado a escada enquanto as enfermeiras ouvem as notícias no rádio. Temos sorte, porque mais uma vez não estão com os namorados. A menos que estejam na porta. Nesse momento. Sala parece ter imaginado essa possibilidade, porque ela está tremendo só de estar na cozinha.

— Shhhh — digo. — Limpe seu rosto.

Nós a limpamos. Penteamos seu cabelo. Ela não calça sapatos há tanto tempo que ficam estranhos no seu pé. Eu coloco meu casaco por cima da sua blusa esfarrapada, embora o ar de verão esteja quente demais para isso, e aceno para Helena. Helena acena de volta e tranca a porta atrás de nós sem fazer um som.

Nós ainda precisamos passar pela janela das enfermeiras. A luz elétrica brilha atrás da cortina. Mas nós passamos rápido e descemos a rua Tatarska.

— Você sabe o endereço? — pergunto a Sala.

Ela faz que sim.

— Você conhece o caminho?

Ela faz que sim mais uma vez.

— Sorria — digo. — É divertido sair para um passeio, lembra?

Nós devemos parecer amigas saindo para uma caminhada. Esse é o plano. Mas Sala está com uma expressão de medo e agarra meu braço. Se eu fosse ela, enfrentaria qualquer perigo pela oportunidade de caminhar pela rua e sair daquele sótão. Mas talvez eu não saiba como é pensar que toda pessoa que você vê quer te matar.

Uma mulher passa com pacotes e a respiração de Sala acelera. Ela salta quando o trem apita. Ela salta com a buzina de um carro. Eu acho que ela vai desmaiar.

— Sala, não tem um alvo nas suas costas — sibilo. — Eles não sabem.

— Mas parece que sabem!

— Então vamos andar mais rápido.

O caminho até a sra. Krawiecka é longo. É quase do lado oposto de Przemyśl. Jan Dorlich devia estar pensando na época que circulava na carroça do correio quando disse que poderíamos chegar em meia hora. Eu não acho que vamos chegar lá sem sermos questionadas, não com Sala virando o rosto toda vez que cruzamos com um soldado ou policial, até os que passam pelo outro lado da rua. Mas todo mundo parece ocupado nessa noite. Preocupado. Sem tempo para se importar com duas meninas.

Nós chegamos ao endereço. Finalmente. Subimos os degraus. E percebo que não estamos em um prédio de apartamentos. É uma casa.

De alguma maneira, perdi a informação que a sra. Krawiecka era incrivelmente rica. E qualquer um que se manteve incrivelmente rico durante a guerra deve ter trabalhado com os alemães.

A sra. Krawiecka deve ter muito a perder.

Agora estou tão nervosa quanto Sala.

Eu levanto a mão para bater, mas Sala aponta um botão. Uma campainha elétrica. Eu aperto, ouço um som e quando a porta se abre é uma menina não muito mais jovem que nós. Sala se encolhe atrás de mim.

Eu sorrio.

— Eu poderia falar com a sra. Krawiecka, por favor?

— Espere aqui — ela diz e fecha a porta de novo.

— Mãe! — Eu a ouço chamar.

Eu bato o pé. Nós precisamos sair da rua. Mas e se houver alemães na casa? Nesse exato momento?

A porta se abre.

— Bom — A sra. Krawiecka diz. As linhas da sua testa se aprofundam. — Você é a srta. Podgórska, não é? E... ah.

Sala se vira para ela.

— Ah! Sala!

A sra. Krawiecka nos leva correndo para um quarto nos fundos da casa e tranca a porta.

— Para ter certeza de que não vamos ser interrompidas! — ela diz. — Você não está sendo sequestrada, srta. Podgórska. Eu sei que acha que sou uma chantageadora.

— Me desculpe, eu...

Mas a sra. Krawiecka está ocupada abraçando Sala.

— Achei que você estava morta — ela diz. — A menininha do seu pai. Ele está?

Ela faz que sim.

— Sente-se aqui e me conte o que tem acontecido.

Ela se senta, enquanto eu me sento em um sofá tão macio que me afundo dentro dele. A sra. Krawiecka diz coisas como "bom Deus" e "Maria, minha mãe!" sem ser irreverente. Eu não apenas não preciso pedir desculpas, como não preciso sequer falar. Ou mesmo pedir ajuda.

— Treze em cima, os nazistas embaixo e você no meio — a sra. Krawiecka diz. — Bom, srta. Podgórska. Você é mesmo uma pequena manipuladora, no final das contas.

Acho que isso é um elogio.

Ela vai até uma escrivaninha, pega um pedaço de papel e começa a escrever. Rápido.

— Leve esse bilhete para a porta dos fundos e dê à garota lá. Ela vai saber o que fazer. Corra agora. Eu deixei um sócio esperando por bastante tempo, mas valeu a pena, e nós vamos te deixar em segurança antes do toque de recolher. Não podemos arriscar que você seja vista, podemos?

Ela beija as bochechas de Sala.

— Você fez bem em vir. Mal tem carne nos ossos. Eu vou cuidar de tudo. Adeus, srta. Podgórska. Eu fico feliz por termos um entendimento tão bom.

E, quando noto, nós estamos praticamente correndo pelo corredor e entregando o bilhete para a menina com uma touca branca que está esperando ali. Ela lê e nos empurra pela porta dos fundos e até o assento traseiro de um carro. Então a garota diz:

— Esperem aqui! — E desaparece na luz baixa. Está quase escuro.

— Você acha que ela está fazendo negócios com os alemães? — pergunto a Sala.

— Provavelmente. E roubou deles tudo que tinham.

— Você acha que ela está fazendo negócio com os alemães agora? Que eles estão na casa?

Sala ergue os olhos para a casa, seus quatro andares, e sua boca se abre.

E então um homem abre a porta do carro, coloca sacos pesados em nossos colos, senta-se no banco do motorista, dá a partida e nós saímos com um estouro do escapamento.

Eu andei de ônibus algumas vezes, e de trem, é claro. Mas nunca tinha experimentado a velocidade suave de um carro quando você precisa chegar em algum lugar.

Quero um.

Nós subimos a colina da Tatarska como se não fosse nada, e peço ao homem para passar da casa e parar na esquina, perto do convento. Eu não quero que as enfermeiras nos vejam sendo deixadas de carro. Nós pegamos os sacos que ele nos deu, descemos do carro e corremos de volta pela rua enquanto ele vai embora. Faltam só alguns minutos para o toque de recolher.

— Você acha que tem comida aqui? — Sala sussurra.

Eu faço que sim.

— Você acha que podemos cozinhar agora? — ela pergunta. E então estamos no pátio, passando pelo brilho do rádio na janela. Destrancamos a porta da Tatarska 3.

Tem dois oficiais alemães sentados no meu sofá.

Sala bate com tudo nas minhas costas.

Eu sorrio. Como se eu fosse vender a eles algo que tenho. Provavelmente vou.

— Olá — digo. Um dos alemães se levanta.

— Srta. Podgórska? Você se lembra de mim?

Eu puxo Sala pela porta comigo e a tranco atrás de nós.

— Não, não me lembro. Sinto muito…

— Eu sou um dos médicos que você viu no hospital. Eu observei seu procedimento.

Uma parte da minha mente volta para aquele momento na maca e eu coro. Outra parte pensa que esse homem fala um bom polonês e nem por isso ele me contou o que estava acontecendo. Outra parte da minha mente quer enfiar Sala embaixo do sofá.

Minha única esperança é que nunca vai passar pela cabeça desse médico alemão que eu poderia estar entrando pela porta da minha casa pouco antes do toque de recolher com uma judia me ajudando a carregar minhas compras.

— Essa é minha amiga, Sala — digo. O suor brota no meu pescoço. — Aqui. — Empurro o resto dos sacos para os braços dela. — Você guarda isso para mim?

Ela assente, muda, e leva os sacos para a mesa.

Por favor, não desmorone, Sala. Por favor.

Eu levo uma cadeira da cozinha para perto do sofá e me sento.

Quero saber onde minha irmã está.

O médico alemão se senta de volta e então Karin entra. Seu olhar passa por Sala e vai direto para a comida. Então ela se volta para os médicos e diz algo em alemão.

O médico diz:

— Karin vem acompanhando seu progresso...

Eu olho para Karin. Ela vem, é?

— ... e nós achamos que seu caso merece mais estudo.

— Eu não estou interessada em mais estudo.

— Mas nós insistimos que é necessário. Para sua recuperação futura.

— A injeção que vocês me deram não curou nada. Ela me causou dor por um bom tempo.

— Ah — ele diz. — Uma reação assim deveria ficar sob observação, srta. Podgórska. — Ele continua, como se o assunto estivesse encerrado. — O hospital vai ser fechado e transferido de volta para Berlim. Nós vamos pegar o último trem na estação essa noite. Karin vai te ajudar a fazer as malas.

Karin está me observando. Eles todos estão.

Estudo o rosto do médico e me lembro que ele estava ansioso. Curioso. Enquanto minhas entranhas queimavam como fogo. O que essas pessoas fizeram comigo?

E, quando olho de volta para a cozinha, vejo que os sacos foram abertos e Sala desapareceu. A tonta subiu as escadas.

Eu foco de novo no médico, sorrio e limpo o suor da minha têmpora enquanto arrumo meu cabelo.

— Não é possível eu ir embora essa noite. Sinto muito.

— Precisa ser essa noite — ele diz. — É muito importante para sua saúde.

Por algum motivo, acho que a verdade é o completo oposto.

— Você levaria sua irmã, é claro — ele acrescenta.

O outro médico não falou nada esse tempo todo. Ele acende um cigarro e observa, com a cabeça inclinada, como se eu fosse interessante. Ele tem uma arma no quadril.

Minhas opções são limitadas.

Eu mantenho meu rosto agradável.

— Só preciso de alguns minutos para fazer as malas — digo.

O primeiro médico parece aliviado.

— A maior parte das suas necessidades serão supridas pelo hospital — ele diz. — Nós vamos esperar e acompanhar você e sua irmã até a estação.

Sorrio de novo e caminho na direção do quarto. Karin segue e o médico olha em volta.

— Onde está sua amiga?

Eu me viro.

— Ah, Sala? Ela saiu alguns minutos atrás, você não viu? Já passou do toque de recolher. Ela tem medo de ter problemas.

Entro no quarto e, assim que fecho a porta, Karin faz um gesto para eu me apressar. A porta para o segundo quarto está aberta e há roupas por toda parte, Ilse jogando sapatos em uma mala de qualquer jeito.

— Certo, certo! — digo a Karin e aceno para ela própria se apressar. Eu fecho a porta para o outro quarto. Como se fosse me trocar. Como se tivesse alguma outra coisa para vestir.

— Hela! — sussurro. Eu olho embaixo da cama. Olho embaixo da segunda cama e uma das tábuas é levantada só um pouco. Ela está no *bunker*.

— Saia — digo, pegando a tábua. — Rápido! Antes que as enfermeiras te vejam. Nós precisamos fazer as malas.

— Mas para onde vamos? — ela pergunta.

— Para lugar nenhum — digo.

Pego uma das sacolas que usamos para vir da Mickiewicza, que na verdade é um velho saco de batatas, e enfio um cobertor dentro, junto com minha escova de cabelo e a boneca de Helena. Assim parecemos prontas para ir a algum lugar. Em dois minutos Ilse e Karin saem usando chapéus e luvas, com malas nas mãos. Karin parece satisfeita quando vê Helena e minha mala. Ilse parece preocupada.

Nós vamos para a sala e o médico fumante está examinando o corredor com a escada. Mas ele se vira quando vê que estamos prontas. Pego a mão de Helena.

— Bom — o outro médico diz. — Tem um carro esperando do outro lado da rua.

Ele abre a porta e deixa que Karin e Ilse saiam primeiro, e, então, dou a volta enquanto seguro a mão de Helena para que o médico fumante saia primeiro.

— Ah! — digo. — Helena, você esqueceu seu chapéu!

Os olhos de Helena encontram os meus. Ela faz que sim e corre para o quarto para pegar seu chapéu.

Helena não tem um chapéu.

Ela não volta.

— Ela não está conseguindo encontrar — digo ao médico. — Vou ajudá-la.

Eu volto para o quarto com a mala ainda na mão e alguém — o médico fumante, acho — grita palavras que incluem "*schnell*". O médico solta a maçaneta e sai pela porta para responder, gritando palavras em alemão que provavelmente significam que estamos correndo, ou que a menina foi pegar o chapéu, ou algo assim. E quando ele faz isso, dou três passadas pela sala, agarro a maçaneta, fecho a porta e tranco a fechadura.

Dois segundos depois, a maçaneta sacode. A porta inteira treme. E um punho bate. Grita. O médico bate com mais força. O que quer que essas pessoas tenham feito comigo, elas não vão fazer de novo. Eu caminho calmamente pelo quarto e checo as trancas das janelas. E então Max está descendo rapidamente pelas escadas com uma tábua pesada de madeira.

— Rápido! — ele sussurra. — Ele tem uma arma! — Ele me afasta das paredes finas e me puxa na direção das paredes de pedra do quarto. Onde uma bala não pode nos acertar.

O médico ainda está gritando, batendo com o punho na porta, e há outras vozes no pátio também. E, embora não entenda as palavras, o tom é fácil de compreender. Eles estão irritados. Ou com medo. Eles precisam ir. Eles querem que o médico me deixe para trás. E, depois de alguns minutos, ele faz isso e escutamos freios cantando enquanto descem a Tatarska.

Eu me viro para Max em silêncio. O maravilhoso silêncio. Ele ainda está sem camisa e suado do calor de verão no sótão.

— Como você sabia que ele tinha uma arma?

— Sala disse que um deles tinha.

— E você veio me defender com um pedaço de madeira.

— Era o que eu tinha.

— Eu acho que, se tivesse uma briga — Helena diz —, Max iria ganhar.

— É a minha menina — Max diz.

Eu apoio minha cabeça na parede e sorrio. Então dou risada.

Nada mais de namorados. Nada mais de comida roubada. Nada mais de temer cada rangido no teto.

As enfermeiras se foram.

Eu me levanto com um salto, subo as escadas e enfio minha cabeça pela portinha do sótão.

— Desçam! — sussurro. —As enfermeiras foram embora!

Eles aparecem um por um, como fantasmas voltando à vida, e fico com medo de quanta dificuldade o Velho Hirsch e Schillinger têm só para descer os degraus.

Mas é tão bom não ter mais nazistas em casa.

Fuço os sacos que a sra. Krawiecka nos deu e vejo que temos quatro quilos de feijão, quatro quilos de farinha, *kasha,* manteiga, sal, um saco de batatas e dois repolhos. Tesouros. Nós cozinhamos batatas com a casca para não perdermos nada e as comemos com manteiga e sal. Vejo Monek se esticar todo, Cesia caminhar de um quarto para o outro com os braços estendidos, sentindo o espaço. Janek acha um canto e se deita no chão. Como se ele ainda estivesse no sótão.

É tão fácil acreditar que as enfermeiras podem voltar.

Max observa as janelas. Por precaução. Mas ele faz isso de pé.

Eu vou dormir. A Gestapo ainda pode vir. Nós podemos todos morrer. Mas não ter o inimigo no mesmo teto, em comparação, é o mesmo que ter paz. Eu relaxo na minha cama.

E, na madrugada, quando o sol do início de verão está começando a se erguer atrás das colinas, ouço um ruído. Um estrondo ao longe.

Eu me sento para escutar. Um assovio e um rangido. Max recua das janelas e o estrondo fere meus ouvidos. A luz machuca meus olhos. A Tatarska 3 treme sob nossos pés. Dziusia grita e outra luz amarela-alaranjada brilha atrás das cortinas.

E sei o que isso significa. Se Przemyśl me ensinou alguma coisa, me ensinou a reconhecer isso.

Estamos sendo bombardeados.

Eu só posso torcer para estarmos sendo bombardeados pelos russos.

30.

Julho, 1944

A maior parte das bombas cai na parte baixa da cidade e nos trilhos do trem, mas algumas fazem a poeira cair do nosso telhado. Nós nos juntamos, apertados contra a parede do fundo do quarto, e me lembro do porão do prédio de quando Izio segurou minha mão escondido da mãe dele. Para que eu não tivesse medo.

Agora é Max quem está sentado ao meu lado. Ele não tem medo das bombas. Não tanto quanto tem de quem pode ganhar essa guerra. Se os alemães ficarem com Przemyśl, então não há esperança para ele. Para nenhum deles. Eu olho para nossa pequena massa de gente. Para o que restou dela. Dziusia com o dr. Schillinger, o Velho Hirsch com Siunek, Monek e Sala. A sra. Bessermann com um braço em volta de Janek e outro de Cesia. Henek ao lado de Max, mas abraçando Danuta e Jan Dorlich, para quem não sobrou ninguém. Mas eles sobreviveram. Contra todas as possibilidades e por razões que nem eu entendo. Eles sobreviveram a tudo. E se os russos vierem...

Eles estarão livres.

E então nós ficamos sentados. Esperando. Max só pensa, cutucando seu pedaço de madeira. Ele está tão magro e sujo. E corajoso. Determinado.

Não quero amá-lo.

Mas acho que amo.

Acho que talvez ele me ame.

Mas não sei se ele quer.

As bombas param de cair. A fumaça sobe por cima da cidade. Silêncio. E Przemyśl também me ensinou o que isso significa.

Os soldados estão vindo.

Nós ouvimos metralhadoras nas ruas. Jipes. O ruído mais profundo dos tanques. Nós nos movemos juntos, ficamos em grupo, na direção de uma parede mais segura, fora do alcance das balas que possam entrar pela janela.

Nós esperamos.

Nós rezamos.

Por dias.

E estou torcendo. Torcendo.

A cidade fica quieta de novo. Por um bom tempo.

Max observa cuidadosamente pela borda da cortina. E então ele diz que alguém está vindo. Um soldado. Bem pelo meio da rua Tatarska. Ele nem está com a arma empunhada.

Ele é alemão.

Os alemães ganharam.

Ninguém quer se olhar. Ninguém fala. Nós fechamos os olhos. Ou olhamos para o chão. Helena deita a cabeça no meu colo.

Eu tinha pensado, por um tempo, enquanto a cidade era bombardeada, que talvez saíssemos vencedores. Que esse pesadelo de fome e medo em que vínhamos vivendo poderia terminar. Que eu poderia ganhar o jogo que estou jogando contra o ódio. E agora, família por família, vejo meus treze decidirem voltar para o sótão.

Seguro a mão de Helena enquanto eles sobem, lentamente, degrau por degrau.

Exceto por Max. Ele fica comigo e diz:

— Eu não vou voltar.

Assinto. Eu não consigo falar. Mas entendo.

— Eu te pedi tanta coisa, Fusia. E vou pedir mais uma. Pegue Helena e volte para sua fazenda. Encontre sua mãe, seu irmão e suas irmãs. Você faz isso por mim?

Eu não quero deixá-lo.

— Por favor, faça isso por mim...

Eu acho que ele não aprendeu que não consigo deixá-lo. Um homem grita no pátio. Bem em frente à janela.

Max agarra sua tábua, anda na direção da cortina e estou virando Helena, pronta para correr para o quarto, quando a porta é arrombada e uma pequena explosão de farpas voa da fechadura. Eu grito, Helena grita e o quarto está de repente cheio de homens com metralhadoras.

Eu olho para elas.

Não são armas alemãs.

— Russos — Max diz. — Vocês são russos!

— Soltem... armas! — diz o líder. Ele tem sujeira e suor no rosto, e seu polonês é horrível. Eu dou um passo para colocar Helena atrás de mim e duas armas se viram na minha direção.

Max solta seu pedaço de madeira.

— Onde estão os alemães?

— Quem tomou a cidade? — perguntei. — Os russos tomaram a cidade?

— Przemyśl pertence a Rússia — o homem diz, se endireitando um pouco por trás da arma. — Nós estamos... procurando alemães...

Eu me viro para Max.

— Os russos ganharam. Os russos ganharam!

— Onde estão os alemães? — Max insiste. — Eles vão voltar?

O oficial russo sacode a cabeça.

—Alemanha está... — ele procura a palavra e se decide por: — ... acabada na Polônia.

Max olha para mim.

—Acabou — ele diz.

—Acabou — digo a ele. E Max corre pelo quarto, me agarra pela cintura e me ergue no ar. — A Rússia ganhou!

— A Rússia ganhou! — Helena grita.

O oficial sorri, fazendo um sinal para seus homens relaxarem, mas então as armas se erguem de novo, porque tem pessoas escorrendo pela escada do sótão.

— Parem! Quem são...

— Eles são judeus! — grito. Max está me girando.

O soldado russo baixa a arma de novo.

— Judeus? Eu sou judeu. — Ele olha em volta, para o Velho Hirsch batendo palmas, para Henek erguendo Danuta, para Janek e Dziusia, saltando sem parar. — Você estava escondendo? — Ele olha para mim. — Você estava... escondendo judeus?

E agora o soldado russo me toma de Max, me pega pela cintura e me ergue para cima e para baixo.

— Herói! — ele grita. — Herói, herói! — E o resto dos homens grita com ele.

Max ri, Jan Dorlich ri e eu rio, e, quando o soldado me coloca no chão, jogo os braços em volta de Max.

Acabou.

E então nós corremos para fora. Todos nós, para o sol. E nós não ligamos se o ar está nublado pela fumaça e fede a queimado e a guerra. Nós não ligamos que o soldado alemão que caminhava pela rua agora está sendo revistado pelos russos, suas mãos na cabeça. Ou que o sr. Krajewska esteja enfiando a cabeça para fora de sua porta, assustado com o que está acontecendo. Nós estamos gritando pela diversão de gritar, correndo pela diversão de correr. O Velho Hirsch se deita no chão, encarando o sol, Sala canta e Max abraça seu irmão sem parar. E então Siunek acha um balde cheio e joga água para cima, fazendo-a espirrar e chover, e todo mundo fica molhado enquanto grita e ri. Ele joga um balde em Cesia. Ele joga um balde em mim e nós pingamos e choramos enquanto Helena dança porque a guerra acabou.

O céu está límpido e brilhando acima de nós, iluminando cada canto sem luz.

Porque de alguma forma, alguma maneira, estamos todos vivos.

Naquela noite, fazemos um banquete com o restante do tesouro da sra. Krawiecka e rimos quando Dziusia grita:

— Max! Ponha uma panela na cabeça!

Nós escutamos no rádio de Karin e Ilse os jornais poloneses com notícias da guerra, que ainda continua em outros lugares, mas não para nós. No dia seguinte, um homem vai até a casa levando mais sacos de comida, cortesia da sra. Krawiecka. Sala e Danuta fazem pão, que sai quente do forno, e Max e Siunek encontram uma banheira inteira em uma casa bombardeada e a arrastam até a rua Tatarska, brincando enquanto param para descansar a cada poucos metros.

A LUZ NA ESCURIDÃO   **433**

Depois nós nos revezamos tomando banhos. Banhos de verdade, quentes e longos. E, lentamente, conforme os russos começam a reorganizar Przemyśl e nós nos acostumamos a viver novamente, a conversa se volta para o que vai acontecer agora. E uma coisa é certa.

As peças de tantas vidas despedaçadas não vão se encaixar novamente. Não todas.

A sra. Bessermann vai embora primeiro, com Janek, logo cedo em uma manhã, sem se despedir, e Jan Dorlich faz o mesmo. Cesia nos conta que eles foram embora enquanto seca as lágrimas. Ela vai ficar com Siunek e o pai dele. Dói, depois de tudo que passamos, ver eles virarem as costas assim. Mas decido que não é para mim que eles estão virando as costas. Mas, sim, para os piores momentos de suas vidas.

Ninguém quer se lembrar do sótão.

Então o dr. Schillinger leva Dziusia, com esperanças de recomeçar seu consultório de dentista. Dziusia abraça meu pescoço e se despede com um beijo.

Eu me preocupo com o que vai acontecer com ela quando estiver escuro. Quando o medo voltar.

Às vezes, sonho que as enfermeiras estão no quarto comigo, subindo pelas paredes para escutar o que tem no sótão.

Sonho com a minha *babcia* gritando enquanto a levam embora do gueto.

Sonho com Izio pendurado de cabeça para baixo.

Sonho que estou tentando pegar Max enquanto ele cai da janela de um trem em movimento.

Mas, quando acordo, Helena está ali, dormindo ao meu lado, e me lembro que a vida recomeçou.

Max não precisa mais que eu o salve.

Eu vou para a cozinha de camisola, torcendo para encontrar um pouco de chá, e encontro Monek e Sala fazendo seu café da manhã. Henek e Danuta ainda não acordaram e o Velho Hirsch está roncando no sofá. Mas o cobertor de Max está vazio, jogado em seu canto no chão.

— Onde está Max? — pergunto, engolindo um bocejo.

— Ele saiu — Sala diz. — Logo cedo.

Eu fico tensa.

— O que você quer dizer?

— Ela quer dizer que ele saiu pela porta — Monek diz.

— Quando ele volta?

— Não sei — Sala responde.

Max foi embora.

Algo se aperta no meu peito.

Ele foi embora. Ele foi embora. Ele foi embora.

Volto para o quarto para colocar meu vestido, para fazer não sei o quê, e Monek ri um pouco.

— Max não precisa mais da sua pequena *goyka*...

Eu congelo. *Goyka*. Não judia. Eu. Mas a forma como ele disse foi feia. Insultante. Como se eu fosse um chiclete para ser jogado fora quando o sabor acaba. Eu corro para o quarto, abotoo meu vestido e nem amarro direito meus sapatos antes de sair correndo porta afora.

— Fusia! — Sala chama, mas não escuto.

Max foi embora. Ele não pode ter feito isso. Ele não devia ter feito isso.

Acho que ele desistiu de mim.

— Fusia, espere!

Deixo a porta da frente bater, viro a esquina em direção ao pátio e o sr. Krajewska está no poço.

— Você — ele diz. — Eu devia saber que tinha algo estranho com você. A mulher sempre achou que tinha algo estranho...

Eu sigo em frente, pronta para ignorá-lo. Ele pode estar um pouco bêbado. E então ele diz:

— Mataram um judeu hoje de manhã. No mercado.

Eu congelo. E o medo levanta voo dentro de mim como um pássaro. Batendo as asas. Subindo.

Apertando.

Olho para o sr. Krajewska.

— Quem eles mataram?

— Um menino. Ficou escondido a guerra toda.

Max.

— E agora alguém decidiu que ele devia ser punido por não ter sido morto antes...

Ele saiu hoje de manhã. Max foi embora.

— ... algumas pessoas acham que precisam fazer o que os alemães não terminaram...

Não. Não. Não.

— E você, eu sabia que tinha alguma coisa. Eu vi aqueles homens saindo do seu apartamento. Você não estava lendo livros com eles, estava? Não acho que você poderia...

Todo esse tempo e o sr. Krajewska ainda não percebeu que eu estava escondendo judeus. Ele acha que sou uma prostituta. Eu paro de ouvir. Eu não me importo. Eu o deixo falando sozinho e desço voando a rua Tatarska.

Meus pés batem nas pedras com tanta força que as solas doem.

Eu não queria amá-lo. O amor causa sofrimento.

Mas eu o amo. E ficar sem ele vai doer muito mais.

Por que você foi embora, Max?

Por quê, por quê, por quê?

Tem um homem vindo pela outra calçada com um pacote nas mãos. Ele para e me olha.

— Fusia?

E, quando olho para ele, vejo os olhos grandes e castanhos, a sobrancelha arqueada. O menino que costumava me fazer rir na janela. O homem que pode sobreviver a qualquer coisa.

Eu atravesso a Tatarska correndo e me jogo nos braços dele, e seu pacote sai rolando pelos paralelepípedos.

— Qual o problema com você? — Max pergunta.

Bato no peito dele.

— Você foi embora! — Bato nele. — Você foi embora! Você foi embora!

— Eu fui cortar o cabelo!

Não me espanta que eu não o tenha reconhecido.

— E então comprei um pouco de manteiga, mas você me fez derrubá-la.

E agora começo a chorar. Não porque ele foi embora, mas porque ele não foi. Eu sou uma *dummkopf*. Ele me puxa para os seus braços.

— Você tem de ficar comigo — digo a ele. — Seu lugar é comigo!

— Eu sei — ele diz. — E o seu é comigo.

— Eu sei.

— Sabe?

Eu faço que sim.

Ele pega meu rosto nas mãos.

— Você me deu minha vida — ele diz. — Agora me deixe dedicá-la a você.

Eu faço que sim de novo. E deixo que ele beije meus lábios e minhas lágrimas.

Nós pertencemos um ao outro.

E vamos sobreviver a qualquer coisa.

Nota da autora

Stefania Podgórska se casou com Max Diamant no dia 23 de novembro de 1944. Todos os Podgórska sobreviveram à guerra, incluindo a mãe e o irmão de Stefania, que estavam no campo de trabalho em Salzburg. No entanto, todos eles rejeitaram o casamento de Stefania e deserdaram as duas irmãs por terem salvado judeus durante a ocupação de Przemyśl. O antissemitismo era comum na Polônia, grupos de vigilantes estavam determinados a continuar o que os nazistas tinham começado. Para manter sua nova família em segurança, Max trocou seu nome para um que soasse mais polonês, Josef Burzminski. Juntos, Jo e Stefania criaram Helena até ela entrar para a universidade e para a escola de medicina.

Henek Diamant mudou seu nome para Henek Zawadzki. Ele se casou com Danuta, tornou-se dentista e se mudou para a Bélgica nos anos 1970. Henek morreu em 2004. Danuta faleceu em 2011. Eles tiveram uma filha e sete netos.

Depois da guerra, o dr. Wilhelm Schillinger se casou pela segunda vez e foi para Wroclaw, Polônia, onde trabalhou como buco-cirurgião. Sua filha, Dziusia, se manteve próxima dos Burzminski e até morou com eles por um tempo, considerando Stefania como uma segunda mãe. Dziusia se casou e se mudou para Bruxelas, Bélgica, nos anos 1950, onde ela agora tem um filho, uma filha e quatro netos.

Malwina não se casou com o dr. Hirsch. Ela e Janek imigraram para os Estados Unidos em 1949, onde Janek mais tarde trabalhou como engenheiro elétrico na IBM. Ele tem dois filhos e um neto. Depois de um tempo curto com os Hirsch, Cesia se juntou à mãe e ao irmão e também imigrou para os Estados Unidos. Ela foi para a Argentina em 1988 para testemunhar contra Josef Schwammberger, o oficial responsável por muitas das atrocidades cometidas no gueto de Przemyśl. Ela tem um filho, uma filha e quatro netos.

Depois de deixar a rua Tatarska, o dr. Leon Hirsch e Siunek foram morar na Rússia assim que a fronteira ucraniana foi reestruturada. Siunek Hirsch morreu de câncer em 1947. Monek e Sala Hirsch mudaram seu sobrenome para Jalenska e, junto com Jan Dorlich, emigraram para Israel. Mais tarde, Monek pediu desculpas a Stefania por tê-la chamado de *goyka*.

Josef e Stefania Burzminski se mudaram para Israel em 1958. Jo teve uma clínica odontológica, auxiliado por Stefania (ou Stefi, como ela ficou conhecida), e testemunhou no julgamento do nazista criminoso de guerra Adolf Eichmann. Por conta do procedimento — ou experimento — médico feito em Stefania no hospital alemão, foi dito a ela que ela nunca teria filhos. Mas, em 1960, Stefi e Jo deram as boas-vindas a uma filha, Krystyna. Em 1961, eles imigraram para os Estados Unidos, onde Jo descobriu que seu diploma polonês de odontologia não seria reconhecido. Então, apesar dos quase vinte anos trabalhando como dentista, e enquanto ainda estava aprendendo inglês, Jo voltou à faculdade em Boston. Stefi e Jo tiveram um filho, Edward, em 1965, e Jo tirou seu segundo diploma de odontologia em 1966. Helena ficou na Polônia, onde se tornou radiologista. Ela vive em Wroclaw com sua filha.

Em 1979, Stefania e Helena Podgórska receberam o título Righteous Among the Nations (Justos entre as Nações) do Yad Vashem, o Centro Mundial para a Memória do Holocausto, a principal instituição para educação, documentação, comemoração e pesquisas voltadas ao tema. O heroísmo de Stefania e Helena durante o Holocausto foi reconhecido com muitos outros prêmios, artigos, documentários, entrevistas na televisão e, em 1966, um filme para a TV chamado *Hidden in silence* [*Escondidos no silêncio*, em tradução livre]. Stefania fez um discurso em 1993 durante a abertura do Museu do Holocausto dos Estados Unidos, em Washington, D.C., dividindo o palco com o então presidente de Israel, Chaim Herzog, o então presidente dos Estados Unidos, Bill Clinton, e sua esposa, Hillary Clinton. Nessa ocasião, ela ficou famosa por ser abraçada pelo vice-presidente Al Gore (estava frio). Ela e Jo participaram do *The Oprah Winfrey Show* em 1994 e Stefi notoriamente apontou o dedo e disse com firmeza para a sempre questionadora Oprah: *"vait a minute"* [algo como "esperre um minuto" em português, indicando seu forte sotaque polonês].

Conheci Stefania Podgórska no início dos anos 1990, muito antes de eu sequer pensar em virar escritora. E não foi por meio de um artigo, um filme ou da Oprah, mas quando uma parte das entrevistas de sua história oral foram transmitidas pela rede de televisão da minha cidade. Eu parei tudo para assistir e nunca esqueci sua história. Por mais de vinte anos. Em 2017, descobri a entrevista completa no site do Museu do Holocausto dos Estados Unidos. Assisti três vezes, e, quando terminei, eu sabia de três coisas: que essa história precisava ser contada. Que essa história deveria ser um romance. E que, para o bem ou para o mal, era eu quem deveria escrevê-la.

Depois de um *stalking* desavergonhado pela internet, entrei em contato com o filho de Jo e Stefania, Ed Burzminski, e ele compartilhou comigo uma arca do tesouro: a autobiografia nunca publicada de Stefania. Ela se tornou a espinha dorsal de *A luz na escuridão*, complementada pelas horas de entrevistas em vídeo com Stefi e Jo, as histórias orais de Cesia e Janek Bessermann, outras autobiografias e trabalhos acadêmicos documentando a cidade de Przemyśl antes e depois da Segunda Guerra. A história da família que Stefania vê sendo assassinada pelo SS é baseada no assassinato de Renia Spiegel, a "Anne Frank polonesa", uma menina judia de Przemyśl cujo diário recentemente veio a público. Eu acredito que esse é o mesmo assassinato de judeus escondidos a que Stefania se refere em sua autobiografia. O homem enforcado na praça do mercado de Przemyśl que Stefania vê quando estava indo trabalhar é Michel Kruk, executado por esconder judeus.

Em 2018, Ed e eu fomos juntos para a Bélgica, onde entrevistamos Dziusia Schillinger, uma das senhoras mais adoráveis que já conheci, e depois para a Polônia, onde entrevistamos Helena, uma alma linda e que faz um potente vinho caseiro. Essas duas senhoras me trataram com muita generosidade e gentileza, mesmo eu estando lá para revirar memórias horríveis. Depois, Ed e eu caminhamos pelas ruas de Przemyśl e encontramos o apartamento em que sua mãe escondeu seu pai, o lugar onde ficava a fábrica de ferramentas e a janela do porão onde Max tinha um *bunker* escondido no gueto. E, ah, como procuramos pelo lugar da loja dos Diamant! Fomos ao sótão da Tatarska 3 e de lá observamos o lindo prédio que um dia foi um hospital alemão. Nós dirigimos até a vila de Lipa e nos sentamos na cozinha de uma velha senhora que sabia o nome de todos os nove irmãos Podgórska. Também fomos a Bełzec, onde os avós e tios de Ed foram assassinados, junto de incontáveis outros. Nós subimos um talude e ficamos na curva dos trilhos, onde um jovem Max Diamant se jogou de um trem em movimento.

Eu voltei para casa e escrevi sem parar.

A diferença entre *A luz na escuridão* e a autobiografia de Stefania é que eu não podia contar tudo. Não sem escrever um livro de mil páginas. E como a vida real não é um romance, o tempo e a ordem dos eventos foi um pouco alterada para caber em uma estrutura narrativa. Personagens periféricos foram em alguns momentos combinados em um só. Lacunas foram preenchidas, em especial no que diz respeito às emoções de Stefi. Mas, à exceção de quando ela consegue seus documentos (nós sabemos que ela maquiou a verdade), seu emprego (nós sabemos que ela subornou alguém) e o soco no nariz do homem da monocelha (o que estou convencida que ela teria feito se tivesse tido a chance), todos os eventos nesse romance são como Stefania e Jo descreveram. É uma reimaginação da realidade.

Eu conheci Stefania Podgórska em 2017, embora ela não saiba que me conheceu. Ela já estava acometida pela demência, e, depois da visita, fui com Ed ajudar a escolher pijamas novos para ela. O que é bem longe de estar sentada na sala da minha casa assistindo a um programa de televisão em um dia de semana. Tanto Stefania quanto Helena sofreram psicologicamente depois da guerra. Dziusia me disse que, em uma parte da sua cabeça, Stefania nunca saiu da rua Tatarska. Hoje em dia, nós teríamos chamado o que ela sentia de estresse pós-traumático. Mas, ironicamente, a demência libertou Stefania de tudo isso. A doença a libertou para cantar, dançar e voltar a ser a criança feliz que era antes da guerra.

Em uma entrevista em Boston, Jo declarou que queria que eles, de alguma forma, quando estavam na rua Tatarska, pudessem saber que um dia ele e Stefi estariam nos Estados Unidos celebrando o aniversário de cinquenta anos de casamento com os filhos. "Era um sonho", ele disse. "Mas se tornou realidade." Josef Burzminski faleceu em 17 de julho de 2003, em Los Angeles, Califórnia, para onde ele e Stefi se mudaram para ficar perto dos filhos. Eles ficaram casados por cinquenta e oito anos. Seu primeiro neto, a filha de Ed, Mia, nasceu em 2005.

Stefania Podgórska Burzminski morreu no dia 29 de setembro de 2018, enquanto esse livro estava sendo escrito. Eu queria que ela pudesse saber que ele estava sendo escrito. Ajudei a editar seu obituário, o que foi uma honra. Quantas pessoas têm o privilégio de resumir a vida de uma pessoa que admira tanto? E que privilégio pode ser maior que escrever um livro inteiro sobre essa pessoa? Em uma entrevista de 1988 foi perguntado a Stefi se ela sentia que sua vida tinha uma importância especial por causa do que ela tinha feito durante os anos de guerra. "Ah, eu não sei", ela respondeu com um aceno de mão. Então ela apontou aquele dedo. "Mas eu sei que minha história vai ser publicada."

Ela estava certa, não estava?

O legado da Segunda Guerra Mundial tem tentáculos detestáveis que continuam se esticando, profundamente enraizados no presente. Para muitos com quem conversei, essa é uma guerra contínua. As feridas não cicatrizaram e as repercussões ainda ecoam. A perda da família. A perda dos amigos. A perda de histórias e futuros. O medo não pode ser esquecido. Mas, apesar de tudo que sofreu, nunca, em uma palavra escrita ou entrevista, Stefania disse que se arrependia de ter feito o que fez. Apenas que faria de novo. "Uma morte ou treze judeus", ela disse. "Foi uma boa troca." Embora a morte a que ela estava se referindo fosse a sua.

Essa é minha definição de uma heroína.

Agradecimentos

Sempre achei agradecimentos uma tarefa impossível. Não existe maneira de agradecer apropriadamente as incontáveis pessoas maravilhosas que fazem um livro ganhar vida com apenas algumas frases. Com *A luz na escuridão*, isso é duplamente verdade, porque essa história nunca foi minha. Eu sou apenas a guardadora temporária dela. Essa história existe porque pessoas extraordinárias a viveram. As palavras surgiram porque pessoas extraordinárias me ajudaram. E vou fazer o meu melhor para agradecê-las.

Ed Burzminski. Obrigada um milhão de vezes pela quantidade inacreditável de tempo e cuidado que você deu a mim e a esse projeto, como você dá a todos que te procuram querendo saber mais sobre seus notáveis pais. Por sua causa, a história deles vai continuar viva. E Lori e Mia, obrigada por compartilhá-lo enquanto percorríamos a Europa!

Helena Pódgorska-Rudziak e sua linda filha, Malgorzata Rudziak. Posso dizer honestamente que sua gentileza e generosidade nunca serão esquecidas. E Helena, obrigada por me dar o que era mais difícil: suas memórias.

Krystyna Nawara (antes Dziusia Schillinger) e sua família, que alegria linda são vocês. Obrigada por me fazerem sentir tão bem-vinda na Bélgica e no seu lar.

Maciej Piórkowski, Bożena e Wiesiek Skibiński, obrigada pelo tour incrível pela Tatarska 3. E pela catedral, as criptas e por deixar eu me arrastar pelo chão dessas criptas e passar minhas mãos por entalhes em pedra do século XI, os cemitérios à luz de velas e especialmente por terem permitido que eu abrisse aquele caixão! Foi o melhor Halloween de todos.

Monika Lach, obrigada por ensinar a história de Stefania para as crianças de Przemyśl e por me ajudar a entender como era a cidade.

Piotr Michalski, obrigada por compartilhar seu extenso conhecimento e por todas as calorias que queimei tentando te acompanhar pelas ruas de Przemyśl!

Ewa Koper, do Museu e Memorial do Campo de Concentração de Bełżec, mil vezes obrigada pela forma gentil e suave como explicou as experiências horríveis do campo de Bełżec e pelo seu projeto para nomear todas as vítimas. Eu reconheço minhas pessoas quando as encontro, e você é uma delas.

Ao Museu do Holocausto dos Estados Unidos, eu não posso agradecer o suficiente por terem colocado as histórias pessoais daqueles que passaram pelo Holocausto na ponta dos meus dedos. Essa é uma história que nunca, nunca deve se perder.

Muito obrigada à dra. Agi Legutko, professora de ídiche e diretora do programa em língua ídiche do Departamento de Línguas Germânicas da Universidade Columbia de Nova York, que revisou o ídiche e ofereceu diversas correções sábias, e a Tami Rich, historiadora e Consultora de Herança

Cultural, por sua revisão cuidadosa e compreensiva do manuscrito.

Kelly Sonnack, minha agente. Você me apoia. Sempre. É um privilégio te chamar de agente e amiga.

Lisa Sandell, minha editora. Nós fazemos bons livros juntas, não fazemos? É um privilégio te chamar de editora e amiga.

Mesmo, eu não sei o que fiz para merecer vocês duas! Mas sei quando sou abençoada. Meu carinho para você duas.

Scholastic Press. Já são seis livros em que vocês são meu time e minha família. David Levithan, Olivia Valcarce, Josh Berlowitz, Ellie Berger, Rachel Feld, Shannon Pender, Mindy Stockfield, Tracy van Straaton, Lizaette Serrano, Emily Heddleson, Jasmine Miranda, Danielle Yadao, Matt Poutler, Lori Benton, John Pels, a equipe de vendas e todas as pessoas que participam das feiras de livros e clubes de leitura.

Meu grupo de crítica há mais de doze anos. Ruta Sepetys, Howard Shirley, Amy Eytchison e Angelika Stegmann. Não há ninguém como vocês. Quão queridos vocês todos são!

E, por último, mas não menos importante, minha família. Philip, Chris e Siobhan, Stephen e Elizabeth. Eu amo vocês mais do que pode ser dito no final de um livro. E, Philip, você ganha o prêmio de melhor ovo de novo. Você é o amor da minha vida e meu melhor amigo. Obrigada por tudo.

Este livro, composto na fonte Fairfield,
foi impresso em papel Pólen Soft 70g/m² na gráfica AR Fernandez.
Rio de Janeiro, Brasil, fevereiro de 2022.